O estreito do Lobo

Olivier Truc

O estreito do Lobo

Tradução de
Cristina Cupertino

TORÐSILHAS

Copyright © 2014 Olivier Truc

Copyright da tradução © 2014 Tordesilhas

Publicado mediante acordo com Pontas Literary & Film Agency.

Publicado originalmente sob o título *Le détroit du Loup*.

Todos os direitos reservados. Nenhuma parte desta edição pode ser utilizada ou reproduzida – em qualquer meio ou forma, seja mecânico ou eletrônico –, nem apropriada ou estocada em sistema de banco de dados, sem a expressa autorização da editora.

O texto deste livro foi fixado conforme o acordo ortográfico vigente no Brasil desde 1º de janeiro de 2009.

EDIÇÃO UTILIZADA PARA ESTA TRADUÇÃO Olivier Truc, *Le détroit du Loup*, Paris, Éditions Métailié, 2014
PREPARAÇÃO Francisco José M. Couto
REVISÃO Ana Luiza Candido, Carla Bitelli
CAPA E PROJETO GRÁFICO Rodrigo Frazão
IMAGEM DE CAPA Michio Hoshino / Gettyimages.com

1ª edição, 2015

Dados Internacionais de Catalogação na Publicação (CIP)
(Câmara Brasileira do Livro, SP, Brasil)

Truc, Olivier
    O estreito do lobo / Olivier Truc; tradução de Cristina Cupertino. -- São Paulo: Tordesilhas, 2015.

    Título original: Le détroit du loup.
    ISBN 978-85-8419-029-4

    1. Ficção policial e de mistério (Literatura francesa) 2. Romance francês I. Título.

15-06585   CDD-843.0872

Índices para catálogo sistemático:
1. Ficção policial e de mistério : Literatura francesa 843.0872

2015
Tordesilhas é um selo da Alaúde Editorial Ltda.
Avenida Paulista, 1337, conjunto 11
01311-200 – São Paulo – SP
www.tordesilhaslivros.com.br

/Tordesilhas

Para Malou

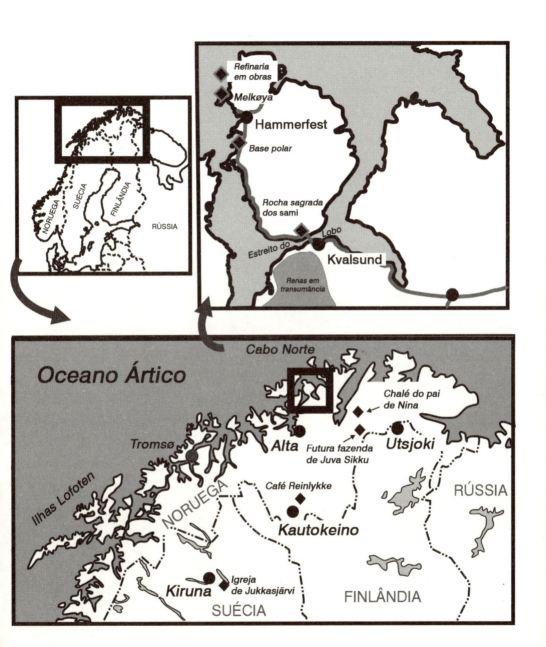

Lapônia

"É mais uma noite ruim, por que eu ainda escrevo isso, como se as outras noites fossem boas. Sufocamento. Travesseiro na cara. Sujeira. Pesadelo. Submerso, mais uma vez. Vontade de acabar com isso. Como nas outras noites. A salvação, mais uma vez, ao sair no cascalho. Paisagem lunar, mas com ar. Só um cara ferrado como eu para sobreviver aqui. O ar, ar, bêbado com nada, com oxigênio à vontade, os pulmões, expirar, inspirar, vertigem. É melhor. E você, suma daqui! Posso lhe dar uma surra! Suma daqui, as minhas noites são minhas, entendeu? Posso sumir no ar e você não vai me ver mais! No ar, ar, enfim. Não, não, eu prometi. Não vou sumir no ar. Prometido. Promessa. Carícia. Ela, onde é que ela está? Onde é que você está? Estou muito mal, tenho muito medo. Por que foi que prometi?"

1

Quinta-feira 22 de abril.
Nascer do sol: 3h31. Pôr do sol: 21h15.
17 horas e 44 minutos de luz solar.

Estreito do Lobo, Lapônia norueguesa. 10h45.

Havia mais de uma hora, a maioria dos homens se tornara invisível.

Alguns tinham se escondido fazia muito mais tempo. Esperavam pacientes, posicionados estrategicamente nas duas margens, distantes 500 metros uma da outra. Os que estavam em emboscada em Kvaløya, a ilha da Baleia, ocupavam seu lugar desde a noite anterior.

Longe, no alto, o sol dominava a cena havia um bom tempo.

Difícil dormir. Difícil se mexer sem ser visto.

Em meados de abril, a luz impõe sua presença até mesmo em plena noite.

Mas não se falava ainda em noite. Eles vigiavam, esperando pacientemente o sinal.

Um vulto escuro deitado num barco mantinha uma atitude impassível.

Os homens haviam ficado insensíveis aos insetos que esvoaçavam em torno deles. Tinham a pele curtida dos andarilhos da tundra, os olhos quase não piscavam para não perder os menores movimentos. Alguns fumavam para enganar o tédio; estavam demasiado distantes para serem denunciados pela fumaça, mas antes se certificavam da direção do vento. Outros bebiam café na garrafa térmica. Mordiscavam lascas de rena seca enquanto liam notícias no celular. Com um único lado do fone viam vídeos no YouTube, deixando a outra orelha livre para registrar qualquer anormalidade.

Deitado no barco, Erik Steggo observava o céu. O jovem começava a sentir calor, sinal de que logo estaria penosamente quente. A temperatura atingia apenas 3 ou 4 graus, mas as camadas de roupa o mantinham aquecido.

A neve ainda cobria a margem, embora estivesse começando a derreter. A brancura dominava também as montanhas achatadas.

Ele as via ao se virar um pouco, lentamente. Reconhecia as trilhas percorridas com tanta frequência.

Erik pensou em tirar uma camada de roupa, mas desistiu, cedendo ao torpor agradável em que estava mergulhado. O simples marulho era suficiente para refrescá-lo, o sussurro das ondas bastava para mantê-lo acordado.

O barco esperava do lado de terra firme, virado para o sul.

Sem tê-la em seu campo de visão, Erik imaginava a pedra sacrificial, que se erguia na outra margem, rocha apontada para o céu.

No passado, gerações de homens tinham se recolhido ali antes da operação que Erik e os seus iam realizar. Eles conheciam os riscos. Sabiam como evitá-los. Quando o destino se mostrava clemente.

O jovem que estava na embarcação não tinha tido tempo de depositar uma oferenda naquela pedra. Ele pedira a Juva que fizesse isso. Juva lhe prometera que o faria. Uma promessa, isso era importante.

O barulho se aproximou. Um grupo se destacava. Vinha na direção dele. Erik se retraiu no barco. Ouvia a algumas dezenas de metros a respiração nervosa, o entrechoque nos seixos. Mas então a respiração deixou de se aproximar. De novo calma, sempre possante, porém mais calma.

Esse alerta fez Erik transpirar. Ele respirou profundamente. Esqueceu a respiração pesada e deixou seu pensamento vagar em direção à pedra pontiaguda e à sua oferenda. Erik não acreditava totalmente naquilo. Mas gostava da poesia daqueles lugares místicos.

Anneli, somente ela tinha conseguido abrir seus olhos e sua alma para essas belezas ocultas. Anneli. Era também por ela, por eles, que ele precisava ter êxito.

Erik tentou se concentrar novamente. Não podia se levantar para olhar, mas a tensão crescente era um sinal de que o momento se aproximava.

Bem perto dele, umas quinhentas renas se amontoavam sobre os seixos da margem, pastando o que encontravam, procurando algas bem salgadas, de vez em quando erguendo a cabeça nervosamente na direção da margem oposta, para a ilha de Kvaløya. Da grande ilha, que era o destino final do grupo, o vento do norte do mar de Barents lhes fazia chegar os eflúvios de grama. Não era ainda a grama gorda de junho. Mas para aquele rebanho era um apelo irresistível depois de seis meses de um regime seco, constituído por líquen enterrado na neve. Os animais estavam nervosos, impacientes; muito impacientes. As fêmeas só iriam parir ao chegar do outro lado. Isso ainda provocaria tensões com a cidade, como todos os anos. Mas as renas líderes sabiam o que as aguardava do outro lado. A rena branca de Juva era a mais experiente. Não havia dúvida de que ela iniciaria o movimento. Seria um sinal de velhice o fato de esse macho conduzir o rebanho com muitas semanas de antecedência? Mas a verdade é que as pastagens na rota da transumância não tinham sido boas, empurrando sempre para a frente a rena branca e as outras. Elas sentiam instintivamente que algo ia acontecer. E aos pastores não restava alternativa senão segui-las. Era essa a lei do *vidda*, o planalto desértico da Lapônia.

Erik podia sentir a tensão das renas mesmo sem vê-las. A respiração irregular delas vinha se chocar contra seus tímpanos. O eco das patas deslizando no cascalho úmido o informava melhor que qualquer outra coisa.

Com a mesma força e o céu como único horizonte, Erik via um a um os homens emboscados escondendo o nervosismo com uma dura máscara. Como ele, seus companheiros sabiam que não poderia haver um único erro. Não podiam permitir isso. Não agora. Um movimento em falso e toda uma jornada de trabalho se perderia. Na melhor hipótese. A pior hipótese ele não queria nem mesmo encarar. Mergulhou novamente em seus pensamentos.

Depois de um bom tempo deitado de costas, Erik passou a se perguntar o que aconteceria se um acidente o deixasse paralítico. Reminiscência de uma infância rebelde durante a qual ele acabara fazendo todo tipo de estrepolias com seus companheiros.

Quando jovem, Erik nunca se fazia essas perguntas. Mas ele sabia de onde lhe vinha essa ideia de paralisia: de um tio que ficara deficiente depois de um acidente de motoneve, numa noite em que ele precisara partir em pleno inverno para procurar na pastagem ruim algumas renas que haviam se extraviado. Drama banal do *vidda*. No entanto, isso o impressionara, porque ele devia a esse tio o perfeito domínio da motoneve. Um tio cúmplice com quem ele tinha aprendido também a fumar como um autêntico pastor de renas, conservando o cigarro dentro da palma da mão. Mas agora, aos 21 anos, Erik era um homem.

Conhecer Anneli o havia acalmado. Para surpresa dos seus amigos, que continuaram turbulentos. Para a sua própria surpresa. Ao lado dessa mulher solar, ele havia amadurecido mais depressa.

Ficara igualmente perturbado ao beber pela primeira vez. Foi esse o sentimento que ele guardou da experiência. Perturbado. Doente. Envergonhado. Nunca mais havia bebido.

Nunca mais tinha podido viver sem Anneli.

Era oito ou oitenta.

As palavras de Anneli o tinham desnorteado com a mesma força. Toda a beleza do mundo penetrava nele quando ela falava. Suas palavras pareciam sair de uma nuvem. Tinham a brancura pura, a doçura acolchoada das nuvens.

Frequentemente ele repetia para si mesmo as palavras da moça. E sorria da sua própria falta de jeito. Na sua boca as palavras saíam enfileiradas, disciplinadas e corretamente, mas sem sabor. As mesmas sílabas voavam da ponta da língua de Anneli para fazer girar os espíritos enredados na sua sarabanda. As pessoas paravam para escutá-la. Deus sabe que ela era bonita. Mas as suas palavras o aturdiam.

Subitamente ele se esqueceu de Anneli.

Sentiu que a partida acontecera.

A rena branca havia se decidido.

O animal de galhada imponente acabava de se atirar na água, e, como previsto, os outros seguiriam atrás dele.

Isso levava tempo, mas as renas não hesitavam muito, mesmo as mais novinhas. O pelo curto as ajudava a boiar.

Quando o ruído dos seixos rolando se atenuou, Erik por fim ergueu ligeiramente a cabeça para observar o desenrolar da operação. As renas não podiam mais vê-lo, inteiramente concentradas na margem oposta, para a qual nadavam numa longa fila que parecia a ponta de uma flecha.

A calma ao redor era total. Os homens estavam ocultos.

Ao longe, Erik via a ponte que ligava Kvaløya a terra firme. Levantou um pouco mais o nariz e percebeu a rocha onde Juva depositara a oferenda. Conhecendo-o, ele sabia que o amigo só levara uma coroa.

Nas margens, os pastores continuavam invisíveis.

Mas Erik sentiu subitamente uma inquietação emanar do rebanho.

Alguma coisa estava acontecendo.

Erik se endireitou um pouco mais.

Ao fixar o olhar na margem oposta, sua garganta se fechou. Erik não acreditou no que viu.

Durante um segundo ele disse para si mesmo que aquilo não podia ser verdade. Mas percebeu imediatamente o que estava sendo tramado e se lançou sobre a popa do barco para ligar o motor.

Agora pouco importava se os animais o viam.

Em vez de irem para a margem oposta, as renas líderes tinham começado a dar voltas no centro do estreito. Uma ciranda mortal.

Quanto mais numerosas fossem as renas, mais violento seria o turbilhão gerado; mais elas arriscariam ser aspiradas e se afogar. De um lado e do outro do rio, surgiam homens agora. Outros barcos estavam também a caminho.

Erik era o que estava mais próximo, e sabia que lhe cabia penetrar naquele círculo infernal para dispersar as renas e acabar com o turbilhão. A água fustigava o seu rosto. Ele já via renas jovens, desesperadas e frágeis, sufocando e começando a desaparecer no centro do turbilhão, aspiradas para o fundo.

Erik desacelerou um pouco ao chegar perto da massa compacta das renas enlouquecidas, era preciso romper o círculo a qualquer preço, dispersar os animais; agarrou-se firme ao barco, tal era a violência do movimento da água, uma espuma esbranquiçada que se confundia com a baba espessa saída da boca das renas.

Avançando sempre, Erik gritava, chocando-se contra o barco agitado pelas ondas cada vez mais violentas. O olhar aterrorizado das renas o impressionou.

O pastor notou a rena branca de Juva. Ela parecia esgotada pela luta contra a corrente. Outras renas mergulhavam, com a respiração rouca.

O barco balançava, mas Erik viu que algumas renas começavam a se distanciar. Uma parte do rebanho tinha retrocedido. Ele escorregou e bateu contra a borda. Sentiu que sangrava. Ficou atordoado durante dois segundos, enquanto o barco balançava perigosamente. Tinha a impressão de estar bem no meio de uma tempestade, embora a algumas dezenas de metros dali a água estivesse calma e o céu, quase inteiramente sem nuvens.

Erik tentava se levantar, o motor tinha morrido, ele o ligou novamente, limpando o sangue que o cegava, ouvia os gritos dos pastores na margem, via os que se aproximavam de barco lhe fazerem sinais; as renas agonizavam, chocavam-se contra o seu barco, insensibilizadas pelo terror, quebrando a galhada ao se entrechocarem; as ondas batiam no casco e a água invadia o barco. Erik estava agora quase no meio do turbilhão.

Duas renas arrastadas atingiram de chofre o barco, e suas galhadas se engancharam nas cordas que sobressaíam na borda. Elas agitaram furiosamente a cabeça para se soltar. Erik caiu.

Prestes a ser definitivamente tragado pelas ondas espumantes, seu último olhar fixou uma nuvem branca e acolchoada.

2

Hammerfest. 16h35.

Nils Sormi expunha ao sol seu rosto satisfeito.

Estava entronizado como um paxá, cercado pelo seu grupinho habitual, mergulhadores e outros. Alguns vinham lhe dar um tapinha nas costas.

Num ato de loucura, Nils tinha comprado alguns dias antes um balcão completo para concluir o terraço do *pub* da moda onde ele gostava de relaxar. E de se mostrar. Ele o mandara trazer de helicóptero.

O *pub* Black Aurora tinha apenas uns poucos anos. Equilibrava-se numa falésia das colinas de Hammerfest, ao longo da costa oeste da Baleia.

Diante dele, um mar cintilante e montanhas nevadas se entrelaçavam. Abaixo se via o centro da cidade e o porto. Mais adiante, a estrada costeira seguia a baía até uma ilhota onde se divisavam galpões e depósitos de petróleo. A maior parte da cidade se acomodava numa faixa de algumas centenas de metros de largura que serpeava ao longo da costa, espremida entre o mar e a montanha.

Hammerfest, completamente destruída pelos alemães ao se retirarem no fim da Segunda Guerra Mundial, estava longe de ser de uma beleza impressionante. Mas a sua localização, no extremo norte da Europa, voltada para o Ártico e seus horizontes desconhecidos, conferia-lhe um toque de mistério e uma aura de aventura que com certeza seduziam mais.

Para além da baía, rumo ao horizonte, a estrada continuava, mergulhando sob a terra e ressurgindo na ilha artificial de Melkøya, construída para acolher a unidade de tratamento de gás da jazida de Snø-Hvit, que ficava ao largo. Ideia engraçada, chamar de Branca de Neve uma jazida. Os dois tocheiros cuspiam conscienciosamente suas chamas em cores que variavam ao acaso.

Com uma coberta sobre os joelhos, Nils fechou os olhos, sentindo a mão de Elenor, que o acariciava discretamente. Uma sombra passou e se postou diante dele.

– Nils, este bar... você está sempre no último grito da moda. É genial demais! Só mesmo você para fazer coisas assim.

– Você pode sair da frente do sol? – respondeu Nils com um gesto.

O bajulador se afastou com uma caneca de cerveja na mão e foi desabar numa espreguiçadeira, ainda impressionado. O ar estava fresco, mas no final do inverno alguns graus acima de zero e um raio de sol bastavam para instalar uma atmosfera de primavera. Ele se voltou para Elenor, a sua sueca. Pôs a mão sobre a da jovem para cessar o movimento que ela fazia. Elenor, sua vênus platinada. As outras se mordiam de inveja. Ele sabia atrair garotas como aquela. Mergulhador da indústria petroleira da Noruega significava *status*, muito embora na Suécia os noruegueses tivessem fama de provincianos. Outra sombra se aproximou.

– Então você está de folga por quanto tempo desta vez?

– Volto para o trabalho amanhã.

– Para onde você vai?

– Ainda vão me dizer.

– Para uma plataforma?

Nils tirou os óculos escuros e passou lentamente a outra mão no cabelo negro muito curto. Elenor tinha tirado a mão de sob a coberta e acariciava o peito do seu homem, cheia de admiração e até arrepiada, como sempre acontecia quando ele mencionava o trabalho e rebaixava os outros à triste condição deles. Essa garota era maluca. Não havia machos para ela em Estocolmo. Sua arrogância parecia fazê-la literalmente se derreter. Nils olhou para a sombra.

– Por quê? Você acha que tem competência para mergulhar em dupla comigo?

A sombra foi embora. Através da camisa, Elenor deu um beliscão no mamilo de Nils. Ela gostava disso. Quando ele e o seu grupo de mergulhadores estavam ali havia sempre uma multidão de jovens, rapazes e moças, que queriam se esfregar neles. Alguns mergulhadores continuavam sentados, cada um no seu canto. Tinham acabado de chegar de uma missão difícil, o que se via na expressão ainda tensa. E no modo como eles se embebedavam. Era sempre assim nos primeiros dias de descanso. Nils sentiu uma vibração e pegou o celular. Era Leif Moe, um dos supervisores da companhia Arctic Diving.

Com um movimento de quadris que anunciava a sua desaprovação, Elenor se levantou e começou a dançar sozinha, provocante. Nils viu que os outros homens não podiam desviar os olhos dela, mas disfarçaram quando ele se levantou devagar. Ele ignorou Elenor, que se dependurou no seu pescoço e o beijou, e seguiu rumo ao estacionamento para conversar com calma.

– A polícia nos chamou, está precisando de um mergulhador para resgatar o corpo de um afogado. O escritório não recusou.

– Ah, é?

– Devemos isso a eles pelas várias vezes que lhes pedimos que fizessem vista grossa para as besteiras que você faz.

– Não me encha o saco. Estou com a minha garota no Black Aurora.

– Você é o único disponível e em condição de mergulhar. Os outros estão em missão ou acabaram de voltar.

– Merda! E quanto pagam por isso?

– Vão buscar você. Não saia daí.

Nils desligou. De qualquer maneira, o ócio já começava a aborrecê-lo. Ele se estirou, olhando novamente a paisagem magnífica que se estendia aos seus pés. Montanhas ainda bastante nevadas tapavam todo o horizonte. No terraço, alguns rapazes se aproximavam para olhar Elenor, que brandia um copo enquanto se agitava.

– Preciso ir.

– Ah, não, agora que estamos começando a nos divertir!

– É uma emergência. Pode ficar aqui, se quiser. Tome as chaves.

– Você me irrita. Venho especialmente de Estocolmo e você foge de mim neste fim de mundo? Você está brincando ou o quê?

Ela assumiu seu ar de contrariedade. Braços cruzados, fazendo os seios sobressaírem – para o enorme prazer dos homens presentes –, Elenor lançou sobre ele outra chuva de censuras. Logo o som da sua voz foi coberto pelo rugido de um helicóptero que aterrissou no estacionamento do Black Aurora diante do olhar embasbacado de todo o grupo, com exceção dos mergulhadores. Nils pôs um dedo nos lábios de Elenor. Ela o fuzilou com o olhar e tomou a mão dele com uma expressão menos exasperada. Nils viu o orgulho nos olhos dela quando embarcou no Super Puma.

* * *

O helicóptero não tardou a atingir o sul da ilhazinha. Chegando à beira do estreito do Lobo, Nils terminou de ajustar os cilindros. O mergulhador ergueu os olhos para os pastores *sami*, que, sombrios, se mantinham a distância. Alguns cadáveres de renas já haviam sido resgatados.

O sol acabava de nascer; não faltaria luz. Nils resolveu não esperar a polícia. Um criador com semblante arrasado lhe indicou o lugar onde o pastor havia desaparecido. A correnteza não era muito forte.

Menos de uma hora foi o suficiente para Nils descobrir o corpo. Ele o conduziu com dificuldade até a outra margem e então soltou os cilindros.

Na margem oposta, os pastores discutiam com os policiais, que finalmente haviam chegado. Ao ver Nils, o grupo inteiro entrou nos veículos para chegar até onde ele estava.

Ao virar o corpo do pastor, Nils foi sacudido por um espasmo. Os veículos se aproximavam, encabeçados pela polícia. O mergulhador deu dois passos para o lado e vomitou, sufocado.

Ninguém lhe havia avisado. Erik. Ele acabava de resgatar o seu amigo de infância. Nils deu um chute violento num seixo. Como puderam fazer aquilo? Limpou a boca com a manga da roupa de mergulho e voltou a se aproximar do corpo, nauseado. Ninguém o havia visto vomitar. Ele olhava para Erik, sem saber o que fazer. Com a cabeça cheia de imagens.

Os policiais chegaram, seguidos de um grupo de pastores *sami*. Um dos pastores gritava para os policiais. Estava bêbado. Os outros não se preocupavam com aquilo. O bêbado censurava os policiais por não estarem presentes no momento da travessia.

Nils reconheceu o policial de calça militar azul-marinho. Estava acompanhado de uma jovem policial loira e muito magra. Esse safado do Nango sem dúvida já tentou transar com ela, pensou. Nils não se esforçou para sorrir.

– Obrigado, Nils – disse-lhe Klemet Nango, aproximando-se do corpo.

– O que foi que aconteceu? – indagou o mergulhador.

Os *sami* se aglomeraram em torno deles. Ao longe uma ambulância se aproximava. Um pastor se adiantou. Esse também, Nils conhecia há muito tempo. Juva Sikku. Ele explicou o acidente.

– A minha rena branca também se afogou – acrescentou Juva. – O que é que eu vou fazer sem ela?

Nils não ligou para aquilo. A jovem policial parecia chocada por Juva Sikku lamentar a perda da sua rena.

– Você acha que é hora disso?

Sikku olhou para ela sem denotar emoção.

– Você sabe o que é uma rena líder?

Ele cuspiu no chão e se afastou do grupo. Ao lado, o *sami* bêbado gesticulava em torno de Klemet.

– Bando de policiais incapazes, sempre chegam depois que as coisas já aconteceram. A Polícia das Renas! Não servem para nada! São bons só para dirigir moto. Vocês deviam estar lá, foram vocês que o mataram. Foram vocês, vocês!

Klemet começava a se enervar. Nils voltou-se para a policial.

– Você trabalha com ele há muito tempo?

– Nina Nansen – disse ela, estendendo-lhe a mão. – Entrei na patrulha, a P9, há muito pouco tempo. E na polícia também, aliás. É o meu primeiro posto depois da escola.

Nils assentiu com a cabeça. A policial prosseguiu.

– É terrível o que aconteceu com esse pastor. Não sabia que isso podia ser tão perigoso.

– Se você quer perigo para valer, vá mergulhar num poço de petróleo.

Nina lançou-lhe um olhar sombrio, e ele viu que ela se controlava para não replicar. Mas ela permaneceu em silêncio. Visivelmente chocada. Ele não se importava com isso. Poucas pessoas sabiam como se comportar com homens como ele, que arriscavam a vida cotidianamente. Mais uma deslumbrada.

– Preciso ir agora, estão me esperando.

Lançou um olhar para o corpo de Erik, que estava sendo levado para uma ambulância. Klemet discutia com os criadores, dando as costas para aquele que, cambaleante, continuava a insultá-lo.

Nils pegou seu equipamento e o levou para o helicóptero. O rotor começou a funcionar. Klemet se aproximou dele, sempre seguido pelo *sami* que berrava, mas cujos insultos já eram encobertos pelo barulho da hélice.

– Você continua gostando da polícia? – gritou Nils num tom agressivo.

Klemet o encarou longamente enquanto ele afivelava o cinto de segurança. Depois apontou para a sua roupa de mergulho.

– Parece vômito – gritou Klemet. – E cheira a vômito.

O helicóptero levantou voo, e Klemet se distanciou. Nils o observava, olhando para trás.

3

Vale do estreito do Lobo. 21h20.

– Decididamente – disse Nina olhando para a sua pequena câmera –, você ainda pode progredir. Vou lhe mostrar como se usa o estabilizador.

Carrancudo, Klemet dirigia a picape da patrulha P9 da Polícia das Renas. Nina percebia que a cena no estreito do Lobo o tinha irritado bastante. O adiantado da hora não melhorava as coisas. Tampouco a personalidade reservada de Klemet.

– Eu lhe garanto: tive vontade de algemar aquele bêbado.

– Puxa, bem que ele merecia.

Klemet não podia ver o sorrisinho de Nina. Mas ela sabia também que ele e muitos outros colegas tinham uma lembrança penosa do seu serviço nas pequenas delegacias do Grande Norte, onde era preciso intervir, às vezes sozinho, em histórias de bebedeiras que frequentemente terminavam com muita violência. Integrar a Polícia das Renas representava para eles uma pausa numa carreira sob tensão permanente. Depois de ter passado, em alguns casos, por uma depressão nervosa.

– Você notou umas coisas que pareciam oferendas sobre aquela grande rocha pontiaguda perto da margem? Nunca vi isso antes.

Ela se voltou para Klemet, que continuava acabrunhado. Vai passar, pensou ela.

O sol acabara de se pôr, e ainda havia muita claridade. Naquela estação, o corpo muitas vezes só sentia tarde demais a necessidade de parar, e o cansaço se acumulava. Nina não se queixava disso. Estava descobrindo um fenômeno desconhecido naquele sul da Noruega onde crescera. Por enquanto, ela só via o lado bom dele.

Klemet freou bruscamente. Mais abaixo na estrada Nina viu um pequeno *trailer*. Ela se virou com um ar interrogativo para o colega.

– Controle de rotina. Estão estacionados perto demais da estrada. É perigoso.

Klemet manifestava um estado de espírito prevenido. E pouco loquaz. Desde a sua chegada do sul da Noruega, alguns meses antes, Nina havia tido tempo de avaliar o parceiro durante as patrulhas, nas quais eles não se separavam por dias a fio.

Melhor esquecer, disse Nina a si mesma, talvez com isso ele se acalme. Klemet bateu na janela do *trailer*, e então apareceu uma cabeça descoberta, com cabelo fino e curto. O homem tinha um rosto bronzeado e esportivo, um belo maxilar enérgico, usava um lenço vermelho estampado em volta do pescoço e parecia surpreso.

– Quero ver os seus documentos.

O homem conseguiu explicar que era alemão e não falava norueguês. Tentou o inglês, mas esse era um idioma que Klemet falava muito mal. Nina, sentindo que a situação não tardaria a deixar Klemet ainda mais nervoso, ofereceu-se para lhe servir de intérprete de inglês. Klemet levou o seu zelo às últimas consequências. Contornou o *trailer* enquanto Nina consultava os documentos do veículo.

– Venha aqui ver uma coisa, Nina. Depois disso, você não vai mais dizer que não tenho faro.

Na traseira do veículo estava deitado um homem com roupas de mochileiro. Klemet o sacudiu. Outro alemão, dormindo para curar a bebedeira. Uma garrafa de conhaque fora deixada dentro da pia. Aqueles dois tinham se adaptado rapidamente às tradições locais do café-conhaque. No porta-malas, Klemet encontrou galhadas de rena. Sob um banquinho ele descobriu até mesmo uma placa de sinalização viária com uma rena num triângulo vermelho. Os alemães adoravam esse tipo de lembrança.

– Nina, boletim de ocorrência.

O motorista tentou explicar. Eram turistas e alguém lhes tinha vendido a placa; eles não a haviam arrancado. Quanto às galhadas, também tinham comprado de um *sami* perto de um estacionamento. E, em relação ao resto, desconheciam a proibição de estacionar ali.

Nina se limitou a traduzir, pensando que, se emitisse sua opinião, Klemet brigaria com ela durante o resto da semana. Ele preencheu o B.O. e deu aos dois homens uma cópia.

O motorista não protestou. Parecia ter pressa de acabar com aquilo. Ou talvez achasse que a multa nunca o encontraria na Alemanha.

Depois de se certificar de que os alemães estavam retirando dali o veículo, Klemet retomou seu trajeto. Agora tinham pela frente o trabalho desagradável. Talvez fosse essa a razão do mau humor de Klemet. Era preciso dar a notícia à jovem esposa de Erik. Ela estava acampada nas imediações, perto do resto do rebanho, na rota da transumância. Os policiais primeiro deviam pegar suas motoneves no posto de Skaidi, sua base naquela temporada. Eles ainda costeavam Repparfjord quando Klemet parou novamente. Uma caminhonete de péssima aparência estava estacionada, desta vez numa área adequada.

– E agora, o que foi? – suspirou Nina.

– Lata-velha. Vou verificar se passou pelo controle técnico. São perigosas.

Sempre de poucas palavras.

Não havia ninguém na cabine dianteira. Klemet e Nina se inclinaram para examinar o lado do motorista. Havia recados de todas as cores afixados no painel do lado do passageiro. No retrovisor interno, estavam penduradas uma pequena escultura de perdiz com o bico quebrado e uma flâmula do time de futebol de Alta, o Alta IF.

Klemet bateu na porta lateral da picape. Um homem estremunhado enfim abriu a porta. Seu tronco saía do saco de dormir. Atrás dele outro vulto se mexeu, igualmente metido num saco.

Os dois homens se apresentaram como técnicos a trabalho em Hammerfest. Eles não se acomodavam nas casas pré-fabricadas alinhadas acima da ilha-unidade de tratamento de gás, e sim num dos hotéis flutuantes alugados para abrigar os trabalhadores do novo canteiro de obras da refinaria. Aparentemente, um deles era norueguês e o outro, polonês. Este disse algumas palavras em sua língua e o outro traduziu. O polonês não falava norueguês e o seu inglês era de pouca valia. Os dois homens pediram desculpas por não terem consigo os documentos, mas propuseram passar na delegacia de Hammerfest assim que possível, pois não queriam criar problemas. O polonês continuava prostrado no fundo da caminhonete. Mas nem ele nem o norueguês pareciam ter bebido. Klemet escutava, observando o interior do veículo. Não estava vendo nada suspeito.

– Sem documentos. Vou fazer um B.O. – resmungou Klemet.

Preencheu o documento, deu-lhes uma cópia, lembrou-os de que deviam passar na delegacia de Hammerfest para levar os documentos e então voltou a fechar a porta.

– Importante controlar. Importante. Com os roubos nos chalés, as invasões e tudo mais.

Nina teve a impressão de que ele tentava se convencer.

Quando já estavam no veículo, ela se virou para ele.

– Você está querendo controlar todo mundo hoje? Tudo porque um velho *sami* alcoolizado o insultou? Você está se esquecendo de que temos de dar a notícia à mulher de Erik?

Klemet lhe dirigiu um olhar impaciente. Pegou os dois B.O.s e com um gesto feroz os rasgou em pedacinhos, que em seguida atirou na traseira da picape.

– Pronto. Agora podemos continuar?

Deu partida sem esperar a resposta e continuou em silêncio até o posto da Polícia das Renas, em Skaidi.

A primavera estava feia. Mas as primaveras sempre eram feias no Grande Norte. Entre abril e maio a neve ainda resiste, conforme o calor do sol, mas o derretimento complicava a circulação com motoneve. Ao longo dos rios e sobre os lagos, o gelo amolecia. O derretimento da neve acumulada durante seis meses transformava a região num imenso lodaçal. Era preciso esperar o mês de junho para ter verde e ousar falar de verão. A primavera não passava de um prolongamento do inverno, mas mais complicado. E também muito frio. A temperatura naquela noite era de 5 graus negativos.

Depois de ter recuperado as motonetas no posto de Skaidi, Klemet e Nina partiram em direção ao acampamento do clã Steggo. Nina seguia atrás de Klemet para evitar as armadilhas do gelo frágil. Eles levaram uma hora para chegar às barracas erguidas numa extensão coberta de urze, onde a neve tinha derretido. Fizeram os últimos 100 metros em meio a uma mistura de neve e vegetação, e então desligaram os motores. Klemet adiava o momento de falar com a família. Ele os olhava de longe. A notícia provavelmente já havia chegado lá, embora o sinal de celular fosse ruim naquele lado da montanha. Ao vê-los se aproximando, o grupo se agregou. Crianças e mulheres, sobretudo. Os homens estavam longe, com as renas. A transumância para o norte começara havia pouco. No entanto, aquele rebanho estava muito adiantado, Klemet explicara a Nina. Depois do drama da manhã, a parte do rebanho que tinha tentado a travessia estava agora dividida em duas, de um lado e do outro do estreito. Com a proximidade das estradas, sobretudo da mais frequentada, que subia para Hammerfest, era preciso maior vigilância. Diante de uma das barracas havia alguns velhos *sami* sentados, e eles não se levantaram. Nina não podia ver o que eles faziam.

Trocaram cumprimentos com expressão grave. A morte de um criador era sempre um drama. A de um criador jovem, mais ainda: eram raros os que queriam e podiam se lançar nessa atividade. Klemet se sentia incomodado. Sua família fora forçada a deixar a criação de renas desde a geração do seu avô, e ele tinha uma relação ambígua com esse meio. Nina havia percebido isso por ocasião da investigação sobre a morte de Mattis, alguns meses antes. Muitos pequenos criadores sofriam com a lei do mais forte.

Uma mulher de meia-idade se adiantou. Além do penteado *sami*, Susann usava uma parca azul-marinho um pouco apertada demais para ela e calças grossas. Um ar enérgico iluminava seu rosto.

– Por que vocês não estavam lá? – começou ela bruscamente.

A mesma acusação do *sami* bêbado.

– Você acha mesmo que isso teria mudado alguma coisa? – respondeu Klemet com voz cansada.

– E por que não? Faz parte do seu trabalho saber que os conflitos pululam novamente entre os criadores. Você não sabe que há uma corrida pelas melhores pastagens ao longo da rota da transumância?

– Claro que sei, não é novidade – respondeu Klemet. – Mas não vejo que relação tem isso com a morte de Erik.

Pela reação de algumas mulheres, Nina se deu conta de que nem todas sabiam do afogamento do jovem. Uma delas, uma velha vestida do modo tradicional, se agarrou ao braço de Susann e com um ar inquieto lhe indagou em *sami*. Susann lhe respondeu com um olhar abrasante. Erik era seu sobrinho.

– Você conhecia Erik? – perguntou Susann.

– Não muito – disse Klemet. – Perdi o contato com ele há muito tempo. Em princípio ele não está na minha zona de patrulha.

– Erik era a esperança do nosso clã. Ele se esforçou e se formou na Escola de Agricultura da Universidade de Umeå e na Escola Superior Sami de Kautokeino. Não conheço muitos como ele.

– O que você está querendo me dizer?

– Não sei, Klemet, não sei – disse ela, começando a chorar, com a velha pendurada em seu braço.

Klemet sacudiu a cabeça.

– Anneli já sabe?

Susann meneou negativamente a cabeça.

– Ela está com o rebanho que ficou no fundo do vale. Siga o caminho da crista. Vá a pé, para não assustar os animais. Você vai encontrar a tenda depois de subir uma meia hora. Dali ela vigia as renas que estão mais abaixo.

Algumas fêmeas iam parir. Nascimentos precoces. Normalmente elas só pariam ao chegar à ilha, depois da travessia, a partir de meados de maio e durante todo esse mês, até o início de julho.

– Esses filhotes não vão poder atravessar a nado – inquietou-se Susann. – Vamos pensar numa solução. Será preciso talvez pedir a balsa do Departamento de Administração das Renas.

Klemet e Nina partiram na direção da crista. Passaram diante da tenda *sami* onde cinco velhos se sentavam em torno de uma fogueira. Eles cantavam. Um deles tinha o ar cansado. Os outros tampouco pareciam muito em forma. Velhos que compartilhavam os últimos momentos dessa vida nômade hoje vivida apenas na época da transumância. A mecanização, a partir dos anos 1960, havia posto termo em seu antigo modo de vida.

Nina se arrepiou ao ouvi-los cantar. Seu canto não era na verdade um *joïk*, o canto tradicional *sami*, mas havia nele uma sonoridade lancinante e também algo de um salmo. O *sami* de olhos cansados afastou da testa uma mecha ondulada. Ele não cantava. Nina não parou ao passar por ele, mas observou-o durante todo o tempo, até seus olhos avistarem a crista.

* * *

Eles encontraram facilmente a viúva, embora a marcha na neve macia os tivesse cansado. A jovem vigiava sozinha os animais. "Ela quase é mais loira que eu", notou Nina admirada. Anneli tinha um longo cabelo liso que lhe caía pelas costas, lábios carnudos e belas maçãs do rosto. O vento batia na face deles. A mulher estava numa rocha que se destacava no valezinho pontilhado de bétulas-anãs. Ela mostrou certo espanto ao ver os policiais chegarem, mas ao mesmo tempo sabia que a Polícia das Renas sempre checava quando os rebanhos se atrasavam ou se adiantavam nos períodos de transumância. Um modo de prevenir conflitos entre criadores por questões de acesso às pastagens. Anneli acenou para eles, parecendo alegre. Quando estavam bem perto, ela sussurrou com uma expressão animada, fazendo um sinal para eles se aproximarem e chegarem até a rocha.

– Olhem, uma fêmea vai parir.

Ainda se enxergava bem. Nina pegou o binóculo e assistiu ao momento precioso. Klemet permaneceu mais atrás. Nina se encarregaria de dar a notícia à jovem.

– O sopro do planalto chama para a vida as renas jovens – murmurou Anneli ao lado de Nina.

A policial via o filhote bufar, desajeitado sobre as patas finas. Ela sentia a respiração da jovem na sua orelha.

– A seiva ancestral já percorre esses serezinhos, vê-se como eles por instinto encontram a mãe e como a mãe por instinto já se preocupa. Você sabe que uma mãe assustada abandona o filhote? O silêncio é o primeiro véu de ternura deles. Toda a magia da vida atua nesse instante.

Doces e puros, pensava Nina, emocionada com as palavras de Anneli. O momento não podia ser mais insuportável. Ela se virou para Klemet, oculto na sombra. Ele lhe fez um sinal de cabeça. Nina tomou delicadamente a mão de Anneli e lhe deu a notícia.

4

Sexta-feira 23 de abril.

Nascer do sol: 3h26. Pôr do sol: 21h20.

17 horas e 54 minutos de luz solar.

Mar de Barents. 10h55.

Da janelinha do compartimento de comando, Leif Moe via a crista das ondas.

Tinham 5 ou 6 metros, no máximo.

Não parecia absolutamente uma tempestade. De qualquer forma, o navio de mergulho, o *Arctic Diving*, estava estabilizado.

Lá embaixo, os seus dois mergulhadores pouco deviam perceber dos redemoinhos da superfície.

– Profundidade: 40 metros.

Na cápsula de mergulho que descia ao fundo do mar de Barents, ligada ao navio por um cabo multifunções, o homem do sino de mergulho, Tom Paulsen, comunicava a cada 10 metros a profundidade atingida.

Como sempre, eles tinham inicialmente procedido ao *checklist*, o que levou uns vinte minutos; experimentaram as máscaras, as manetes, os mostradores de pressão, as junções. Estava tudo certo. As regulamentações haviam se tornado uma verdadeira praga para os mergulhadores no planalto continental norueguês.

Felizmente, desta vez eles não mergulhavam fundo o suficiente para utilizar misturas gasosas, pois nesse caso muitos outros controles teriam de ser acrescentados.

Mas tudo bem, desde que o cliente pague também por isso a gente não liga, pensou Leif Moe. Além do quê, o cliente, os clientes, o pressionavam cada vez mais. Era preciso trabalhar sempre mais rapidamente.

A Arctic Diving tinha perdido um contrato importante no mês anterior e não podia se permitir perder outro, agora que investira num novo conjunto de descompressão.

A cápsula de mergulho ia atingir a profundidade de trabalho. Uma cápsula para 50 metros era um pouco de luxo, mas tudo bem, eles a aproveitariam para testar um material novo. Era preciso retirar um poço de sondagem.

Um submarino telecomandado poderia ter se incumbido disso, mas havia a possibilidade de uma complicação. Foi a explicação dada ao cliente para não confessarem que os dois submarinos estavam fora de funcionamento.

Mais uma vez Nils Sormi ia poder se exibir.

Ele precisava terminar de se preparar na cápsula enquanto Paulsen, seu parceiro, a controlava. Mesmo não gostando de Sormi, Leif Moe tinha de reconhecer que ele e Paulsen eram uma formidável dupla de mergulhadores que funcionavam como gêmeos debaixo da água. Debaixo da água assim como em terra.

– Profundidade: 50 metros.

Objetivo atingido.

Pressão acionada. Os dois mergulhadores iam ficar meio tontos.

Mas a rapidez era uma necessidade imperiosa. Contavam-se os minutos, uma vez que a tecnologia disponível para esses mergulhos era muito cara.

Leif Moe vigiava suas telas de controle. Graças ao aumento da pressão na cápsula, a câmara de vácuo abriu.

– *We got the door.*

Porta aberta.

Vamos lá, garoto, deslize, pensava Leif Moe.

A água não está tão fria: 3 graus, ligeiramente mais fria que a do mar do Norte. Sim, claro, um pouco fria. Mas deslize, deslize, antes que o cliente me encha o saco.

E foi exatamente o que aconteceu. Em outra frequência de rádio, o cliente – Future Oil –, instalado no ambiente climatizado de Hammerfest, queria notícias.

– *Arctic Diving*, onde é que você está? – dizia a voz de Henning Birge, o representante da Future Oil.

– O mergulhador está na água.

– Vocês já estão no limite do horário. Estão arriscando ultrapassar.

– Está tudo em ordem agora. Desligo.

Da cápsula, Tom Paulsen continuava informando.

– *Diving leaving the bell.*

Vamos, é isso, agora saia daí, está bem, garoto Nils, vamos, mostre para os caras da Future Oil que você é o melhor, que eles têm razão de ficar exibindo você nas festas deles.

Nils Sormi devia estar puxando o conector pelo qual passavam os canos que mantinham a sua vida: a água quente, a comunicação com a cápsula e, sobretudo, o ar que lhe permitia respirar.

Nils não mergulhara muito profundamente, devia descer ainda alguns metros, mas o fundo estava negro. Era preciso retirar todo o material da extremidade de um poço de sondagem que fora deixado ali, para que as redes dos pescadores não se danificassem.

Isso exigiria muitos mergulhos, se os submarinos não fossem reparados rapidamente – dois submarinos avariados ao mesmo tempo, isso nunca tinha acontecido, droga –, mas Nils devia fazer agora a maior parte do trabalho.

Ele era o homem certo para aquilo. Um sujeito que gostava de correr riscos, que não tinha medo, sempre disposto a fazer uma coisinha a mais que não fora combinada. Claro, no seu ofício essa coisinha a mais podia significar a morte. Mas Nils não era idiota. E o seu parceiro era uma boa garantia. Para Tom Paulsen, a segurança ficava na frente de tudo, não importava o cliente, qualquer que fosse o custo. Até mesmo os clientes – a maioria, pelo menos – o respeitavam por isso. Se Nils Sormi tinha a coisinha a mais, Tom Paulsen tinha a coisinha a menos, o que os outros chamavam de princípio da precaução. Uma combinação que os tornava imbatíveis.

– *Give the diver more slack.*

Dar mais corda ao mergulhador. Ele agora devia estar no ponto ou quase.

– *Arctic Diving*, encontraram?

O sujeito da Future Oil tinha acordado novamente.

– O mergulhador está chegando à zona.

– Quem está na manobra?

– Nils Sormi fora, Tom Paulsen no sino de mergulho.

– Ah, o garoto Sormi, muito bem. Mas andem depressa, de qualquer forma.

– Desligo.

Idiota, pensou Leif Moe. Ah, e esse "o garoto Sormi" para cá, "o garoto Sormi" para lá. Só *ele* tinha esse direito. É muito simples: Nils Sormi era exibido pela companhia. E os petroleiros adoravam também o fato de o principal mergulhador da Arctic Diving ser um *sami*, o único, é verdade, mas era a estrela. Ele era o álibi, "o bom lapão", a prova de que as companhias petrolíferas se abriam para os nativos e os faziam participar do desenvolvimento local. A grande Texan, da South Petroleum, só confiava nele, parece que o tinha adotado. E ele não era o único. Imagine! Entre eles o apelido de Nils Sormi era PC: politicamente correto. Tirava-se a pasta PC quando era preciso acalmar os políticos locais ou impressionar os jornalistas. E esse babaca pretensioso não percebia isso. Na cápsula de mergulho, Leif Moe ouviu a voz de Paulsen dirigindo-se a Sormi.

– Nils, esqueça, você não tem tempo, e é arriscado demais, isso contraria os procedimentos.

– Cápsula, o que é que está acontecendo? – indagou Leif Moe.

– É impossível prender a peça que nós temos que levar, porque ela está quebrada. Será preciso cavar debaixo dela para passar os cabos. Isso deve levar pelo menos dois dias.

– Dois dias! Porra.

– Nils não quer esperar. Ele diz que pode fazer uma soldagem para prender a peça no cabo. Pessoalmente, sou contra. Nós não dispomos de todo o equipamento.

– Bom, vou transmitir.

Quando o supervisor explicou a situação para o representante da Future Oil, a resposta foi a que ele esperava.

– Está gozando da minha cara? Você sabe quanto pago pelas horas extras de descompressão e blá-blá-blá? Diga ao Sormi para dar um jeito.

– É muito arriscado ir depressa demais, e você ouviu bem o que eu lhe disse: não temos o equipamento necessário.

– Você acha que estamos pagando para que ele seja monitor no Club Med? Desligo.

Os minutos passavam, inquietantes. Leif Moe seguia a distância, limitando-se a controlar os indicadores do pequeno compartimento onde estava, no navio de mergulho. Na cápsula, a atmosfera de confinamento devia estar começando a ficar opressiva para Tom Paulsen. E Nils Sormi, mesmo com a roupa adequada, provavelmente já se entorpecera de frio. Ele ouviu a recomendação de Paulsen para o parceiro e este decidir pela própria cabeça. De qualquer maneira, o tempo previsto para a missão já havia se esgotado.

Leif Moe percebeu que, contrariando a opinião de todos, Sormi tinha começado uma solda quebra-galho na estrutura destinada a ser içada. Bricolagem e bravata, na mais pura tradição dos primeiros tempos de mergulho da indústria petroleira no mar do Norte nos anos 1970. Moe não podia evitar reconhecer certa petulância em Sormi. O pequeno lapão não era mau. Arrogante e pretensioso, sim, mas incrivelmente bom. Um grito de Paulsen sobressaltou-o.

– Volte imediatamente, Nils, agora você está correndo perigo!

– Paulsen, droga, o que é que está acontecendo?

– Problema com o conector. A água quente e o ar estão com uma redução de... três quartos.

– Quanto?

– Três minutos.

– Ele está a quanto da cápsula?

– Menos que isso. Mas ele diz que já está quase terminando a soldagem.

– Pelo amor de Deus, pegue esse cara pelas orelhas!

– OK. Desligo.

Paulsen estava em princípio preparado para reagir imediatamente. Isso fazia parte da sua missão como homem do sino. Ele só precisava vestir rapidamente a máscara. Num piscar de olhos. Ele estaria disposto a ir sem máscara pelo seu companheiro. Moe tinha os olhos cravados nas telas e no seu cronômetro, que ligara por reflexo.

– *Arctic Diving*, vocês vão ficar enrolando por muito tempo ainda?

Leif Moe cortou a comunicação com Hammerfest. Isso o livrava de uma discussão. Os três minutos tinham passado. O silêncio era total, com exceção de um leve chiado do rádio. Lá fora, as ondas se chocavam contra o casco, sem grandes consequências. Ele percebia pela outra janelinha a plataforma móvel, também ela insensível ao aguaceiro.

– *Divers back in the bell.*

Ele deu um suspiro de alívio. E voltou ao computador.

– Informe.

Dois longos minutos se passaram.

– Nils está bem, eu o recuperei desfalecido. Está respirando, mas foi tempo suficiente para ele ter um resfriamento. Você pode tranquilizar a Future Oil. Ele terminou a soldagem. Está tudo pronto para a subida. Desligo.

Leif balançou a cabeça.

– Comecem a subida e a descompressão. Desligo.

5

Colinas do estreito do Lobo. 13h45.

Klemet Nango e Nina Nansen tinham passado a noite no posto de Skaidi. Na internet, os *sites* de notícias traziam comentários extensos sobre o acidente que custara a vida de Erik Steggo. Muitas mensagens de apoio. Mas nem mesmo estas, irritadas e oportunistas, perdiam a oportunidade de derramar o seu fel. "Se as renas fossem proibidas na ilha de Kvaløya, esse acidente não teria acontecido." "Os moradores de Hammerfest estão cansados dessas renas."

Isso não era novidade, disse Klemet a si mesmo. Há muito tempo essas histórias de renas na cidade durante o verão arruinavam as relações entre as comunidades.

O próprio prefeito de Hammerfest dava a sua contribuição para o conflito publicando na sua página do Facebook fotos das renas que ele surpreendia na cidade.

Nina e Klemet estavam voltando pelas colinas do estreito. Aquela não era a primeira vez que renas morriam afogadas ao chegar a uma pastagem ou voltar dela.

Na primavera, muitos rebanhos que tinham invernado no interior da Lapônia, entre Kautokeino e Karasjok, voltavam às pastagens de verão que ficavam na costa ao norte, às vezes nas ilhas. Algumas renas nadando, outras em balsas de transporte do Departamento de Administração das Renas. No outono, faziam o caminho inverso. Era essa a rotina. Mas Klemet nunca ouvira falar da morte de um criador por acidente na travessia. As palavras de Susann o tinham magoado, mesmo ela não tendo razão. A presença deles não teria mudado nada.

A reverberação o cegava. Ele pôs os óculos de sol. Todas as renas afogadas tinham sido trazidas para terra. Umas trinta, ao todo. O resto do rebanho atravessara sem problema algumas horas antes. As demais, que ainda estavam com Anneli, seguiriam mais tarde para a sua próxima pastagem.

Nina o arrancou de seus pensamentos. Direta, como sempre.

– Qual é o seu problema com Nils?

Klemet olhou-a sem nada dizer. Isso frequentemente funcionava. Mas não daquela vez. Não com ela.

– Você não é obrigada a pensar que tenho problemas com todos os criadores da região.

Klemet concentrou-se na observação do estreito do Lobo.

– Você viu o tipo dele?

Então foi a vez de Nina ficar um momento em silêncio. Também ela parecia absorta na contemplação do estreito. Diante deles, as encostas ainda nevadas cintilavam. As renas já deviam estar enfiadas no interior de Kvaløya, umas subindo em direção à cidade e outras rumando para o planalto desabitado no alto da ilha.

– Vi – disse ela depois de um tempo. – É, sei que ele é insuportável. E irresistível.

– O que você quer dizer com isso?

Então foi Nina quem ficou em silêncio.

O celular de Klemet tocou quando a patrulha P9 descia para o vale.

– Pegadas? Que pegadas?

Uma questão de roubo de renas.

– Isso vai mudar os nossos planos – começou Nina depois que ele desligou.

Numa área de estacionamento à margem da rodovia que entrava em Repparfjord, eles encontraram na hora marcada o criador que acabara de notificar o roubo. Essa pontualidade era algo fenomenal naquela região imensa e despovoada onde "se chegava quando se chegava".

O ladrão não se abalara: o delito aconteceu a apenas uns 15 metros da estrada, num local totalmente descoberto, bem ao lado da montanha. Um risco fabuloso, pois mesmo em plena noite a luz não enfraquecia. O criador partiu logo em seguida. Durante a transumância, era imprudente se ausentar por muito tempo.

O animal havia sido retalhado no próprio local do abatimento. Outro sinal que indicava um risco incomum corrido pelo ladrão. A maioria dos roubos de renas acontecia no outono. Não só porque os animais estavam bem de saúde, depois de comer a grama ao longo da costa, e com a carne em melhor condição, mas também porque a escuridão permitia caçar sem grandes riscos. Klemet e Nina calçaram as luvas de plástico azul para virar a pele e a cabeça cortada da rena, cuja galhada havia desaparecido. Mas as duas orelhas continuavam lá. Nina se adiantou.

– Se nós temos as orelhas é porque o ladrão não é daqui, do contrário saberia que o melhor meio de fazer com que um caso de roubo seja ignorado é fazê-las desaparecer. Não é assim?

Klemet não viu necessidade de responder. Nina não era mais uma novata recém-ingressada na Polícia das Renas; ela já havia assimilado os fundamentos. Sem orelhas, sem marcas; sem marcas, sem proprietário; sem proprietário, sem queixa; e sem queixa, sem investigação. Essa era a lógica implacável do trabalho policial na Lapônia. Cada rena tinha nas duas orelhas a marca que identificava infalivelmente o criador. A polícia dispunha de um livrinho que listava as centenas de marcas usadas na região. Klemet e Nina se entreolharam e tiveram simultaneamente a mesma ideia. Eles voltaram para a picape e começaram a recolher os B.O.s jogados de qualquer jeito na traseira.

6

Porto de Hammerfest. 18h50.

Ninguém lembrava exatamente a razão e a época em que o pequeno porto de Hammerfest havia recebido o apelido de Cais dos Párias. Nils achava adequado esse nome.

Embora estivesse no centro da cidade, o cais parecia completamente isolado do resto dela e dos seus 10 mil habitantes. Duzentos metros à esquerda, diante do mar, ficava a praça principal da cidade, com a prefeitura, o Hotel Thon, a revistaria e *bombonière* Narvesen, o quiosque de *kebabs* e algumas lojas. O prédio que abrigava as empresas de petróleo se erguia logo atrás, com uma galeria comercial no andar térreo.

Alguns metros à direita ficava o supermoderno Centro Cultural Ártico, cuja estrutura se iluminava de azul à noite. Um edifício imponente construído junto da baía graças ao dinheiro do gás do mar de Barents. Um justo retorno, podia-se imaginar, para esse vilarejo antigo que foi o primeiro do norte da Europa a instalar iluminação pública nas ruas.

Mas quem queria passear não vinha mais até esta parte do porto. Para essas pessoas, 100 metros equivaliam a 100 quilômetros.

O Cais dos Párias oferecia a imagem de um mundo à parte. De um lado havia barquinhos de pesca ancorados. Nunca em grande número, quatro ou cinco no máximo. Barcos de alguns pescadores *sami* e de outros, não *sami*, mas igualmente pobres.

A outra extremidade do Cais dos Párias era normalmente reservada aos navios de mergulhadores. Naquela noite o *Arctic Diving* o ocupava.

A particularidade do lugar residia nos dois bares quase invisíveis localizados no prolongamento do cais. Eles ficavam um ao lado do outro, separados por um fosso com grandes tambores de gasolina fazendo as vezes de linha de demarcação. O primeiro era conhecido como o refúgio dos marinheiros que regressavam das suas viagens, bem longe do Black Aurora, que eles reservavam para as noites nas quais queriam impressionar o público.

No seu bar do Cais dos Párias, o Riviera Next, os mergulhadores reencontravam uns aos outros, sem a necessidade de se exibir e de fingir, mas firmando a sua reputação de garanhões, farristas, brigões e desafiadores da morte, que deixava a gente do lugar pouco à vontade. Eram raros os eleitos de fora do seu mundo que podiam pôr o pé naquele antro sem serem logo considerados intrusos.

O bar vizinho, o Bures – "bom dia" em *sami* –, tinha um aspecto pior ainda. Passava-se de um mundo a outro entre os pescadores, *sami* e não *sami*. *Sami* da costa, pescadores que batalhavam para sobreviver da pesca tradicional nos fiordes, o ponto mais baixo da hierarquia *sami*, dominada pelos grandes criadores de renas. Mas aqueles cujos animais pastavam em Kvaløya não eram grandes criadores. E nunca seriam. É por isso que alguns deles vinham às vezes ao Bures. Às vezes. Raramente. Na cidade de Hammerfest, agora totalmente dedicada ao petróleo e ao gás do mar de Barents, eles não se consideravam bem-vindos. No Cais dos Párias eles podiam evitar se misturar ao resto da cidade.

Uma simples porta metálica de garagem fechava o acesso aos dois bares. Quando a porta era erguida, um espaço aberto servia de fumódromo, com duas mesas, bancos, cinzeiros espalhados e lâmpadas descobertas lançando uma luz dura. Ao fundo, portas simples sem nenhum letreiro abriam-se para o salão. Quem não sabia da existência dos bares ficava perambulando na rua sem perceber nada.

Depois de ter passado uma parte do dia com Tom Paulsen na câmara de descompressão, Nils Sormi foi para o bar. A hora do Black Aurora seria mais tarde. Henning Birge, o representante local da Future Oil, o acompanhava desde que ele saíra do barco. Birge, um sujeito alto e de rosto miúdo, com o cabelo muito loiro bem penteado, partido de lado, óculos com armação de metal, tinha dado uma bronca no mergulhador.

Esses caras não estão nem aí com o que acontece lá embaixo, pensou Nils. Mas ele não reagia diante dos outros; fechava-se. Era uma questão de postura. Ele sabia que era o melhor e que aquele sujeito, com todo o seu ar de importância, não podia demiti-lo. Nils o ouvia berrar, mas isso não o atingia. Suas histórias de atraso, de custo adicional, de preço, nada disso lhe importava. Bastava que o sujeito cuidasse de não ultrapassar os limites.

Sutil barreira que dependeria do jeito como Nils esperava que os demais, no terraço, julgassem a situação. O mau preparo da missão não o isentava da sua responsabilidade de mergulhador. Birge nem percebia que ele, Nils Sormi, o tinha tirado do buraco.

Paulsen acabou se aproximando do petroleiro e lhe explicou, do jeito que sempre inspirava respeito, que Sormi salvara a missão arriscando a própria pele, "tudo por causa de uma porcaria de ponta de aço mal presa".

Outros mergulhadores seguiam a cena em silêncio. Sormi conservava a sua máscara. O petroleiro responsável estava sendo ridículo aos olhos dos outros, sabedores de que o mergulhador tinha tido um desempenho brilhante. Nils Sormi não estranhou quando viu Henning Birge adotar uma atitude branda. Ele acabara de sentir a mudança de clima. Então o segurou pelos ombros para lhe dar um abraço.

– Pronto, tudo acabou bem. Nils, você sabe que temos muito orgulho de trabalhar com você.

Ele se dirigia ao mergulhador, mas também ao público dos dois bares.

Nils aproveitou que o outro o apertava contra si.

– Você errou fazendo o seu número diante de todo mundo – murmurou ele, apertando com os dedos o ombro de Birge. – É a última vez.

Eles se separaram. Apesar da dor, Birge sorriu. Ele tomou os outros por testemunhas.

– Sormi é a face do futuro do condado de Finnmark[1]: coragem e honra, um exemplo para todo o povo *sami*, que agarra o destino e não se contenta em estender a mão para pedir o dinheiro dos outros. Muito bem, Nils.

Ele se foi sem esperar mais nada.

Nils se sentou no terraço dos mergulhadores. Do outro lado dos tambores alguns pescadores bebiam cerveja. Alguns eram *sami*, sem dúvida, que pescavam nos fiordes, e outros não *sami*, com igual certeza, mas era impossível saber quem era ou não *sami* ao longo da costa. As populações se misturavam

---

1 Finnmark é o mais setentrional dos três condados que formam a parte norueguesa da Lapônia, terra dos *sami*, que se estende ainda pelo norte da Suécia, da Finlândia e por uma pequena parte da Rússia. (N. do E.)

há séculos. Nils conhecia a sua origem *sami*, mas nunca reivindicara essa filiação. Não tinha nenhum interesse no assunto. Se a turma com quem estava era divertida, por que não? Nils não via o que tinha a ganhar com aquilo. Em Hammerfest a maioria dos habitantes ignorava o que acontecia a algumas dezenas de quilômetros, na tundra. Fechou os olhos e bebeu um bom gole de cerveja. De repente, ouviu um aplauso lento, como um eco vindo do canto mais sombrio do Bures.

— Bela apresentação, você pode se orgulhar.

Os aplausos ressoaram num silêncio lúgubre, vindos do outro lado dos barris. Nils viu Olaf saindo da sombra com uma cerveja na mão. Ora, então o Espanhol estava na cidade. O que é que esse cara fazia ali? Olaf Renson trabalhava como criador de renas e tinha uma cadeira no Parlamento *sami* da Suécia. Sua militância enervava muita gente. Ele mostrava frequentemente uma agressividade provocadora, e sua atitude orgulhosa lhe valera o apelido de Espanhol.

— Decididamente, você é bem diferente de Erik — prosseguiu Olaf Renson. — Ele nunca permitiria que o humilhassem desse jeito. Erik sabia se impor.

Nils não respondeu imediatamente. Acabava de ver atrás do *sami* a mulher de Erik Steggo. Mal a conhecia.

— O que é que você tem com isso? — respondeu ele mecanicamente. — E vocês dois estão juntos agora? Você não tem vergonha de aparecer com ele, sendo que o seu marido acabou de morrer?

— Olaf me aconselha sobre o meu rebanho. Agora estou sozinha, você sabe muito bem, porque foi você que trouxe Erik para a superfície, e eu lhe agradeço por isso. Deve ter sido duro para você também. Não precisa difamar o meu amigo Olaf porque ele permanece fiel à tradição. Isso não diminui em nada as suas escolhas.

— A tradição! Francamente! É verdade que as renas nunca fizeram parte da minha cultura, esses animaizinhos. E você me fala também de coragem? Mas que piada, vocês estão ouvindo, vocês aí? Olhem para eles, esses belos *sami*. Eles se deleitam com palavras sobre a sobrevivência da sua cultura, mas não têm coragem para levar às últimas consequências as suas ideias e pedir a independência, já que têm uma terra, um Parlamento, uma bandeira e o diabo a quatro.

Em torno de Nils, os mergulhadores assistiam ao espetáculo. Alguns batiam o copo na mesa. Nils parecia não notar; tinha o olhar gelado preso aos olhos dos dois *sami*.

– Se vocês tivessem tudo, aí é que veríamos o que é bom. E sabem por que esse aí é chamado de Espanhol? Pode parecer que é porque ele tem a cara altiva dos toureiros. Mas ele é o rei da esquiva quando é preciso assumir responsabilidades. Eu, mesmo estando na pior, não me furto às minhas responsabilidades.

Alguns mergulhadores assobiaram para incentivar Nils, enquanto outros aplaudiam brincando. Do outro lado, as expressões foram endurecendo. Alguns, que não se sentiam envolvidos, se afastaram.

– Você esquece que as coisas mudaram.

Olaf se aproximou dos barris e apontou o dedo para Nils.

– Vamos ter a nossa autonomia agora. E as coisas vão mudar!

– Ah, sim, e como é que vocês vão financiar essa autonomia? Vendendo pele de rena? A grana está no petróleo, no mar.

– Essa autonomia será sua também. E você, coitado, o que é que você é? E esse dinheiro, esse petróleo, ele é nosso, é dos *sami*. Essas terras, esse petróleo, essa água, tudo isso é nosso!

Então foi a vez de muitos *sami* aplaudirem e gritarem. Os mergulhadores se levantaram. Klemet chegou exatamente nesse momento.

– Acho que todos deviam se acalmar – disse o policial.

Nils sossegou. De qualquer forma, estava cansado. Olaf depôs bruscamente a sua cerveja.

– Ah, os dois colaboradores! – disse ele entredentes. – Bom, eu não tenho mais nada a fazer aqui.

– Mude o disco – replicou o policial com ar cansado. – Anneli, vim para ver você. Precisamos conversar sobre o seu rebanho.

Dos dois lados dos barris, cada um voltou ao seu copo. Os ânimos se acalmaram rapidamente, absorvidos pela melancolia do dia. Nils ergueu seu copo, olhando-os partir.

– À saúde de vocês, os párias.

7

Hammerfest. Clube do Urso-Polar. 22 h.

A Real e Antiga Sociedade do Urso-Polar, "o clube", para os frequentadores, dividia seu espaço com o escritório de turismo de Hammerfest num dos imóveis feios e tristes que poluíam o centro da cidade.

A entrada ficava rente à calçada, dando para um cais em águas profundas, aonde chegavam diariamente, no final da manhã, as grandes balsas do *Hurtigruten*, o expresso costeiro que ligava Bergen a Kirkenes. Quinhentos metros o separavam do Cais dos Párias. O clube estava fechado para o público havia horas, mas a sala do fundo, a de cerimônias, continuava iluminada naquela noite.

Markko Tikkanen havia cuidado de tudo a contento. Como sempre.

Sempre faço o que é preciso fazer, costumava dizer.

Endireitava uma mecha rebelde do cabelo castanho mal fixado, movendo velozmente sua carcaça pesada para garantir pela última vez a boa ordem de cada utensílio.

A mesinha de centro octogonal, decorada com um urso-branco entalhado em marfim e com pés de madeira reforçada com corda, ainda estava livre. Seus convidados gostavam de ver o urso antes que o cobrissem com uma toalha. Para absorver a sua força, diziam.

Se eles se divertiam com isso...

As duas cadeiras e os dois banquinhos para duas pessoas que cercavam a mesa também eram preciosos aos olhos deles. Eram revestidos de pele de foca e ornamentados com reproduções de figuras rupestres encontradas na região. Outras peles de foca estendidas, fotos da epopeia ártica norueguesa e ossadas de animais decoravam as paredes do salão.

Num cantinho que um vidro protegia da falta de respeito dos turistas, um osso de uns 40 centímetros costumava intrigar os visitantes. Servia para entronizar os novos membros do clube, ignorantes do fato de que a peça que tocava seus ombros – num arremedo do ritual medieval com que os novos cavaleiros eram armados – era o enorme osso do pênis de uma morsa.

Sem iluminação natural, o salão não se beneficiava da luz alaranjada e violeta do crepúsculo. Mas as luzes filtradas eram um sucedâneo.

Os convidados chegaram cedo. Markko Tikkanen, servil o necessário, inclinou-se levemente diante de cada um deles, desejando-lhes boas-vindas na língua áspera que ele conservava das suas origens finlandesas. Os homens que se reuniam agora estavam entre os mais poderosos daquele vilarejo a caminho de se tornar a Cingapura do Grande Norte. Ou a Dubai do Ártico, segundo as preferências. Pelo menos Markko Tikkanen tentava se convencer disso. Às vezes ele se sentia mal ao observar aquele vilarejo encurralado num canto de ilha, ao pé de uma montanha batida pelo vento, diante do mar de Barents. Mas Tikkanen era Tikkanen. "Minha mãe me fez nascer otimista. Não fosse assim, considerando a cabana em que nasci, eu teria morrido imediatamente de desespero." Tikkanen via as coisas desse jeito. Com a sua poesia própria. Ou o que ele considerava ser poesia. Ou bom senso.

Bom, está tudo pronto. Ah, aí está o Texano. Eis um belo sorriso. Bill Steel era um autêntico texano, pois fumava charuto. De qualquer forma, Tikkanen havia resolvido chamá-lo de Texano, embora ele fosse do Michigan. Bill Steel era considerado um homem original, pois devia ser o único texano do planeta que usava um boné do Chicago Bulls. Ninguém jamais soube o porquê disso. Ele o impunha de tal forma, com o seu formidável pescoço de touro cheio de veias salientes, que ninguém nunca ousou sondá-lo, pois se desconfiava de algum motivo inconfessável. Se Tikkanen, homem gordo e flácido, divertia os presentes, sobretudo quando se apressava – o que era sempre engraçado –, o enorme Texano impressionava pela sua massa de músculos, e por isso o finlandês permitia que ele o chamasse de Tikka, mesmo sem gostar do tom empregado.

Como o notável anfitrião que se considerava, Tikkanen conhecia o *pedigree* dos seus convidados. Alguns poderiam se ofender com aquilo, mas é preciso dizer que Tikkanen fazia uma ficha das pessoas. Ele adorava saber qual era a ocupação delas, suas origens, seus pequenos hábitos. Tikkanen se convencera de que essa mania se justificava pelo bem dos seus negócios. Não havia nada de estranho nisso.

Tikkanen as revisava antes de cada encontro. Steel, o Texano, veterano da epopeia petrolífera norueguesa, chegou ao mar do Norte em meados da década de 1960, época em que os noruegueses começavam a sentir o cheiro do petróleo, mas sabiam, quando muito, escamar seus bacalhaus. Eram camponeses e pescadores que não conheciam nada sobre hidrocarbonetos e tinham ido buscar pessoal por toda parte. Desde essa época, Steel havia construído uma reputação graças ao seu modo particular de insultar todos os seres vivos que passavam a menos de 5 metros dele. Com o correr do tempo, ficou mais sensato. Por isso foi escolhido como representante no norte da Noruega de um dos pesos pesados do setor, a companhia americana South Petroleum.

Ele se curvou novamente, diante de Henning Birge. Tikkanen desconfiava desse grandalhão loiro de rosto pequeno que partia de lado o cabelo com um risco absolutamente perfeito. Olhar espreitador. Demasiadamente seguro de si. A companhia dele, a Future Oil, sueca – o que por si já a tornava suspeita –, não estava entre as maiores, mas se destacava por se especializar na operação em locais arriscados. Estava presente em todos os tipos de lugares pouco recomendáveis. O petróleo no Ártico? Sulfuroso ao máximo, excelente, a Future Oil estava em seu hábitat. Tikkanen não recusava trabalhos arriscados. Não se obtinha nada sem exposição, sabia disso melhor do que ninguém. Mas ele, Tikkanen, conhecia Tikkanen. Sabia que podia inspirar confiança. Pelo menos a si mesmo. A maior parte do tempo. A não ser quando os elementos se voltavam contra ele. E o azar. E a burocracia. E tudo o que aquela terra comportava de maledicente em relação a pessoas como ele. Tikkanen dirigiu-se, oscilante, até uma mesa com rodinhas e a puxou para si. As garrafas se entrechocaram. Ele fez um sinal na direção da mesa do urso.

Além disso, esse loiro grandalhão da Future Oil, que agora cochichava na orelha do Texano, vinha do sul da Noruega. Um norueguês que trabalhava para os suecos... E aqui se sabia muito bem que os sulistas não valiam grande coisa no norte. Eles desembarcavam com as suas ideias, seu sotaque, achando que sabiam tudo. Mas também traziam muito dinheiro e uma grande quantidade de projetos de investimentos. E para isso havia necessidade de terrenos. E os terrenos eram o negócio dele, Tikkanen. Pois Tikkanen não se contentava em fazer a ficha de todo mundo, ele também sabia dizer quem era o proprietário de quase todos os lotes de terreno de toda a ilha, e até mesmo explicitar onde as renas iam pastar da primavera ao outono. Enfim, onde os conflitos com os criadores de renas podiam acontecer. E isso valia ouro, Tikkanen sabia, pois as multinacionais não se abalavam com o fechamento de unidades de tratamento de gás, diziam que isso fazia parte do negócio. Mas um conflito com um povo nativo era garantia imediata de péssima publicidade. Assim, as grandes companhias tentavam evitá-los. Tikkanen entendia isso perfeitamente. E tinha uma profusão de ideias para resolver esse tipo de problema.

Tikkanen sorriu com simpatia para Birge, indicando-lhe um assento. Gunnar Dahl chegava enfim, junto com Lars Fjordsen. Dois homens daqui, nada a dizer. Dois sujeitos diretos, sem cerimônia. Segundo a sua ficha, Lars Fjordsen era pelo menos um quarto *sami*. Mas talvez ele mesmo ignorasse isso. E tudo indicava que não se importava nem um pouco com essa questão, pois na costa quase todo mundo tinha, sem dúvida, um bom meio litro de sangue *sami*, pelo menos. Fjordsen era pequeno, quase calvo, com dois olhinhos azuis risonhos que de repente podiam espetar na parede o seu interlocutor.

Antes de se lançar na política, Fjordsen tinha trabalhado como engenheiro geólogo para a Norgoil, a empresa estatal norueguesa de petróleo e gás. Ele conheceu seus tempos de glória graças aos estudos sísmicos que fez, contribuindo para a descoberta do campo de Troll, no mar do Norte, a maior jazida de gás do mundo na época. Militante social-democrata ambicioso, progrediu rapidamente. Um autêntico animal político que conhecia todo mundo sem a necessidade de manter fichas, para a inveja de Tikkanen.

Tikkanen tinha uma dificuldade bem maior para definir o último dos quatro, que lhe inspirava certo temor. Não temor. Bom filho do Demônio, Tikkanen não tinha medo de nada nem de ninguém. Na maior parte do tempo.

O que se notava em Gunnar Dahl era sua alta estatura, seus pelos escuros, sua magreza quase ridícula, pensava Tikkanen. Ele tinha a barba arredondada e sem bigode, como a de Lincoln. Mas, sobretudo, como a dos pastores protestantes que haviam assombrado a juventude de Tikkanen. Para alguém que era implacável no ofício do petróleo, Dahl se destacava. Seu ar de pastor não era gratuito, pois ele frequentava assiduamente o templo. Dahl era também o mais velho. Pertencia ao grupo de pioneiros da Norgoil que tinham conquistado jazidas em todo o mundo, depois que a empresa norueguesa se firmara nas fronteiras nacionais. Quando a Norgoil começou a examinar novos territórios, a companhia se voltou para a rede de missionários noruegueses dos quatro cantos do mundo a fim de compreender as sociedades e tirar proveito da sua logística. Os missionários pertenciam à Igreja do Estado, a Norgoil trabalhava para o Estado, e assim – entre servidores do Estado – havia compreensão e ajuda mútua. Tikkanen considerava desde sempre que isso denotava a mais perfeita hipocrisia. A maioria dos funcionários da Norgoil não se importava com a Igreja. Mas Gunnar Dahl era diferente. Ele não fumava, não bebia, não fazia sexo. Isso lhe valeu o apelido de Monsenhor, o que tinha conotações francamente bizarras naquele meio brutal e pouco escrupuloso.

Todos estavam ali. Tikkanen organizava esse tipo de encontro pelo menos uma vez por mês, sempre na sexta-feira. Encontro informal, sem pauta precisa, mas os convites de Tikkanen eram irresistíveis, com boa mesa, boas bebidas e, às vezes, boa companhia. Não era o caso naquela noite. De qualquer forma, Tikkanen esperava recolher algumas informações interessantes.

Depois de ter posto uma toalha, ele começou a servir seus convidados. Estes não se esforçavam para incluí-lo. Birge estendeu o copo sem olhá-lo, Fjordsen lhe pediu pressa com a comida.

– Tikka, nada de garotas hoje? – reclamou o Texano, esvaziando metade do copo de cerveja.

Tikkanen lançou um ar contrariado para o Monsenhor, que não participava das historinhas mais grosseiras. Mas o petroleiro com cabeça de pastor nunca se revoltava contra essas práticas. Devia acreditar na virtude da exemplaridade e, consciente da sua reputação, não queria prejudicá-la fazendo pregação moral. Também ele estava ali para compartilhar algumas preocupações profissionais e eventualmente soluções.

Sem esperar a resposta, o Texano riu com estrondo e depois se atirou aos canapés de salmão. Tikkanen balançou a cabeça para encorajá-lo. Mais uma vez ele era um assistente das missas particulares do grupo. Na presença dele era sempre assim. Deixavam-no à parte. Com a intenção de afastá-lo, pediam-lhe para ir buscar mais vinho. Isso havia se tornado uma espécie de ritual ao qual ele próprio se curvava, pois tempos antes lhe tinham feito entender de uma vez por todas que o que ele devia saber ele saberia na devida ocasião. Tikkanen conhecia o seu lugar. E não era um derrotado. A não ser quanto ao amor-próprio. Ele era um peão, e sabia disso. Oferecia-lhes aperitivos finíssimos de camarão, baleia em fatias finas, com as quais o Texano se regalava, bifes de foca defumada, que pareciam ser a única fraqueza do Monsenhor, enquanto Fjordsen comia sem parar os enrolados de rena, o que sempre fazia os outros rirem, pois era conhecido por caçar as renas que se aventuravam na cidade. Henning Birge era o único que sistematicamente apenas provava, parecendo se admirar com o fato de aquelas comidas terem algum sabor, pois Tikkanen parecia um ser absolutamente insípido.

– Mas isso nada tem de maldoso, você compreende, Tikkanen? – disse Birge com um ar perfeitamente hipócrita.

– Birge, você é um tremendo idiota – gargalhou o Texano. – Não sabe nada sobre isso e devia trepar um pouco mais. Ah, perdão, Monsenhor! Tikka, cerveja!

Depois, inclinou-se para Tikkanen e cochichou em seu ouvido:

– Então, e as meninas, você prometeu...

Tikkanen tinha dificuldade em se inclinar por causa da enorme barriga e estava sufocando com a tentativa. Enxugou a testa e convidou Steel a segui-lo ao cômodo vizinho, onde estavam depositadas as suas reservas.

– Daqui a uma semana vão chegar de ônibus três garotas de Murmansk. Acho que será uma noitada memorável.

– Grande Tikka, *you are the best, motherfucker!*

– E... os projetos da South Petroleum, vocês resolveram?

– Ah, seu malandrinho, você é muito esperto, Tikka.

– Só para servir vocês – disse ele, enxugando a testa.

– Já disse, meu querido Tikka: se encontrar um bom lugar onde os criadores não venham atrapalhar, você será o meu homem, Tikka Tikka.

– O senhor sabe que essas terras são raríssimas aqui.

– Não me aporrinhe, Tikka, com seus detalhes de merda, certo?

O Texano já não tinha o ar simpático de antes. As veias do seu pescoço haviam pelo menos dobrado de volume. Com uma expressão contrita, Tikkanen pôs duas cervejas nas mãos do seu convidado.

– Vejo soluções aparecendo, mas a coisa demora um pouco, se não quisermos chamar atenção.

– Isso não me importa, Tikka, não dá para levantar 200 milhões de dólares de um dia para o outro. Mas preciso de um plano para tranquilizar os meus patrões em Dallas, Tikka, dá para entender?

O Texano voltou a se sentar com as duas cervejas, enquanto Tikkanen retornava com os braços carregados de diversos aperitivos refinados. Bill Steel falava de quanto admirava o garoto Sormi, um mergulhador que ele considerava um filho.

– É como meu filho – disse ele, dirigindo-se a Henning Birge. – Não encha o saco dele, sua víbora.

Birge explodiu numa gargalhada, mas de repente ficou sério e avançou na direção dos outros. Os quatro homens estavam curvados e sussurravam sem que Tikkanen pudesse entender claramente o que falavam. O finlandês compreendeu muito bem a mensagem: ele não integrava aquele clube. Eles o faziam sentir isso sem se incomodar por estarem ferindo o seu amor-próprio. Mas no fundo ele sabia que estaria sempre ali. Eles... eles estavam só de passagem. Um dia o vento do oceano Ártico os levaria longe, rumo ao sul. Até mesmo o Monsenhor e Fjordsen. E Tikkanen encheu o copo deles de conhaque três estrelas, com um sorriso modesto e açucarado.

Midday,

Tantos anos sem notícias. Fui contatado por um velho, um pioneiro, que se ressente de todo mundo. Ele entrou na minha vida quando eu menos esperava, quando eu estava no fundo do poço. Ele também estava no fundo do poço. Acha que a dois se pode fazer alguma coisa. Fala de justiça. Eu não sei. De qualquer forma, estamos fora dessa. Isso não me deixa alegre. Nem a ele. Não sei como, mas precisamos fazer o que temos de fazer. Um encontro com os homens.

8

Sábado 24 de abril.
Nascer do sol: 3h20. Pôr do sol: 21h26.
18 horas e 6 minutos de luz solar.

Bairro de Praerien (Pradaria), nas colinas de Hammerfest. 7h30.

A patrulha P9 tinha acordado cedo naquela manhã. Uma ligação de Lars Fjordsen, prefeito de Hammerfest. Furioso. Fjordsen não é do tipo que faz rodeios. Ele tinha visto renas na sua cidade quando ia a pé para a prefeitura, como fazia toda manhã no início da aurora. "Um pouco cedo, não é mesmo?", queixou-se ele.

A partir de maio eram uma praga, mas se elas começassem a aparecer em abril, sabe-se lá o que ia acontecer. E que não viessem lhe dizer que eram animais isolados. Os criadores sempre diziam a mesma coisa, e Fjordsen não precisava que a Polícia das Renas repetisse o seu refrão. Que em vez disso ela viesse livrá-los das renas antes que um ônibus escolar se acidentasse.

Klemet havia atendido a ligação. Felizmente, disse Nina para si mesma, pois com o seu humor naquela manhã seria difícil suportar as recriminações do prefeito. Ela havia dormido mal. Luz demais quando ainda era muito cedo. Na casa dela, 2 mil quilômetros ao sul, as noites eram mais escuras, mesmo naquela estação. Ela sempre tivera o costume de dormir sem cortinas, para sentir o ritmo das estações, viver ao sabor do que a natureza lhe oferecia, inclusive luz. A educação da sua mãe. Devemos receber com gratidão as dádivas de Deus. Mas aquilo ultrapassava os limites. No posto de Skaidi, onde Klemet e ela tinham mais uma vez passado a noite, o seu beliche estava voltado para o leste. E naquela manhã o sol brilhara com todos os seus fogos durante a fase mais frágil do ciclo de seu sono. Renas na cidade. O dia talvez não viesse a ser tão triste quanto aquilo. Klemet parecia igualmente irritado, mas sem dúvida por outras razões.

Nina se sentia cansada desde que acordara. Sensação desagradável. Café da manhã rápido e silencioso. Numa parte da mesa repousavam os restos dos B.O.s. Sua reconstituição fora mais enfadonha que o previsto. Klemet devia estar realmente nervoso quando os rasgou. O trabalho os cansou. Retomariam depois. A patrulha chegou uma hora depois às colinas da cidade, ao bairro de Praerien, atrás do pequeno aeródromo. Lá embaixo, as fileiras de casas seguiam as curvas paralelas que desciam dos flancos da montanha até o mar. O bairro – como a pista única e o resto da cidade – ficava de frente para a montanha, dominando a baía. Casas espaçosas, embora sem o luxo espalhafatoso que se notava em algumas moradias mais recentes. Os jardins ainda estavam semicobertos de neve, mas o vigor primaveril já palpável preparava o seu assalto de cores e perfumes. Ainda era preciso esperar dois longos meses para que tudo aquilo explodisse, mas Nina percebia no ar uma impaciência que para ela era inédita. Não precisou de muito tempo para ver o rebanho de renas que tinha estragado o amanhecer do prefeito. Não chegavam a dez. Pastavam ao longo do Måneveien, o Caminho da Lua.

– Primeiro dê uma volta no bairro – aconselhou-lhe Klemet.

Nina religou a picape Toyota. O bairro era composto de seis ou sete quarteirões de cerca de trinta casas cada um. Visivelmente, aquele rebanho se aventurava sozinho. Nenhum outro animal no horizonte. Nina estacionou o veículo a uns 50 metros das renas. Algumas delas estavam interessadas nas flores plantadas recentemente em vasos. Irresistíveis, depois de seis meses de dieta de líquen. A casa parecia vazia, com os moradores trabalhando fora.

– Como reagem as pessoas quando veem as renas por aqui?

– Bom, elas não ficam muito contentes. Você está vendo que as renas destroem as flores. Imagine. Olhe só o velho que está saindo ali adiante.

Um homem idoso, um vizinho, acabava de ver as renas. Ele se apoiava com dificuldade numa bengala, mas se percebia o nervosismo em seus gestos. Ele avançou até a cerca de madeira do seu jardim e bateu nela violentamente com a bengala para espantar os animais. Estes levantaram a cabeça, mas resolveram ignorá-lo.

– Normalmente, isso acontece sobretudo no verão, essas histórias de renas na cidade. Você devia ter visto no verão passado, antes da sua chegada. Tivemos dezenas de renas aqui aprontando uma desordem impossível. Elas procuravam a frescura da beira-mar e depois a sombra dos prédios. E então devoravam o que podiam. Você devia ter visto Fjordsen. Ele espumava de raiva.

Ao longe, o velho avançou alguns passos na calçada e deu pancadas na caixa metálica de correio. Dessa vez as renas saíram de imediato. Um carro que se aproximava desviou por pouco de uma rena, e o rebanho se dispersou. O velho ficou olhando por um momento e então voltou a entrar em casa. Mas antes se virou, como se tivesse acabado de perceber alguma coisa. Fixou o olhar na direção da picape Toyota e agitou a bengala para eles.

– Não é preciso ler os lábios dele – disse Klemet. – Bom, melhor irmos embora.

Nina deu outra volta pelo bairro para garantir que as renas estavam entre o veículo e a cerca que se estendia pelo flanco da montanha e circundava em princípio toda a cidade, impedindo a entrada delas.

– Evidentemente, a barreira do prefeito não é muito eficaz.

Klemet não respondeu logo. Examinava a cerca com o binóculo.

– A cerca tem porteiras, mas as pessoas que vão se divertir na montanha às vezes se esquecem de fechá-las. Inclusive há quem as abra de propósito porque não gosta da ideia de ficar circunscrito.

– Eles têm a impressão de que são renas?

– Alguma coisa nesse gênero, imagino.

Klemet abaixou o binóculo e desceu do veículo. Alisou a sua parca, olhou em volta e avançou, andando na direção das renas. Nina se instalou confortavelmente com o antebraço e o queixo sobre o volante e seguiu o colega com o olhar. Klemet andava muito devagar. As renas se alimentavam uns 30 metros à frente dele, indiferentes. Klemet avançava a passos lentos, um tanto cômicos, com a sua silhueta pesada pelo uniforme. Nina não pôde evitar sorrir ao imaginar a cena que se anunciava. Klemet movia os pés como Armstrong andando no solo lunar, pesado, com o balanço de um urso. Depois começou a erguer os braços lentamente, na horizontal, como um pássaro que tenta voar. Abaixou-os com igual lentidão e recomeçou seu gesto amplo, prosseguindo aquela caminhada lunar. Agora Nina sorria francamente. Tirou a câmera fotográfica do bolso da parca e imortalizou a cena. O cansaço da manhã tinha desaparecido por completo. As renas levantavam a cabeça e olhavam aquela criatura bizarra avançar na direção delas. Nina compreendia que Klemet não queria que as renas se amedrontassem e voltassem a se dispersar. Era preciso levá-las tranquilamente na direção desejada, para a cerca, que ficava a 200 metros. As renas que estavam mais perto começaram a reagir: levantaram a cabeça e deram alguns passos. Até agora está tudo bem, pensou Nina. Ela seguiu mais alguns metros atrás de Klemet com o veículo, para bloquear a estrada e fechar o cerco. Klemet parou um momento olhando em volta, como se quisesse se certificar de que ninguém o surpreenderia entregue àquela procissão cômica. Aparentemente tranquilizado, retomou o seu delicado avanço de pássaro lunar no mesmo momento em que um veículo desembocou numa rua transversal. O motorista deu muitas buzinadas ao ver as renas e o policial, que ele cumprimentou com o braço estendido na janela. Enlouquecidas, as renas logo se dispersaram em todas as direções, enquanto o veículo se afastava ainda buzinando. Os esforços de Klemet acabaram reduzidos a nada. Ele avançou, tentando bloquear a passagem para a esquerda; corria agitando os braços. A porta de uma casa se abriu, uma cabeça se projetou para fora. Klemet parou de correr e abaixou os braços, novamente andando com dignidade. Quando a porta se fechou, ele retomou a corrida com os braços em cruz. Nina ria sem disfarçar. Klemet continuava correndo, e de repente se estatelou num fosso. Sem se controlar, Nina explodiu numa gargalhada. As renas tinham se acalmado e parado algumas dezenas de metros mais adiante. Recomeçaram a devorar os canteiros recém-plantados de outros jardins. Uma moradora saiu no terraço e observou Klemet, que fez uma cara de mau e esfregou a mão na sua parca manchada de lama e neve. Nina não ouvia o que a velha estava falando e, embora Klemet parecesse ainda mais nervoso com o que ouvia, hesitava em ajudá-lo. Klemet evitava olhar para onde ela estava, tentando voltar a ter uma atitude respeitável. Dirigiu-se novamente à velha, que se voltou bruscamente e entrou na casa, balançando a cabeça e parecendo transtornada. Então, pelo que Nina percebeu, as renas haviam se dividido em três grupinhos pelo menos. A missão estava se complicando. Klemet voltou, entrou na viatura e bateu a porta.

– Vamos redigir um atestado. O que nos pediram foi que disséssemos que havia renas. E nós vimos as renas. É isso.

– É isso?

– Sim, é isso. Fim de missão. Uma bela missãozinha da grande Polícia das Renas – resmungou Klemet ainda irritado. – Vamos ligar para Morten Isaac. O chefe deste distrito é ele, e as renas são de um dos seus criadores. Afinal de contas, cabe a ele recuperá-las, as suas renas, se não quiser que atirem nelas.

– É, parece que isso é um pouco difícil para nós – disse Nina esforçando-se para não sorrir.

Klemet não a via; estava digitando no celular.

– Alô, Morten, aqui é Klemet. Isso, isso, da Polícia das Renas. Aqui em Praerien tem renas nas ruas. Você precisa mandar gente para cá imediatamente.

Klemet afastou o aparelho da orelha. Do outro lado da linha o chefe do distrito gritava com voz colérica.

– Para mim tanto faz – prosseguiu Klemet. – Vamos passar aí para ver você. E vamos precisar também conversar sobre outra coisa, então não saia. Estamos chegando. E mande os seus homens, por Deus!

Klemet desligou e balançou a cabeça.

– Que cabeça-dura esse cara!

Nina dirigiu para o centro da cidade.

– Onde é que a gente vai encontrar Morten Isaac?

– Kvalsund.

Klemet ligou o rádio; era a hora dos noticiários regionais na NRK Finnmark. Os dados regionais de desemprego para o mês de março estavam no ponto mais baixo, como sempre. A Norgoil anunciava a assinatura de um novo contrato de manutenção elétrica com uma companhia local por cerca de 500 milhões de coroas. Dois acidentes com motoneves num rio onde o gelo havia cedido; os motociclistas tinham morrido. O apresentador anunciava novamente um plantão durante o fim de semana, quando as pessoas subiam de motoneve as montanhas com toda a família para fazer piquenique. O quase acidente de um mergulhador tinha sido mencionado muito vagamente. Houve uma longa entrevista com Fjordsen, que mais uma vez se queixava das renas em Hammerfest. Eram as primeiras daquele ano, e francamente, indignava-se ele, o quadro não teria solução, porque a cidade precisava se expandir para receber as empresas, que tinham de se desenvolver a fim de manter o emprego no nível mais alto; todo mundo sabia dessa necessidade. A festa de

Páscoa de Kautokeino estava no auge, com muitos artistas sendo esperados para aquela noite. E, num jogo amistoso, o Alta IF acabara de conseguir uma vitória modesta, mas bem-vinda, de um a zero contra o TIL no campo do adversário, em Tromsø.

Klemet desligou o rádio.

– Nada sobre a morte de Steggo – comentou Nina.

– Falaram disso ontem. O que você quer que eles acrescentem?

– O que foi que a velha lhe disse agora há pouco? Parece que você foi duro na resposta.

Klemet fez uma cara de indignação.

– As acusações de sempre. Que os *sami* e suas renas não tinham de estar aqui, que eles atrapalham todo mundo, que eles são uns incapazes.

– Ela teve tempo de dizer tudo isso? – divertiu-se Nina.

– Eles sempre dizem a mesma coisa.

– E o que foi que você respondeu?

Klemet deu de ombros.

– Que ela fosse olhar os álbuns de fotos da família, porque sem dúvida encontraria um bisavô *sami*. Parece que ela não gostou de ouvir isso.

Nina riu alto.

– Essa é boa! – E continuou rindo. – Mas convenhamos: você não foi muito gentil – acrescentou ela.

– Por quê? É ruim alguém saber que tem sangue *sami*? Aqui na costa todo mundo tem sangue misturado, mas ninguém fala nisso. Uma idiotice.

Nina ficou devaneando.

– Você tem razão. Não quis ofender. Desculpe.

Eles ficaram em silêncio durante o resto do trajeto. Saíram do túnel ao sul da ilha e entraram na ponte suspensa. Então os dois olharam para a direita, para o lugar onde Steggo se afogara.

– Você tem alguma ideia do que aconteceu?

– Você está falando do criador?

– A mulher que nós vimos no acampamento...

– Susann.

– Ela mencionou problemas na rota da transumância.

– Os criadores usam algumas vias tradicionais ao longo dos vales para a sua transumância, passando por lugares onde as renas vão encontrar alimento, porque chegar até as pastagens de verão pela costa pode levar semanas.

– E qual é o problema?

– Depois dos meses de inverno, as renas estão muito debilitadas, e fracas demais em alguns casos. Durante todo o inverno elas só comem líquen, indispensável para mantê-las vivas. Alguns criadores podem cair na tentação de querer ser os primeiros a chegar às melhores pastagens para que suas renas se recuperem, embora o costume reze que é preciso respeitar uma determinada ordem.

– E você acha que havia conflitos desse tipo entre os criadores que estavam lá anteontem?

– Vamos tentar saber.

Alguns minutos depois o veículo parou ao lado do posto de gasolina. Klemet foi bater na porta de uma casinha de madeira. Um homem de uns 60 anos saiu com o cabelo desgrenhado. Usava um pulôver de lã grossa, ceroula de malha justa e meias grossas. Tinha na mão a calça e se preparava para sair. Sem dizer uma única palavra, ele se afastou para deixá-los entrar.

O chefe do Distrito 23 foi preparar um café. Pela janela avistavam-se o braço de mar, a ponte suspensa e, em frente, Kvaløya, a ilha da Baleia. Da casa não se via o lugar do afogamento nem a rocha sagrada.

– Você conhece Nina Nansen? Ela começou a trabalhar comigo na patrulha P9 este inverno.

– Não conheço, mas já ouvi falar. Uma loirinha bonita que veio diretamente do sul. O que foi que você fez de errado na Escola de Polícia para ser mandada para cá, menina? – indagou Morten Isaac. – Diga, Klemet, não encontram mais homens para a Lapônia?

– Para você isso é um problema, Morten? – replicou Nina. – Ouvi falar que mesmo entre os *sami* há mulheres criadoras.

– E você acha que com isso a criação de renas vai melhorar? E quantas elas são? É bom para os jornalistas e os políticos de Oslo, isso sim, com essas ideias de impor cotas para tudo quanto é lado.

– É verdade que com os rebanhos entregues a homens as renas ficam mais bem guardadas – ironizou Nina. – A propósito, você sabe por que estamos aqui?

Klemet desdobrava um mapa na mesa da cozinha, evitando se intrometer na conversa. Terreno perigoso. Morten Isaac serviu o café. Sem esperar a explicação de Klemet, ele mostrou a linha que cercava a cidade de Hammerfest.

– Há anos nós brigamos com a comunidade por causa disso. Agora eles conseguiram mandar instalar uma cerca de 20 quilômetros para impedir as renas de perturbá-los na cidade. Mas, queiram ou não, a cidade fica na passagem que dá acesso a uma zona de pastagem muito importante para as renas durante a sua estadia na ilha.

Nina olhou em torno de si. A cozinha era mobiliada com simplicidade, assim como o que ela pôde ver da entrada da casa. Os criadores só tinham moradias provisórias ao longo da costa. Sua residência principal era no interior da Lapônia, perto de Kautokeino, Masi ou Karasjok, em plena tundra. Ela observou que Morten Isaac seguia o seu olhar.

– Você não vai encontrar criadores muito ricos neste distrito. Somos uns vinte, um dos menores distritos da Lapônia. Duas mil renas ao todo; é pouco. Mas parece que o pessoal daqui acha que isso é demais.

– Pode ser, mas há regras – interrompeu Klemet. – Espera-se que vocês impeçam as suas renas de irem para a cidade. Não vale a pena envenenar os ânimos.

– Mas é isso que vai acontecer cada vez mais! – berrou Morten Isaac esmurrando a mesa. – Você não vê o que eles estão fazendo por todo lado? Com o petróleo que eles vão procurar no Ártico e querem trazer para terra. Eles querem mais uma refinaria. E para tudo isso é preciso sempre mais terras. E de quem eles pegam as terras, você consegue adivinhar? Saiam imediatamente, preciso reunir o meu pessoal. Vou mais uma vez procurar essas renas, e vamos ser insultados de novo.

Vendo que Klemet ia retrucar, Nina segurou suavemente a manga da camisa dele. A mensagem foi passada. Aquilo foi suficiente. Era preciso prosseguir.

Ela se lembrou de Susann. O chefe do distrito acabava de se vestir, sem prestar atenção neles.

– Morten, os criadores tinham problemas, na rota da transumância, com o grupo que passa o verão na ilha da Baleia?

Morten Isaac encolheu a barriga para abotoar a calça, olhou para Nina e depois para Klemet.

– Você não entendeu o que acabei de dizer? Nós temos cada vez menos terras. Qual você acha que é o resultado disso para os criadores? Meu Deus, será preciso explicar tudo, como a gente faz com garotos de 10 anos?

Nina já conhecia aquele ar de desespero. Era o ar de Mattis, por exemplo, o criador derrotado que ficara à deriva até morrer, alguns meses antes. Ela se pôs novamente a pensar em Erik Steggo, o criador que se afogara, e na sua viúva, Anneli. Nina não podia varrer da memória o olhar que a jovem lhe dirigira quando ela terminou de lhe dar a notícia da morte do marido. Anneli não emitira um único som; seus olhos se inundaram de lágrimas. Sempre sem dizer uma única palavra, ela repousou a mão de Nina na rocha, deu-lhe as costas e desceu para o vale.

9

Hammerfest. 21h.

Markko Tikkanen gostava daquela hora ambígua em que o sol perdurava antes de desaparecer atrás das montanhas da ilha de Sørøya, bem a oeste da ilha da Baleia. O astro parecia zombar dos homens, dando-lhes a esperança de um consolo eterno. Mas o sol não se alterava, como acontecia com o próprio Tikkanen.

Faróis se aproximavam. Seu contato se mostrava pontual.

Tikkanen olhou em torno de si. A paisagem era maravilhosa, como sempre àquela hora. Ele gostava de marcar encontros diante daquele cenário. Do alto da falésia, tinha a impressão de dominar a cidade, Melkøya e as instalações da exploração do gás. E afinal de contas aquilo era verdade. Tikkanen dominava a cidade. Pelo menos era o que ele ambicionava. Conhecia todos os segredos da cidade. Segredos cuidadosamente registrados nas suas fichas.

O carro esporte estacionou perto dele. Nils Sormi desceu e entrou no seu grande 4×4 sul-coreano.

O mergulhador de origem *sami* estampava seu ar pretensioso, como sempre. Tikkanen o considerava ainda mais insuportável que os petroleiros que o tratavam como um objeto descartável. Eles pelo menos tinham poder, e Tikkanen podia tolerar aquilo. Mas esse Sormi, quem ele achava que era?

O mergulhador não se esforçou para ser cortês. Estendeu para Tikkanen um pedaço de papel. O agente imobiliário olhou para ele.

– Não deve ser muito complicado nem muito demorado. O seu amigo está com pressa?

– Como sempre. Por enquanto ele está hospedado no hotel, mas o contrato dele é de dois anos; ele quer se instalar rapidamente, nada de seis meses de espera.

– Claro, claro.

Markko Tikkanen olhava para a tira de papel como se visse desfilar por ela todo o seu catálogo de casas e apartamentos disponíveis. Nils Sormi lhe servia de intermediário entre os mergulhadores e também dentro das companhias petrolíferas para as quais trabalhava. Os trabalhadores ficavam instalados nas casas pré-fabricadas ou na grande balsa-hotel ancorada em Melkøya. De qualquer forma, não havia como acomodar satisfatoriamente todo mundo em Hammerfest desde que o *boom* dos hidrocarbonetos tinha perturbado a cidadezinha. Ela estava agora com 10 mil habitantes. Era preciso demonstrar uma imaginação nem sempre recomendável para ajudar aqueles jovens apressados, mas, felizmente, muito bons pagadores.

– E o meu terreno no penhasco, é para quando?

– Falei sobre isso com o prefeito há alguns dias, o assunto está tramitando.

Tikkanen não tinha ousado falar com Fjordsen no último encontro que acontecera no clube; não houve uma boa oportunidade. O texano não desgrudara dele durante toda a reunião, tal o seu desejo de saber detalhes sobre as três moças de Murmansk. O americano tinha ficado tão arrebatado e avermelhado que lhe dera um forte tapa na bunda enquanto ria aquele riso gordo e terrível.

– Já faz muito tempo que está tramitando...

– Mas convenhamos que você é um cliente muito exigente. Querer um terreno para uma casa sob medida que domine toda a Hammerfest e o fiorde, com acesso privado e terreno de...

Nils Sormi esmurrou violentamente o painel.

– Quanto tempo?

O tom do mergulhador não tinha nada de agradável. Tikkanen não gostava dele. Não é que o temesse: não temia ninguém. Sabia se proteger. Mas esse Sormi era um caso à parte. O queridinho das companhias, com a desculpa de ser *sami*. Grande coisa. As multinacionais que trabalhavam ali tinham percebido há muito tempo que era preciso granjear a estima dos *sami*. O que não era nada simples. A população nativa local era protegida pelas leis internacionais, embora os países nórdicos nem sempre transpusessem essas obrigações na sua legislação nacional. Mas as companhias precisavam dos terrenos para se desenvolver.

– Calma, Nils. Calma. Logo, logo você vai ter boas notícias.

– Você tem mesmo certeza de que o caso está em boas mãos na prefeitura?

Tikkanen sorriu. Na verdade, aquela história de terreno não andava muito bem com o prefeito. Sem dizer o que tinha em mente, Tikkanen havia falado do caso com Fjordsen meses antes. O finlandês o fizera jurar de pés juntos que aquele lugar exclusivo não seria para ele próprio. Isso não tinha sido suficiente para tranquilizar o prefeito. Era uma área não construída e protegida. Tikkanen sabia de tudo isso, claro. Mas o projeto era magnífico, uma atração que embelezaria a montanha. Tikkanen não podia informar o nome do seu cliente, mas tudo seria feito do modo certo.

– Absoluta. Mas os projetos são muitos agora; a prefeitura está sobrecarregada. Esse projeto não é prioritário para eles.

Tikkanen sentiu que precisava dar mais a Sormi.

– O vice-prefeito é meu amigo. Ele percebe muito bem onde está o interesse coletivo, e o dele também. Aliás, ele é até melhor que o prefeito. Tenha paciência, Nils, e tranquilize o seu amigo. Ele terá a casa daqui a duas semanas, palavra de Tikkanen.

10

Domingo 25 de abril.
Nascer do sol: 3h14. Pôr do sol: 21h31.
18 horas e 17 minutos de luz solar.

Rodovia 93. 9h30.

A picape da patrulha P9 estava rodando desde muito cedo. Era domingo de Páscoa, em tese um dia de descanso, mas a ligação que Klemet recebera duas horas antes não lhe deixara alternativa. O tio Nils-Ante fora taxativo. Klemet deveria ir o mais rápido possível a Kautokeino para vê-lo. Ia lhe mostrar algo urgente. Seu tio já não estava muito bom da cabeça, mas tinha lhe garantido que ele seria o pior policial e a vergonha da família se não aparecesse imediatamente. Nils-Ante tinha o dom de exagerar, e não se importava muito com o desempenho profissional do sobrinho policial. O sol já estava alto e fazia a tundra cintilar, depois de ter passado pelos contrafortes escarpados da costa.

Klemet desconfiava das histórias do tio, embora elas tivessem dado mais colorido à sua infância que todos os livros não lidos por ele. Desde a partida do posto de Skaidi, onde eles ficariam hospedados nas próximas semanas, Klemet tinha procurado em vão os veículos autuados. Essa história de roubo de renas o exasperava, estava consciente de ter se dedicado muito a esse assunto, e a sua colega precisava ter uma boa imagem dele.

Nina dormia enrodilhada ao seu lado. Mais uma vez ela tivera dificuldade em adormecer. Eles haviam passado por Alta havia um bom quarto de hora e agora rodavam em direção ao sul, para chegar a Kautokeino. O telefone soou.

– Estou na estrada – disse ele sem se dar tempo de cumprimentar o tio.

– Sei que você está na estrada. Desde quando você seria capaz de desobedecer ao seu tio? Venha depressa antes que eles fechem a estrada principal para a corrida das renas. Às 10h30.

– A corrida das renas, só me faltava essa. Estou indo.

Eles desligaram. Nina se alongou.

– Uma corrida de renas?

– Domingo de Páscoa em Kautokeino quer dizer corrida de renas. E isso não é tudo.

Nina bocejou e pegou a garrafa térmica. Serviu um copo ao colega, encheu outro copo e bebeu dois goles fazendo uma careta.

– E o que é o resto?

– Você vai ver, provavelmente. Sem dúvida haverá um casamento, ou melhor, casamentos. Os criadores gostam muito de se casar nesse dia, justo antes de partir na transumância.

Nina bebia o seu café em golinhos. Klemet sentiu que ela o olhava de esguelha.

– E você gosta disso, hein?

– O que é que você está querendo dizer?

– Sei lá, achei que você não curtia essas histórias de folclore e tradição.

– Nunca disse isso. Mas de qualquer maneira faz parte do meu mundo, não é?

– Não me pergunte, é você quem sabe... Mas quando me lembro da tenda que você instalou no seu jardim, em Kautokeino, acredito que sim. A propósito: você voltou a ver Eva Nilsdotter?

Klemet lhe estendeu o seu copo. Caí na armadilha, pensou ele.

– Tome, está amargo demais para mim.

Nina entendeu. Não insistiu no assunto.

Pensando bem, Klemet não tinha nada contra aquela expediçãozinha a Kautokeino. Naquele grande vilarejo de 2 mil habitantes com predomínio da população *sami*, as tradições eram fortes e o dia de Páscoa era sem dúvida o mais importante para eles.

"Para eles." Nem penso que é "para nós". Até em pensamento, disse Klemet para si mesmo.

Eles logo passaram pelo Café Reinlykke, na interseção com a estrada que leva a Karasjok. De ambos os lados da via, placas de tundra emergiam da neve. Seriam necessárias ainda longas semanas antes que aquela brancura desaparecesse.

Seu celular voltou a tocar.

Klemet resmungou.

– É incrível como aquele lá pode ser impaciente. Alô, o que foi, ainda estou na estrada, já disse!

Fez-se silêncio no telefone. Klemet ouvia, balançando a cabeça.

– E o que temos a ver com isso? – disse ele por fim.

Klemet desligou depois de um instante.

– Era a chefe em Hammerfest. Incrível... Acredite ou não, o prefeito foi encontrado morto. Uma queda feia, aparentemente. Perto do estreito do Lobo. Que saco.

– E o que temos a ver com isso? – indagou Nina.

– Não muito, acho. Mas, bom, a morte do prefeito, sabe como é, todo mundo fica de plantão, mesmo que ele tenha escorregado na escada de casa. Vai haver movimento de funcionários, ele era muito importante aqui, uma verdadeira figura, esse cara. Todos os policiais da região vão estar mobilizados para as cerimônias e coisa e tal... Embora seja estranho que ele tenha batido as botas no mesmo lugar onde Steggo se afogou dias atrás.

Nina balançou a cabeça, mas não disse nada. Parecia estar pensando.

– Você não tem nenhuma ideia do que o seu tio quer com você?

– Você conhece um pouco o velho, não é? O que ele não quer falar, ele não fala.

– Poderia ter relação com o roubo de renas?

Klemet não respondeu imediatamente, ainda digerindo a notícia da morte do prefeito. Ele não conseguia imaginar seu tio denunciando alguém.

– A coisa aconteceu longe demais da casa dele para que ele possa ter informações de primeira mão. E não acho que ele fosse se meter numa história dessas. Aqui as pessoas olham para o outro lado quando acontecem certas coisas. Um dia você rouba, no outro você é roubado. Ninguém ganha, ninguém perde.

– A não ser quando é roubo em massa. Você já me disse que os pequenos criadores podiam perder tudo em algumas temporadas desse jogo.

– Mas nesse caso há apenas uma rena. Não é isso que vai levar um criador para o fundo do poço.

Nina voltou a se enterrar no banco, bebericando o seu café.

66

– Gosto do seu tio. Ele ainda está com a pequena Chang?

– Mais que nunca.

– Me diga uma coisa: você vai me convidar para a sua tenda?

Klemet se lembrou da bofetada que Nina lhe dera no inverno. Ele cuidara de manter distância desde aquele episódio doloroso, mas muitas vezes isso era uma proeza, pois eles estavam quase permanentemente em grande proximidade física. A vitalidade e a sinceridade de Nina não facilitavam as coisas.

– É, talvez, vamos ver...

– Ah, Klemet, por favor...

Agora ela estava brincando, ele sentia isso. Estavam chegando a Kautokeino. O vilarejo *sami* vibrava com a festa. A estrada não tinha sido bloqueada e Klemet não acreditava que seria, mas não podia contrariar o tio. A corrida de renas passava pelo leito congelado do rio que atravessava o vilarejo. Klemet já notara, tudo lotado de gente, de motonetas e de longas telas de plástico alaranjado estendidas entre estacas de madeira para delimitar as pistas. Algumas famílias tinham também montado tendas no leito do rio.

Klemet se deteve por um instante na ruazinha transversal que subia para a igreja. A cerimônia dos casamentos parecia já haver terminado. Dezenas de pessoas com roupas *sami* tradicionais desciam para o rio.

– Klemet, por favor.

Nina já estava com a mão no bolso para pegar a máquina fotográfica. Ela tirou algumas fotos pela janela. Avançaram até a borda do curso d'água congelado e, justamente nesse momento, viram desembocar os concorrentes de uma corrida de renas. Os animais arreados corriam com a língua pendendo de um lado, puxando com dificuldade trenós de madeira sobre os quais os condutores deitavam de bruços. A velocidade não era muito impressionante, mas o público parecia adorar o que estava vendo.

Nina, com o olho grudado na máquina fotográfica, puxou de repente a manga de Klemet.

– Anneli está se preparando. Ela está na linha de partida da próxima corrida.

A corrida seguinte era diferente. Os participantes vinham com esquis, ficando imediatamente atrás das renas. Esse tipo de corrida era muito mais rápido e arriscado. Anneli era a única desprovida de capacete. Uma imprudência que podia ter graves consequências. A jovem não entendia isso? Fascinada, Nina seguia a corrida através da sua objetiva. Klemet percebeu que a jovem pastora corria riscos insensatos. Ele pegou o binóculo e viu a doce Anneli alcançar um adversário pela esquerda. Podia parecer fortuito, mas Klemet, de onde estava, interpretou a cena de outra forma.

A jovem passou rente a um adversário, aproximou-se demais das estacas e então lhe deu uma fechada, acabando por provocar reações agressivas dos outros concorrentes. Sua rena corria com a língua de fora. Klemet não ouvia a respiração do animal, mas as reações da multidão chegavam até ele. As pessoas sentiam que aquela corrida não era como as outras. Anneli entrou em uma curva, acotovelando-se com outro competidor. Os esquis se embaraçaram e ela caiu. O público gritou. Ela estava sendo arrastada de barriga para baixo mas não se livrava. Em meio a solavancos, parecia que nada fazia para parar ou se soltar do animal. A rena por fim desacelerou e, ao se aproximar da linha de chegada, Anneli conseguiu se pôr de pé sobre o que lhe restava dos esquis. Ela transpôs em primeiro lugar a linha de chegada sob os aplausos do público emocionado.

Klemet não conseguia desviar o olhar do rosto da jovem. Estava ferida na cabeça, e algumas pessoas se precipitaram para cuidar dela. Anneli mancava, segurava as costas de uma das mãos, mas pelo prisma do binóculo Klemet viu seu olhar duro e alucinado. Seus olhos se voltaram para o veículo da polícia e, sem o ver realmente, fixaram-se em Klemet, que pelo espaço de um instante a sentiu perdida.

– Que corrida! – exclamou Nina. – Parecia *Ben-Hur*. É sempre assim?

Ao lado do veículo estava uma velha que havia assistido de longe.

– É a menina Steggo – disse a velha *sami* antes que Klemet tivesse tempo de responder. Ela voltava do casamento e seguia para o rio congelado. – Coitada, acabou de perder o marido.

– A senhora a conhece? – perguntou Nina.

– Ela seria testemunha do casamento de hoje, mas não suportou, coitadinha. Um ano atrás foi ela que se casou aqui. Que infelicidade. E todos esses riscos que ela correu agora. Que loucura. Coitadinha.

A velha seguiu para o rio. As pessoas levavam Anneli envolta numa coberta. Os demais concorrentes se queixavam com gestos explícitos a um organizador. Klemet guardou seu binóculo e pôs o veículo em movimento, rumando para a saída do vilarejo.

Alguns minutos depois ele estacionou diante da casa do tio Nils-Ante, na saída de Kautokeino. Blocos de neve suja corriam lentamente numa água amarronzada diante da entrada. O degelo estava em processo. Klemet e Nina avançaram na lama até os degraus. Tiraram as botas no alpendre e entraram sem bater. Klemet foi para o andar de cima, onde o tio passava a maior parte do tempo, e pigarreou várias vezes, mas não ouviu nada.

– Seu tio deve estar ouvindo música.

A porta do escritório se abriu e eles viram um rosto sorridente. O sorriso ficou mais largo quando viu Klemet. O policial acenou para a jovem companheira chinesa do tio. Aqueles dois eram inseparáveis. A jovem escancarou a porta. Sentado ao computador, Nils-Ante tirou o fone de ouvido ao ver o sobrinho e Nina.

– Esses jovens são de um descaramento sem limite.

Nils-Ante parecia colérico.

– Eles acham que podem juntar o *joïk* com qualquer coisa. *Rap-joïk*, *jazz-joïk*, tudo bem, mas *joïk black-metal*, aí já é demais.

Aquela reação excessiva surpreendeu Klemet, que considerava o tio o maior adepto da transgressão. Ele também devia estar envelhecendo.

– Você demorou a chegar aqui. Esqueceu o caminho mais uma vez, sobrinho maldito. É verdade que você não vem visitar seu tio com muita frequência. Felizmente a senhorita Chang entrou na minha vida. Ela, pelo menos, não me esquece. Minha pequena Chang, meu amor, minha pérola da tundra, vamos mostrar a foto ao meu sobrinho desalmado. Você pode buscar o *notebook* no quarto e levá-lo para a cozinha?

Chegando ao térreo, Nils-Ante serviu café para todos. Klemet estava agitado, mas conhecia perfeitamente o tio para saber que ele não se apressava quando se tratava de punir as suas longas ausências.

– Nina, você sabe que durante toda a infância desse pobre coitado eu o aborreci com os meus *joïks*? Mas ele já deve ter falado disso para você.

– Meu tio, você não ia nos mostrar uma foto? – interrompeu-o Klemet.

– Ah, naquela época você era menos impaciente, sobrinho ingrato.

O velho de rosto seco e enrugado conservava sempre uma fagulha maliciosa nos olhos. Klemet nunca sabia quando o tio estava zombando dele.

A srta. Chang desceu com um *notebook* e o colocou graciosamente na mesa. Ela usava um *chemisier* transparente o bastante para deixar adivinhar os seus seios pequenos e uma pantalona de tecido mole que Klemet não conseguiu deixar de examinar nos mínimos detalhes. A jovem chinesa deu um beijinho terno no alto da cabeça de Nils-Ante e rindo despenteou o seu cabelo longo e grisalho. Nils-Ante pegou-a pela cintura e afagou o seu seio antes de lhe dar um tapinha no rosto para ela se afastar.

– Ela me faz perder a cabeça, essa bela perdiz-das-neves. E você, meu sobrinho, olhe para esta tela e me escute. Estava outro dia com a pequena Chang no estreito do Lobo.

– Outro dia quer dizer quando...

– Isso, no dia em que o coitado do Erik se afogou.

– E você estava passeando naquela zona proibida durante os períodos de travessia?

– Ouça o que tenho a dizer e deixe de ser meticuloso. Você sabe que a pequena Chang veio para esta região alguns anos atrás para a colheita do mirtilo. E para a minha grande felicidade ela ficou. Imagine que ela meteu na cabeça de convidar a família. Ela quer entrar no ramo dessas frutinhas vermelhas, esse magnífico mirtilo boreal que animou as minhas noites. Por isso, estávamos perambulando nas imediações para fotografar e convencê-los a vir da China. Pequena Chang, as fotos.

A jovem chinesa se aproximou, girou o *notebook* para que os policiais vissem e iniciou a exibição. Imagens de natureza começaram a desfilar. Viam-se planos amplos de tundra, panoramas embrumados, rochas com líquen amarelado já meio comido, tapetes de plantas de bagas, cursos d'água. Klemet começava a se impacientar, mas não dizia nada para não contrariar o tio. Ele se detivera nas bagas. Em algumas fotos via-se a srta. Chang mostrando arbustos ou alguns locais. Ela estava com meias que lhe cobriam os joelhos, uma saia longa e uma blusa bem curta. Klemet se lembrava de que naquele dia o tempo estava bom. Ele rememorou o *sami* bêbado, o desprezo de Nils Sormi. As fotos continuavam a desfilar e a atenção de Klemet aumentava agora, pois ele reconhecia as imediações do estreito do Lobo. Chegavam a algum lugar, enfim. Nils-Ante e a srta. Chang deviam estar no alto do estreito. Numa das fotos tinha-se uma vista completa do lugar, com as duas margens. Tudo ainda estava calmo. Viam-se ao longe, na margem meridional, pontinhos que deviam ser renas. A srta. Chang estava enquadrada, apontando para as renas e com um largo sorriso. Ela se apoiava numa rocha e de baixo não devia ser possível vê-los. Vendo a foto seguinte, Nina riu, a srta. Chang gargalhou estrondosamente, o tio Nils-Ante soltou uma exclamação e Klemet ficou em silêncio. Com um ar maroto, a jovem chinesa agitava sua calcinha diante da objetiva.

– Minha pequena Chang, meu docinho, eu lhe pedi para... selecionar as fotos.

– Ops, esqueci – disse ela rindo e mordiscando a orelha de Nils-Ante.

Ele se voltou para Klemet, que até então não havia emitido nenhum som.

– Ah, a juventude... Você eliminou as outras, espero, minha extraordinária Chang. Muito bem. Hoje à noite a gente vai ver. E você, meu sobrinho, fique de cabeça fria. O que lhe interessa vem agora.

Nils-Ante, testemunha inesperada daquela travessia das renas, sem saber tinha fotografado a cena do acidente, pois o assunto principal era a sua amiga chinesa e o que ela mostrava em primeiro plano. A sua câmera modesta não permitia grandes planos naquela distância, mas tinha-se um panorama geral atrás da srta. Chang. A cena de fundo era quase tão nítida quanto o primeiro plano. Percebiam-se algumas manchas de cor nas margens, atrás das rochas, que deviam ser pastores em emboscada, escondendo-se para não serem vistos pelas renas. Depois se viam pontos em fila indiana na água. As renas tinham começado a travessia. Não se distinguiam claramente os animais, mas adivinhava-se sem dificuldade que se tratava de renas. Numa foto seguinte, via-se uma barca afastada da margem, que ia em direção ao centro do estreito. Via-se claramente que se formara um círculo. Klemet não teve dúvida de que eram renas nadando em círculo, o famigerado círculo infernal que Erik Streggo havia tentado quebrar com o seu barco.

– E era isso que você queria me mostrar – interrompeu Klemet. – Posso incluí-las na pasta, mas não vejo que diferença elas fariam. Erik se afogou acidentalmente.

– Você vai levar algumas dessas fotos e vai examiná-las melhor em detalhe – replicou Nils-Ante.

Ele digitou no teclado. Voltou atrás algumas fotos e parou numa que mostrava em primeiro plano o traseiro estreito da srta. Chang e o dedo dela fixado numa planta. Em segundo plano se via a margem norte do estreito.

– Não sei o que houve, eu queria focar a adorável perspectiva da minha jovem amada, mas essa droga de câmera faz o que quer... E agora olhe.

O tio pôs o dedo na parte direita da tela. Distinguia-se uma silhueta vaga. Impossível ver quem era àquela distância.

Um pastor, provavelmente, como as outras manchas. Mas, diferentemente dos outros, ele estava de pé.

E os seus braços estavam erguidos, em cruz.

Midday,

Durante muito tempo acreditei ter tido sorte. E essa merda me pegou outra vez. Eu me julguei mais forte do que era. E você, com você é a mesma coisa? Você se lembra dos homens que nós éramos? Não ouso mais olhar essas fotos antigas. Sofrimento demais. Como é possível mudar assim?
E depois? Com esse velho de que eu lhe falei, nós vivemos reclusos. Eu não aguento mais. Ele não aguenta mais. Tempo demais nas estradas. Tempo demais no fundo. Passei anos na escuridão até ele me encontrar. Meu estado não o amedrontou. Eu lhe serei eternamente grato por isso. Ele não virou as costas para mim quando todo mundo fazia isso e eu mesmo virava as costas para mim.
Nós temos que encontrar alguém. Devemos isso a ele. Em nome dos outros. Não deixar ninguém para trás. Do contrário não somos homens. Mas será que nós ainda somos homens?

11

Segunda-feira 26 de abril.
Nascer do sol: 3h08. Pôr do sol: 21h37.
18 horas e 29 minutos de luz solar.

Posto de Skaidi. 8h15.

Klemet e Nina tinham voltado ao posto de Skaidi na noite do domingo. Outra jornada de repouso estava sendo desperdiçada. Nina tinha certeza, mas não se importava. A jovem havia dormido pouco, com o sol de novo batendo desde as primeiras claridades da aurora. Cansada de se revirar na cama, ela se levantara muito cedo, esgotada e irritada por ver que Klemet ainda dormia profundamente.

Mesmo depois de muitos meses de serviço na Polícia das Renas, Nina vivia com dificuldade as noites quase claras do Grande Norte. Durante aquelas missões em que longas patrulhas de muitos dias se encadeavam e os obrigavam a coabitar intimamente, os dois policiais tinham estabelecido uma espécie de *modus vivendi*. Às vezes os olhares de Klemet se demoravam nela e ela pensava em outra coisa. A tenda-*garçonnière* de seu colega havia atraído mais de uma conquista. Porém, depois do episódio da bofetada, ele se mantinha a uma distância respeitosa, e ela se divertia brincando com isso.

As gesticulações de Nina tiraram Klemet dos seus sonhos. Ela tinha pressa de partir para o estreito do Lobo. A foto de Nils-Ante a deixara intrigada. As fotos. A foto seguinte, em que a sua companheira chinesa, sempre com aquele ar maroto, parecia começar a levantar a saia, mostrava claramente as primeiras renas iniciando uma meia-volta, quando a silhueta estava ainda de pé, os braços em outra posição, sinal de que mexia os braços, fazia sinais, pelo menos movimentos. Nina ainda não sabia como interpretar essa informação, mas aquilo parecia mais interessante que a história de roubo de renas, que sem dúvida jamais seria elucidada.

Uma hora depois, a patrulha P9 estava na margem norte. Klemet e Nina estacionaram não longe do lugar onde o corpo de Erik havia sido trazido para terra por Nils Sormi. Eles tinham imprimido as fotos de Nils-Ante, tentando ampliá-las o máximo possível, mas o material disponível no posto não lhes permitia grande coisa. Olharam ao redor. Nina, na sombra da rocha das oferendas, procurava um ângulo de visão. Agachou-se um instante e observou a rocha, que tinha uma forma muito particular. Viu pequenos objetos depositados nas fendas: peças, ossos, cascas de bétula, oferendas que podiam assumir o aspecto de esculturas talhadas em diversos materiais. Uma caminhonete se aproximou. Morten Isaac, o chefe do Distrito 23, desceu do carro.

– Vi o veículo de vocês passar. Então, alguma novidade desde sábado?

Nina ia responder quando Klemet se adiantou e apanhou as fotos das mãos da colega.

– Um sujeito de pé com os braços em cruz quando um rebanho atravessa a nado. O que isso lhe diz?

– Sei lá, como vou adivinhar? Me mostre.

O chefe dos criadores da zona permaneceu um momento examinando detalhadamente as fotos.

– As suas fotos estão uma merda.

– Você sabe perfeitamente do que eu quero falar, Morten.

Morten olhou para os policiais, um de cada vez, depois pareceu reconstituir a cena.

– Com um vídeo, seria mais fácil ter uma ideia, claro. As fotos não são próximas o suficiente para que se possa entender de fato. Mas essa silhueta de pé não estava na foto anterior. É a única coisa que se pode dizer com certeza.

– De acordo com os detalhes dos arquivos, transcorreram de um a dois minutos entre as duas fotos – precisou Nina. – Vê-se que o sujeito mexe os braços e que, entre essas duas fotos em que ele está de pé, as renas começaram a fazer meia-volta.

– Sim, mas não se sabe quando esse homem, ou essa mulher – diz ele com o olhar voltado para Nina –, se levantou. Talvez tivesse notado algo fora do normal diante de si, mas mesmo assim é estranho.

– Estranho como? – prosseguiu Nina.

– Você não está aqui há muito tempo, não é? Veja bem, as renas são animais muito assustadiços. Pelo menos a maioria. Um gesto, um movimento, e elas fogem. Quando atravessam um estreito, como acontecia naquele dia, elas não podem ser perturbadas. Se percebem um movimento diante delas enquanto estão nadando, podem ficar com medo e dar meia-volta, fazendo uma confusão danada. E, na pior das hipóteses, ficam girando. Você viu o resultado nesse dia.

– Mas e a silhueta de pé com os braços em cruz, diante das renas?

Morten Isaac continuou em silêncio, mergulhado em pensamentos. Seu maxilar parecia crispado, esticando o rosto, dando-lhe um ar inquisidor.

– Não sei – disse ele por fim.

– Pode ser que ele quisesse avisar Erik ou outra pessoa qualquer na margem diante deles? – sugeriu Klemet.

– O senhor não acha que foi ele que assustou as renas com o seu gesto? – disse Nina. – Podemos imaginar que ele agita os braços, isso amedronta os animais e os leva a dar meia-volta.

– Não imagino nada. Na tundra nunca é bom ter muita imaginação. Enerva as pessoas.

Ele ficou em silêncio por um momento, olhando de novo o estreito. Então mostrou a rocha pontiaguda.

– Na época certa os criadores vêm colocar oferendas nela. Justamente antes da travessia do estreito pelas renas. Para garantir a boa sorte delas.

– Boa sorte?

– Sim, isso é...

Ele ia acrescentar alguma coisa, mas se conteve. Olhou longamente para Klemet.

– Isso não é algo de que se possa falar facilmente com os criadores. Se a gente fica lembrando demais o fato, eles acham que perdem a sorte da rena.

– Perdem?

Ela olhava para o chefe do distrito. Morten fez uma espécie de careta, como se mordesse o lábio.

– Escute, gostaria muito de não ter de falar dessas coisas. Temos aí essa rocha sagrada e é preciso respeitá-la.

– Você está querendo dizer que até hoje estão depositando oferendas nela?

– Hoje? Claro que não. Isso tudo são velharias. O que não impede que algumas superstições perdurem.

– E o senhor? Já depositou oferendas lá?

– Mas se estou lhe dizendo que são velharias!

– Sim, mas para voltar à nossa história: Nina tem razão – interveio Klemet. – Pode-se perguntar por que alguém fez aqueles gestos num momento em que tudo deveria estar muito quieto. Porque, se foi deliberado, se quem gesticulou era um criador, ele sabia o que podia acontecer. E nesse caso tudo muda, você não acha, Morten?

– Eu não acho nada.

– E o senhor tem alguma ideia de quem pode ser? – indagou Nina.

– Nenhuma, eu não estava aqui nesse dia. E agora tenho que ir.

Morten partiu na caminhonete. Klemet ainda olhou as fotos e depois as entregou a Nina.

– Os criadores não gostam muito que a gente venha meter o nariz nos assuntos deles – disse ele.

Nina se segurou para não esclarecer a Klemet que os criadores ficavam ainda menos inclinados a se abrir quando tratavam com uma mulher. Ela apontou para a rocha sagrada.

– Foi ali que o prefeito se acidentou?

Nenhum dos seus colegas estava na área, mas o local tinha sido delimitado por fitas da polícia.

– Dois mortos no mesmo lugar, com poucos dias de intervalo. Isso não é corriqueiro por aqui – comentou Klemet.

Ainda era cedo, mas o sol já estava alto no céu. As sombras se delimitavam nitidamente. Klemet abriu o porta-malas da picape. Tirou de lá o fogareiro e o necessário para preparar um café. Nina observou que ele tomava cuidado para não andar sobre a sua sombra. Mais um mistério. Curiosamente, isso a interessava. Klemet tinha os estigmas de uma história desagradável na sua infância, quando o haviam forçado a abandonar a língua *sami*. Nina não conseguia evitar se fazer perguntas, embora não ousasse apresentá-las a Klemet. Ela deixava as coisas correrem. Aquele homem pouco sociável nunca fora agressivo com ela. Mas talvez isso ainda pudesse acontecer.

Sem nada dizer e com uma cara séria, Klemet lhe estendeu a sua xícara de café. Muitas coisas os separavam. Ou os aproximavam.

Nos primeiros meses em que trabalharam juntos, depois do caso do assassinato de Mattis e do papel que Aslak, criador de renas amigo de infância de Klemet, teve nele, o policial evitara comentar a história. O corpo de Aslak nunca foi encontrado. Nina pensava naquilo vez por outra, quando seus dedos alisavam a joia de Aslak que ela mantinha no bolso. Mas nunca parecia haver um bom momento para tratar do assunto.

Ela bebeu um gole do café. A sombra de Klemet estava apenas a 30 centímetros dela. Nina avançou um passo e tocou o ombro do colega, mas recuou. Klemet não chegou a notar.

A Polícia das Renas foi o seu primeiro posto quando ela saiu da Escola de Polícia; um destino imposto, pois ninguém era candidato para locais tão afastados. Sendo bolsista do Estado, ela não tinha escolha. Mas não lamentava, embora as historinhas da sua brigada não tivessem o brilho das grandes questões criminais. Ela sempre se surpreendia com o ritmo mais lento de trabalho em razão das distâncias e do clima.

– O que você acha dessa história das fotos?

Klemet olhou novamente para as fotos na traseira do veículo, perto da garrafa térmica que ele havia enchido de café até a borda.

– Será que esse que está de pé é um criador? Afinal de contas, Nils-Ante e a senhorita Chang também estavam nas redondezas. Talvez não fossem os únicos que se divertiam ali. E uma pessoa de fora certamente ignora o risco que gestos assim podem trazer ao rebanho.

– Então precisaríamos saber se ele dirige os seus sinais a alguém na outra margem.

– Por que não? Mas acho que essa história não leva a nada. Além disso, não dá para ter certeza de que foram esses gestos que provocaram a meia-volta das renas.

– E o barco, você não acha que devíamos dar uma olhada nele?

– Por quê?

Nina deu de ombros.

– Não sei, é apenas uma ideia. E o prefeito?

Klemet olhou para ela sem responder. Ela percebeu que começava a irritá-lo.

– Todo mundo sabia que ele caçava as renas que se aventurassem pela ilha, não é?

– O que é que você está insinuando? Que o prefeito se levantou para assustar as renas?

– Eu não estou dizendo isso.

– Então não faça insinuações! E mais, qual é a relação? O afogamento de Erik aconteceu há quatro dias. E essa caça às renas que o prefeito fazia não quer dizer nada. Você mistura tudo, Nina. Dois mortos no mesmo lugar com alguns dias de intervalo não significa que é preciso haver uma relação entre esses fatos. Sobretudo quando as duas mortes são acidentais. Falta de sorte, só isso. Limite-se às provas concretas e deixe as suposições para os amadores.

Nina não respondeu. Ela se sentiu de repente muito cansada. Afastou a xícara, mostrando que a pausa para o café tinha terminado. Ao voltar ao seu assento, ajeitou sua caminhada de modo a pisar na sombra de Klemet.

12

Hammerfest. 22h45.

A noite no Black Aurora começara havia apenas uma hora, mas antes Nils tinha levado Elenor para jantar na pizzaria do porto. O ambiente não era de luxo, como bem mostrava a careta de Elenor, mas era o lugar da moda. E de qualquer maneira não havia muita escolha. Uma noite no Black Aurora no meio da semana não tinha nada de extraordinário. A boate vivia segundo o ritmo dos trabalhadores do petróleo e do gás; se eles trabalhavam no fim de semana, organizavam-se as festas quando eles voltavam ou pouco antes da sua partida, o que não era nada complicado. Os proprietários do lugar sabiam graças a quem se mantinham.

Ao chegar ao penhasco de onde se dominava a cidade, Nils passou pelo estacionamento do clube e pegou um atalho afastado. A sensação de domínio aumentou ainda mais. Nils tinha a impressão de domar o oceano que se estendia sob ele. Desde a sua juventude ele mantinha uma relação ambígua com a imensidão azul. Sentia-se bem nela, os profissionais o tinham acolhido ali, ela havia se tornado o seu local de trabalho, o ambiente familiar que também podia significar a sua morte ao menor erro. Visto assim do alto, o mar não era mais que uma paleta pastel com uma cintilação fraca, tranquilizadora, estendendo-se no cenário grandioso dos picos ainda nevados que atenuavam o infinito. Visto do alto, o mar parecia ao alcance do homem. Nils Sormi sabia o quanto aquela impressão era enganosa. Aquele mar tão calmo e sossegado ocultava segredos temíveis. Ele se considerava até então afortunado. Era ainda jovem. E talentoso. Ainda o dominava. E isso duraria tanto quanto fosse necessário. Nils tinha certeza. Ele conhecia suficientemente bem o próprio corpo e o seu funcionamento para avaliar até onde poderia ir. A sua força residia nisso. Ele dominava o mar, dominava os outros, e os outros sabiam disso.

– Estou com frio – resmungou Elenor.

– Logo vou ter um terreno aqui. E então você vai ver...

Eles voltaram para o carro, e Nils estacionou no Black Aurora. Ao entrar no bar, com Elenor pendurada no seu braço, ele imediatamente viu à sua esquerda Bill Steel, boné do Chicago Bulls jogado na cabeça, numa grande discussão com Henning Birge, o representante da Future Oil que tinha ousado lhe passar um sermão três dias antes. Os dois homens estavam sentados em tamboretes de zinco alinhados na parede esquerda do bar. Uma jacuzzi protegida por uma cortina de plástico transparente ocupava o fundo da sala. Podia-se assim passar do calor do bar para o exterior sem sair do ambiente simplesmente empurrando a cortina. Duas jovens e um homem saboreavam ali um aperitivo, do lado do terraço, que dominava a cidade.

Nils Sormi logo viu que o homem da Future Oil o ignorava, assumindo uma expressão subitamente apaixonada pelos estrondos de voz do Texano. Bill Steel, como de costume, não se preocupava minimamente com o que as pessoas diziam.

– Putz, Birge, ainda precisamos beber à memória do coitado do Fjordsen, pô, Birge, esse babaca do Lars, mas o que é que ele estava fazendo lá naquela hora? Porra, você pode me dizer? Ah, eu sinto falta dele, ah, vou sentir a falta desse filho da puta. E você, venha me servir de novo, mais rápido, ou preciso berrar? E me traga a garrafa! – gritou ele, batendo as fichas no zinco.

No tamborete ao lado, Henning Birge tinha uma expressão incomodada. Ele bebia aos golinhos uma cerveja. Observando-o, Nils se perguntou o que aquela víbora podia ter na cabeça. Elenor o puxava para o centro da pista – ela sempre precisava ficar no centro, onde podia ser olhada por todos –, mas ele resistiu um pouco para ver até quando o sujeito da Future Oil conseguiria evitar o seu olhar.

Foi finalmente o Texano quem deu um rugido ao ver o mergulhador *sami*. Ele fez gestos largos e, meio titubeante, puxou um tamborete depois de ter afastado um cliente que não reivindicou mais atenção ao ver o estado inquietante do americano.

– Nils, deixe a sua franguinha aí sacudindo o traseiro e venha se sentar comigo, meu filho.

O Texano com boné do Bulls bateu no tamborete. Nils aceitava o tom de Steel porque era Steel. O Texano havia se afeiçoado a ele desde que chegara. Punha a mão no fogo pela sua coragem e o apresentava em toda parte como seu filho. Bobagem, claro, mas muito próprio do caráter exuberante do americano.

– Venha, meu garoto, é preciso prestar uma homenagem ao nosso Fjordsen. Vamos, venha, olhe aqui: pegue este copo e beba, porque hoje estamos todos tristes, não é verdade, Birge? Até você, sua víbora, você está triste, não é?

Henning Birge fez uma espécie de careta que podia passar por assentimento. Acabou por olhar Nils Sormi nos olhos e sustentar o seu olhar por mais de dois segundos. Dirigiu-lhe um sorriso bobo.

– Então, diga, o que esse babaca do Lars estava fazendo lá; francamente, você sabe, Nils, você conhece o lugar, não conhece? O que pode ter levado aquele idiota até lá?

Nils começou a beber a sua cerveja olhando para Elenor, que já rebolava na pista, cercada por dois sujeitos desconhecidos. Tudo bem, pensou, gente daqui jamais conseguiria se aproximar de Elenor. Ele não se importou com os rapazes. Se fosse preciso, outras pessoas vigiariam por ele. Nils se voltou para Steel.

– Não tenho a menor ideia, Bill. Mas vai ser preciso substituí-lo agora. Talvez fique mais fácil liberar algumas questões, quem sabe?

– Ah, ah, meu garoto, você tem alguma ideia na cabeça – brincou o americano. Com a sua mão larga lhe deu um tapa na coxa e tomou Birge como testemunha. – Está vendo, cabeça de bagre, Nils é um menino malandro.

Steel abraçou Nils afetuosamente.

– Ele já está pensando no depois, não fica choramingando como nós. Mas eu sou um sentimental, hein, Birge, você também, não é?

Birge deu um tapinha no antebraço do Texano assumindo um ar condoído. Ele não se importava com o fato, Nils percebia isso, embora tampouco ele se importasse. Naquele vilarejo a corrida pelo dinheiro assumia um vulto tão grande que os valores tradicionais eram despedaçados. Nils não tinha o menor complexo de culpa, sua educação o preservava de hesitações inúteis. Pelo contrário, sempre haviam tentado fazê-lo ver o quanto ele era diferente dos outros, o quanto valia mais. E ele era a prova de que os seus pais tinham razão. Era um sujeito bem-sucedido, certo?

– Ei, Nils, viu as meninas na banheira, você conhece? Não conhece. Que tesão elas me dão! Ah, e isso me faz lembrar da noitada que aquele idiota do Tikka está preparando para a gente, oba! As gatinhas devem estar a caminho, não?

Nils não estava sabendo da tal noitada, mas percebeu que Birge sabia. O petroleiro parecia não ter ouvido o comentário do americano.

Steel cantarolava, depois se levantou bruscamente, derrubando seu tamborete, e rumou para a pista, diante da abertura envidraçada, que oferecia o magnífico espetáculo do extenso golfo e, mais além, da ilha onde o gás era transformado. Via-se também, toda iluminada, a balsa que servia de hotel flutuante, ancorada entre a ilha e terra firme. Centenas de trabalhadores e funcionários ficavam alojados ali, pois não havia habitações suficientes na cidade. Os homens tinham vindo dos quatro cantos da Europa para construir a fase dois do programa de Hammerfest, destinada a refinar o petróleo da jazida de Suolo.

Na pista, Steel começou a rebolar, esbarrando nos outros dançarinos, num estado de transe. Ele abriu um vazio em torno de si, rindo desbragadamente. Estava atrás de Elenor, que continuava dançando. O americano a agarrou pela cintura e a virou para si. Elenor aceitou aquilo de bom grado e entrou no jogo.

Nils observava a cena e as pessoas em volta.

O Texano ficava cada vez mais ousado, e Elenor se deixava levar.

Nils Sormi virou a cabeça e viu que Henning Birge o olhava com um sorriso zombador. Sua feição mudou lentamente. Sem nenhuma pressa. Lentamente demais, para o gosto do mergulhador. Nils olhou à sua volta. Na sala, alguns começavam a olhar para ele. Esperavam uma reação.

Steel agora estava colado à sueca, com as manzorras pousadas nela. Por mais que o visse como um filho, não era razão para paquerar a sua garota diante de todos.

Nils foi imediatamente para a pista. No mesmo instante, Paulsen surgiu atrás de Bill Steel, como se tivesse esperado somente o sinal do seu parceiro de mergulho para intervir. Nils puxou Elenor pela mão. Sem nenhuma suavidade, mas também sem exaltação. Nils apenas pegava o que lhe pertencia; o recado devia ser claro para todos.

Bill Steel fez um gesto para segurá-la, mas o punho fechado de Paulsen chocou-se discretamente contra o antebraço do Texano. Surpreso, ele se virou para o mergulhador e lançou o outro punho na direção dele.

Paulsen o evitou sem dificuldade.

Nils sabia que o parceiro, sóbrio como sempre, podia dominar o Texano, que depois de golpear duas vezes o vazio começava a perder o fôlego.

Henning Birge acabou se levantando para puxar o Texano para a saída. O americano rugia e agitava os punhos em torno de si, mas só atingia o ar, e a música abafava os seus gritos.

Nils ainda estava próximo o suficiente para ouvi-lo chamar Elenor de vaca e ameaçar os mergulhadores de fazê-los apodrecer no fundo de um caixão. Ao passar perto de uma mesa, ele derrubou os copos e esbarrou em um cliente. Steel o ergueu como a uma pluma e o empurrou na direção de Nils.

Os seguranças acabaram intervindo.

Lamentável, pensou Nils. Mas pela segunda vez em alguns dias ele fora humilhado em público. Fez um sinal de cabeça para Paulsen. Os dois homens se entenderam sem necessidade de falar, coisa que quase sempre acontece nas duplas de mergulhadores. No dia seguinte, uma missão de três dias os esperava. Eles precisavam ir para casa.

Nils voltou ao bar para terminar seu copo, seguido de Elenor. Ela cuidava da sua aparência ajeitando o cabelo. Ele examinava arrogantemente a pista e as poltronas, procurando um olhar irônico ou o que quer que fosse. Ninguém ousou. Ele pagou e arrastou Elenor, que exibia um sorriso satisfeito.

– Venha comigo até a balsa.

– Você não prefere ficar comigo antes da missão? Faço você esquecer tudo isso e aquele americano gordo e nojento que punha as mãos no meu corpo todo. Você viu aquilo?

– Você sabe que sempre fico com os outros na noite anterior a uma missão. Agora vamos embora.

Discutir com Elenor em casos como aquele era inútil. Muito amalucada, essa mulher. Ficava excitada com aquele tipo de situação. Ele transaria com ela no banco traseiro do carro, no estacionamento diante da balsa, para aquela noite era o que bastava.

13

Terça-feira 27 de abril.
Nascer do sol: 3h02. Pôr do sol: 21h43.
18 horas e 41 minutos de luz solar.

Posto de Skaidi. 7h30.

Klemet se levantara cedo para preparar as motoneves, encher os tanques de combustível e os galões de água no posto de gasolina do cruzamento. Skaidi era a interseção de onde partiam as estradas para Hammerfest, a noroeste, para o cabo Norte, a nordeste, e Alta, a sudoeste. Um posto de madeira da polícia lhes servia de sede nas suas missões de primavera.

O tempo estava encoberto, mas a luminosidade permanecia forte. O termômetro afixado perto da porta marcava pouco mais de 2 graus. Levaria ainda muitas semanas até que a grama encontrasse força para se levantar e vontade de verdejar. Klemet esperava impacientemente esse período mágico em que de repente a natureza readquiria os seus direitos. Nesses momentos ele lamentava não ter o talento do seu tio Nils-Ante para celebrar num *joïk*, ou até mesmo com simples palavras, a vitória da natureza sobre a inclemência do clima.

Naquele local, vários rios se cruzavam. A aldeiazinha não tinha nenhum encanto, mas a situação dos cursos d'água atraía os pescadores, e muitos *campings* se instalavam ali. O posto deles ficava nas imediações de um desses *campings*, na margem de um rio, ainda congelado. Certamente por pouco tempo, porque o degelo já havia começado. Seria preciso redobrar a prudência com a motoneta. Aquele período era o mais perigoso para se aventurar na tundra. No entanto, os habitantes do Grande Norte o apreciavam porque oferecia neve e sol ao mesmo tempo. O feriado da Páscoa era sagrado para as pessoas do lugar.

Klemet resolveu deixar Nina dormir um pouco mais naquela manhã. Ele via que ela, embora não percebesse, estava começando a sofrer com o excesso

85

de luz. Estava ficando mais à flor da pele. Uma característica de quem vem do sul. Ela se habituaria. Já estava bem habituada. Ele, por sua vez, resistia bem. Bastante bem. Não tinha tido outra recaída. Melhor assim. Nina às vezes o pressionava. Ela não sabia de tudo. Não podia saber. Muito em breve saberia.

Klemet tinha obtido a lista dos criadores do Distrito 23. Felizmente aquele distrito era um dos menores da parte ocidental do condado de Finnmark.

– Já trabalhando?

Nina acabara de se levantar. Seus longos cabelos loiros estavam despenteados, e esse aspecto descuidado lhe caía bem, pensou Klemet. Aquele arzinho rebelde do despertar, e somente ao despertar. Ele desviou o olhar do pijama sugestivo demais. Mas tivera tempo de captar mais uma vez as formas musculosas, esbeltas, bonitas. Ela não percebia o efeito que produzia, escandinava demais para isso, acostumada a dormir perto de um rapaz como amigo. Quantos dias de convivência lado a lado no acampamento eles ainda teriam?

– Vá se vestir, temos de trabalhar.

Klemet saiu, para que ela ficasse à vontade no posto, e esfregou o rosto com neve. Nina foi logo depois até ele, estendendo-lhe uma xícara fumegante. Ele a seguiu até o interior. Ela havia penteado o cabelo num coque. Nina quase não se maquiava. Suas formas tinham desaparecido sob o uniforme. Ótimo.

Klemet abriu na mesa da pequena sala-cozinha a relação dos criadores e o mapa do distrito, com cuidado para não desfazer o quebra-cabeça inacabado dos boletins de ocorrência. O cômodo, com mobília de madeira, era sóbrio, decorado com fotos de paisagens afixadas nas toras de madeira. Nenhum toque pessoal. As equipes da Polícia das Renas se sucediam naqueles abrigos, e ninguém queria atrapalhar os outros com os seus próprios caprichos.

– Temos uns vinte criadores. Não estavam todos presentes; Morten Isaac, por exemplo, não estava. Mas num tipo de prática como a da travessia de um rebanho a nado se recorre frequentemente à família. Hoje pedi para Morten encontrar os criadores que estavam no mesmo lugar no dia da morte de Erik.

Eles não demoraram muito para chegar a Kvalsund no veículo da polícia; o tempo de um detalhado boletim de rádio sobre a morte de Fjordsen.

86

Chegavam mensagens de condolências, e em todos os noticiários a impressionante carreira do prefeito se transformava em novela. Morten Isaac estava à espera. Após fazê-los entrar, serviu-lhes uma xícara de café e ficou de pé com os braços cruzados, aguardando as perguntas.

Klemet apresentou o mapa e depois a relação dos criadores. Nina pegou a caderneta e anotou em várias páginas as informações que Klemet obtinha do chefe do distrito. Sete criadores do distrito tinham participado da operação. A polícia esclareceria com eles se outros membros da família ou amigos também tinham estado presentes.

Morten não faria outros esforços. Devia sentir a mesma coisa que Klemet. Não se sabia muito bem onde se pisava. Nina quebrou o silêncio.

– Sete criadores, sendo que o distrito tem vinte, é muito pouco, não?

Morten descruzou os braços e se aproximou do mapa.

– Durante o inverno as renas estavam nas imediações de Kautokeino, um pouco aqui, um pouco ali. Em princípio se começa a transumância durante a primavera, dependendo do ano, do clima, das pastagens. A transumância nas pastagens de primavera precisa terminar antes do parto das fêmeas, mais ou menos por agora.

– Por que agora?

– As renas sempre se enfraquecem depois do inverno. Comem apenas líquen. Os filhotes correm o risco de ficar fracos demais para atravessar um rio ou um estreito. As fêmeas que parem durante a transumância frequentemente são deixadas para trás. Elas se reúnem ao grupo mais tarde com os filhotes, ou então pode ser que o criador seguinte as recupere.

– E o rebanho que atravessou na quarta-feira passada?

– Não era a maioria do rebanho, que já tinha atravessado antes. Às vezes acontece. Há muitas razões para isso. É raro, mas pode acontecer. Não dá para fazer grande coisa. Para os criadores, é preciso seguir. Não há escolha. Acompanha-se, não se comanda. É a lei da tundra, não interessa o que dizem as autoridades que querem nos sujeitar a regras por toda parte. Preciso lhes dizer uma coisa: a rena só é rentável como animal se ela mesma buscar e encontrar a sua pastagem. Se for preciso cercá-la ou, pior ainda, alimentá-la, será o fim.

* * *

Klemet e Nina pararam o veículo numa área de estacionamento à beira de um rio. Desceram as motonetas que estavam no reboque e acoplaram a elas pequenos trenós de madeira carregados de caixas metálicas. Então deixaram a estrada para entrar na tundra. Os criadores não estavam muito dispersos, mas eles levariam dois dias para visitá-los. Klemet tinha previsto um pernoite em acampamento na metade do trabalho, num dos pequenos *gumpis* que a Polícia das Renas instalara na Lapônia.

O primeiro criador que eles descobriram dormia no próprio *gumpi*. Eles chegaram lá depois de rodarem apenas meia hora a uma velocidade prudente. A neve ainda estava firme, e Klemet tinha evitado os pontos arriscados dos rios, onde o aspecto do gelo já lhe parecia instável. O *gumpi* estava localizado num valezinho, à beira de um pequeno lago ainda congelado. Um buraco fora feito no gelo e uma varinha de pescar de uns 20 centímetros havia sido colocada junto de uma pele de rena estendida ao lado do buraco. As colinas que os cercavam, ainda nevadas na face norte, começavam a se acastanhar no flanco sul. Bétulas-anãs formavam uma espécie de barreira natural ao pé da colina mais próxima do *gumpi*. Uma fumaça tênue escapava do abrigo. O criador preparava uma refeição. Não pareceu surpreso quando Klemet e Nina entraram. Convidou os policiais a deslizar para o calor de seu refúgio mais que sumário, como são todos os *gumpis* da tundra. Uma simples cabaninha de canteiro de obras, montada sobre esquis para ser acoplada na traseira de uma motoneta. O *gumpi* continha um beliche, uma estufa, uma mesa e um banco. Nina observou os detalhes do interior com a mesma curiosidade de quando viu pela primeira vez o *gumpi* de Mattis.

Klemet explicou rapidamente o que os trouxera ali.

O jovem assentiu. Seus cabelos estavam colados na cabeça, depois de terem sido achatados pela *chapka* durante toda a manhã passada ao ar livre. Ele olhou as fotos que Klemet lhe apresentou.

– Eu estava aqui – disse ele, pondo o dedo gordo sobre um ponto colorido da foto.

Na margem meridional, diante da ilha. Isso lhe teria possibilitado observar a pessoa que se levantou, mas ele não vira nada. O homem parecia sincero.

– Você imagina o que pode ter levado alguém a fazer sinais? – perguntou Nina.

O outro balançou a cabeça, dessa vez sem responder.

– Você se lembra da localização de todos os homens? – prosseguiu Klemet.

O jovem criador pegou de novo as fotos. Foi capaz de situar outras sete pessoas, todas do seu lado. Segundo ele, a operação teria mobilizado umas vinte pessoas, dez de cada lado do estreito.

– E do seu lado, você não viu ninguém com comportamento estranho, fazendo um gesto para esse da foto?

– Não, nada de estranho. Eu teria percebido imediatamente. É preciso ficar absolutamente imóvel. Por isso o menor gesto fica bem visível.

– Mas você não viu o que se passou do outro lado.

– Eu estava atrás da minha pedra, o senhor pode ver na foto.

– E na sua opinião o sujeito que se levantou é alguém do seu grupo ou poderia ter sido um turista, uma pessoa de fora?

– Aqui? Um dos nossos, sem nenhuma dúvida. Ele está perto demais dos outros criadores. Do contrário já teríamos mandado o cara passear.

– Então não poderia ter sido... não sei... o prefeito, por exemplo?

– Fjordsen!?

O criador deu uma gargalhada.

– Que descanse em paz, mas ele nunca chegaria a menos de 5 metros do nosso grupo, eu lhe garanto – brincou o criador.

– Ah, antes que me esqueça: você não viu dois turistas alemães passando por ali?

– Ali? Não vi nada. Por quê? Tem gente que passeia por aqui sem saber que é proibido?

– Não, nada, uma história de roubo mais abaixo, no fiorde.

– O senhor não gostava muito dele, não? – indagou Nina.

O criador olhou para Nina sem entender.

– Fjordsen, o senhor não gostava muito dele?

O criador ergueu os braços para o alto.

– Ora, vocês sabem quem ele é, sabem o que ele faz, não sabem? Não, não, Fjordsen nunca teria vindo até aqui. Ele não passaria despercebido neste lugar, neste momento. Ele era exagerado, mas não idiota. Se tivesse feito isso, teríamos ficado em guerra por dez anos. Se há alguém que vocês podem riscar da lista, é ele.

Nas horas seguintes, a patrulha P9 encontrou outros dois criadores. Um também estava descansando no seu *gumpi*, ao norte. Klemet e Nina rodaram um bom tempo para encontrar o segundo, que seguia a distância seu rebanho ao longo de um vale mais ao sul. Os dois homens, avisados por um telefonema de Morten Isaac, responderam sem dificuldade às perguntas dos policiais. As fotos se tornavam cada vez mais completas. Eles nomearam todas as pessoas da margem meridional e uma parte das que estavam na outra margem. Mas propuseram três nomes possíveis para a pessoa que estava de pé. Nos três casos, *sami* implicados no trabalho do distrito. Assim, aparentemente, nem o prefeito nem um turista extraviado poderiam ser considerados.

Às 19 horas eles chegaram ao *gumpi* da Polícia das Renas. Klemet ficou do lado de fora para telefonar à delegacia de Hammerfest enquanto Nina se preparava para dormir. Os pensamentos dele estavam no interior do *gumpi* quando a voz da delegada Ellen Hotti, bem menos simpática, trovejou no aparelho.

– Não sei o que vocês enfrentaram nesse fim de semana, mas nós recebemos muitas queixas. Você sabe, as normais do fim de semana de Páscoa: criadores reclamando de motoqueiros porque passam perto demais das fêmeas que estão parindo.

– Nós estávamos em Kautokeino.

– Eu sei, claro. Enviei uma patrulha de Alta.

– Vão acabar gostando da gente, quando desconfiarem que só estamos aqui para impedir os noruegueses de aproveitar a natureza durante esse fim de semana.

– É de se pensar que você até saiu de propósito.

– Era para estarmos de folga!

– Péssima ideia, num fim de semana como esse.

– É Kiruna que estabelece os esquemas, não eu.

– Kiruna fica na Suécia, você sabe muito bem que eles não estão nem aí para o que o pensam as pessoas que vêm passar o domingo aqui. E as pessoas também têm direito de aproveitar a natureza.

– Vá explicar isso aos criadores que arriscam perder seus filhotes se a rena mãe os abandonar.

Klemet sabia que esse tipo de discussão era absolutamente estéril. Os noruegueses que moravam na costa sempre acusavam a Polícia das Renas de só aparecer para importuná-los em benefício dos criadores, que tinham todos os privilégios. A montanha, diziam eles, pertencia a todos.

– E o prefeito? – prosseguiu Klemet, para mudar de assunto.

– Estão fazendo autópsia. O corpo está no Hospital Universitário de Tromsø. O lugar onde ele caiu é escarpado, você sabe, não?

– Descobriram o que Fjordsen estava fazendo lá?

– Não exatamente. Alguém o viu deixar Hammerfest bem cedo. Ignora-se se ele ficou sabendo da presença de renas enquanto estava na estrada ou em direção ao túnel. Estão procurando testemunhas e verificando o celular dele. Os preparativos da cerimônia estão nos ocupando muito. Toda a flor da sociedade vai estar lá. Era um sujeito bom, eu gostava muito dele.

– Eu sei, todo mundo gostava muito dele em Hammerfest. Ah, uma última coisa: dois trabalhadores passaram na delegacia para mostrar seus documentos, dois sujeitos do canteiro que moram na balsa? Um deles era polonês. Eles estavam sem os documentos quando os abordei outro dia.

Fez-se silêncio por alguns instantes, depois a delegada Ellen Hotti voltou ao aparelho.

– Ninguém passou aqui para isso nos últimos dias.

Nina projetou a cabeça para fora do *gumpi* e lhe fez um sinal com o polegar. Klemet desligou. O sol estava desaparecendo rapidamente atrás da montanha que encobria o horizonte. O ar havia esfriado. A temperatura cairia até os 5 graus negativos durante a noite. No dia seguinte precisariam sair cedo para aproveitar a neve endurecida que aguentaria melhor o peso das moto-netas. O vento começou a soprar levemente. Klemet se arrepiou de repente, lembrando-se dos seus velhos demônios da infância. Naquela noite ele não tinha vontade de enfrentar as suas lembranças. Esfregou o rosto com neve, expôs-se sem convicção ao vento e voltou a entrar no calor do *gumpi*, tentando não pensar em Nina, já aninhada no seu saco de dormir.

14

Pousada de Skaidikroa. 22h30.

Com seu andar de pato, Markko Tikkanen avançava no estacionamento atrás de Skaidikroa, a pousada-posto de gasolina de Skaidi, instalada no cruzamento das estradas de Hammerfest, de Alta e do cabo Norte. Uma ala do prédio funcionava como motel. Tikkanen tivera a ideia de utilizar um dos quartos para cuidar discretamente dos seus negócios. Mas, nesse momento, o gordo finlandês tinha um gosto amargo na boca. Apesar do frio que fazia depois do pôr do sol, ele enxugava o suor.

Pensava rápido, repassando mentalmente suas fichas. Com Fjordsen morto, seu vice iria obter mais poder. Ótimo. Que obstáculos permaneceriam? Quais eram os prazos? Que novos procedimentos ele deveria adotar? O que seria preciso contornar? As humilhações de Bill Steel... O americano tinha a solução. Sua decisão de investimento no futuro de Hammerfest seria determinante.

Mas Tikkanen não seria Tikkanen se não soubesse também que na matriz da South Petroleum, em Houston, outros americanos estavam dispostos a confiar nele. Se tudo acontecesse como o previsto, os próximos dias marcariam o início do seu apogeu. Ele sabia precisamente quem seria levado a suceder Fjordsen. Sempre havia cuidado dos seus interesses nas esferas públicas superiores.

Ninguém enganava Tikkanen. Suas fichas eram sempre atualizadas. Ele sabia quais tensões agitavam o Distrito 23, o que pensavam os criadores, quais eram as suas necessidades. Distrito 23: 19 fichas de criadores, 5 famílias, 27 primos, 2.300 renas, 657 crias no ano anterior, com 300 delas devoradas pelos predadores, um endividamento avaliado em 29 milhões de coroas para o conjunto do distrito.

Tikkanen readquiria confiança, via mentalmente a ficha em que ele contabilizava os gastos operacionais anuais do Distrito 23, inclusive a locação do abatedor móvel, as horas de helicóptero, os reparos das motoneves, as motonetas de quatro rodas, as novas compras a fazer no outono, as rações.

Mas Tikkanen também sabia qual família estava endividada por causa de uma festa de crisma ou de um casamento. Ele fechou os olhos. Uma família podia gastar até 150 mil coroas numa roupa de crisma. Sem falar nos casamentos. Algumas famílias *sami* organizavam casamentos para mil convidados.

Sim, Tikkanen se sentia bem melhor agora. A impressão de que sabia tudo sobre tudo era o seu melhor consolo. Ele resmungou. As humilhações lhe custavam pouco. Um pouco. O necessário. Ele sabia, se preciso, assumir o ar de magoado somente para que seu interlocutor tivesse a satisfação de pensar que o atingira. Tikkanen entendera há muito tempo que precisava ter uma cara de sofredor. As pessoas más gostavam de agredi-lo. Isso nunca tinha cessado, desde os tempos de escola. Naquela época ele já era gordo. Mas não era somente por isso.

Ele havia passado longas horas se observando no espelho sem nunca descobrir. Tikkanen tinha traços enérgicos, largos, sinal de força.

Ele ouvira horrores. As pessoas o descreviam como um saco em forma de pera, com uma cara mole, pesada, disforme, os olhinhos azuis aguados, enterrados e afogados na gordura, o cabelo ralo e gorduroso que ele arrumava em um penteado de outra época, com os lobos das orelhas ridiculamente pequenos e papadas em cascata sobre o colarinho sempre fechado da camisa. Alguns diziam isso. Às vezes pelas costas, às vezes na sua frente, com ar de desprezo.

Mas Tikkanen era Tikkanen; por sorte ele tinha um amor-próprio sólido como o aço da Lapônia. Resistente a tudo. E esses traços exprimiam apenas força. O resto era só inveja.

O pequeno Skoda estacionou enfim perto do seu carro. Tikkanen consultou o relógio. Fez um sinal para Juva Sikku continuar ao volante. O finlandês contornou a pousada, observou o posto de gasolina e depois voltou por trás. Foi até o quarto do motel que alugava por semana, conforme a necessidade, para não ter de se justificar em casos como o daquela noite. Mesmo não tendo nada a temer do dono do motel, cuja ficha estava demasiado carregada. Fez novamente um sinal para Juva e lhe mostrou o quarto.

O criador abriu uma portinha e indicou a direção às três russas. Levou-as até o quarto. Tikkanen voltou a fechar a porta. As mulheres não o interessavam. Tikkanen era um homem de negócios. Verificou os passaportes, olhando as prostitutas uma a uma. Eram jovens, um pouco magras para o seu gosto, sem maquiagem exagerada. Cara de estudantes. Seria preciso corrigir isso. Não eram profissionais, com exceção de uma que o olhava mais diretamente. Ele lhes mostrou os passaportes e os pôs no bolso sem deixar de olhá-las. Examinou o registro médico. Tikkanen queria mulheres saudáveis e vacinadas. Sua reputação estava em jogo. Ele observava Juva pelo canto do olho. Não havia nenhuma dúvida quanto às intenções dele. Tikkanen não se enganara com relação ao pastor. Tikkanen raramente se enganava sobre as pessoas.

– Tudo em ordem. Leve-as para os seus *gumpis* e cuide delas até a noite. Mas não toque nelas. Só vai ter direito a isso quando terminar a noite.

Juva Sikku olhava para ele sem nenhuma simpatia. Nem a perspectiva de sexo fácil o animava. Ele nunca havia visto esse criador de outro jeito; sempre com aquele ar de quem está na defensiva, qualquer que fosse o seu interlocutor. Juva não tinha confiança em si mesmo. Não era como Tikkanen. Tikkanen sabia onde pisava.

– E a fazenda?

Tikkanen quase se enervou. Por que sempre as pessoas estavam lhe pedindo serviços?

– Acho que tenho o terreno que você quer. Quase 50 hectares, para os lados de Levajok.

– Mas isso é na fronteira com a Finlândia!

– Melhor ainda para você! Dá para fazer negócios entre os dois países, paralelamente às renas. Álcool, cigarros, combustível. Enquanto espera, cuide dessas moças tão bem quanto das suas renas; amarradas, se for preciso.

15

Quarta-feira 28 de abril.
Nascer do sol: 2h56. Pôr do sol: 21h48.
18 horas e 52 minutos de luz solar.

Gumpi **da Polícia das Renas. 8h15.**

De manhãzinha Klemet e Nina começaram sua jornada fazendo uma série de ligações telefônicas para criadores e pessoas próximas aos clãs. O testemunho dos três *sami* com quem haviam conversado na véspera foi confirmado. Os policiais visualizaram o lugar de cada um na margem meridional. A identificação seria feita mais rapidamente no caso dos que estavam na outra margem, do lado da ilha da Baleia.

Eles deixaram o *gumpi* no início da manhã, abandonando lá o resto da lenha que tinham levado. Klemet conduzia a patrulha, baseando-se no seu conhecimento da área. A neve ainda estava dura, e sem dificuldade ele encontrou pistas nevadas. De vez em quando a motoneve atingia pontos degelados, mas os vencia sem problema. Ao atravessar a toda velocidade um riozinho estreito onde o gelo estava parcialmente derretido, Klemet planou sobre a água por alguns segundos antes de aterrissar na outra margem. Ele se virou a tempo de ver que Nina passava facilmente pelo obstáculo. Transpor rios em motoneve era um dos passatempos prediletos dos jovens naquela estação. No caso dos dois policiais, o acréscimo de um trenó tornava o exercício mais imprevisível.

A patrulha P9 subiu acompanhando o rio no fundo de um valezinho ladeado de bétulas-anãs. Grandes rochas começavam a surgir sob a neve, revelando as armadilhas impossíveis de detectar durante o inverno. Eles chegaram a um pequeno acampamento de duas tendas *sami*. Havia fumaça no alto delas. Crianças muito pequenas brincavam em meio a risadas. Klemet reconheceu esse sentimento de liberdade total. Durante a infância ele vivera assim na terra da família, longe da cidade. Essa época feliz tinha durado apenas até o início da escola, quando todos os seus problemas começaram.

O criador saiu da tenda no momento em que os policiais desligavam o motor. Usava uma roupa preta com grandes listras verticais alaranjadas. Começou rapidamente a reunir seu rebanho.

– *Bures* – saudou Jonas Simba.

– *Bures* – responderam os policiais.

Jonas Simba lhes estendeu uma cafeteira amassada e escurecida. Os policiais tiraram uma xícara de dentro da roupa. Sentaram-se em torno do fogo.

Sem dizer nada, Klemet estendeu o mapa num tapete de urze.

Com a ajuda de um galhinho, Jonas Simba apontou o lugar onde ele tinha ficado.

– Vi Erik desaparecer.

Simba ficou em silêncio. Seus olhos estavam úmidos. Ele não disse palavra. Os policiais respeitaram seu silêncio. Ele não fez nada para conter as lágrimas que começaram a correr.

– Eu estava lá e não pude fazer nada. Estava muito longe. Quando ele desapareceu, desci correndo. Mas não pudemos fazer nada. Nem os outros, que estavam de barco. Tinha o rebanho, os cadáveres por toda parte, as renas que partiam em todas as direções. Nem tenho certeza se todo mundo percebeu imediatamente que Erik tinha desaparecido. Estava tudo muito confuso. Mas eu vi. Vi que o barco dele estava se inclinando, se enchendo de água, que alguma coisa estava acontecendo, e quando ele caiu, quando...

Klemet e Nina o deixaram beber o café.

– Fui testemunha dele em seu casamento, no ano passado, durante a festa da Páscoa.

– Quem estava aqui?

– A silhueta de pé? Juva. Juva Sikku.

Jonas Simba cuspiu no chão.

– Você tem certeza?

– Sikku. Absoluta. Ele estava um pouco acima de mim. Tinha me pedido para trocar de lugar e fiquei alguns metros abaixo dele.

– Você viu quando ele ficou de pé e fez um sinal?

– Não, eu estava olhando para o estreito, como todo mundo, acho.

– Você sabe por que ele se levantou?

Jonas Simba ergueu o rosto.

– Não estou entendendo nada. A rena velha dele conduzia a travessia. Será que ele viu algum problema com a sua rena líder?

– Você não sabe se as renas deram meia-volta antes ou depois de Sikku ter se levantado?

– Não, já disse ao senhor que não vi quando ele se levantou. Além disso, se ele queria fazer um sinal para alguém ou se era outra coisa, não é uma foto que vai poder dizer...

O criador tinha razão. Essas perguntas não levariam a lugar algum. Os velhos reflexos de Klemet o ensinavam a não negligenciar nada nesse tipo de investigação sistemática. O único problema é que na tundra uma pesquisa de vizinhança assumia imediatamente uma dimensão quase sobre-humana.

– E você não viu uma dupla de turistas alemães nestes últimos dias? – perguntou Klemet.

– Alemães, aqui? Ah, não. Que relação eles têm com o caso?

Klemet balançou a cabeça. Ele se levantou para encerrar a entrevista. Lançou um olhar insistente para Nina, que não se mexia. Jonas Simba também tinha se levantado. Nina parecia fascinada pela brasa.

– Nina.

A jovem não dava sinal de ter ouvido. Ergueu os olhos e os pousou em Simba.

– Por que você cuspiu quando pronunciou o nome de Sikku?

O criador virou-se para Klemet e depois olhou demoradamente para Nina.

– Você não gosta dele?

Jonas Simba mordiscava seu galhinho olhando para Nina. Klemet voltou a se sentar, como se reforçasse a pergunta da colega. O criador entendeu a mensagem.

– Faz anos que estamos sob pressão, nós, os criadores do distrito, por causa das mudanças em Hammerfest. Eles usurpam cada vez mais as nossas terras para fazer novos parques industriais. E agora, com essa nova jazida de petróleo de Suolo, a coisa vai piorar.

– E?

– E acontecem coisas nada agradáveis. Tem muito dinheiro em jogo. E nós não significamos muito.

– Não vejo qual é a relação com Juva Sikku – insistiu Nina.

– Devíamos ter uma frente unida no distrito. Mas não é o caso. Temos tipos como Sikku nos dizendo sempre que está tudo perdido. Não gosto dessa atitude. Devíamos cerrar fileiras, falar todos juntos. Como Erik. Erik e Anneli sabiam encontrar as palavras certas. Mas Sikku vem sempre dizer que estamos sentados em cima de um tesouro e que devíamos negociar essas terras pelo melhor preço, que com o dinheiro poderíamos encontrar pastagens baratas em outro lugar.

Klemet refletiu. Devia haver controvérsia entre os criadores com relação à atitude de Juva Sikku. Mas ela oferecia uma alternativa diante do quebra-cabeça do acesso às terras da ilha da Baleia, onde a cidade de Hammerfest queria se desenvolver. Talvez Sikku não estivesse muito errado.

– Outros criadores também pensam assim? – retomou Klemet.

– Uma minoria.

– Mas Sikku não está sozinho – insistiu o policial.

Simba voltou a cuspir.

– Ele não está sozinho. Está sempre metido com o maldito Tikkanen. Os dois se acham muito espertos. Mas foram vistos juntos no bar de Skaidi.

– Perto do nosso posto? – indagou Nina, voltando-se para Klemet.

Não havia outro em Skaidi. O retrato de Sikku que Jonas Simba esboçou em seguida não era nada simpático. Sikku era de fato membro do Sindicato dos Criadores. No plano puramente técnico, Jonas até o considerava um bom pastor, que conhecia bem os seus animais e os conduzia corretamente. Bastava ver a sua rena líder. Como muitos outros criadores, ele se queixava das condições impostas à criação. Quanto a isso, Jonas compartilhava o seu ponto de vista. Mas Sikku parecia nunca estar satisfeito com o que conseguia. E tinha o hábito de ficar muito tempo na cidade.

– Não sei o que o atrai tanto lá, porque é preciso dizer que nós, pastores, somos vistos como párias ali. Eles mal nos toleram.

Jonas Simba lançou seu galhinho no fogo e pegou um laço plastificado alaranjado que pôs atravessado no peito. A conversa tinha terminado. Klemet ficou um instante olhando distraído para o galhinho que se consumia. Markko Tikkanen, o agente imobiliário, e Juva Sikku. O que será que faziam juntos?

Midday,

A sobrevida nos tira muita energia. O outro tem razão. Segurar, segurar a bar-ra. Não abandonar ninguém. Até agora conseguimos chegar lá. Mas há derra-pagens. As ideias dele o isolam. Como antes. Ele não dá ao corpo tempo de se recuperar. Nem eu. Nosso corpo nos escapa. Eu estaria aniquilado sem ele. Ele estaria aniquilado sem mim. Duas ruínas. A deriva dele me dá medo. Até agora nós sempre tínhamos conseguido subir novamente, quando estávamos juntos, eu e você, ou quando ele ocupou o seu lugar, depois. Mas e agora?

16

Colina do vale do estreito do Lobo. 15h30.

Depois de longos desvios para encontrar neve firme, a patrulha P9 chegou ao acampamento de Anneli. A jovem estava lendo, estendida sobre os ramos de bétula, com uma pele de rena enrolada à guisa de almofada. Levantou-se para ficar diante deles. Usava uma calça de motoqueiro e uma malha de lã polar azul-marinho. Um lenço vermelho estampado amarrado no pescoço era a única mancha de cor, além do longo cabelo firme e loiro.

Nina viu nela um semblante apaziguado, bem diferente do olhar alucinado do domingo anterior, durante a corrida desesperada. Ela se perguntou o que a jovem pastora lia. Naquele mundo muito masculino dos criadores de renas, Anneli era uma personagem atípica. No entanto seu ambiente parecia natural, luminoso, evidente. Nina se lembrou da doçura e pureza das suas palavras. Mas não só disso. A jovem criadora resplandecia.

As outras tendas pareciam estranhamente calmas, sem vestígio de atividade, fora um grupo de mulheres que preparava o jantar sob a supervisão de Susann. Os pastores, pelo menos aqueles que não iam muito longe para vigiar os animais, jantavam cedo. Os velhos que estavam cantarolando no outro dia não estavam visíveis. Talvez repousassem. Anneli levou os policiais até o fogo, puxou a cafeteira suspensa acima das brasas e lhes serviu um café preto.

– Como é que vai a sua cabeça? – começou Nina.

A jovem tocou o crânio sorrindo.

– Já viveu coisas piores.

– Assistimos à sua corrida no domingo.

– Ninguém gostou.

– Você correu muitos riscos.

Anneli dirigiu um sorriso pensativo à jovem policial. Não se apressou a responder, com os belos olhos azul-acinzentados mergulhados nos de Nina.

– Esse tipo de corrida não apresenta nenhum risco. Não para mim. Para os outros sim, porque eles correm para eles mesmos. Eu não corria para mim. Não podia me acontecer nada. Nada que já não tenha sido escrito.

– Mas você se feriu. O resultado poderia ter sido muito ruim.

Anneli lhe respondeu com um sorriso misterioso e mergulhou o olhar na sua xícara de café.

– Viemos aqui para falar com você sobre Erik – interveio Klemet. – O que pode nos dizer sobre o trabalho de vocês? Como iam as coisas nos últimos tempos?

Anneli se endireitou.

– Os criadores estão discutindo. Com Erik e alguns outros, estávamos tentando rever o nosso modo de trabalhar. Os pastores ficaram dependentes demais de elementos que lhes escapam, com cargas muito pesadas. Alguns não aguentam mais. Muitos pastores param e os jovens que estariam interessados têm uma dificuldade muito grande de ganhar espaço, mesmo pertencendo a um clã. E eles não têm os meios, se quiserem trabalhar nas mesmas condições que os outros.

Anneli olhava para os dois com um sorriso um pouco triste.

– Isso é uma fatalidade? Erik e eu não achávamos.

– Mas você quer dizer que nem todos estavam de acordo? – ressaltou Nina.

Anneli olhava para as brasas. O vento soprava, leve, regular.

– Fazem o possível para nos dividir. Às vezes conseguem. São pessoas que não compreendem a natureza daqui, não é culpa delas. Elas simplesmente não compreendem.

Anneli se levantou, puxando Nina pelo cotovelo. Ela apontava para a crista de uma colina ondulada que em suave aclive subia em direção ao horizonte.

– O voo dos pássaros acompanha as curvas das montanhas. Você vê como é doce?

E Nina não podia fazer outra coisa senão seguir com os olhos a mão fina de Anneli, que com extrema delicadeza imitava pequenas ondas. Sob a sua carícia, as montanhas eram magníficas, com um fulgor novo; e os pássaros, parecendo voar com aquele gesto, eram belos como jamais se vira.

Nina tentou esconder sua perturbação. As palavras doces e puras da jovem soavam muito estranhas no duro mundo da tundra.

Klemet rompeu o silêncio, pouco à vontade com aquelas considerações.

– A que categoria de criadores pertence Juva Sikku?

Anneli voltou a se sentar. Nina a imitou.

– Juva tem muitos desejos. Erik e ele se conheciam desde a infância. Ele não estudou tanto quanto Erik. Mas é um bom criador. Conhece bem as terras, conhece bem o seu rebanho e o seu rebanho o conhece bem. Mas ele tem desejos que não podem ser satisfeitos na tundra. É isso. O que não faz dele um mau pastor. Mas por quanto tempo ele vai aguentar?

Nina queria saber mais, mas Klemet foi mais rápido, tentando avançar logo na entrevista.

– Quando as renas deram meia-volta outro dia, Juva estava de pé e gesticulava. Talvez tenham sido os gestos dele que assustaram as renas. Com as consequências que você sabe...

A jovem pastora ficou em silêncio por um longo tempo, brincando com um raminho de bétula. Ela acabou abrindo um sorriso.

– Não sei se entendi bem o que você disse, Klemet. Mas parece ser uma coisa grave, e se é isso mesmo você deve conversar logo com Juva.

Ela se levantou imediatamente. Pareceu perder o equilíbrio. Nina a amparou. Anneli segurou a cabeça por um segundo e pousou a outra mão no ventre.

– Não ponha coisas assim na minha cabeça, Klemet.

Ele parecia contrariado. Anneli voltou a se sentar devagar.

– Erik e ele discutiam sobre as questões de ordem da transumância, sei disso. Juva achava injusto ficar atrás do nosso rebanho, os animais dele não tinham mais muita coisa para comer quando chegavam depois dos nossos. Erik me disse que Juva não queria reconhecer que tinha renas demais e que era essa a razão de ele não encontrar pastagens suficientes.

– É, eu sei – disse Klemet –, um problema clássico entre os criadores. É difícil repensar essas velhas regras. E os criadores não aceitam que gente de fora lhes diga que eles têm animais demais, eu sei, eu sei.

Cada um se aferrava à sua opinião e a situação só piorava.

– É por isso que Erik e eu, e alguns outros, tentamos propor uma alternativa. Por exemplo, tenho alguns cavalos. Eu os utilizo para reunir as minhas renas de um jeito que seria impossível com a motoneve.

Se eles conseguissem ser menos motorizados teriam menos gastos fixos e não precisariam mais de tantas renas para viver delas; e com isso as pastagens seriam suficientes para todo mundo.

– Falavam muito disso com Erik e com pessoas como o Olaf.

Klemet balançou a cabeça. O Espanhol e a sua cara altiva, pensou Nina sorrindo por um instante.

– Você se perguntou por quanto tempo Juva aguentaria. O que você estava querendo dizer? – perguntou Nina.

– Juva Sikku sempre foi fascinado pelo modo de vida de Nils Sormi. Eles se conhecem desde a infância. Aliás, os três, contando Erik, se conheciam desde a infância.

17

Vale do Klaggegga. Fim de tarde.

Juva Sikku fazia uma careta. Na gengiva superior, na reentrância cavada ao longo dos anos pelo *snus*, ele enfiou uma nova dose de tabaco de mascar. Ele podia passar o dedinho pelo buraco. Juva sabia que tinha uma fisionomia marcada, apesar da pouca idade. Mas o *vidda* não era para os delicados.

Fez outra careta. Duas motoneves da Polícia das Renas vinham chegando. Atravessaram o curso d'água congelado e ainda fariam uma volta para se aproximar por trás do rebanho reunido 300 metros abaixo, no valezinho sombreado.

Juva Sikku cofiou a barba de vários dias. Ele se barbeava uma vez por semana, quando também raspava a cabeça. Perguntou-se o que os policiais poderiam querer com ele. Tinham chegado sem avisar. O que não era um bom sinal. Sabiam onde encontrá-lo. Apesar de as suas renas terem se adiantado muitos dias na travessia do estreito, a maior parte do seu rebanho permanecia no lugar onde deveria estar naquele período da transumância.

As três prostitutas estavam bem guardadas, em *gumpis* que ele raramente utilizava. A polícia não os conhecia. Poderia mandar um SMS para Tikkanen, mas os *gumpis* eram isolados, muito distantes do seu acampamento habitual. Ninguém iria procurá-las lá.

Klemet Nango acabava de parar a sua motoneve a alguns metros dele. Sua colega, Nansen, o imitou. Ela se parecia com uma das putas trazidas da fronteira russa, a de cabelo mais longo, loiro, e um pouco mais bonita que as outras. Com aquela roupa era difícil avaliar a bunda dela. Será que Nango transava com ela? Se ele fosse Nango, transaria. Uma rapidinha no *gumpi*.

– *Bures* – disse ele quando os policiais se aproximaram. Isso, pelo menos, ele podia fazer. Depois esperou.

Klemet Nango se postou diante dele, sua colega Nansen ao lado.

– *Bures*. Viemos verificar duas ou três coisinhas. Outro dia, no estreito do Lobo, você ficou de pé quando as renas atravessavam. Queríamos saber por quê.

– De pé?

Sikku refletia velozmente. Que porra era aquela? O que esses tiras estavam querendo?

– Bom, chamei quando elas começaram a nadar em círculo. Era preciso intervir rapidamente. Por Deus, era a minha rena branca.

– Tudo bem, mas temos fotos. Temos todas as razões para pensar que foram os seus gestos que assustaram as renas.

– Mas do que é que você está falando? – exaltou-se Sikku. – Você está falando uma bobagem. Não sabe do que está falando! Por acaso estava lá?

Klemet tirou alguns papéis do bolso da perna da sua calça. Impassível, ele alisou as fotos diante do pastor. Uma primeira foto feita na natureza, com uma mulher de costas apontando para alguma coisa.

– Foi para me mostrar essa bunda que você veio até aqui?

– Olhe bem. As renas ainda estão nadando na direção da ilha. E aqui está você, nós verificamos. Você está de pé, antes da meia-volta das renas.

Sikku arrancou o papel das mãos de Nango. Olhou demoradamente a foto, embora soubesse muito bem que era verdade. Ele pegou a segunda foto, ainda com a bunda e as renas que giravam. E a sua rena branca. Anos e anos com ele. Mas o animal não tinha morrido em vão. Ele ganhava tempo para encontrar uma resposta. Seria conveniente responder? Hesitou. Isso poderia lhe causar confusões. Pensou nas prostitutas nos *gumpis*. Tikkanen não sabia onde elas estavam escondidas. O gordo lhe repetia o tempo todo que, quanto menos soubesse, melhor. O que Tikkanen diria aos policiais?

– Percebi que a minha rena não estava nadando do jeito certo. Tentei mostrar isso a Steggo, foi tudo. Aliás, ele entendeu, a minha rena branca puxava para o lado ruim. Ali havia correnteza. Steggo entendeu, e a prova é que ele partiu imediatamente. É isso, foi a correnteza. A culpa foi da correnteza.

Nango e a outra olhavam para a foto. O que eles achavam que viam na foto? Aquela moça, que não conhecia nada, e Nango, que tampouco sabia grande coisa.

– Quase não havia correnteza naquele dia. Resgatamos todas as renas graças a isso, e o corpo de Steggo quase não se afastou da margem.

– Pode ser, mas a minha rena líder não lê os boletins meteorológicos. Além disso, era uma rena burra.

– Todos falam bem dela.

– Uma burra, estou dizendo.

– Também nos disseram que você mudou de lugar – prosseguiu Klemet. – Você cuidou de ficar abaixo dos outros. Assim, ninguém poderia ver você quando se levantasse.

– Bobagens. Bobagens. Eu estava mais acima, é só isso, se mudei foi para melhorar o sinal do celular; precisava fazer uma ligação, é isso.

– Para quem você precisava ligar?

– Mas, meu Deus, que diferença isso faz para vocês, vocês são da polícia?

Os dois policiais se entreolharam. Desde quando a Polícia das Renas fazia o papel de polícia de fato? E a jovem ainda insistia. Sikku perdia a paciência.

– E mais: você sabe quem ligou para você ontem às 8 horas?

Eles ainda lhe fizeram algumas perguntas sobre as suas relações com Erik Streggo e até mesmo com Nils Sormi, o mergulhador. São boas, ele lhes disse, nada mais que isso. Cada um dando duro no seu canto, e tudo bem. Com Steggo, eles davam duro juntos, não é? Isso não seria uma prova? Eles lhe fizeram perguntas sobre a sua infância. Sua infância!

Sikku sentiu os joelhos fraquejarem quando lhe perguntaram onde estava o barco que Steggo havia utilizado. Queimado, respondeu ele. Estava arruinado. Arruinado antes ou depois do acidente? Arruinado, arruinado, e queimado! Ele havia feito tudo para conservar a calma. Isso, isso, bem calmo.

O momento de que ele realmente não gostou foi quando Nango lhe perguntou de repente se ele conhecia Tikkanen. Hein, hein? Nango havia insistido. E a moça também. Ela lhe perguntava novamente sobre o telefone. Não teria sido para Tikkanen que ele ligara justo antes de se levantar? Alguém, ele dizia "alguém" sem identificar a pessoa, lhes contara que os tinha visto juntos muitas vezes, ele e Tikkanen, na pousada de Skaidi. Sikku pensou de novo a toda pressa. Será que alguém os tinha visto atrás da pousada na noite anterior? Ele não vira ninguém ao chegar. E Tikkanen certamente dera a volta, como sempre fazia. Ele respondeu aos policiais que não era proibido ver Tikkanen. Tinha retomado a confiança. Tikkanen, mesmo sendo finlandês, valia tanto quanto qualquer um dali. A essa afirmação Sikku viu que eles não tinham grande coisa a responder. Deram meia-volta e se foram. Porra de Polícia das Renas, não tinham mais o que fazer? Mas tudo isso acabaria logo. Ele teria direito à sua parte. Tikkanen lhe havia prometido.

18

Quinta-feira 29 de abril.
Nascer do sol: 2h50. Pôr do sol: 21h54.
19 horas e 4 minutos de luz solar.

Rodovia 93, entre Alta e Kautokeino. 9h45.

Klemet havia insistido em ir para Kiruna. Eles deviam, sem falta, se inteirar dos resultados da autópsia. Tinha sido realizada em Tromsø pelo amigo legista de Klemet, que queria lhes comunicar os resultados. Assim como alguns médicos e enfermeiros suecos, ele fazia extras na Noruega para melhorar sua situação no fim do mês. Nina não concordava com a diligência de Klemet.

– O legista pode mandar os resultados por *e-mail*. Além do mais, a morte do prefeito não é da nossa alçada.

Klemet quase se zangou. Propôs ir sozinho. Afinal de contas, estavam de folga, não precisavam trabalhar. Por fim Nina aceitou. Ela se sentia melancólica, sem saber por quê. Algo durante o seu encontro com Nils Sormi no estreito do Lobo a deixara incomodada, mas ela ignorava o que era, assim como o motivo. Kiruna a faria pensar em outra coisa.

Klemet parou na estrada, no Café Reinlykke. A velha lapona esperava pacientemente, como sempre, atrás do caixa. Reinlykke – "a sorte da rena". Eles pediram um café e se sentaram num canto.

– A sorte da rena... – começou Nina. – Morten estava falando disso outro dia. As pessoas ainda acreditam nessas coisas?

– No sagrado? No que está além de nós? As pessoas acreditam no que têm necessidade de acreditar para sobreviver.

Nina ergueu as sobrancelhas, parecendo duvidar. Aquilo não estava de acordo com o estrito catecismo protestante que a mãe lhe inculcara durante toda a sua infância. O único mistério aceitável era o mistério da fé, e este não admitia nenhum questionamento. Nina se perguntava às vezes como uma mulher como aquela tinha encontrado um homem como o seu pai.

Certamente a separação deles fora inevitável desde o primeiro instante. Mas é verdade que o seu pai ainda não era mergulhador quando eles se conheceram. A vida dele devia ser bem diferente.

– Lembre-se de Mattis. Ele acreditava no sagrado, no tambor roubado em Kautokeino. E veja aonde isso o levou. Foi isso que o matou.

– O problema de Mattis não era somente que ele acreditava no sagrado. Ele estava, antes de mais nada, desesperado e encurralado. O sagrado? Você viu aquela grande rocha pontiaguda no estreito do Lobo. Pedras como aquela existem em toda a Lapônia. Simples pedras, mas que têm significado especial para as pessoas daqui.

– As pessoas daqui. Você quer dizer os lapões ou todo mundo?

– Os lapões. Pelo menos alguns.

– E para você? Alguma pedra é importante para você?

– Para mim? Sou um policial, portanto racional, não se esqueça.

Nina olhou para seu colega, querendo ver se ele estava brincando. Insondável. Ela se lembrou de tê-lo visto se preocupar com a sua sombra antes de andar. Engraçado, às vezes.

– Os *joïks* do seu tio falam desse tipo de coisa?

– Falam. Muitos *joïks* se ligam a determinados locais.

– Gostaria muito de saber mais sobre isso.

– São velharias, todas essas coisas.

– Tudo bem, vou sozinha ver o seu tio.

– Cuidado, ele gosta de menininhas...

– Ah, e você? Você não gosta de menininhas?

Klemet a olhou: de repente seus olhos estavam brilhantes. Um olhar que ela nunca vira antes.

– Eu sou difícil. Só gosto das que se sustentam de pé sozinhas numa motoneve...

Em Kautokeino eles aproveitaram um voo de helicóptero até Kiruna. Maravilhada, Nina descobriu pela primeira vez a tundra vista do céu. Klemet era um guia formidável. Ombro a ombro, na proximidade da cabine do helicóptero, ela sentia o calor tranquilizador do colega. A neve ainda cobria a maior parte da superfície, mas ela via a natureza despontar sob a espessa carapaça branca, uma natureza ainda esmagada que, com pequenos toques castanhos, anunciava o seu desejo de voltar à vida e à luz. O *vidda* aparecia semeado de vales que cortavam a tundra em mil territórios cada vez mais inacessíveis. Esse imenso planalto constituía, no entanto, a sua zona de trabalho, por mais deserta que parecesse vista do alto. Toda a região estava vazia de renas naquela estação. Eles não demoraram a sobrevoar a Finlândia. As zonas arborizadas tornavam-se mais numerosas. Nina lembrou o que Klemet lhe contara sem jamais entrar em detalhes. O avô dele precisara deixar a criação de renas por causa das fronteiras que foram estabelecidas na Lapônia, quando os países vizinhos tardiamente estenderam sua soberania à região. Com as fronteiras, rotas tradicionais de transumância haviam sido cortadas. Os criadores que continuavam passando por elas pagavam multa. Como o avô de Klemet. Muitos criadores acabaram privados de uma parte das suas pastagens. E pouco a pouco foram perdendo tudo. O avô de Klemet tinha sido, de certa forma, expulso do meio dos criadores. Um destino terrível nessa região, onde o orgulho se media pelo número de renas. Será que Klemet estava pensando no avô naquele momento em que sobrevoava a extremidade da fronteira finlandesa, que marcara a decadência da sua família? Seu colega mostrava uma máscara impassível. Ele deve ter sentido o olhar de Nina, pois fechou os olhos, parecendo adormecer.

Chegaram a Kiruna sobrevoando a mina da LKAB. Um trem com minério acabara de sair de lá. Quase 800 metros de comprimento e cerca de 7 mil toneladas de minério, disse-lhe Klemet no helicóptero. Klemet tinha passado parte da sua juventude ali, em Kiruna, com a mãe sueca, antes de se instalarem num vale perto de Kautokeino, do lado norueguês, e depois na própria Kautokeino, quando tinha começado a frequentar a escola.

Após a aterrissagem, um veículo os levou para a cidade. No trajeto, cartazes anunciavam uma retrospectiva do artista *sami* Anta Laula na Casa do Povo. Nina não tinha tido tempo de descobrir os artistas locais. Klemet lhe dizia frequentemente que era ali que a cultura *sami* iria sobreviver verdadeiramente, mais que com os criadores de renas. Ele teria razão? Certamente exagerava. Klemet via tudo negro quando se falava no futuro da criação de renas. Sem dúvida isso se devia à sua história pessoal.

O veículo os deixou na sede da Polícia das Renas, instalada na antiga caserna dos bombeiros. Nina havia aprendido no seu primeiro estágio em campo que a Polícia das Renas tinha sido criada em 1949 na Noruega, numa época em que os noruegueses roubavam muitas renas para sobreviver depois da devastação da costa pelos alemães no final da guerra. A sede era então em Alta. Posteriormente os governos nórdicos tinham resolvido estender essa polícia à Finlândia e à Suécia, ou seja, aos quase 400 mil quilômetros quadrados que formavam a Lapônia. E Kiruna tinha sido designada como novo centro operacional.

A antiga caserna dos bombeiros tinha uma bela torre octogonal em madeira pintada de vermelho puxando para o marrom. A torre era encimada por um domo fino e branco que coroava um estreito balcão circular.

O legista os esperava na soleira da porta. Acabara de voltar do Hospital Universitário de Tromsø, no lado norueguês. Deu um abraço caloroso em Klemet. Os dois tinham trabalhado juntos em Estocolmo, anos antes. Sem dizer nada, o médico abriu o jaleco branco e, piscando o olho, mostrou para Klemet uma camisa polo verde do Hammarby, o time de futebol de Södermalm, na capital sueca.

– Eu a vesti especialmente para você, quando soube que viria.

Eles subiram para a sala de reunião. Café e bolinhos de canela. O médico abriu uma pasta.

– Sei que isso não é da sua alçada, mas com as histórias que acontecem por lá, pensei que lhe interessasse. Lars Fjordsen morreu em decorrência da queda. Quanto a isso, não há dúvida. Mas pouco antes lutou com alguém. Ele tem marcas de estrangulamento no pescoço, hematomas. Estão sendo analisados, assim como o que se encontrou sob as suas unhas. Tudo isso aconteceu imediatamente antes da morte. A questão é: ele caiu sozinho ou foi empurrado? Sua cabeça se feriu frontalmente numa rocha. E então tchau, apito final, fim de jogo.

***

Klemet e Nina ficaram sozinhos na sala de reunião. Depois da saída do legista, eles haviam conversado por telefone com Ellen Hotti, a delegada de Hammerfest. Se tinha havido luta, a delegada Hotti achava que era preciso investigar os criadores em conflito com a prefeitura. Pura lógica, segundo ela. Klemet fez uma careta, mas não apresentou nenhum argumento para a delegada. Ele desligou.

– Você não parecia concordar com ela. Mas acho bastante coerente, você não?

– Você acha que um criador matou o prefeito?

– Ninguém falou em matar. Ele morreu na queda.

– Mas há estrangulamento. Portanto intenção de matar, talvez. Porém, vamos ver. Não é complicado saber quais criadores estão em conflito com a prefeitura.

– Mas você tem outra coisa em mente?

Seu colega não gostava de especulações. Ele pensava.

– Fjordsen fez parte da Comissão do Nobel e foi ministro. Quem ocupa esses cargos está sujeito a ter inimigos. Veja o caso de Olof Palme.[2] Havia uma boa dúzia de pistas absolutamente críveis, nos quatro cantos do mundo.

– E você investigou a morte de Palme, eu sei.

Nina balançou a cabeça. Ela folheou um exemplar do *NSD*, o jornal diário da regional social-democrata. Comentava-se um conflito sindical na mina e a apresentação de um projeto para o futuro prédio da nova prefeitura, pois era preciso abandonar o atual, ameaçado de desmoronamento, para não frear a exploração da mina. Nas páginas de cultura, o *NSD* destacava a exposição do artista cujo rosto estava nos cartazes da cidade e que Nina tinha a impressão de conhecer vagamente sem conseguir lhe dar nome. O texto dizia que Laula compareceria à abertura da exposição, que aconteceria no dia seguinte. Sua presença era anunciada como um grande acon-

---

2 O social-democrata Olof Palme foi primeiro-ministro sueco por duas vezes, assassinado antes do fim do segundo mandato. Nunca se descobriu seu assassino nem os possíveis mandantes do crime. (N. do E.)

tecimento, pois ele estava havia anos com a saúde bastante deteriorada. O artigo dava a entender que suas aparições eram raríssimas.

– Você conhece esse Laula? – indagou Nina.

– História complicada...

– O que aconteceu?

– Não sei exatamente. Seria preciso perguntar ao meu tio. O sujeito entrou em parafuso.

Klemet pegou o jornal. Deu uma olhada.

– Mas é muito talentoso com as mãos – acrescentou ele, fechando o jornal com um gesto brusco.

– Bom, bom, bom – disse Nina –, então, num dia de folga, estamos em Kiruna e ficamos sabendo que Fjordsen tinha lutado com alguém, uma informação que, claro, era delicada o suficiente para que o seu amigo do futebol a comunicasse por telefone...

Digitando negligentemente no celular, Klemet não respondeu. Ele fazia trejeitos com a boca. Parecia avaliar Nina, mas continuou em silêncio. Levantou-se com um salto.

– Já volto.

Uma vez sozinha, Nina se voltou para um computador instalado na ponta da mesa e digitou o nome de Lars Fjordsen no mecanismo de busca. Havia dezenas de milhares de ocorrências. Sem sombra de dúvida, Fjordsen tinha uma projeção nacional, até mesmo internacional, da qual Nina não suspeitara, apesar dos louvores da biografia divulgada pelo rádio.

Fjordsen tinha sido o primeiro homem da Diretoria do Petróleo no início dos anos 1990, e para recompensar uma carreira plena de feitos no serviço público e no Partido Social-Democrata ele foi nomeado para a Comissão do Nobel. As nomeações funcionavam assim: os principais partidos escolhiam os cinco membros encarregados de atribuir anualmente o Prêmio Nobel da Paz. Ele havia deixado a prestigiosa comissão alguns anos antes e se dedicara de corpo e alma ao desenvolvimento de Hammerfest e, de modo mais geral, do Grande Norte e seus recursos costeiros.

Nina refinou a pesquisa. Lars Fjordsen não tinha sido um integrante inexpressivo na Comissão do Nobel. A atividade da comissão recebia muitas críticas. Os laureados quase nunca eram unanimidade, e quando era esse o caso, tratava-se frequentemente de quase desconhecidos escolhidos como solução para contornar uma controvérsia insuperável em relação a algum candidato. Aparentemente não era possível evitar os comentários azedos. Fjordsen tinha convicções políticas bastante fortes. Seu envolvimento se concentrava em vários movimentos de libertação em todo o mundo. Ele pertencia evidentemente à facção internacional do Partido Trabalhista. Isso distanciou Nina das histórias de criadores de renas.

Fjordsen era ainda mais fascinante porque havia sido ministro dos Assuntos Sociais numa época em que grandes reformas tinham sido feitas na Noruega. Nina se perguntava como ele teria passado do cargo de responsável pela Diretoria do Petróleo, posto de poder numa petromonarquia como a Noruega, ao de ministro dos Assuntos Sociais, mais apagado.

Nina foi interrompida nessas reflexões pelo celular de Klemet, que vibrava na mesa. Depois de uma conversa breve, ela depôs o telefone com um sorriso nos lábios.

Voltou a mergulhar nas suas pesquisas até a volta de Klemet.

– Você sabia que Fjordsen foi defensor de movimentos de libertação? Olhe isto aqui – disse ela, colocando suas anotações diante dele. Klemet olhou em silêncio.

– Já lhe disse que isso é uma repetição da investigação sobre o assassinato do ex-primeiro-ministro Olof Palme. Havia uma enorme quantidade de pistas, e no final não sabemos até hoje quem o matou. Pelo menos oficialmente.

Klemet voltou a olhar, mais metodicamente, as anotações de Nina.

– Fiz uma ligação para a prefeitura de Hammerfest – disse ele. – Havia um grande projeto em andamento, o projeto de uma estrada que devia ser alargada para a futura zona industrial que servirá de base petroleira para a jazida de Suolo. Ao sul da base atual, do lado oeste da ilha, entre essa base polar e a ponte que vai da ilha a Kvalsund. E há uma grande discussão por causa da rocha sagrada que talvez seja necessário deslocar para o outro lado do estreito do Lobo. Essa história vai para todas as direções.

Ele continuou em silêncio por mais um momento.

– Amanhã a gente vê isso. Antes de amanhã de manhã não sai nenhum helicóptero para Kautokeino. Mas já providenciei tudo. Pernoitamos aqui, você na sede e eu, na casa do meu amigo.

– Ah, mas que sorte! – exclamou Nina.

Ela entregou para Klemet o seu celular.

– A propósito: Eva acabou de chegar de Malå. Ela estará no restaurante às 18h30, conforme o previsto. Ou seja, dentro de quinze minutos, como vocês tinham combinado ontem, aparentemente...

19

Mar de Barents, a bordo do *Arctic Diving*. 18h15.

Nils Sormi estava estendido havia mais de duas horas, fone de ouvido nas orelhas. Já fazia algum tempo que nenhuma música saía do aparelho, mas ele se restaurava na sua bolha. Na sua bolha. Não se podia pensar em expressão melhor. Ele repousava havia quase catorze horas na minúscula câmara de descompressão instalada no navio de mergulho da companhia. Normalmente, essas longas horas de espera quando da volta de uma missão de mergulho sob pressão não o aborreciam muito. Apesar da falta de privacidade, ele ouvia música, lia, conversava com Tom. Eles falavam sobre técnicas de mergulho, materiais, podendo passar horas entre essas conversas e a leitura das revistas espalhadas por ali. Dessa vez, eles infelizmente compartilhavam a câmara com outra dupla de mergulhadores. Nils não suportava um dos homens. Mas tudo bem.

A missão em si havia transcorrido bem. Rotina sem grande interesse: uma missão de inspeção sem perigo, sem manipulação de material. Um submarino poderia ter feito o trabalho, mas os dois operadores de ROV – veículos operados remotamente – estavam ausentes, e a missão não podia esperar. Inspeção da plataforma que acabara de chegar para a jazida de Suolo. A profundidade não era exagerada, mas suficiente para exigir um mergulho em saturação e a descompressão que vem depois. Tudo bem, esse tempo passado sem fazer nada era regiamente pago também. Se não fosse o mergulhador da outra dupla que compartilhava a câmara de descompressão, tudo teria sido perfeito.

O outro se aproximou, queria mostrar para Nils alguma coisa que vira na revista. Nils apertou uma tecla no seu fone de ouvido e com um sorriso deu a entender que depois veria. Fazer de conta que o sujeito era um amigo. Nils tinha aprendido. Não havia alternativa. Impossível passar vinte horas com um sujeito numa câmara de descompressão e insultá-lo, odiá-lo, dizer-lhe que não suportamos o seu hálito, que ele é o maior babaca já visto. Então sorrimos para ele, levantamos para ele um punho fechado, indicando que há um entendimento perfeito entre nós, que está tudo bem, que estamos todos no mesmo time. Mas que esse bobalhão desapareça da nossa vista! Que ele feche a sua boca fedida!

O mundo dos mergulhadores do mar de Barents era bem reduzido. Nada a ver com a época áurea do mar do Norte, quando centenas de mergulhadores sulcavam os fundos. O mar de Barents estava então no começo. Só depois de anos ele adquiriu a dimensão dessa nova província petroleira, e Nils foi um dos seus pioneiros.

As companhias, depois dos seguidos acidentes nos anos 1970, faziam o possível para evitar recrutar mergulhadores. Encontrava-se gás, encontrava-se petróleo. E às vezes era preciso ainda assim apelar para homens como eles, embora as companhias geralmente se organizassem de forma a ter o trabalho feito por um ROV.

Quando jovem, Nils ouvira todo tipo de histórias sobre esses mergulhadores aventureiros que o mar do Norte conhecera. Ainda garoto, ele havia conhecido esses sujeitos, verdadeiros heróis. Vira certo dia um deles sair da água com escafandro, na ponta do fiorde onde sua família tinha um chalé de verão e seu pai, um pequeno barco de pesca. Saiu da água bem diante dele, com reflexos de sol que faziam cintilar o capacete dourado e o cegavam...

Na sua juventude, no último ano do colegial, ele voltou a se encantar com os primeiros trabalhadores do petróleo chegados à região, no início da década de 2000. Hammerfest ganhava a reputação de cidade que estava se desenvolvendo. Que ia se desenvolver. Seus pais eram *sami*, gente modesta, mas não paravam de lhe dizer que os acontecimentos em curso eram uma grande chance para ele, o pequeno Nils. Eles não tinham nenhuma educação, mas ele, Nils, com seu olho vivo e sua inteligência, saberia aproveitar essa oportunidade. Tinha a sorte de ser esportista e não temer nada; abriria o seu próprio caminho. Sim, sempre havia se sentido apoiado pelos pais, que o tinham deixado conviver naquela nascente meio petroleira e gasista. Ao contrário dos seus amigos da escola primária, Erik ou Juva, que ficaram prisioneiros das tradições dos clãs *sami*, embrenhados no interior, onde um jovem não podia imaginar outro futuro senão a criação de renas.

Nils às vezes conversava sobre isso com Tom Paulsen, seu parceiro, um dos únicos por quem ele realmente sentia respeito. Ainda assim, evitava mencionar o seu nascimento, num meio puramente *sami*. Havia limites para isso. Muito jovem ainda, ele tinha se afastado daquele mundo de Erik. Um mundo que o deixava frio. Nils encontrou outros amigos, que não eram daquele mundo. Juva ficou a uma distância razoável, cruzando com ele durante algumas bebedeiras de adolescente. Juva se mantinha na fronteira do seu universo: estava sempre no meio *sami,* mas Nils via perfeitamente o quanto ele se sentia atraído pelo seu novo mundo.

Tom Paulsen o tirou por um momento do seu devaneio. Propôs-lhe uma garrafa de água e uma refeição. Sormi não gostava da ideia, mas isso ajudaria na sua recuperação. Naquela atmosfera estranha, o cansaço era um fardo de todos os momentos, em razão das extremas mudanças de pressão a que o corpo tinha se submetido e que eles deviam agora tentar reequilibrar para se restabelecer.

Nils Sormi retomou o curso dos seus pensamentos. Ainda adolescente, ele logo se envolveu num turbilhão efervescente. Os mergulhadores de Hammerfest, os pioneiros dos primeiros anos, organizavam festas monstruosas. Ele conseguira se introduzir no meio delas e se tornar indispensável: enchia novamente os copos, ia buscar mais garrafas, ajudava a arrumar o ambiente, ia pedir o número do telefone de uma jovem para um amigo, já que nunca suspeitariam de um garotinho como ele. Os mergulhadores se mostravam generosos com ele. Nils tinha adquirido gosto por aquele ambiente, por aquela fartura também. Ali havia dinheiro. Era ali que ele queria estar.

Nils Sormi se lembrava do seu primeiro mergulho. Fora com um francês, Jacques, um sujeito já velho, que havia trabalhado para uma sociedade de Marselha, ao longo da costa africana e depois no mar do Norte. Suas histórias retinham Nils perto dele por horas a fio. Ele havia lhe contado que levara para a superfície o cadáver de um mergulhador que estava sob uma plataforma, no delta de um rio qualquer da África. Os olhos do seu herói estavam úmidos. Nils tinha ficado perturbado. Um pouco decepcionado. O francês contara que aparentemente seu colega havia entrado em pânico e voltado depressa demais à superfície. Para descrever o que se passara nos seus pulmões e no cérebro, e em todo o corpo sob pressão, ele falou de bolhas que explodiam, desenhando uma garrafa de champanhe cuja rolha saltara no ar. Naquela noite, ele abriu uma garrafa de champanhe para lhe mostrar, fazendo a rolha saltar a uma altura incrível; a espuma branca saiu num jato e foi parar nas coxas de Nils, fazendo o jovem rir, e juntos eles esvaziaram a garrafa. Nils experimentou então a sua primeira bebedeira.

O alto-falante interrompeu suas lembranças. A refeição fora servida. Faziam-nos passar por uma cabine pressurizada. Embora tivessem melhorado desde a época pioneira, as condições de vida nas câmaras continuavam muito duras. Por causa da atmosfera da câmara de descompressão, a comida perdia o gosto e a consistência, e o gás que eles respiravam transformava a voz numa algaravia anasalada. Nils Sormi não tinha fome. Sabia que a descompressão terminaria logo e que ele poderia se recuperar, mas forçou-se a comer.

Seus pensamentos voltaram a vagar pela época da juventude. Isso raramente lhe acontecia. Mas a morte de Erik Steggo tinha provocado esse retorno. Nils não entendia a reação que tivera no estreito, ao resgatar o corpo. Ele já havia resgatado cadáveres, já havia visto mortos. Por que Erik o afetara mais que os outros? Eles tinham sido próximos, mas muito tempo antes. Nils queria se lembrar do que os havia feito seguir caminhos tão diferentes, uma vez que tinham sido amigos. Evidentemente, Erik não tinha sentido a mesma coisa ao ver aqueles mergulhadores. E, no entanto, quando garotos, eles frequentavam a mesma costa, Erik no momento da transumância, quando seus pais o levavam para as pastagens de verão. Os dois se reviam ali quando Nils ficava no chalé da família, à beira do fiorde.

Ele evocava também aqueles mergulhadores que tinham feito coisas aparentemente estranhas, que eles não comentavam. Nils devia ser recém-nascido ou era pequeno demais para ter alguma lembrança daquilo.

Nils, a quem os mergulhadores não davam muita atenção, captava palavras que não compreendia. Ele sabia apenas que aquelas não eram as palavras que eles usavam normalmente para se referir aos mergulhos.

Os verões se passavam assim. Quando eles chegavam, ao final da primavera, Nils se sentia reviver. E esse deslumbramento durava até o início do outono, até a partida para outros mares mais quentes.

Nils não entendia por que eles começaram a levar consigo um *sami* que parecia absolutamente selvagem. Ele tinha um rosto marcado, um autêntico lapão, pensou Nils com uma ponta de desprezo. Desprezo, sim, pois ele lembrava a si mesmo um ambiente que lhe parecia atrasado. Mas os outros simpatizavam com aquele tipo estranho. Era difícil extrair qualquer coisa dele, mas ele era talentoso com as mãos. Além disso, aquele lapão parecia ter certa aura. Nils havia resolvido se desinteressar dele. Desde que pudesse ficar perto daqueles grandes homens, nada lhe importava, no fim das contas. Assim, Nils crescera sendo mascote daqueles homens. Um garoto pode conhecer felicidade maior?

Um belo dia todos aqueles homens acabaram desaparecendo, chamados para outras missões. Eles haviam cumprido a que tinham ali. Na primavera seguinte, não voltaram. E tampouco na outra. Nils se viu sozinho, como que abandonado. O que lhe restava? Os Juva? Os Erik?

Assim que pôde, ele partiu para prestar o serviço militar na marinha e, evidentemente, se tornou mergulhador antes de voltar para Hammerfest. Enfim mergulhador. Tinha chegado a sua vez de ficar em primeiro plano.

– Sormi, mensagem! – avisou Leif Moe.

Nils Sormi se levantou lentamente do catre. Olhou para a tela onde estavam transcritos os seus SMS. Não havia número do remetente. Apenas estas duas simples palavras, que ele leu franzindo as sobrancelhas: *De profundis*.

Midday,

Me ajude! O outro não está podendo mais. Ele cospe, e tenho a impressão de que ele está se matando em fogo brando. Em dupla, nós ainda avançamos. Eu ainda consigo acalmá-lo. Mas por quanto tempo não sei, meu velho Midday. Me perdoe por continuar um pouco enigmático nas cartas, mas quem sabe nas mãos de quem elas poderiam cair.

Voltando ao meu companheiro de infelicidade, ele desmorona cada vez mais amiúde. Não é uma coisa engraçada de ver, você sabe. À noite, quando ele dorme, às vezes eu o ouço soluçar. Sempre que ouço esses soluços eu me pergunto o que fizeram de nós, nós que, no entanto, éramos supertreinados. Mas aqueles cafajestes não quiseram ouvir. Isso o deixa cada vez mais louco de raiva. Ele quer devolver. Devolver os golpes. Do seu modo. Mostrar a eles. As autoridades não tinham direito de fazer isso. Estávamos do lado delas. Nós nos sacrificamos por este país. Não demos nossos melhores anos? O que foi que eles fizeram de nós?

20

Kiruna, restaurante Landström. 19h15.

Klemet precisara gaguejar algumas desculpas para Nina. Constrangido por ter sido pego em flagrante delito de mentira deslavada. Ela estava encurralada em Kiruna e conseguira recusar um convite para jantar que lhe fizera Fredrik, o loiro grandalhão e barrigudo da Polícia Científica de Kiruna que se achava um Casanova. Ele gostava muito de Nina, que não se esforçava minimamente para lhe corresponder. Klemet conseguira chegar atrasado ao restaurante situado na rua Föreningsgatan. Eva o esperava no terraço com um copo de vinho quase vazio e um cigarro na boca. Era evidente que fizera o possível para ajeitar a espessa cabeleira grisalha. Recebeu-o com uma risada sonora.

– Então, meu policialzinho, estão fazendo misérias com você no trabalho!

Klemet gostava muito daquela sueca atípica – ou muito típica, não estava claro para ele –, de magníficos olhos azuis e um rosto fino com cores que sempre pareciam saudáveis. Sinal de que, apesar do cargo de diretora do Instituto Nórdico de Geologia, sediado em Malå, mais ao sul, ela ainda devia trabalhar bastante ao ar livre.

– De qualquer forma, gostei do seu telefonema. Ele me tirou dos seixinhos e das minhas grossas pastas. Vinho branco? Tenho uma garrafa de um bom na mesa.

Klemet fez um sinal com a mão. Ele não bebia, e nas raras vezes em que abrira uma exceção, as coisas tinham terminado mal. Mas resolveu, mesmo assim, fazer um gesto para brindar.

– Só um fundo de copo, então...

– Ah, o meu policialzinho quer cair na farra esta noite – sorriu Eva. – Mas ele poderia vir sem uniforme, hein, Klemet...

O policial ergueu o copo e brindou.

– Você está indo longe demais. Eu lhe prometi convidá-la para a minha tenda em Kautokeino, não queime as etapas.

Eva Nilsdotter esvaziou a taça e a encheu novamente. Acendeu outro cigarro.

– Klemet, você não passa de um acendedor de cigarros incompetente – brincou ela. – Acha mesmo que me engana como a uma garotinha assanhada?

Klemet levantou seu copo e lhe mandou um beijo.

– Ah, mas dá para sentir a primavera florescendo!

– Se eu tivesse um quarto do talento do meu tio, lhe falaria dessa natureza que espera o seu despertar.

– Ah, sim – disse Eva erguendo seu copo –, eu não me canso dela. Essa natureza esmagada durante meses por metros de neve, que sofre, que permanece cinzenta semanas a fio, e de repente vai explodir, verdejar, se expandir, pulular de vida e energia. Nosso milagre eterno.

Klemet olhava Eva fazer grandes gestos para descrever sua paixão pela primavera. As ruguinhas no canto dos olhos pareciam raios de sol, pensou ele.

– Não que eu queira levar tudo para a geologia, mas isso me faz pensar no que deve ter sido, numa outra escala, claro, a elevação das terras aqui depois do fim da grande glaciação.

Ela explodiu numa risada ao ver o olhar de Klemet.

– Meu Deus, eu não queria meter medo em você.

– Não, não, continue.

– Digo apenas que o clima esquentou e as enormes geleiras que recobriam a região derreteram, e a terra, libertada dessa massa, se levantou. O que resultou nessa variedade de paisagens, em todos esses relevos, nessa vida, enfim. Assim como a natureza que se libera na primavera, percebe, meu lobão?

Klemet a ouvia, e gostava do seu modo de falar sem constrangimento sobre a vida, quer se tratasse da natureza ou dos homens. Ele observava os raiozinhos de sol no canto dos seus olhos e sentia que ela o irradiava. Como Nina, que lhe confiara se sentir iluminada pelas palavras de Anneli. Ele tentou afugentar da mente a jovem pastora, para que a investigação não pesasse sobre aquele instante. Mas Eva percebera o lampejo.

– Vamos, conte logo, senão isso vai estragar a noite, de qualquer forma.

Klemet meneou a cabeça. Não havia nada para contar. Não ali, não naquela hora. O que dizer de um pastor que se afoga de modo provavelmente suspeito, de um prefeito que cai de modo mais que suspeito, de uma rocha sagrada que atrapalha, de uma cidade fervilhante, de um mundo que empurra o outro. Klemet sentia que se tornava melancólico. E nem mesmo podia dizer que o culpado era o gole de vinho branco.

– Você viu como esta região está se transformando.

– O que é que você está querendo dizer, meu lapãozinho? Você está falando de 2 mil anos ou de vinte anos? No meu caso, quanto maior é a quantidade de zeros, mais à vontade eu fico para observar, dizer coisas inteligentes. O homem que mais me empolga é o que tem a forma de fóssil. Ah, mas quanta conversa, eu não falei nada, seu desajeitadinho.

Klemet explodiu numa gargalhada.

– Tudo bem, tudo bem, você venceu. Eu não sei exatamente; estamos de novo com um caso especial. Você sabe, normalmente nós tratamos de conflitos de pastagens na tundra, roubos de renas, direção ilegal de motoneves nas zonas protegidas, histórias desse tipo. Mas, agora, a morte do prefeito de Hammerfest é um abacaxi que em parte deve ser descascado pela gente, porque a prefeitura ainda está em conflito com os criadores.

– E por que existe esse conflito? – indagou Eva, servindo-se novamente.

– Com a jazida de petróleo de Suolo, a cidade deve se expandir a fim de ganhar novas áreas para bases logísticas e uma zona onde se construirá um novo aeroporto capaz de receber grandes aviões de carga, e também ampliar a estrada que a liga à ponte do estreito do Lobo.

– E isso tudo está emperrado?

– Você não conhece Hammerfest, mas a cidade foi construída a noroeste de uma ilha. Só se chega a ela por uma estrada que primeiro atravessa o estreito do Lobo por uma ponte, depois vai para oeste num túnel e sai do lado oeste da ilha, costeando o mar, até Hammerfest. O problema é que as renas que passam o verão na ilha sempre utilizaram exatamente essa zona para subir na direção das pastagens de verão, no interior da ilha. Com isso, as renas estão na cidade, o que deixa todo mundo possesso por lá.

– Ah, o petróleo, meu querido, mas eles já estão derrotados, os seus criadores. O que é que você acha?

– O meu problema não é esse, Eva, eu não sou político.

– É verdade, é verdade, você é apenas um policial que faz o seu trabalho, você já me disse isso. Então me deixe lhe oferecer uma pequena visão geral topográfica. Os meus colegas americanos já informaram alguns anos atrás que um terço dos recursos não comprovados de petróleo e gás do planeta se encontram na região ártica. Um terço! Não sei se você se dá conta do que é isso. Não se sabe muito bem o que valem esses números. Mas não importa; imagine o efeito deles sobre os industriais. E sobre os políticos. Eu não conheço Hammerfest. Mas o que sei é que todo o mar de Barents se tornou zona econômica prioritária para o governo norueguês. Os líquidos e os gases não são propriamente a minha área. Como eu já lhe disse, sou mais dos fósseis e seixos de todos os tipos. Mas posso lhe dizer que lá se faz um grande esforço para se conseguir um canto sob o sol da meia-noite. Mais ou menos como você e eu nesta noite, hein?

21

Sexta-feira 30 de abril.
Nascer do sol: 2h43. Pôr do sol: 22h01.
19 horas e 18 minutos de luz solar.

Lapônia interior. 14h15.

Tom Paulsen gritava e Nils Sormi tentava berrar ainda mais forte. Os dois mergulhadores seguiam no 4×4 de Sormi pela estrada na orla do Parque de Stabbursdalen, entre Skaidi e Alta. Vinte minutos depois de Skaidi, o 4×4 com pneus com cravos já estava no seu limite de velocidade, avançando para o sul naquela via longilínea infinita e quase sem ondulação que deixava à direita o platô com a igrejinha *sami*. O vento varria a planície e fazia a neve deslizar pela estrada. Eles só tinham a imensidão e a nudez do *vidda* diante dos olhos protegidos pelos óculos especiais exigidos pelo fortíssimo reflexo do sol sobre a neve. Nils fez uma curva brusca e deixou a estrada principal para prosseguir por um caminho que desaparecia, encoberto por uma colina.

Outros dois mergulhadores estavam atrás, também aos gritos, com garrafas de cerveja erguidas. Havia música ao fundo. Apesar dos 5 graus, Nils e Tom, que haviam saído da câmara de descompressão naquela manhã, aproveitavam plenamente o sol, que já estava alto no céu imaculado. Os dois outros mergulhadores tinham integrado a equipe anterior e preparado cuidadosamente a sua pequena viagem. Nils Sormi adorava essas saídas para derreter o gelo ao ar livre quando saía da câmara de descompressão. Tom lhe deu uma cerveja e pegou outra para si. Os quatro homens usavam casaco de gola de pele e gorro enterrado até os olhos. Não temiam o frio.

Depois de quinze minutos, fora dos olhares do mundo, aquelas figuras engordadas pela pele de rena andaram algumas centenas de metros munidas de fuzis de caça e esperaram em silêncio. A música havia cessado. Eles mordiscavam asas de frango e bebiam cerveja. Aproveitavam o sol. Paulsen tinha feito o reconhecimento do lugar. Eles viram as perdizes quase ao mesmo tempo e atiraram, numa grande explosão de riso. Precipitaram-se na neve, tropeçando, rindo desbragadamente, correndo para pegar as aves. Jogaram-nas no fundo do jipe, debaixo de um plástico, e voltaram a rodar com mais entusiasmo ainda, ao som de *rock* e gritos capazes de estourar os tímpanos.

No fim da tarde, eles estavam mais uma vez na estrada para Hammerfest, e Nils se dirigiu diretamente para o cais do *Arctic Diving*, bem diante do Riviera Next. Na plataforma de atracação, alguns mergulhadores dispunham de contêiner particular. Ele estacionou o 4×4 na extremidade do cais, para descarregá-lo fora da vista dos curiosos. Havia cinco contêineres, com sólidos cadeados. Teoricamente os contêineres eram tolerados para guardar material de mergulho, mas armazenavam, sobretudo, o fruto de sua rapinagem. A primeira vez que tinha levado Elenor a Hammerfest, ele a fechara num contêiner. Uma espécie de tradição para ele. A sua vida estava ali. Todo o resto era perfumaria, ele sabia disso. Para impressionar os outros, o que não era tão difícil ali. Sua vida estava naquele contêiner. Ele gostava de imaginar ali odores de mulheres seduzidas. Mas esses odores nunca se sobrepunham por muito tempo aos das suas roupas de mergulho, aos dos seus prêmios, e o cheiro que permanecia lhe lembrava sempre que o das mulheres não poderia jamais ser o que triunfava. Jamais. Razão pela qual ele suportava sem grande dificuldade uma mulher como Elenor.

Nils Sormi tinha tido o cuidado de instalar no seu contêiner uma geladeira com congelador, como aliás faziam os outros mergulhadores, pois assim podiam conservar tudo o que caçavam, como as perdizes, cuja caça era proibida naquela estação. Às vezes ele as vendia aos restaurantes da cidade. Conservava num canto um velho capacete de escafandrista, presente de Jacques, o mergulhador francês que certo dia ele vira sair da água não longe dali e que determinara para sempre o seu destino. Nils afastou galhadas de rena que se espalhavam no chão. Essas galhadas eram a única coisa que podia ligá-lo ao mundo *sami*, mas só lhe interessavam pelo seu valor comercial. Guardou os fuzis num armário fechado à chave, trocou de roupa e foi encontrar os outros na antessala do Riviera Next.

Aquela caminhada lhe fizera bem. À noite ele encontraria novamente Elenor. Prometera-lhe a noite inteira, tudo correria bem. Mesmo que ele se proibisse de se expor a qualquer inquietação, o desaparecimento do prefeito lhe trazia novamente à lembrança as últimas promessas de Tikkanen. O finlandês estaria preocupado? Se estivesse, ele por sua vez deveria estar? E o que significava a mensagem que ele recebeu na câmara? Precisava mencionar essas questões com o toucinho gordo do Tikkanen, mas não podiam ser vistos juntos naquele momento.

Ele afastou uma cerveja diante de Paulsen e o puxou para um lado.

– Sabe aquela mensagem que recebi? Eu pesquisei, aquilo quer dizer "Das profundezas". É o título de uma música clássica. Ouvi hoje de manhã e ela não me fez lembrar nada.

– Também pensei nisso. Não vejo nada além de uma espécie de mensagem ligada ao fundo do mar. Mas o quê?

Nils meneava a cabeça.

– O fundo do mar ou alguma coisa que sai das profundezas? Mas não é só isso. Recebi outra mensagem uma hora depois. Igualmente estranha. *Ahkanjarstabba*. Pesquisei um pouco. Nada. Pelo menos não é uma palavra que se refira a alguém.

Nils começava a se perguntar se o autor das mensagens não seria Tikkanen. Como uma espécie de defesa. Aquilo parecia um pouco fino demais para vir do finlandês, mas com aquele seu jeito açucarado não se podia ter certeza de nada. Será que ele o subestimara? Das profundezas?

Ou Henning Birge, aquela doninha? Ele não percebia muito bem qual era a dele. Birge era seu empregador ocasional, precisava dele. Por que procurava briga com ele? Mas talvez não procurasse briga.

Elenor? Sem chance, não fazia sentido. Eles tinham se conhecido no Spy Bar, em Estocolmo, numa dessas noites bem perigosas, encontro da juventude dourada de Stureplan, e ela ficara totalmente fascinada pelo seu Rolex. Mas isso só depois de ele ter lhe dito quanto havia pagado pelo relógio. A marca não era nada para ela, ele tinha certeza disso. O importante era apenas o preço. Desse ponto de vista, ela não era complicada. E além disso era incrivelmente *sexy*.

Outro mergulhador com quem ele tivesse tido uma história qualquer? O cara com mau hálito? Aquela não tinha sido a primeira vez que eles trabalharam juntos, mas Nils considerava que se comportava como um profissional, não deixando seus sentimentos transparecerem, apesar da vontade de esmagá-lo. Mas o outro podia perfeitamente não ser tão profissional quanto ele. Talvez não o suportasse, por certo havia percebido que Nils o evitava. Será que ele se divertia enviando-lhe uma mensagem como aquela? Por quê? Só para incomodá-lo? Para incomodá-lo...

Olaf poderia fazer isso? O Espanhol... Ele, sim, poderia muito bem querer incomodá-lo, mas com uma mensagem como aquela? Não ele. Não, devia haver outra coisa. Seus pensamentos voltaram para Tikkanen. Esse tinha chance de se tornar um problema. Um verdadeiro problema... Ele imaginava o gordo, sim, ele o imaginava bem, esse sujeito fraco que de repente ele teve vontade de esmagar com o pé como a uma merda. Ele esperava apenas que, desaparecido o prefeito, o seu caso do terreno se resolvesse. Devia se resolver.

De profundis... Profundezas do mar, da sua vida, da sua juventude? Por que aquela segunda mensagem com conotação *sami*? Impossível saber se era o mesmo remetente. Números ocultos. Com que mente deformada, distorcida, ele tinha cruzado ultimamente?

Anneli? Entre uma expressão latina e uma palavra *sami*, isso casava bem com ela. Anneli não gostava dele; demonstrara isso naquele dia no Riviera Next, acompanhada de Olaf. Mas o que ela estaria querendo dizer? Eles se conheciam muito pouco, aquilo não tinha sentido. E ele já não tinha mais nada em comum com Erik há muito tempo. Desde quando, aliás? Quando os caminhos dos dois tinham se bifurcado? Na infância eles eram inseparáveis, mas desde que Nils tinha começado a frequentar a escola a amizade acabara. Eles tinham corrido pela tundra, pego renas no laço. Nils se lembrava vagamente de que sua família vivia um tanto isolada, não longe da de Erik. Até a época da escola. Então aconteceu alguma coisa. Para ele os belos anos haviam começado. Seus pais o tinham tirado muito cedo da escola de Kautokeino. Mandaram-no para a cidade, em Alta, e até mesmo o enviaram mais tarde ao colegial em Tromsø, a grande cidade universitária do Ártico norueguês. Embora muito modestos, seus pais tinham razão. Ele valia bem mais que aqueles que se arrastavam pela tundra, hoje em dificuldade com as suas renas, sem futuro.

Tom Paulsen deu de ombros. Sormi pareceu sondá-lo. Ele brindou com o parceiro. Olhou em torno de si. Do outro lado, clientes do Bures estavam curvados sobre o copo de cerveja. Ele reconheceu Juva entre eles. Também Juva havia corrido pela tundra com Nils quando os três eram garotos. Ele havia se distanciado ainda mais que Erik. Burro, calculador, invejoso, sempre fazia o possível para estar com Erik e Nils, quase suplicando atenção. Lamentável. Aquele sujeito era lamentável. Criança, Nils só o tinha suportado porque Erik, o bom samaritano, lhe pedira isso.

— Você está longe daqui. Preocupado?

— Preocupado? Não, está tudo bem.

Ele elevou a voz.

— Mas do outro lado dá para ver que tem gente preocupada.

Algumas cabeças se ergueram. Juva lhe dirigiu uma espécie de sorriso. Coitadinho, quem ele achava que era? Nils tomou o cuidado de encará-lo por pelo menos dois longos segundos, sem lhe conceder o menor sinal de simpatia. Ele não tinha voltado a vê-lo desde a descoberta do corpo de Erik, na margem do estreito. Através de Tikkanen, sabia que Juva tinha planos. Que planos, ele ignorava. Embora não gostasse dele, Nils tinha de admitir que Tikkanen era superior nesse joguinho de mistérios, parecendo sempre saber tudo sobre todos. Talvez estivesse começando a saber um pouco demais. Talvez ele não tivesse entendido. Talvez fosse preciso fazê-lo entender. Juva poderia lhe ser útil para isso? Sem dúvida bastaria lhe pedir para voltar ao seu círculo. Todo mundo morria de inveja disso.

— Tom, você está vendo aquele sujeito lá, de lenço amarelo no pescoço? Diga para ele me encontrar no cais, atrás dos contêineres, dentro de cinco minutos.

Tom esperou um pouco e então foi levar o recado. Nils observava com o canto do olho. Viu Juva se endireitar cheio de orgulho, esvaziar seu copo de uma golada e dirigir um olhar intenso para Nils antes de se encaminhar a passos decididos para o cais.

Nils pediu outra cerveja e a bebeu com calma, aos golinhos. Um quarto de hora depois, levantou-se e foi encontrar Juva, que o esperava atrás dos contêineres. Sim, pensou Nils Sormi, Juva poderia se encarregar da questão.

22

Hammerfest. 18h50.

O veículo da patrulha P9 estava estacionado diante do quiosque, no terreno da prefeitura de Hammerfest. Klemet acabara de jogar na loto. Ele havia resolvido que a sexta-feira 30 era o seu dia de sorte, já que a sexta-feira 13 nunca lhe sorrira. Embora ele jamais tivesse ganhado na sexta-feira 30, tampouco; mas pelo menos no dia 30 não havia fila para jogar. Nina se perguntava se esses pequenos traços de caráter tornavam Klemet mais charmoso ou apenas mais estranho. Ela notou Juva Sikku no pequeno estacionamento, subindo num Skoda e logo desaparecendo na esquina. Ato reflexo, procurou Markko Tikkanen nas cercanias. Nada.

O navio de mergulhadores *Arctic Diving* estava no cais, assim como muitos barquinhos de pesca. Devia haver muita gente no Riviera Next e no Bures. Nina não conhecia esses bares. Um policial não era bem-vindo nesse tipo de lugar, mesmo numa cidadezinha como Hammerfest, onde todos se conheciam.

– Venha – disse-lhe Klemet –, eu lhe ofereço um copo na Verk.

Klemet e Nina estavam descansando naquela noite. Klemet parecera bem animado depois da noite em Kiruna. Eles tinham voltado de helicóptero para Kautokeino. O tio Nils-Ante não fora encontrado, assim como a sua inseparável srta. Chang. Nina se decepcionara. Ela havia passado algum tempo visitando a exposição daquele artista *sami*, Anta Laula, na Casa do Povo de Kiruna. Ficaram-lhe muitas perguntas, sobretudo depois de ela ter acreditado reconhecer nele um dos velhos *sami* que estavam no acampamento de Anneli na noite em que foi informá-la da morte de Erik. Seriam parentes? Nesse caso, Anneli devia ter herdado os seus talentos de artista. Na exposição, Nina soube que Anta Laula começara tarde no artesanato. Seu mestre fora Lars Levi Sunna, um respeitado artista *sami* cujos trabalhos mais notáveis eram a decoração da porta de entrada e das paredes da principal sala da Casa do Povo de Kiruna e o órgão de Jukkasjärvi, uma aldeia perto de Kiruna. Esse órgão era o seu orgulho, uma obra-prima com teclado e botões de galhada de rena entalhada. Laula era perito, como seu mestre, no cinzelamento das galhadas de rena, onde sabia lavrar minuciosos desenhos que evocavam os mitos *sami*. Percorrendo a exposição que fora aberta naquela manhã, Nina ouvira rumores sobre Anta Laula. Ele estava doente havia muito tempo. A curadora da retrospectiva se inquietava, pois ele não lhe dava sinal de vida fazia bastante tempo, sendo que haviam anunciado a sua presença no *vernissage* à tarde.

Ao parar em Skaidi, Nina tinha consultado o *site* do *NSD* na internet. O artista não aparecera no *vernissage*. A foto que ilustrava o artigo não era a mesma do cartaz de Kiruna e deixou Nina menos segura de si. Era preciso esclarecer.

Eles costearam a pé o cais em direção a Verk, uma pequena galeria que servia aperitivos e frequentemente recebia grupos locais. À sua esquerda, Nina viu a extremidade de Melkøya, a ilha artificial onde se preparava o gás liquefeito, e, dominando o conjunto, a torre listrada de vermelho e branco coroada pela tocha. Nina havia lido que desde o início da exploração da jazida de gás em Hammerfest, no ano de 2007, a cidadezinha do Ártico tinha se tornado uma das mais poluídas do país, sendo uma das recordistas na emissão de gases do efeito estufa. Desse modo, a pureza da paisagem era às vezes muito enganosa. Eles passaram diante dos dois pequenos bares no momento em que Nils Sormi saía de um contêiner que estava no quebra-mar. Os policiais pararam. Nina teve a impressão de que o mergulhador havia hesitado por um momento, mas prosseguira porque uma meia-volta pareceria estranha. Impressão efêmera. Talvez ela tivesse se equivocado. Nina revia o mergulhador pela primeira vez desde a sua intervenção para resgatar o corpo do marido de Anneli. Klemet parecera tenso na presença dele. E isso parecia recíproco.

Aos olhos de Nina, Sormi dava a impressão de ser um jovem muito seguro de si que passeava um olhar desdenhoso pelos outros. Não era o tipo que despertava simpatia, mesmo sendo ela uma pessoa que tinha como ponto de honra não julgar muito rapidamente as pessoas.

Ele tinha olhos azuis levemente amendoados, as maçãs do rosto pouco salientes, mas que davam caráter ao seu rosto de traços regulares. O cabelo negro era cortado muito curto. Mas o que mais atraía o olhar eram os lábios carnudos. Parecia estar sempre de cara feia, com a boca fechada de um modo estranho e aquele olhar que Nina achava pretensioso. Isso não explicava a tensão que Klemet podia sentir, mas a jovem começava a conhecer o seu parceiro. Ele devia ter boas razões para reagir às pessoas daquele modo. Pois do contrário simplesmente as ignoraria.

– Olá, Sormi, que coincidência – começou Klemet.

Sormi parou bem diante de Klemet. Era ligeiramente menor que o policial e o observava de baixo para cima, parecendo apaixonado pelo interior das suas narinas. Klemet logo reagiu ao olhar de Sormi. Reação visceral. Mau presságio.

– Se você tiver alguns minutos, gostaríamos de lhe fazer algumas perguntas – começou Klemet.

O mergulhador esperou com as pernas afastadas, as mãos nas costas, dorso arqueado, óculos de sol apoiados no crânio quase raspado. Os clientes do Riviera Next e do Bures estavam fora do alcance da voz. O sol lançava uma luz suave sobre o lugar. Antes de fazer as suas perguntas, Klemet deu uma olhada sobre o ombro, deslocou-se ligeiramente, dissimulando suas suspeitas, e voltou a ficar com o sol nos olhos.

– Você conhece Juva Sikku, pelo que sabemos.

– Sikku? Sim, eu o conheci muito tempo atrás. Por quê?

– Você ainda tem contato com ele?

– Você deve ter percebido, Klemet, que escolhi outro caminho, diferente do dos cortadores de orelhas.

– Mas você ainda o vê?

– Não.

– Acabamos de vê-lo neste momento no estacionamento – observou Nina.

Sormi levantou o braço e fez um gesto circular.

– A cidade é de todos. E Sikku às vezes vai ao Bures e acontece de ele estar lá quando eu estou no Riviera Next. Isso não nos torna amigos, você concorda? – disse ele, apontando o queixo para Klemet. – São mundos diferentes.

O dos criadores acaba ali. O nosso começa aqui, e o helicóptero nos leva até o Riviera para a gente gastar dinheiro...

– Você também era amigo de Erik Steggo? – insistiu o policial, com o maxilar contraído.

– Ora, ora, não é que a Polícia das Renas está fazendo uma verdadeira investigação de detetive? E posso saber qual é a razão disso?

– Você não precisa saber – interveio Nina, sentindo a tensão que subia entre os dois homens.

– Muito tempo atrás eu era amigo de Steggo.

– Você tem ideia das relações que havia entre Erik Steggo e Juva Sikku? – prosseguiu Klemet.

– O que faz você pensar que eu deveria estar a par da relação que havia entre eles recentemente? Você acha que todo outono eu volto para as áreas cercadas na hora da triagem das renas porque tenho saudade, Klemet? Ora, imagine, isso não me diz nada. Talvez seja o seu caso. Afinal de contas, segundo o que ouvi há muito tempo, a sua família foi excluída do meio dos criadores, e assim você talvez sinta saudade dele, mas eu não, lhe garanto. Esse meio nunca foi o meu. Esses Sikku e esses Steggo foram riscados do meu mundo há muito tempo. Desde a infância, Klemet, veja você, desde a infância. Eu não cresci com bosta de rena debaixo das unhas numa fazenda arruinada.

Nina mais ouviu o estalo do que viu o tapa. O olhar do mergulhador, com as pupilas subitamente intensas e contraídas, já traía a premeditação. Ele ficara plantado firmemente nos dois pés, as mãos sempre nas costas. Absolutamente senhor de si. Sormi saboreava com maldade todos os ganhos que adviriam daquela bofetada.

– Eu não sei o que me segura – gritou Klemet. – Você não passa de um idiota!

Nina jamais vira Klemet daquele jeito. Ela agarrou seu braço.

Sormi estava estendido no chão diante deles.

Klemet era um homem forte, mas Sormi pensou que talvez pudesse dar um salto e dominá-lo. Ele arqueou o dorso. No bar dos mergulhadores, alguns homens se levantaram. Eles esperavam, dispostos a intervir. Polícia ou não, bastaria um sinal, Nina tinha certeza disso. Ela conhecia muito bem esse tipo de gente. Sormi se voltou para ela.

– Eu quero apresentar queixa contra esse policial. Você é testemunha, e aqueles ali também.

Klemet ia avançar, mas Nina o reteve.

– Klemet, já chega – ordenou ela subitamente –, vamos embora. E você, se quiser, vá dar queixa na delegacia, eu vou lá testemunhar mais tarde.

Ela arrastou Klemet e o levou para o veículo. Ele afastou com um gesto a sua mão, que ainda segurava o seu braço.

– Você vai testemunhar para esse merdinha?

– Você não acha que ele tem o direito de prestar queixa? Francamente!

Nina não recuou. Klemet acabava de se meter numa situação incontornável. Sormi não relaxaria.

– Você também acha que eu tenho merda de rena debaixo das unhas, é isso?!

– Não me interessa o que você fala. Chega!

– A senhorita vem do sul, da Noruega das boas famílias, dos comerciantes que confiscaram os retardados do Grande Norte, é isso!

– Você não sabe o que está falando, você não sabe nada de mim, seria melhor fechar a boca agora até Skaidi. Amanhã a gente conversa.

Klemet fez uma cara feia durante todo o trajeto de volta e não abriu a boca. Para Nina, ele tinha perdido o juízo. O que era inexplicável, vindo de um policial experiente como ele. Sem nenhum entusiasmo, ela iria testemunhar contra ele, se fosse preciso. Claro, Sormi tinha sido insuportável. Mas Nina sentia outra coisa. Essa postura de Sormi... Tão conhecida. O ar de provocação, o perfil de fanfarrão que jogava seu maço de notas no balcão... Ela tinha a impressão de ouvir sua mãe falar... Nina se sentia dividida. Enquanto a viatura atravessava a ponte do estreito do Lobo e se aproximava de Skaidi, ela se surpreendeu pensando no pai. Onde ele estaria naquele momento? E em que situação?

Midday,

Fico mal por lhe escrever tudo isto. Talvez você esteja na mesma situação que nós. Você não responde às minhas cartas, e eu não o culpo. Sabe, às vezes repenso o que me ensinaram lá, antes de eu ir para aquela merda. The only easy day was yesterday. Isso é tão verdadeiro e tão bonito. Será que éramos ingênuos?
Nas orientações dos comandos, me ensinaram a nunca abandonar ninguém. Quando vejo o que aconteceu a muitos ex-mergulhadores, me envergonho.
Meu companheiro de fracasso está se tornando incontrolável. Tem acessos de cólera. Eu já não me sinto com coragem para dominá-lo. Ele me arrasta, me faz atravessar o Rubicão. E eu não posso fazer nada. A sua fúria se torna a minha fúria, e eu só volto a recuperar a razão à noite, quando o ouço soluçar.
A propósito, acho que encontramos a pessoa que estávamos procurando. Agora somos três, uma triste equipe. Você não o conheceu. Talvez eu tenha lhe falado dele. Ele embarcou naquela experiência sem entender bem as coisas. E não poderia ser diferente, pois eu próprio entendi muito pouco. Acreditamos que estávamos fazendo um favor a ele, quando na verdade apenas precipitamos a sua perdição. Eu me senti mal ao vê-lo. Temos uma dívida com ele e com os dele. Nós o levamos. Como nos ensinaram a fazer. Não abandonar ninguém. Mas isso ainda tem sentido?

23

Sábado 1º de maio.
Nascer do sol: 2h36. Pôr do sol: 22h07.
19 horas e 31 minutos de luz solar.

Hammerfest. 22h30.

O sol acabara de se pôr em Hammerfest. Mal se notava isso. Henning Birge tinha todas as razões para exultar. A noite que Tikkanen preparara cuidadosamente se anunciava com os melhores auspícios. O corretor de imóveis não viera atrapalhá-los com a sua presença. Ele não devia estar muito longe, claro, pois precisava velar pelo bom andamento daquele encontro do qual esperava, como sempre, retribuições simpáticas. Fiel a si mesmo, Gunnar Dahl esnobara a festinha deles, apesar da insistência do Texano da South Petroleum. Havia duas horas que Bill Steel estava se divertindo com duas russas. Cada uma sob uma de suas enormes mãos. Birge era menos guloso nesse particular: contentava-se com uma única mulher. Tinha ficado com a mais magra, a do olhar estranho nos olhos azul-escuros, afogados numa camada de preto exagerada que lhe dava um ar triste e apagado. Esse ar de submissão e de resignação agradava a Birge. A moça lhe fazia lembrar uma jovem que ele conhecera numa aldeia sudanesa, não longe do alojamento da Future Oil. A sudanesa não tinha olhos azuis, obviamente, mas também mostrava aquela espessa camada de kajal de onde sobressaía apenas o branco dos olhos, e tinha o mesmo ar de espera resignada.

Tikkanen conseguira recuperar uma câmara de descompressão e a transformara num minibordel que ganhara uma bela reputação em um pequeno círculo muito fechado. A câmara de aço parecia um tubo de batom. Estava instalada na parte de trás do navio, numa área proibida aos hóspedes do hotel flutuante.

Ela havia servido aos mergulhadores da indústria petroleira na época pioneira do Norte, quando os mergulhos em saturação tinham se multiplicado, e também na época dos primeiros testes realizados no mar de Barents, no início dos anos 1980. Uma outra vida, pensou Birge por um instante.

O local era muito confinado. Tikkanen mandara pintar o interior com cores quentes. Os velhos catres tinham sido substituídas por montes de almofadas macias. Na extremidade da câmara, um minibar bem abastecido permitia esquecer o clima inquietante criado pelo que restava de tubulações e mostradores de relógios. O grande botão vermelho com a inscrição "pânico" fora conservado. Era sempre um recurso rápido para levar uma jovem conquista receosa a não recusar quase nada.

Birge sabia embelezar suas estadias no habitáculo proibido relatando dramas ocorridos naquelas câmaras, onde mergulhadores tinham vivido horas terríveis, as suas últimas horas, frequentemente vendo sua reserva de ar se volatizar.

Tikkanen, que conhecia os gostos às vezes estranhos de alguns, tinha mantido a câmara em funcionamento. O próprio finlandês explicara isso a Birge e Steel semanas antes. Um mergulhador lhe contara um dia que antes das suas farras eles se fechavam por um momentinho na câmara para receber uma dose extra de oxigênio que lhes garantia um melhor desempenho com as mulheres à sua espera nos portos. Birge e Steel tinham tido oportunidade de experimentar com sucesso a receita. Isso fizera Steel pedir duas putas a Tikkanen, seguro de que seria capaz de proezas naquela noite. O Texano, com o rosto congestionado, ergueu a cabeça de entre as coxas de uma mulher estirada sobre as almofadas. E deu uma gargalhada ao ver a cara do norueguês.

– Birge, seria melhor você dar mais umas trepadas, *motherfucker*!

Ele se voltou rapidamente para pegar uma garrafa de uísque e mergulhou na outra mulher, que deu um grito. Ele pôs o gargalo na boca da russa, esmagada sob o seu peso, enquanto a outra o acariciava por trás. O Texano se contorcia de prazer e esmagou ainda mais a mulher, que sufocava no seu uísque. Bill Steel soltou outra gargalhada, deu um grito de caubói e aumentou o volume do som, uma boa canção *country* que Tikkanen escolhera especialmente para ele. Birge era indiferente à música.

– Henning, seu safado, vamos para mais uma dose de oxigênio agora, o que é que você acha? Elas querem, essas garotas. Não vamos decepcioná-las, não é, *motherfucker*, vamos fazer o que deve ser feito, não é mesmo, meu sueco? Precisamos ficar acesos a noite inteira, hein, não se esqueça disso.

Birge levou as mulheres para baixo do chuveiro, a fim de se preparar para a sequência. Elas teriam tempo até mesmo para uma sauna. Eles estavam sós, ouvindo música. Steel tinha razão. Era preciso relaxar. A porta da câmara se fechou. Já? Um sujeito do lado de fora lhes fez um sinal com o polegar. Um grandalhão forte. Steel encheu novamente os copos. Birge bebeu. Ele ouviu um assobio invadir a câmara. Os dois homens ficaram surpresos. Lá fora o rapaz lhes fez outro sinal com o polegar. O que vinha a ser aquilo? Quem era aquele sujeito? Não era o rapaz de Tikkanen que os recebera pouco tempo antes.

– Parece que foi uma boa injeção de oxigênio. Tikka previu tudo.

Com o passar do tempo, Birge começou a se sentir invadido por certa euforia. Pensou no que faria com a russinha de olhos tristes. Ele não sentia o tempo passar. O ruído de uma pancada na porta da câmara o trouxe de volta à realidade. Ele saiu do seu torpor. A câmara tinha sido agitada. Do seu lado, Steel, de olhos fechados, sorria. Aquele barulho não era normal. Birge se lançou a uma janelinha reforçada. Bateu nela com seu copo. Outro homem lhe fez um sinal com o polegar, dizendo-lhe que estava tudo bem. Agora era o homem que os recebera, o homem apresentado por Tikkanen, e não o grandalhão que fechara a câmara. Birge sentiu na barriga o pânico crescer quando viu o outro brandir uma maça e voltar a fazer o sinal com o polegar. Birge entendeu imediatamente. Ele sacudiu Steel, gritou, viu uma imagem daquelas histórias que ele contava às putinhas, dos mergulhadores que arrancavam a pintura das câmaras querendo sair de lá, das câmaras da morte. Ele virou bruscamente, pulou sobre Steel, que nos grandes olhos exprimia o vazio, e se lançou sobre o botão vermelho com a inscrição "pânico", enquanto no exterior os golpes de maça se aplicavam sobre o sistema de abertura da câmara. Num último reflexo vindo do mais profundo de suas entranhas, Birge segurou a cabeça com as duas mãos, como se isso bastasse para protegê-lo, urrando diante da morte atroz já prestes a pulverizá-lo.

24

Domingo 2 de maio.
Nascer do sol: 2h30. Pôr do sol: 22h14.
19 horas e 44 minutos de luz solar.

Hammerfest. 10h10.

Anneli Steggo já não tinha mais coragem de assistir à missa na bela igreja de madeira de Kautokeino. A presença de Erik impregnava todo aquele lugar celestial, e por essa razão ela sabia que voltaria ali muitas vezes. Ali eles tinham celebrado seu casamento no ano anterior. Mas Anneli ainda não conseguia se resolver a encontrar as pessoas. Amigos demais, olhares demais, demasiadas palavras de consolo, demasiado choro. Ela ainda não estava disposta. A aproximação dos funerais de Erik a angustiava. Ela poderia ter assistido à missa em Alta, mas o pastor laestadiano era de estrita obediência. Ele passava por um homem bom, mas, como pregador inflamado daquele ramo protestante que ganhara os *sami* pela renovação espiritual, às vezes levava seu rebanho por prados que para Anneli eram verdes demais. Ela temia que, vendo-a, ele começasse a se lembrar de Erik. E ela não estava em situação de encarar palavras que corriam o risco de sair em desordem da sua boca, palavras que poderiam ferir involuntariamente. Então acabou se conformando com a igreja de Hammerfest, onde quase não a conheciam. Nessa igreja moderna, bem longe da de Kautokeino, ela gostava do sino futurista em forma de triângulo, muito agudo, que se destacava nitidamente no fundo de montanhas nevadas cujas rochas, às vezes ainda embranquecidas, eram banhadas pelo mar azul.

O ano transcorrido depois do casamento deles tinha sustentado todas as suas esperanças. Erik e Anneli tinham concebido o projeto juntos. Ela com os cavalos e ele com as técnicas que aprendera na universidade. Havia quem zombasse deles. Tratavam-nos de *sami* das cidades, de iluminados. Erik tinha trabalhado com os finlandeses no desenvolvimento de uma pintura fluorescente que revestia as galhadas das renas para reduzir os acidentes viários durante a noite. A cabeça deles fervilhava de ideias. Eles haviam resistido bem. Seguindo a tradição, tinham começado a transumância quando terminou a celebração do seu casamento. Eles não quiseram um casamento glorioso, com centenas de pessoas. Preferiram uma pequena reunião de amigos e pessoas próximas que compartilhavam a sua esperança; reservaram para os seus projetos a energia e o dinheiro de que dispunham. A lua de mel, uma vez começada a transumância, fora maravilhosa sob a tenda montada no cume de uma colina que dominava vales ainda adormecidos sob a neve. Eles tinham se amado apaixonadamente numa cama de ramos de bétula escolhidos um a um por Erik e pacientemente trançados por Anneli. Erik pôs sobre essa cama de ramos delicadas peles de renas jovens, cobriu-as com um lenço de seda leve e acendeu velas antes de abraçá-la. Naquela noite, ela soube que a vida deles seria uma centelha que mostraria o caminho a outros. Naquela noite, ela e Erik foram uma só pessoa. Ela nunca havia sentido com tanta força a certeza do caminho deles. Nunca eles seriam tocados pela resignação que atingia tantos. Naquela noite, fazendo amor numa cama de pequenos ramos, eles tinham salvado o mundo.

Durante a primeira semana, Anneli havia pensado em se matar. Subitamente esvaziada de sentido. E cheia de uma vida órfã.

Hoje a fagulha voltara a brilhar com esplendor. Ela devia isso a Erik.

Ao sair da missa, uma inesperada aglomeração cercava algumas pessoas. Anneli ficou a distância. A população da cidade frequentemente fazia conciliábulos numa língua que lhe era estranha. Anneli viu a jovem policial loira que lhe anunciara a morte de Erik. Ela havia sido delicada. Estava sem o colega mais velho e discutia com um homem grande de barba arredondada, como a dos sombrios pastores luteranos que ela conhecera na infância. Anneli queria dizer à jovem policial o quanto havia apreciado a sua delicadeza. Ela esperou perto do grupo que tinha se formado, mas rapidamente sua expressão se tornou sombria. Acontecera uma catástrofe na noite anterior. Ali mesmo. Anneli captava os fragmentos de informação sem sentido para ela. Dois homens tinham morrido. E pelo menos mais um estava ferido.

Uma visão apavorante. E as palavras descompressão, câmara, pressão, explosivo, implosão. Dois petroleiros. Anneli franziu as sobrancelhas. Erik às vezes falava dos petroleiros. E então ficava taciturno, controlando-se – ela sabia – para não mostrar a sua cólera na presença dela. Ao lado da jovem policial, outra mulher de uniforme pedia ao homem de barba arredondada para ir à delegacia. Aparentemente ele conhecia bem as duas vítimas. Eram colegas dele. Ah, sim, aquele homem barbudo trabalhava para a Norgoil. Anneli se lembrava. Uma companhia petrolífera estatal da Noruega. Que se apropriava da cidade, dizia às vezes Olaf, amigo e mentor deles, acusando coletivamente todas aquelas pessoas de sacrificarem os homens alegando o interesse coletivo. Então eles estavam mortos? Anneli olhava para o grandalhão barbudo e sombrio e achava que ele não se parecia com os outros. Ou seria simplesmente pior? Olaf às vezes lhe recomendava cautela por causa da confiança que ela não hesitava em ter nas pessoas. As palavras e os mortos se entrechocavam na cabeça de Anneli. De repente, a jovem policial pareceu vê-la, aproximou-se e, com um ar inquieto, encostou o rosto no dela. Anneli ouviu sua própria voz respondendo, sem sentir o sopro das palavras sair de sua boca.

– Obrigada, acho que vai ficar tudo bem.

A policial a levou para mais longe do grupo e sugeriu que ela se sentasse num degrau. Anneli sorriu. Depois balançou a cabeça. Alguns instantes se passaram. A jovem policial loira se sentara ao lado dela.

– Anneli, eu ia procurá-la amanhã, mas já que você está aqui...

Anneli se limitou a menear a cabeça. Sensação de vertigem, ela não queria ficar sozinha naquele momento.

– Erik estava em conflito com a prefeitura. Por causa das renas na cidade e de terrenos contestados.

Anneli voltou a menear a cabeça.

– Nós queremos saber se havia rixa com outras pessoas.

Anneli sorriu. Subitamente ela se sentiu um pouco cansada. Sua cabeça não girava mais. Ela queria sem demora voltar e cuidar da tranquilidade dos seus filhotes, deixados sob a vigilância de Susann.

– Eu não atiro pedra em ninguém. Desde que descobriram gás e petróleo ao largo da costa de Hammerfest, entraram na jogada outros interesses que estão além de nós. Eu apenas lamento que os dirigentes dessas empresas novas não falem conosco. Esses homens que compartilham com outros os seus sonhos não me aborrecem. Eu conheci alguns. Mas com eles vêm outros que não têm as mesmas opiniões, que têm como único motor o interesse próprio. Esses homens jamais poderão concordar com o nosso pensamento. Veja a nossa rocha do estreito. Não dá para aceitar um pouco de sagrado no nosso mundo? Você me fez uma pergunta precisa, e eu vou lhe dar uma resposta precisa. Um dos terrenos que desde sempre Erik e a família dele utilizaram como pastagem estava sendo cobiçado. Alguém queria construir lá. Era preciso amputar uma parte dele. E fazer uma estrada. Agora que Erik se foi, eu não tenho certeza do que vai acontecer. É possível que eu não possa ter acesso ao terreno. As renas tinham a marca dele, mas nós éramos casados, talvez eu possa continuar, mas isso não está garantido. E você deve saber que esses terrenos não nos pertencem. O que fizemos foi apenas deixar as marcas dos nossos passos, tão leves e fugazes quanto nos era possível, desde milhares de anos, para que essa terra continuasse a nos alimentar.

A jovem policial pareceu refletir por um momento. Ela rabiscava numa cadernetinha. Ergueu a cabeça, olhou para a saída da igreja, onde as pessoas já haviam se dispersado.

– Mas com quem, precisamente, ele estava em conflito?

Anneli sorriu outra vez. Como explicar? Ela via que a jovem queria apenas entender.

– Um conflito é a mesma coisa para você e para mim? Onde é que você traça o marco divisório? O direito contra a natureza? A luta não é desigual, o que é que você pode, com as suas regras, frente ao vento que leva as renas?

A jovem policial ouvia sem anotar. Não estava satisfeita, mas sua atitude não era negativa.

– Quando eu cheguei com o meu colega para lhe dar a notícia da morte de Erik, havia muitos velhos sentados num círculo diante de uma das tendas. Eles estavam cantando e fazendo não sei o que mais. Eu me lembro particularmente de um homem que tinha um olhar diferente.

Anneli assentiu mais uma vez com a cabeça. Por um momento, seu olhar se perdeu no vazio. Ela sabia perfeitamente de quem a policial falava.

– Anta.

– Anta?

Anneli viu a jovem folhear a sua caderneta.

– Anta Laula?!

– Então você o conhece?

– Não. Eu apenas vi uma exposição da obra dele em Kiruna, na sexta de manhã. Ele era esperado lá para a abertura, à tarde, mas não apareceu. Eu não tinha certeza se era ele que eu tinha visto no acampamento outro dia. O que é que ele faz lá? Ele está doente?

– Anta é um homem que passou para outra dimensão. Há muito tempo. Mas já faz dias que ele não vem para cá. Nós não sabemos onde ele está. Eu não sei se precisamos nos preocupar com isso ou não. Nós nos acostumamos há anos a acolhê-lo na época da transumância de primavera. Para os antigos como ele as lembranças dela são boas. Eles já não são capazes de ajudar fisicamente, mas ficam lá à noite, contam histórias, mantêm a tradição. Eles transmitem o espírito do nosso povo. Nós gostamos desses momentos em que as gerações se encontram. Eles se tornaram raros, porque a mecanização da criação de renas mantém os criadores sob pressão. Os homens não têm mais tempo. Eles estão cansados, o material às vezes é alugado por muito pouco tempo, e é preciso fazer tudo rápido para evitar custos adicionais. A convivência com o grupo se reduz. A vida se reduz.

– É justamente isso – observou a policial, levantando-se. – Então ele esteve na criação de renas antes de se tornar artista?

– Esteve, como muitos. E saiu, como muitos. E tem saudade, como muitos.

Midday,

Não sei se você recebe as minhas cartas. Você deve me achar muito estranho. Eu me lembro da primeira vez que o vi. Tudo nos opunha um ao outro. E depois passou a ser nós. Você se lembra? Você se lembra do Midnight que você conheceu? Receio muito que você não me reconheça. Mas agora, pelo menos, para você eu ouso falar disso. Me faz bem, embora você não responda. No nosso trabalho não gostávamos de falar das nossas queixas. Acho que assim nós nos mantínhamos.

Eu lhe disse na carta anterior que havíamos resgatado um terceiro homem, um homem bem distante do nosso mundo de sombra e profundezas. Ele nos abre horizontes novos. Mas é outro que está numa péssima situação. O caso dele foi pior, porque ele não estava preparado nem treinado, como nós.

Eu me preocupo mais com o meu primeiro companheiro de estrada. Quando ele me encontrou, eu não soube lhe dizer não. Ele estava esgotado, eu ainda mais. Ele tinha os contatos iniciais. Ele falava. Eu escrevia. Dois homens, um homem no total. Mas ele tem tal furor de provar para o resto da sociedade que somos alguém, que eles erram quando zombam de nós. Agora é tarde demais. Não posso lhe dizer nada, mas aconteceu algo terrível. Ele removeu um estorvo. E eu junto com ele. Dois homens, um homem no total.

25

Hammerfest. 11h.

Klemet havia respondido, como todos os policiais das redondezas, à convocação da delegacia de Hammerfest, que não ficava longe do bar Redrum. Eles não tinham se falado desde o episódio da bofetada dada em Sormi na sexta à noite. Klemet não se arrependera nem por um segundo do seu gesto. Aquele merdinha do Sormi havia ido longe demais. Ele só se arrependia de tê-lo esbofeteado de uniforme. Em vez de ficar se preocupando na cabana de Skaidi, ele voltou para Kautokeino e se refugiou na sua tenda aconchegante. No domingo, acordou muito cedo com um pouco de dor de cabeça, o que lhe fez pensar que certamente bebera mais que o razoável, ele que nunca bebia. Ficara refletindo por um momento, estendido sobre as peles, observando as galhadas de renas suspensas na parte superior da tenda *sami*. A fumaça abria caminho através das galhadas entrecruzadas até o céu que aparecia no alto da tenda.

Foi somente ao chegar de manhã a Hammerfest que ele soube do acidente da câmara. Ficou contrariado consigo mesmo porque desde as primeiras horas do dia a rádio aparentemente só falava nisso, e os repórteres da NRK entrevistavam um a um os empregados que iam saindo do navio-hotel. Um drama como aquele num vilarejo como Hammerfest adquiria uma dimensão única, sobretudo por acontecer logo depois da morte do prefeito. Nos *sites* dos jornais regionais, as reações se acumulavam, e o pior estava, como sempre, nos comentários continuamente atualizados. É o que acontecia quando tantos trabalhadores estrangeiros ficavam confinados por tanto tempo longe de casa. Hammerfest não tinha envergadura para receber tanta mão de obra estrangeira. As prostitutas se tornavam uma praga. O partido populista anti-imigrantes fazia alegremente a sua campanha, enquanto o partido popular cristão deplorava a degradação dos valores. A delegada Ellen Hotti dera muitas entrevistas e respondia às perguntas dos repórteres que batiam sempre na tecla da onda de narcóticos regularmente disponíveis na cidade depois da abertura do canteiro. Ela tentava acalmar os ânimos. A polícia investigava por enquanto a hipótese de um acidente e de um erro humano. Mas não havia nenhuma dúvida de que o pequeno porto do Ártico enfrentava uma situação excepcional.

Quando se instalou na sala de reuniões, Klemet sentiu a tensão. Segundo as primeiras constatações, os dois homens, um norueguês e um americano, tinham sido vítimas de uma descompressão explosiva. O corpo deles implodira. Eles estavam no interior de uma câmara hiperbárica sob pressão. Um empregado do navio-hotel avisara por telefone que os dois homens precisavam de ajuda urgente e que era preciso abrir a câmara imediatamente. Ele havia pegado uma maça e desbloqueara o mecanismo. A brusca diferença de pressão tinha provocado a catástrofe.

– Vou mandar passar as fotos – disse Ellen Hotti, dando pancadinhas na pasta. – Se vocês ainda não tomaram o café da manhã.

O homem da maça se ferira. Tinha sido violentamente lançado para trás quando da brusca abertura da câmara. Estava no hospital, mas sobreviveria. Os dois outros tinham se reduzido a um mingau. Ela hesitara em empregar essa palavra.

O navio-hotel fora imediatamente interditado. Foi preciso recolher rapidamente o nome de todos os hóspedes, pois algumas das setenta pessoas eram esperadas no canteiro, e não se podia cercar tudo indefinidamente. As três russas tinham sido interrogadas. Pareciam absolutamente aterrorizadas. O ferido não entrara em contato com elas no momento da abertura da câmara. Elas ainda estavam na sauna quando a polícia as encontrou. Pareciam fora de qualquer suspeita.

O exame das ligações telefônicas mostrou que o empregado do hotel flutuante recebera realmente uma chamada breve pouco antes do acidente. Isso fora confirmado por outro empregado do hotel. A delegada Hotti pegou mais uma folha de papel e leu em voz alta:

– "Eu vou lá abrir para os patrões. Eles devem ter prendido o caralho no olho do cu. Estão como gatos no cio, o caralho sob pressão e os olhos parecendo vibradores. Um bom jato de água, e vou acalmá-los para você, você vai ver." Fim da citação.

Ellen Hotti olhou para os policiais à sua volta, deixando cada um deles apreciar essa oração fúnebre pelo seu justo valor. A ligação telefônica que ele recebera era em norueguês. Sem nenhum sotaque particular, segundo as suas lembranças.

— Mas sem dúvida o ferido ainda estava em estado de choque. Aliás, ele não se lembrava de ter utilizado a expressão — ela olhou para a pasta — "vibrador", mas o seu colega parecia formal. Outro ponto a esclarecer, imagino — disse ela, provocando risos que aliviaram a atmosfera.

Alguns aproveitaram aquela interrupção para se servir de café. Ela esperou um pouco e depois retomou.

— A questão é saber se esses dois pobres coitados estavam mesmo em perigo na câmara, por alguma razão. Os primeiros elementos da investigação mostram que nenhuma das vítimas usou o celular, pela simples razão de que deixaram os aparelhos fora. Nós os encontramos intactos. E nenhum chamado foi feito do interior da câmara. Assim, a mensagem recebida pelo empregado foi feita de outro lugar. Seria de uma pessoa que estava no navio, ou do lado de fora? Foi um acidente? Ou outra coisa que ainda devemos definir?

A delegada deixou o silêncio pairar por um momento. Alguns policiais interrogaram um certo Markko Tikkanen, proprietário da câmara e também corretor de imóveis, cujas atividades pareciam se estender à organização de prazeres tarifados.

— Eu acho que ele é conhecido de todo mundo aqui, e sei que esse homem de múltiplos... hã... talentos presta vários serviços bem-vindos.

A sala continuou silenciosa. Alguns policiais olhavam intensamente para a ponta dos sapatos.

Ellen Hotti acrescentou que, segundo as primeiras verificações, Tikkanen estava no navio-hotel no momento da tragédia, mas na parte dianteira da embarcação. Aliás, ele sempre podia ser encontrado ali. Fora os trabalhadores e funcionários do canteiro, alguns quartos também eram ocupados por uma meia dúzia de mergulhadores que deveria partir em missão naquela manhã de domingo, mas seria preciso retê-los.

— Explicaram que a sua imobilização custa muito caro e que seria bom acelerar os procedimentos. A propósito, volto às três jovens russas. Elas contaram que um homem que não era Tikkanen — ela voltou a consultar a sua pasta – e cujo nome não sabiam foi procurá-las em Kirkenes quando elas desceram do ônibus vindo de Murmansk. Depois ele as acompanhou até aqui. O lugar não era Hammerfest, aparentemente. Um motel com posto de gasolina. Tikkanen tinha ido encontrá-las num quarto do motel e pegara os passaportes delas. O que ele não negou. O lugar é Skaidi, perto de onde atualmente se instala a patrulha P9 da Polícia das Renas.

Sem nenhum problema, Tikkanen tinha confessado que o motorista, um criador, se chamava Sikku, mas que este ignorava quem eram as três moças. Tikkanen as apresentara a ele como amigas que conhecera na feira de Bossekop, em Alta, no inverno anterior.

A delegada passou em revista muitas folhas da sua pasta. Houve nova rodada de café.

Klemet olhou de viés para Nina, mas não ousou lhe dirigir a palavra. Sem saber se Nils Sormi já havia dado queixa ou não, ele tinha a impressão de que cada olhar que a delegada lhe dirigia estava carregado de censuras. Mas ele pensava sobretudo naquele acidente incrível. Que podia implicar Tikkanen. E Sikku. Sikku, que desde o afogamento de Erik Steggo eles vinham vendo frequentemente. A delegada examinava o conteúdo da pasta. Os policiais começavam a conversar entre si. Klemet refletia. Sikku aparecia na pasta deles por ter se levantado diante das renas no estreito do Lobo. Ele era ligado a Tikkanen. Este era mais misterioso, mas se tratava de um homem de negócios em campos variados. Outra vez a delegada levantou a cabeça dos seus papéis.

– Tikkanen, que parece muito conversador quando lhe convém, nos contou que uma das vítimas, Henning Birge, o representante da companhia sueca Future Oil, teve um conflito com um mergulhador chamado Nils Sormi. Ele não nos disse como foi que ficou sabendo disso, mas as primeiras verificações feitas depois das duas mortes lhe dão razão, pois havia muitas testemunhas. Uma história de mergulho, com uma briga diante do Riviera Next, e outra no Black Aurora. Suas diferenças com os petroleiros foram confirmadas por um certo Leif Moe, supervisor que trabalha para a Arctic Diving.

Ela olhou novamente para as suas anotações.

– Ah, não, eu me enganei. No Black Aurora a briga foi na verdade com Bill Steel, a outra vítima, o representante americano da South Petroleum.

Uma briga entre Sormi e Steel, portanto. Esclareço que Sormi era um dos mergulhadores presentes no navio-hotel na hora da explosão.

Decididamente esse merdinha do Sormi tem talento para fazer inimigos. Klemet olhou para Nina, que lhe fez um sinal com a cabeça.

O que se podia pensar de Nils Sormi? O que ele faria naquele caso? Sormi era mergulhador. Sabia, mais que qualquer um, qual era o efeito de uma súbita abertura da câmara sem os indispensáveis procedimentos de descompressão. Seria ele o autor da ligação telefônica para o empregado?

– E o técnico que fechou a câmara? – indagou um policial.

A delegada pegou uma ficha.

– Acho que ainda não colhemos o seu testemunho. Além disso, não vejo nenhum sinal da sua identidade.

– Há certeza de que a ligação telefônica recebida pelo sujeito que estava com a maça foi mesmo feita? – perguntou outro policial.

– É o que diz o registro das ligações. Mas sempre se pode imaginar que a ligação não tivesse nada a ver e que ele fez um teatro contando essa história ao colega antes de ir abrir a câmara. Ainda assim, lembro que ele se feriu na operação e que aparentemente poderia ter deixado lá o seu escalpo. Mas, tudo bem, nada impede que o cozinhemos um pouco mais.

– Havia câmeras de segurança?

– Não – disse a delegada. – Mas devo confessar que, do meu ponto de vista, esse Sormi é um suspeito absolutamente apaixonante. E que essa dupla Tikkanen-Sikku merece igualmente o nosso mais sincero entusiasmo. Obrigada a todos. Klemet Nango e Nina Nansen, vocês ficam.

Klemet e Nina se aproximaram da mesa da delegada. Dessa vez, Ellen Hotti se levantou, serviu-se de café e lhes ofereceu confeitos de canela. Depois pegou um papel na mesa.

– Muito embaraçoso a gente deparar com uma queixa desse Sormi justo no meio deste caso...

Nina se voltou para Klemet, que tinha aquele ar azedo dos maus dias. Com a boca cheia de confeito de canela, ele não se preocupou em acelerar a mastigação.

A delegada conhecia Klemet havia muito tempo. Ela era da região, e boa parte da sua carreira fora feita no Norte. Ellen Hotti não lhe era hostil. Mas certamente seria intransigente.

– Vou ser muito franca – disse. – Você estragou tudo, Klemet. Haverá uma investigação interna e muito carnaval em torno do caso. Não podemos agir de outra forma, sobretudo agora que Sormi está entre os principais suspeitos. O advogado dele, se a coisa chegar a esse ponto, não vai deixar de alegar com alarde que nós agimos de modo desigual perante a justiça se não fizermos tudo o que tem de ser feito com relação a esse seu gesto exaltado, vamos chamar assim. Nina, você tem algo a acrescentar?

Nina sentiu um frio na barriga. Sua lealdade estava sendo posta à prova, ela percebia isso. Com relação ao seu senso de justiça, à instituição, ao seu colega, enfim. Podia ser também que a delegada a estivesse testando. Ela meneou a cabeça.

– Sinto muito, Klemet – foi só o que ela disse.

Nina tinha a impressão de estar traindo seu colega. Este permaneceu impassível. Ele deve perceber que eu não tinha alternativa, pensou ela para se persuadir de que agira corretamente.

– Klemet, você está suspenso até segunda ordem. Do que é que vocês estão tratando no momento? Fora os roubos de renas.

– Estamos examinando essa história de afogamento no estreito do Lobo, lá onde Juva Sikku, o amigo de Tikkanen, provocou o acidente fazendo as renas darem meia-volta.

– Nina, você pode prosseguir nisso sozinha, não é? Não há outra solução.

Nina ia responder quando bateram na porta. Apareceu uma cabeça. Um policial que havia assistido à reunião.

– Ellen, é só para lhe dizer que um trabalhador polonês acabou de prestar depoimento. A sua licença de entrada na ilha, que lhe dá também acesso ao navio-hotel, está desaparecida desde sexta-feira. Ele imagina que o documento pode ter sido perdido ou roubado no Redrum na noite de sexta-feira. Achei que isso podia lhe interessar.

A delegada ficou em silêncio por um momento. Estava pensando.

– Interessante – disse ela.

– E outra coisa. O técnico que fechou a câmara.

– O que é que tem ele?

– É evidente que houve um engano quando se disse que não pegamos o seu testemunho. Na verdade, ele ainda não foi identificado.

Ele fechou a porta. A delegada ficou de novo em silêncio, mergulhada em pensamentos. Subitamente ela pareceu descobrir a presença de Klemet e Nina.

– Klemet, você tem alguma coisa a acrescentar?

Klemet se levantou, seguido de Nina.

– Acho que vou parar com as sextas-feiras 30.

Ele deu uma piscada para Nina e saiu, sob o olhar surpreso da delegada.

26

Hammerfest. 11h45.

Klemet e Nina deixaram Hammerfest sob uma chuva forte. Na verdade, neve derretida que tamborilava em gotas pesadas na carroceria da picape. A água se misturava à neve ainda depositada em algumas calçadas. Expostos à chuva ao sair da delegacia, Nina e Klemet tinham se molhado. Um vento violento assobiava, vindo do mar de Barents. Nina tinha tentado proteger o rosto. Um véu cinzento envolvia toda a cidade, e as pessoas se apressavam curvando o corpo. Os limpadores de para-brisa funcionavam na velocidade máxima, e apesar disso a visibilidade continuava ruim. Nina quebrou o silêncio.

– O que é que você vai fazer?

Klemet soltou uma das mãos do volante e a pousou na da sua parceira. Apertou-a forte.

– Você não me traiu. A culpa é minha e só minha. As coisas vão se ajeitar.

– Mas o que é que você vai fazer?

Klemet parou o veículo por um momento. Eles tinham acabado de chegar à entrada de Rypefjord, o vilarejo vizinho ao sul de Hammerfest. Daquele lado do fiorde a chuva parecia menos cerrada. Do alto da estrada era difícil ver a base polar situada mais adiante, uma zona industrial que servia de base logística desde 1980 para as companhias que trabalhavam na exploração de petróleo e gás no mar de Barents. A espessa cortina cinzenta não permitia sequer discernir a presença de navios no cais. A neve derretida grudava no para-brisa. O motor não fora desligado. Klemet refletia. Ele ignorava quanto tempo duraria a suspensão.

– Primeiro vou voltar um pouco para Kautokeino.

Nina teria de improvisar num ambiente que ela ainda não conhecia bem.

– Klemet, francamente, o que é que pode ligar um criador como Juva Sikku a um comerciante como Tikkanen? Só histórias de prostitutas?

– Ah, você sabe, muitos criadores devem ter um ou dois outros trabalhos além da criação de renas. Talvez Sikku tenha achado isso mais lucrativo do que passear com turistas em trenós.

– Eu não acredito. Então o que é, se não são casos de terrenos, de pastagens? Sikku precisava de terrenos? Ele se queixava com Erik Steggo. Será que ele estava interessado nas pastagens de Erik?

– Essas histórias de pastagens são bem regulamentadas pelo Departamento de Administração das Renas, dentro dos distritos de criadores. Um criador sozinho não pode de repente mudar a ordem estabelecida. Isso não impede os conflitos, claro, mas não se pode simplesmente fazer o que se quer.

– Escute, volto a pensar em Sikku. Você não acha estranha a pressa dele em afirmar que tinha incendiado o barco?

– É possível. Mas isso não quer dizer nada.

O motor continuava funcionando. A neve derretida batia em rajadas no para-brisa.

– E Tikkanen? De qualquer jeito, foi ele que organizou a festinha.

– E ele mandaria explodir os seus clientes?

– Quem sabe? Não dá para adivinhar tudo. Acho que vou conversar com o responsável da Norgoil que vi na missa domingo. Ele parecia conhecer bem as vítimas da câmara.

– Mas você sabe que esse caso não é propriamente da alçada da Polícia das Renas.

A jovem sorriu.

– Se Tikkanen está ligado a Sikku por causa de histórias de terrenos, tudo o que diz respeito a Tikkanen me interessa – disse ela incisivamente.

Nina deixou Klemet no posto de Skaidi. Seu colega lhe deu um longo abraço.

– Você tem certeza de que não está contrariado comigo?

– Eu estou contrariado só comigo mesmo. E com esse merdinha do Sormi. Agora eu vou montar um pouco do quebra-cabeça antes de ir para Kautokeino.

Nina seguiu pela estrada de Hammerfest, sempre debaixo de tempestade. Ela pretendia ver Gunnar Dahl, da Norgoil. Mas parou em Kvalsund, antes da ponte, para fazer uma visita a Morten Isaac. Queria esclarecer tudo sobre as histórias de pastagens em Hammerfest.

– Você não descansa – disse o chefe do Distrito 23, conduzindo-a para dentro da sua casa. Ele sugeriu que ela se secasse e parecia perplexo por vê-la sozinha.

– Klemet Nango está trabalhando na reconstituição das peças do quebra-cabeça – limitou-se ela a dizer.

Morten Isaac pareceu não entender, mas não insistiu.

– Steggo e Sikku cobiçavam as mesmas pastagens na rota da transumância?

– Evidentemente. Mas é assim por toda parte. Nada de novo sob o sol. A grama sempre é mais verde na terra do vizinho. Um velho ditado *sami*.

– Tikkanen, o corretor de imóveis, faz negócio com os criadores?

– Você precisa entender uma coisa: nós, criadores, incomodamos aqui. Você pode ouvir os mais belos discursos sobre o respeito aos povos indígenas, sobre a minoria *sami* e os seus direitos inalienáveis. Quando isso tudo atrapalha o desenvolvimento das indústrias, puxa-se o tapete.

– Mas a prefeitura supostamente ouve vocês.

– A prefeitura? Ela recebe 150 milhões de coroas de imposto fundiário da Norgoil por ano sem fazer nada, só porque a unidade de tratamento de gás está no território dela. Ela vai ouvir quem? Com a refinaria de Suolo, eles devem dobrar a área industrial na saída da cidade. E com isso deve dobrar também o imposto recebido pelo município. Você conhece muitos prefeitos que renunciariam a isso? Eu também já estive em conflito com a prefeitura, e fui rejeitado toda vez que tive processos com industriais que queriam invadir os limites das minhas pastagens. Processo após processo, pastagem após pastagem. Não se esqueça: nós, criadores *sami*, somos usuários destas terras, e não seus proprietários.

Morten Isaac se levantou e puxou uma caixa de sapatos acomodada num móvel do salão, sob um armário cheio de copos e garrafas. Tirou de lá papéis e fotos antigas e os espalhou diante de Nina. Pôs os óculos e pegou um documento dobrado.

– Em 1888, seis famílias de criadores passavam o verão em Kvaløya, com 6 mil renas. Seis mil renas! Contra no máximo 2 mil hoje em dia. Sempre para as mesmas seis famílias. E o pessoal daqui se queixa de que ainda é demais. Mas, afinal de contas, o que é que eles querem?!

* * *

Nina encontrou Gunnar Dahl no saguão do Hotel Thon, para onde ele havia ido depois da missa. Inicialmente ele pareceu surpreso por ver que uma inspetora da Polícia das Renas podia estar interessada nele. Não fez mistério em torno das apostas de desenvolvimento em Hammerfest. Para ele, tratava-se do bem comum. Assim, não havia nenhum mal em ampliar a sua vantagem quando surgia uma possibilidade. Nina percebia perfeitamente que algumas das suas questões ultrapassavam o simples âmbito do procedimento. Mas ela precisava entender. Independentemente do que dissesse Klemet, que muitas vezes a fazia lembrar que em questões policiais era preciso se considerar muito sortudo quando se chegava a estabelecer as provas de um crime ou a ligar um criminoso a um delito. Descobrir o motivo de um crime, dizia ele sempre, é a cereja do bolo, e quase sempre se ficava na ignorância se o autor do crime não o confessasse.

– A senhorita me diz que os criadores se queixam. Eles perderiam as suas terras, e por essa razão podiam pelo menos pretender ficar com uma porcentagem do lucro do petróleo e do gás nestas regiões que consideram suas... O problema, veja você, é que esses bens pertencem à nação inteira. Não pode ser diferente. Pois eu lhe digo: não há provas de que pessoas como eu ou os *sami* chegaram primeiro a esta região. E por isso não se pode dizer a quem ela pertence. Então, acho que mais vale trabalharmos juntos. Francamente, senhorita, há lugar suficiente na Finnmark para todos os tipos de atividade, não é mesmo? Ao sabor das estações, os criadores de renas já usam 80 por cento da região.

Nina e o representante da Norgoil estavam instalados em bancos altos no saguão do hotel. Os janelões de vidro recuados davam para a pracinha da prefeitura e para o estacionamento, onde Klemet fora fazer o seu famoso jogo de loteria da sexta-feira 30. Apenas dois dias antes. Nina mal via a entrada do quiosque. Ela não tinha pressa de voltar para a tempestade. A neve derretida continuava a cair na cidade ártica. Nina jamais vira uma primavera como aquela.

– O senhor conhecia bem Birge e Steel?

– Nós éramos colegas. Representantes das três maiores companhias petrolíferas.

– Os senhores eram próximos? Digo isso porque Steel e Birge estavam festejando com prostitutas.

– E eu não estava lá, é verdade. Eu os apreciava como colegas. Mas eles não são daqui. Aqui você é respeitado se respeita as pessoas.

Gunnar Dahl apontou para a tempestade lá fora.

– As pessoas que vivem aqui são duras. Se não fosse pelo trabalho, você teria vindo para cá? Claro que não. Você sabe o que essas pessoas querem? Trabalho, um emprego. Nós desenvolvemos esta região para que os seus habitantes possam ficar onde sempre viveram.

– Mesmo em detrimento de alguns, então?

– Há quanto tempo você está aqui? Sabe o que é maioria? Estamos numa democracia, não é? A maioria decide, isso é normal. Os direitos de meia dúzia de *sami* não podem prevalecer sobre ela, isso seria injusto com a maioria.

– O senhor devia estar em uma concorrência com Steel e Birge. Para as jazidas, para o acesso às áreas industriais. Não é verdade?

– Claro, somos concorrentes. Mas tudo isso é muito regulamentado. As licenças são concedidas pelo governo, preparadas pela Diretoria do Petróleo...

– Que Lars Fjordsen dirigiu...

– Exato. Que esse homem insubstituível dirigiu.

– E, além disso, ele também trabalhou para a Norgoil.

– Certo, também. Nós nos conhecemos lá. Uma grande pessoa.

– Que ia ele próprio caçar as renas.

– Sem ele Hammerfest não seria Hammerfest. Não tente denegri-lo.

– O senhor costumava se encontrar com os outros?

– Às vezes, com o Lars, pelo menos. Frequentemente tínhamos uma espécie de encontro no Clube do Urso-Polar às sextas-feiras.

– Vocês tinham encontro na última sexta-feira?

– Não. Tivemos na anterior.

Nina ficou um pouco decepcionada.

– Eu não sabia que o clube tinha um café.

– Não tem. Markko Tikkanen se encarregava de providenciar tudo.

– Ele, mais uma vez...

– Pois é, Tikkanen é uma pessoa meticulosa que gosta de saber tudo sobre tudo, e por isso não hesita em organizar ele próprio algumas reuniões para ficar mais perto das fontes de informações. Eu não participava das noitadas dos meus colegas, mas...

– ... Mas não tinha nada contra?

– Isso não me diz respeito. Estando aqui, conhecendo as pessoas, e sendo conhecido por elas, eu simplesmente não posso fazer nada.

– Melhor fazer o mesmo em outro lugar, então, mais discretamente?

– Como ousa?!

– Sobre o que vocês conversavam?

– Sobre negócios. Nós achamos que há oportunidades suficientes para todos aqui.

– A morte de Steel e de Birge não deve atrapalhar muito o senhor...

– Você erra ao insinuar seja lá o que for. Steel e Birge, apesar de alguns comportamentos que eu reprovava, eram bons profissionais. Não sei quem poderia substituí-los.

Nina voltou a olhar pela janela. Flocos escorriam pelos vidros.

– O senhor os conhecia há muito tempo?

Gunnar Dahl respondeu com pormenores, como se procurasse adivinhar as intenções dela. O petroleiro de barba arredondada tinha parecido bastante franco até então. Seria uma fachada?

– Conheço. Quase se poderia dizer que desde uma outra vida, de tão rápido que as coisas aconteceram nesse setor. Nós fizemos o mar do Norte antes de você ter nascido, sem dúvida. Uma época muito diferente.

Dahl falava como um veterano que rememora uma campanha militar.

– O que é que o senhor fazia ontem à noite?

– Eu estava com a minha família. Minha esposa e os meus seis filhos poderão confirmar isso.

Nina agradeceu a Dahl. Ainda era bem cedo e a tempestade cessara subitamente. A uma velocidade que surpreendeu Nina, o céu começava a clarear. Ainda havia vento, mas ele expulsava as nuvens. Nina retomou a estrada para Skaidi. Ao chegar ao sul da ilha, saindo do túnel Stallogargo, ela súbito entrou na estradinha em forma de grampo que ia imediatamente para a direita, em vez de pegar a ponte que dava acesso à aldeia de Kvalsund. O caminho era paralelo ao túnel, seguindo o talude. Era a antiga estrada que levava a Hammerfest, cavada no flanco da montanha, antes da construção do túnel. O que estava em questão era alargar esse velho caminho. As renas que atravessavam ali o usavam para em seguida subir em direção às pastagens do norte da ilha. A rocha sagrada corria o risco de se danificar. Havia quem pensasse em deslocá-la. Nina desceu da viatura.

Ela se deu um tempo para assimilar os lugares. Havia quanto tempo aquele estreito era utilizado para fazer a travessia das renas? As fotos de Nils-Ante com a pequena Chang voltaram à sua lembrança. Ela não teve muita dificuldade em reconstituir mentalmente a cena do afogamento de Erik, aplicando-se a recolocar cada um dos personagens presentes. Levantou os olhos até um ponto e se dirigiu para lá, caminhando, deslizando, enterrando-se na neve que derretia em alguns locais, subindo, chocando-se contra as pedras. Subiu assim durante vários minutos antes de parar, ofegante, para contemplar o estreito que se estendia aos seus pés. Então digitou um número no celular.

– Você está me ouvindo? – gritou ela.

– Estou, estou ouvindo, sim – respondeu Klemet. – Escute, queria lhe dizer que eu estava...

– Não temos tempo para conversar agora. Você me ouve, eu ouço você, eu só queria confirmar uma coisa. A minha operadora de celular é a mesma de Sikku, eu verifiquei isso. E estou ligando para você do primeiro lugar em que ele ficou naquele dia, antes de trocar com o tal Jonas porque não tinha sinal para ligar. Ele mentiu. Nenhum problema de sinal. Ele ficou na posição mais alta porque não queria ser visto quando fizesse gestos para assustar as renas, essa é a verdade. Até logo.

E desligou sem dar a Klemet tempo de responder. Satisfeita, voltou a descer até a rocha para rodeá-la. Ela fizera isso rapidamente no dia do resgate do corpo de Erik. Era preciso admitir que aquela rocha era incomum. Ela tentou definir a sua forma. Uma casquinha de sorvete de cabeça para baixo? Um pouco disforme, com a ponta divertidamente inclinada para um lado. Faltava-lhe poesia. Devia ter de 5 a 6 metros de altura. Olhando-a de outro ângulo, Nina imaginou uma mulher, uma mulher com uma roupa farta, como se usava antigamente, ou como as ciganas nos dias de feira. Via agora aquela mulher forte ficar bem empertigada, com presença até, e tendo na cabeça uma espécie de chapéu, sim, pelo menos era certo que não se tratava de um coque. E por que não? Isso é melhor que uma frágil casquinha de sorvete. Do lado do talude, a rocha era cercada de pedregulhos que quase caíam na água. Nina precisou se segurar na rocha para não escorregar. Alguns pontos do relevo ainda estavam cobertos de neve. Ela percebeu um pequeno reflexo graças ao sol, que voltava a se mostrar. Uma moeda de 1 coroa, que não ousou tocar. A peça tinha sido depositada num pequeno oco e quase não o ultrapassava. Sem o reflexo, ela não a teria visto. Uma das oferendas rapidamente percebidas no outro dia, pensou Nina. Olhou um pouco em volta. Viu outras peças ao pé da rocha, ou em outras reentrâncias da pedra. Alguns pedaços de galhadas de renas também. Viu ainda pequenos objetos que não estavam lá no outro dia. Aparentemente a rocha ainda era muito utilizada.

— Ela é chamada de Ahkanjarstabba.

Nina se virou. Não viu ninguém.

— É uma palavra *sami* — prosseguiu a voz.

Nina tinha dificuldade em identificar a voz por causa do vento que ainda soprava nas suas orelhas. Deu a volta na rocha. No alto, no caminho asfaltado, finalmente viu Anneli Steggo. A jovem montava um cavalo atarracado.

— Um cavalo islandês. Eles são resistentes e confiáveis até na neve.

— Achei que você fosse voltar para o seu rebanho. Ele está longe daqui.

— Eu precisava vir. Desde a morte de Erik não punha os pés neste lugar.

Ela olhou à sua volta.

— Está tudo calmo.

Do outro lado do estreito, via-se uma aldeia com casas de madeira dispersas, no sopé da montanha. Mais adiante, à esquerda, estendia-se a ponte suspensa que ligava a ilha ao vilarejo de Kvalsund. Um trecho da montanha molhada pela tempestade brilhava ao sol. Anneli desceu do cavalo e se aproximou da rocha.

— Mesmo tendo cursado a universidade, Erik continuava fazendo um oferenda a esta rocha antes da travessia das renas. É uma tradição da família dele. Eu me pergunto se dessa vez ele teria se esquecido disso...

Nina continuou em silêncio. Ela não compreendia essas coisas. Sua mãe a ensinara a ver nessas superstições um ranço de feitiçaria.

– Quando chegam ao talude vindas da terra firme, as renas sempre passam a oeste dessa rocha. Em toda a Lapônia há pedras que nos falam assim.

– Com essas formas, entendo que elas suscitem ideias – disse Nina para ser educada.

– A forma nem sempre é relevante. A tradição é mais importante. Que uso uma dada pessoa fez de uma pedra numa dada época. Em princípio, somente os homens podem chegar perto dessas pedras.

Anneli se aproximou mais para acariciar a rocha.

– Algumas, como esta, são de uso comum. Todos os *sami* que transitam por este estreito com suas renas tinham o costume de deixar oferendas nela. Vinha-se até ela no momento da caça. Os *sami* pescadores também prestavam homenagem a ela. Você certamente encontrará sob a neve antigos resquícios de peixes ao lado de peças ou pedaços de galhadas de renas. Mas algumas famílias também têm os seus próprios lugares sagrados, e esses permanecem secretos.

– Parece que você se interessa muito por essas histórias.

– Essas histórias são a nossa história. Vocês têm as suas igrejas, os seus monumentos, os seus museus, nós temos essas pedras. Somos um povo da natureza. Essas pedras conservam o espírito da nossa história. Se se aproximar delas, você ouvirá as histórias correrem ao longo das fissuras, você ouvirá as preces que foram murmuradas ali há séculos por um pastor inquieto porque suas renas iam fazer a travessia. Se colar o ouvido na rocha de Sieidejavri, você ouvirá a prece de uma mulher *sami* suplicando para que seu filho doente encontre a paz.

Anneli deixou a pedra e voltou a montar no seu cavalo.

– Todo mundo sabia. Mas ninguém falava. Porque não se falava dessas coisas. Sabia-se, isso é tudo.

Fez seu cavalo dar meia-volta.

– Amanhã eu vou enterrar Erik.

Deu o sinal de partida ao cavalo islandês, deixando Nina ao pé da rocha sagrada. A policial a seguiu com os olhos. Estranhamente, não se admirou quando, depois de algumas dezenas de metros, Anneli deu meia-volta e veio parar diante dela.

– Precisamos ser capazes de viver juntos, esse é o único ensinamento da tundra. O homem solitário é como o lobo. Ele amedronta os homens, e os homens se vingam dele – disse ela, antes de partir a galope.

Midday,

Ainda sem nenhum sinal de você. Não aguento mais. Ele me dá medo. Seu temperamento é explosivo, e isso não dá para contornar. Antes eu tinha o meu canto onde podia desmoronar. Esse tempo acabou. Se eu desmorono, ele desmorona. Talvez a solução seja esta, desmoronarmos.

27

Posto da Polícia das Renas, Skaidi. 15h.

Klemet tinha tido a tarde inteira para extravasar sua cólera. Ele aproveitou essas horas para enfim reconstituir o quebra-cabeça dos dois B.O.s rasgados na semana anterior. Apesar de ter sido suspenso, continuava tendo acesso à intranet da polícia. Ia verificar a identidade de algumas pessoas, mas se conteve no último momento. Os vestígios numéricos que deixaria pesariam contra ele. Depois de alguns minutos de hesitação, fechou o computador. Aguardaria a volta de Nina. Não lhe agradava deixá-la sozinha. Embora já não a considerasse uma iniciante, Klemet sabia que ela ainda ignorava muitas das regras tácitas daquela região tão distante do mundo dela. O fato de ela ver tudo como novidade também podia lhe servir num pequeno universo onde as histórias se acumulavam em camadas compactas. Ele anotou o nome dos dois turistas alemães e dos dois trabalhadores do canteiro. Depois desceu para o acampamento que ficava exatamente abaixo do posto da polícia e pediu ao guarda que lhe emprestasse um carro.

Chegou no início da noite a Kautokeino, vilarejo que tinha sido o teatro da sua humilhação na infância, de sua norueguização forçada, onde ele teve de abandonar a língua *sami* dos seus primeiros anos para falar o norueguês da escola.

Ele pensou no que tinha acontecido ali mesmo com Aslak em sua juventude. Na culpa que ele sentira desde então. No fato de que não tinha contado nada daquilo a Nina. Talvez fosse preciso fazê-lo. Seria ela madura o suficiente para entender? Eles formavam uma boa equipe, ela e ele, pelo menos do seu ponto de vista. Seria preciso entregar mais de si próprio para as necessidades do trabalho em equipe? Ou não? O que ela havia compreendido? Que Aslak e ele tinham se conhecido quando crianças no internato de Kautokeino, na época em que os proibiam de falar *sami*? Que aos 7 anos de idade eles haviam planejado fugir do internato para escapar àquela língua norueguesa que queriam lhes inculcar à força, à maldade sobretudo... E que no último momento Klemet tinha recuado, deixando Aslak enfrentar sozinho a tempestade, o desconhecido, o banimento. O destino de ambos tinha se decidido naquele momento.

Klemet achava que depois de adulto, policial, não guardaria rancor em relação às instituições. Ele jurava isso sempre que lhe colocavam essa questão. Mas nem sempre tinha total certeza de se sentir assim.

Quando entrou na casa do tio, ele e a srta. Chang jantavam na cozinha. Os dois o acolheram alegremente e puseram na mesa mais um prato e talheres.

Klemet tomou o caldo em silêncio. Pelo canto do olho, Nils-Ante vigiava o sobrinho.

– Preocupado?

Klemet meneou a cabeça, deu de ombros e terminou o caldo.

– Estou suspenso.

Nils-Ante deu um longo assobio.

– Meu esplendor acetinado, você pode nos trazer aquela garrafa de conhaque três estrelas... O único hábito digno desse nome que conservei dos laestadianos – disse ele, piscando para Klemet. – Então, enfim o meu caro sobrinho, nessa idade avançada, começa a relaxar um pouco. Vamos comemorar isso!

– Ah, me esqueça... Eu me preocupo por causa da Nina, que ficou sozinha.

– Ah, a sua loirinha, miúda e linda, aliás, a sua atenção com ela é das mais louváveis. Com dois anos a menos e se não estivesse me deleitando com a minha maravilhosa Chang, eu namoraria essa moça.

– Você conheceu a família Sormi?

Nils-Ante despejou o conhaque, abraçou a jovem chinesa e bebeu um primeiro gole do conhaque três estrelas que os rigorosos laestadianos só permitiam como remédio.

– Um pouco. Mas nas cidadezinhas nós sempre conhecemos um pouco todo mundo. E se não conhecemos a pessoa, completamos por nossa própria conta a sua história. Isso ocupa as longas noites de inverno...

– Bom, mas de qualquer forma um jovem Sormi é mergulhador e trabalha para a indústria de gás ou petróleo, ou os dois, não sei muito bem se há alguma diferença, e... Eu lhe dei uma sacudida. Uma bofetada.

Nils-Ante assobiou novamente e encheu o copo do sobrinho. Klemet se lembrou de que não bebia álcool e mal molhou a boca.

– Isso você sabe que eu não aprovo.

Klemet ficou mudo. Já havia passado da idade de receber reprimendas, mas não ignorava que seu tio sempre repudiara a violência, criticando os métodos de educação que vigoravam na família. Respirou fundo. Pela primeira vez desde o incidente, repensou com calma nas palavras de Nils Sormi. E relatou o confronto o mais fielmente possível. A srta. Chang ouvia séria ao lado deles, dirigindo de quando em quando um sorriso de incentivo a Klemet. O policial se emocionou mais do que teria desejado. Efeito do conhaque, talvez, embora a cada gole ele apenas molhasse a boca no copo. E se perguntou por que então Nils-Ante voltava a enchê-lo tantas vezes.

– Você, meu tio, sabe que não foi fácil para a minha família quando o vovô precisou deixar o meio dos criadores. Ele sofreu com isso, e o meu pai junto com ele. Nunca se sai desse meio de cabeça erguida e coração leve.

– Você tem razão, o seu avô estava aniquilado quando tomou essa decisão, embora nunca tenha demonstrado isso. Mas o olhar a gente não esconde. Não o olhar de um homem. E o seu avô era um homem, grande e humilde, não fique vermelho por eu lhe dizer isso. Você sabe que não sou criador e nunca fui. E nunca quis ser. Eu sempre fui artista, e no começo zombaram bastante de mim. Só passei a ser um pouco respeitado nessa família quando comecei a fazer recitais de *joïk*. A família achou que eu estava adquirindo importância, quando na época, como você sabe, cantar *joïks* era para mim um ato político. Nos anos 1960 os noruegueses industrializaram o norte como se ninguém vivesse aqui.

– Eu me lembro bem que você quase se escondia quando ia cantar os seus *joïks* para mim.

– Ah, mas isso foi antes. O meu maior temor era que a família achasse que eu estava cedendo a ela. E esse nunca foi o caso, acredite. Essa família, que calamidade! Não passava de um punhado de rãs de pia de água benta, com hábitos arcaicos, inveja de clãs, ela me horrorizava. Mais tradicionais e empacados que eles, impossível encontrar. Ficariam felizes demais ao saber que eu cantava *joïk*, então eu era obrigado a fazer isso escondido, mas para você eu cantava.

– É isso, esse orgulho...

– E esse orgulho prejudica muito o nosso povo, Klemet. Mas temos duas ou três coisinhas que devem ser defendidas. Vamos voltar ao Sormi. Já faz tempo demais que você saiu desta região, por isso não conhece as nossas pequenas histórias nem nossos pequenos segredos. O que sei é que para um jovem *sami* o garoto Nils foi criado completamente fora da tradição. Como um autêntico *sami* das cidades, quero dizer, embora tenha morado aqui enquanto era pequeno. Os pais dele eram pessoas muito modestas. Eles se mantinham um pouco à margem do vilarejo. Quase sempre evitavam os outros. Pelo que me lembro, não fizeram nada para que Nils se integrasse de fato à vida do vilarejo. Eles o mandaram cedo demais para o litoral. E você sabe das rivalidades que existem entre as pessoas do interior e as do litoral. Não só os noruegueses. E existem também os *sami* que não são criadores de renas, eles são maioria, mas gozam de menos direitos. São dois mundos que não se gostam muito. A decisão de se afastar daqui foi principalmente da mãe dele, acho. Uma mulher enérgica. Orgulhosa, também. O pai era bem insignificante. E bebia muito para parecer um homem de atitude. Eu não era íntimo deles. Você se interessa de fato por ele?

– Não sei.

– Se quiser, posso falar com um sujeito que o conheceu. Tenho uma ideia, mas preciso ligar para ele antes.

Baixou a voz, lançando um olhar à sua jovem companheira, que na outra extremidade da mesa trabalhava no computador.

– Mais tarde. Não quero que o meu raminho celeste se aborreça por causa disso...

28

Segunda-feira 3 de maio.
Nascer do sol: 2h23. Pôr do sol: 22h21.
19 horas e 58 minutos de luz solar.

Posto da Polícia das Renas, Skaidi. 3h30.

De mal a pior, pensou Nina. Acordada desde o raiar do dia, ela se sentia perdida, sem saber se o crepúsculo já havia passado. Acordada, a contragosto, e já cansada. A energia pulsava através do seu corpo. Cansada, não cansada. Ela não se entendia mais. Era preciso voltar a dormir. Seu relógio mostrava que era preciso dormir. Seus olhos se recusavam a fechar. Mas faltavam ainda três ou quatro horas de sono, ela sabia disso. Hesitou, se levantou, olhou pela janela. O riacho corria. Passear. A ideia de um passeio em plena noite, mesmo na ausência da noite, a fazia se lembrar do pai. Os últimos tempos com ele. Seus súbitos passeios no escuro. Em plena floresta. Quando saía para buscar ar mais puro, dizia ele. Nina pensava nisso frequentemente. Sentiu de novo o cansaço dominá-la. Fechou os olhos.

Levantou-se um bom tempo depois. Então a hora já era razoável. Nina pensou por um momento em assistir ao enterro de Erik Steggo em Kautokeino. Mas desistiu. Klemet, que ainda estava por lá, talvez comparecesse. Ele cumprimentaria Anneli em nome dela.

Nina passou pela delegacia. Ellen Hotti a recebeu com poucas palavras. A delegada não escondia o mau humor. Também tinha muitas coisas a fazer, com o enterro do prefeito Lars Fjordsen. Dada a sua estatura nacional, a cidade queria homenageá-lo condignamente. Os policiais estavam em plena atividade. E depois essa história da explosão da câmara de descompressão... Ela não tinha efetivos em número suficiente para tanta coisa, e ninguém percebia isso. E para agravar um pouco mais a situação, um policial como Klemet escolhera o pior momento para esbofetear esse mergulhador, não lhe deixando alternativa senão suspendê-lo. Todo mundo iria conspirar contra ela? Nina esperou que a tempestade passasse. A delegada abriu uma pasta.

– Temos novidades no caso Fjordsen. A análise do DNA sob as unhas não revelou nada. Sormi, o mergulhador capaz de fazer seu colega perder o controle, tem um álibi para a hora do acidente. Estava com o seu parceiro Tom Paulsen na sala de cinema, na outra extremidade do navio-hotel, e muitas testemunhas confirmam que ele não saiu da sala.

Ela leu o papel.

– Eles assistiam a... *Insônia*. Uma escolha engraçada para esta estação. O interrogatório dos hóspedes do barco já está quase concluído. As três russas não reconheceram nenhuma das pessoas a bordo, não dá para entender nada. Fora Tikkanen, claro, e o empregado que as recebeu e se feriu gravemente ao abrir a câmara. Fizemos todo mundo desfilar diante delas, mostramos as fotos de identidade, nada. Além disso, os hóspedes não têm acesso a essa parte do navio. Incompreensível. Exceto o ferido que as pôs lá dentro, elas só viram um homem, quando duas delas saíram para ir ao banheiro. Um homem mais velho que a média, de uns 60 anos, estatura imponente. Não figura entre os empregados. É ele que estamos procurando.

– E o trabalhador que tinha perdido os documentos? Alguma novidade?

Ellen Hotti fez uma cara feia. Nada. O celular de Nina tocou. Ela ouviu, desculpando-se com um olhar, e depois desligou.

– Duas renas estão se alimentando no jardim da igreja protestante. Recomeçam os casos...

Hammerfest. 13h.

Antes de retomar a estrada para Hammerfest, Klemet foi ao enterro de Erik Steggo, como prometera a Nina. Sua presença foi discreta; ele ficava pouco à vontade nesses grandes ajuntamentos. Toda a nata do mundo dos criadores tinha ido até lá. Klemet nunca sentira tão forte a distância em relação à sua própria família, à sua própria história. Anneli percebera isso e lhe fizera um pequeno aceno. Ela estava bonita e triste. Declamara um poema. Versos curtos, pungentes, que arrancaram muitas lágrimas dos presentes. Pela sua leveza, mas uma leveza que despertava pensamentos penosos e difíceis, o poema o fizera se lembrar do tio.

Nem todos os criadores puderam comparecer. Alguns tiveram de ficar no *vidda*. Juva Sikku estava entre os ausentes. Se tivesse comparecido, a presença de Klemet o teria espantado. Olaf Renson viera de Kiruna para prestar assistência a Anneli. Ficou próximo da jovem. Ele também percebeu Klemet.

O policial concluiu, por alguns olhares, que o rumor da suspensão havia se propagado. No momento em que ia partir, Olaf Renson o acompanhou até o estacionamento. O Espanhol não gostava dele, Klemet sabia disso. Não se chamava de colaborador alguém de quem se gosta...

– Você devia dar uma olhada nos negocinhos imobiliários de Sikku – disse Renson secamente. – Ele se interessa muito pela criação de renas em uma fazenda distante daqui. Isso é surpreendente, não acha?

Quando deixou Kautokeino, Klemet resolver investigar essa história. Nada o impedia de fazê-lo. Ele avisaria Nina mais tarde. Ao se apresentar na prefeitura de Hammerfest, foi levado até os arquivos. Era conhecido ali e logo o encaminharam para uma sala calma e impessoal, onde se viu cercado de velhas caixas de classificação fechadas com tiras de tecido. Juva Sikku, Erik Steggo, Morten Isaac e outros. Ele queria saber o que havia exatamente a respeito da presença de criadores naquela ilhota da Baleia, onde a cidade de Hammerfest tinha se desenvolvido.

Voltou a procurar a secretária para lhe perguntar se havia documentos sobre a presença antiga dos *sami* na ilha. Ela franziu as sobrancelhas e foi procurar uma pilha de classificadores.

Klemet virava com cuidado as folhas amarelecidas. Descobriu documentos escolares, correspondências administrativas. As horas passavam. Aparentemente a presença dos *sami* se reduzira de forma notável ao longo das décadas. Ele encontrou uma carta escrita por um pastor de Hammerfest para o rei da Dinamarca. A carta datava de 1727, época em que a província da Noruega pertencia à coroa dinamarquesa. O pastor contava que a ilha da Baleia sempre fora habitada por finlandeses. Klemet sabia que essa palavra era então empregada para designar os *sami*. O pastor, na sua carta, esclarecia que os noruegueses viviam na costa ocidental da ilha de Sørøya, a grande ilha que ficava dezenas de quilômetros mais a oeste. E depois as cidadezinhas dos noruegueses tinham se reduzido a ruínas sob os ataques dos russos, que, vindos do leste, faziam violentas expedições. E assim os noruegueses tinham se refugiado em Hammerfest.

Klemet continou a folhear os documentos. Acontecera o mesmo em Rypefjord, o vilarejo logo abaixo de Hammerfest onde ficava a base polar. Rypefjord fora também um antigo lugar de povoamento *sami*. No início do século XX, o número de pessoas dispostas a se reconhecer como *sami* se reduziu progressivamente, pelo menos em Hammerfest. E a partir de então isso foi piorando.

Ele foi devolver uma pilha de classificadores à secretária.

– Quantos *sami* você conhece aqui em Hammerfest? – indagou ele.

A mulher suspirou.

– Eu só posso lhe dizer que no início do ano, na escola do meu filho, apenas uma família pediu que o filho recebesse cursos de *sami*. E sei que isso deu muito pano para manga e que consultaram as outras escolas da cidade para saber o que fazer, e que aquele era um dos pouquíssimos casos na cidade. No total, deve haver umas dez crianças, talvez menos. Então, veja você... E, no entanto, a gente sabe que aqui, no litoral, quase todo mundo deve ter um pouco de sangue *sami* nas veias.

A secretária o deixou com novas pastas. Klemet se interessou pelo cadastro. Ouviu o apito do expresso *Hurtigruten*, a balsa turística que entrava no porto diariamente por volta das 11h30, e então consultou o relógio. Ela não demoraria a despejar seus turistas do mundo inteiro, que por lá ficariam durante uma hora antes de voltar a embarcar. Ele foi até o quiosque comprar um cachorro-quente com duas salsichas, *ketchup* e mostarda, e depois voltou a mergulhar no estudo dos cadastros.

Um homem esperava perto dos arquivos. A secretária comentara com ele as pesquisas de Klemet. Ele se apresentou. Era o vice de Fjordsen, um urbanista. Klemet refletiu rapidamente. Não era provável que ele estivesse pesquisando. O homem não parecia suspeito. Klemet resolveu mencionar o que lhe interessava, sem entrar em detalhes.

– Muitas companhias petrolíferas e subempreiteiras querem se instalar em Hammerfest – começou o vice. – Elas querem estar em lugares que lhes permitam acompanhar bem a corrida para o Ártico de que todos falam há uma década.

Naquele momento, Klemet achava que a base polar, no antigo vilarejo lapão de Rypefjord, era a única base logística para todo o mar de Barents.

– Dentro de pouco tempo o senhor terá a exploração da jazida de petróleo de Suolo, sem falar em todas as explorações que se multiplicam em alto-mar, entre Hammerfest e Spitzbergen. Há necessidade de terras aqui para a logística e até para um novo aeroporto.

Ele desapareceu por um momento para voltar com uma brochura que estampava um mapa da ilha, cuja forma era mais ou menos a de um crânio com uma protuberância num lado da testa, à esquerda no mapa. Hammerfest ficava na base dessa protuberância e ocupava apenas uma pequena parte da ilha. Mas o relevo acidentado da ilha da Baleia limitava o acesso a ela.

– Construir no planalto acima de Hammerfest? A 200 metros de altura o clima é bem mais árduo e muito ventoso. É impossível instalar ali um novo aeroporto. Precisamos de um terreno plano. Sem isso a gente não se arranja, garanto. Mas, bom, as renas o senhor me diz. Os proprietários dos terrenos visados, ao longo da costa, não são criadores, mas os criadores têm direito de usá-los entre maio e setembro. Porém, o senhor sabe, a partir do momento em que o Parlamento norueguês tiver designado Hammerfest para ser a base de recepção das atividades de exploração e produção de petróleo e gás no mar de Barents, não há escolha para eles. É preciso ir em frente. E se há necessidade de terreno, então pega-se o que existe.

Sempre mostrando o mapa, o vice era enfático. Dizia que o mapa falava por si só, de tal forma as alternativas eram limitadas por causa do relevo.

– Mas, atenção, todo mundo é consultado. Ah, sim, nós consultamos. Na minha opinião, isso leva tempo demais. O prefeito, Fjordsen, fazia o possível para ser gentil com todo mundo. Ele era mau com as renas, ia se queixar nos jornais, mas fazia muitas concessões aos criadores. A minha opinião é que é preciso ir mais rápido. Ousar mais, sabe? O futuro é agora, aqui, diante do nosso nariz, meu Deus!

O vice parecia simpatizar com Klemet. Convidou-o para tomar café no saguão de recepção.

– Dentro de vinte anos esta cidade será a Cingapura do Ártico. E a região fornecerá trabalho para todo o país, o senhor vai ver. Um desenvolvimento formidável. Com o aquecimento global, as companhias vão se precipitar para explorar os recursos do Grande Norte. Já estão se precipitando. O senhor vai ver. O norte vai alimentar o sul do reino, eles virão comer aqui na nossa mão!

E ele prosseguia, entusiasmado, descrevendo o destino deslumbrante que aguardava a sua cidade. Um digno herdeiro do prefeito Lars Fjordsen, pensou o policial. Talvez até mesmo o seu sucessor. Klemet o ouvia distraidamente, olhando os cartazes que decoravam a recepção. Vistas da ilha da Baleia em estações diversas. Ele observou apenas que alguns cartazes não mostravam nenhuma rena. Na visão ideal da prefeitura, Hammerfest era uma cidade onde, nas imediações da indústria *offshore*, o único elemento que se tolerava era uma natureza serena e magnífica, cujos únicos animais representados eram inocentes pássaros.

– Bom – disse Klemet –, se isso continuar ao menos não teremos mais necessidade de vir caçar as renas aqui na cidade, poderemos nos dedicar a outra coisa...

O vice quase estourou de rir e deu uma grande palmada no ombro de Klemet.

Um pouco mais longe, um dos cartazes, meio oculto por um armário, era um desenho com um toque muito característico dos anos 1970. O vice seguiu o olhar de Klemet.

– Hammerfest, em 1978 – disse ele. – Um cartaz de Arvid Sveen.

Tratava-se de uma espécie de alegoria de Hammerfest. Todos os símbolos da cidade – inclusive as renas, dessa vez – estavam representados nele, alguns de modo mais conspícuo que outros. Em primeiro plano, um enorme urso-polar dava o seu toque ártico à cidade. Um grande barco de pesca se aproximava da beneficiadora de peixes Nestlé Findus, a mesma que alguns anos antes tinha sido destruída para que no seu lugar fosse erguido o Centro Cultural Ártico, novinho em folha, financiado pelas companhias petrolíferas. Não poderia haver melhor símbolo da transformação de

Hammerfest, pensou Klemet. À direita, onde hoje fica o Black Aurora, se via uma rena de galhada magnífica encimada por uma pequena bolha. A rena sonhava com as flores que poderia perfeitamente ir comer na cidade. Ao lado dela, dominando a cidade, havia um *sami* em roupas típicas diante de sua tenda. Era o único do cartaz. Seria uma simples coincidência? Ele estava exatamente no lugar aonde às vezes iam as renas de Erik Steggo, e que andava sendo cobiçado. Um dos elementos mais marcantes do cartaz estava no alto à esquerda, uma plataforma que repousava numa nuvem e cujo cume apontava para o meio de um sol radiante. Tampouco ali, no gênero simbólico, havia sutileza. Klemet se aproximou.

– Uma plataforma? – admirou-se Klemet. – Já em 1978?

– Ah, sim – respondeu o vice urbanista. – Antes do meu tempo. Mas eles falavam muito disso nessa época, e foi nela que começaram a explorar. Pois não aconteceu nada em vinte anos, antes que as coisas sérias começassem com a jazida de gás de Snø-Hvit.

– E ali, o *sami* com a sua tenda...

– Ah, obra de artista. Coisas antigas, tudo isso.

O policial agradeceu o café e voltou aos arquivos.

Klemet precisou do restante da tarde para começar a se familiarizar com o imbróglio do direito de uso das terras na ilha da Baleia. Conflitos explodiam permanentemente por causa desse direito de uso pelos criadores. Os dossiês pertenciam ao Ministério do Meio Ambiente. Muitas vezes eram necessários dois anos de procedimentos, e na maioria dos casos os criadores acabavam perdendo.

Um dos documentos apresentava um histórico do uso do terreno nessa tão cobiçada faixa ocidental da ilha da Baleia. Klemet sabia que muitos *sami* que tinham morado nas redondezas de Hammerfest haviam pouco a pouco perdido esse direito. Alguns criadores precisaram se entrincheirar em outros locais.

Felizmente Klemet conhecia os membros dos distritos. Nina jamais poderia ter feito o que quer que fosse com aquelas informações, com aqueles nomes. Ela teria precisado de semanas, meses talvez. Mas Klemet via um quadro se desenhar sob os seus olhos. Alguns nomes tinham desaparecido com o passar do tempo. Morten Isaac, o chefe do Distrito 23, pertencia ao grupo de pastores cada vez mais encurralados. As famílias Sikku e Steggo também estavam perdendo. Tendo entendido como procurar, Klemet podia navegar mais rapidamente pelos arquivos. Um nome conhecido atraiu subitamente a sua atenção. Anta Laula. O artista *sami* cuja exposição Nina fora ver. O que tinha desaparecido do acampamento de Anneli Steggo e de Susann. Ele havia sido criador muitos anos antes. Anta Laula criava as suas renas naquela faixa de terra no verão. E fora privado delas quando uma companhia elétrica subempreiteira conseguira ocupar a sua terra. Disseram a Anta Laula que ele deveria levar as suas renas para pastar mais longe.

Midday,

Eu me conformo com o seu silêncio. Mas ele dói. Você era o último a quem eu podia me dirigir.

Já lhe falei do companheiro de infortúnio que nós resgatamos. Às vezes ele está lúcido, às vezes delira.

Aliás, reencontrei o mascote. Ele deverá levar as coisas adiante, se entender, se estiver pronto, do contrário tudo terá sido em vão. Você se lembra desse garoto? Ele agora está crescido, eu sabia que ele tinha seguido o mesmo caminho que nós. Foi seduzido. Principalmente por mim, imagino. Mas esse tempo já passou. Eu não devia tê-lo contatado. Devia ter ficado na sombra, como havia pensado. Vi o medo nos olhos dele. Tive vontade de morrer. Rápido, ali, imediatamente. Penso nisso o tempo todo. Fugir para um buraco negro. Reencontrar a calma que às vezes eu conhecia nas profundezas.

29

Terça-feira 4 de maio.
Nascer do sol: 2h15. Pôr do sol: 22h28.
20 horas e 13 minutos de luz solar.

Posto da Polícia das Renas, Skaidi. 8h30.

Klemet e Nina se encontraram de novo no café da manhã. Na noite anterior, Klemet tinha voltado tarde para o posto, e sua jovem parceira estava dormindo profundamente. Ele havia tido a pachorra de retornar por Kautokeino.

Klemet resumiu para Nina suas descobertas sobre os imbróglios ligados ao uso das terras. Quando mencionou Anta Laula e o seu passado de criador naquelas paragens, Nina finalmente acordou. Isso obviamente explicava a presença dele no acampamento de Anneli e Susann. Ele percorria com elas a mesma rota que seguia no seu tempo. Nina voltou a se preocupar com o velho criador. Seria preciso investigá-lo? Ele teria se perdido? Ou teria brigado com um parente de Sikku com quem se desentendera tempos atrás? Nina ouvira falar que os conflitos entre criadores podiam se transmitir de geração a geração.

– Será preciso verificar, você tem razão – admitiu Klemet –, embora eu ache, na verdade, que não havia mais motivo para conflito, porque Anta Laula e sua família se afastaram há muito tempo.

Diziam que Laula estava doente. Sua cabeça já não funcionava bem. Que doença ele teria, exatamente? Klemet permanecia em silêncio. Nina nunca sabia o que ele tinha em mente e muitas vezes se perguntava, como era o caso agora, se Klemet não estava perdido em pensamentos que o levavam ao destino da sua própria família. Muito provavelmente a família de Klemet e a de Anta Laula tinham se conhecido em outros tempos, cada uma com as suas renas. Nina guardou para si essa pergunta. Não conseguia imaginar Anta Laula no papel de homem mau. Mas, pensando bem, tampouco teria imaginado

Klemet esbofeteando um suspeito. Klemet a olhou, ela lhe sorriu com um ar inocente e depois se levantou.

Nina garantiu a Klemet que não teria nenhum problema em encontrar o acampamento de Anneli. Ele resmungou e depois se isolou num canto do posto.

Ele a deixou digitar os parâmetros para entrar na intranet da polícia e depois começou a pesquisar os nomes reconstituídos a partir dos B.O.s. Talvez ele voltasse a Kautokeino mais tarde. Ou talvez não. Afinal de contas, não servia para nada.

– Você não tem o direito de não fazer nada – disse-lhe Nina do lado de fora, já colocando o capacete.

Ela subiu na motoneve e partiu para o acampamento de Anneli. Seguindo com dificuldade a pista que se apagava sob o efeito ainda tímido da primavera, Nina pensava nas palavras de Anneli. Encadeava as curvas das cristas e se lembrava dos movimentos da mão de Anneli acompanhando as formas das montanhas. A jovem criadora sabia pôr poesia em tudo em que seu olhar pousava.

Quando Nina chegou ao acampamento, não viu Anneli. Quem estava lá era Susann, que na ausência dos homens se encarregava de tudo.

– Os homens? – ela riu quando Nina comentou isso. – Mas são as mulheres que tomam conta dos acampamentos e fazem tudo funcionar aqui. Antigamente, antes dos supermercados, as mulheres até mesmo iam caçar de vez em quando, enquanto os homens ficavam com o rebanho.

Susann serviu a Nina uma xícara de café e veio se sentar ao lado dela, numa almofada de raminhos de bétula. O céu estava coberto de nuvens, mas mesmo assim havia uma forte luminosidade, amplificada pelas esparsas placas de neve em torno das duas mulheres.

– Então você se interessa por Anta Laula – começou Susann. – Isso é bom, em certo sentido. Um pouco tarde, claro...

– O que foi que aconteceu quando ele perdeu o acesso às suas terras na ilha da Baleia?

– A situação se tornou insustentável para ele na ilha. Ele precisou abrir mão, simplesmente.

– Onde foi que ele encontrou novas pastagens? Em outra ilha?

180

– Em outra ilha? Mas ninguém sai com as suas renas para ir não importa aonde. Porque nos lugares onde nunca houve renas você pode ter certeza de que as pessoas vão aparecer imediatamente para lembrá-lo de que os pastores não têm nenhum direito de usar essas terras. Xispa daqui!

– Onde, então?

– Mas ele não encontrou, foi esse o problema. Quando eu lhe digo que ele teve de abrir mão, ele precisou abrir mão do seu ofício de pastor. Acabou, adeus.

Nina balançou longamente a cabeça, inclinada sobre a sua xícara de café.

– Como foi que ele reagiu a isso?

– Ah, como tantos outros, não muito bem. Mas nós falamos de outra época, com *sami* muito mais militantes. Não tanto ele, talvez, mas os outros. Você sabe, o final dos anos 1970 é também a época em que queriam construir a barragem de Alta, não muito longe daqui. As pessoas se mobilizavam. Mas vou lhe contar uma história. Quando garotinha, eu ia à escola em Rypefjord, que fica bem abaixo de Hammerfest. Nunca se ensinava alguma coisa que nos deixasse orgulhosos do que os *sami* tinham feito ou trazido para esta região. Nunca se ouvia qualquer coisa positiva. Todo o nosso conhecimento da natureza, tudo o que era local, considerava-se efetivamente negligenciável e era sistematicamente rebaixado.

– Então o que foi que o Laula fez?

– Ele deixou o seu canto, e quando voltou para a região tinha se tornado artista. Talentoso, aliás. Mas com o tempo começou a ter problemas de saúde. Ah, você vai me dizer que ele não é o único. Mas ele tinha uma doença estranha que os médicos daqui não conseguiam diagnosticar. Isso não o impediu de se sentir bem aqui, e eu via isso perfeitamente quando ele nos acompanhava na transumância.

– Você já fala disso no passado?

– Não, não, mas nos últimos anos ele já não manifestava nenhuma alegria, nunca. Acho que a cabeça dele estava ficando cada vez pior. Ele esquecia tudo, e parece que tinha outros problemas que o faziam sofrer. Mas você sabe, esse tipo de indivíduo é difícil a gente ouvir se queixar.

– E você não se preocupa com o desaparecimento dele?

– Acho que devia – disse Susann. – Mas fazer o quê? A tundra sente quando os homens estão no fim. Ela sabe lhes dizer quando chegou a hora deles e sabe para onde guiá-los.

* * *

Nina não conseguia se satisfazer com o fatalismo de Susann. Quando voltou ao posto de Skaidi, Klemet já havia partido. Deixara apenas um bilhete. Ela poderia encontrá-lo em Kautokeino. Nina almoçou sozinha. Ouvindo os destaques do noticiário da rádio da NRK, seu sanduíche de presunto e pepino ficou entalado na garganta. Um veículo acabara de ser encontrado. No estreito do Lobo! A polícia o estava tirando da água. Aparentemente ele tinha saído da estrada numa curva. Nina devorou o resto do sanduíche e logo pegou a estrada para o estreito.

Policiais cercavam a caminhonete. Alguns jornalistas observavam a distância, assim como alguns habitantes de Kvalsund. Ellen Hotti dava ordens. Um corpo estava no interior. Ela abriu caminho enquanto os policiais iam de um lado para outro. Um homem baixo e magro ocupava o lugar do motorista, preso ainda pelo cinto de segurança. Sua cabeça estava caída para um lado. Nina deu a volta no veículo. Um policial abriu a porta deslizante da caminhonete. Saiu um jato de água. E também outro corpo. Sincronizadamente, Nina e seu colega recuaram um passo. Eles se entreolharam por um instante e depois viraram o cadáver. Um homem forte, de uns 60 anos. Nina pôs a cabeça dentro do veículo. Tudo estava revirado. Um inspetor a empurrou sem o menor respeito.

– Isso não é trabalho para a Polícia das Renas, ora!

– Só vamos saber depois. Nesses últimos dias estão acontecendo muitas coisas neste estreito.

O outro não respondeu e subiu na caminhonete.

– Meu Deus, ainda tem um aqui – exclamou ele, depois de ter tirado sacolas e cobertas.

O policial chamou o fotógrafo e depois pediu ajuda para tirar o corpo, que foi posto deitado ao lado do anterior. Quando ele o virou, Nina o reconheceu imediatamente. Anta Laula não tinha desaparecido na tundra como os velhos. Ele tinha se acabado no fundo do estreito, numa caminhonete batida, com dois desconhecidos.

* * *

Nina se afastou um momento para telefonar. Queria ela própria avisar Susann e Anneli. A notícia era brutal para as duas mulheres. Mais ainda para Anneli, que tinha acabado de perder o marido e não podia guardar o seu luto. Quando voltou para perto da caminhonete, os policiais se ocupavam de esvaziá-la para começar o inventário. Um técnico reconstituía o trajeto do veículo e procurava marcas de pneus. Aparentemente nenhum vestígio de frenagem era visível. Estranho. A não ser que o motorista estivesse distraído em plena curva. Os dois passageiros estavam atrás. Talvez eles tivessem chamado o motorista. Ou o motorista tivesse recebido uma ligação telefônica. Ele fumava e teria deixado cair o cigarro? Esse tipo de acidente idiota acontecia. Ele estaria bêbado? Estaria correndo demais? Não havia garantia de que a autópsia e os exames técnicos dariam uma resposta satisfatória. Mas as circunstâncias pareciam suficientemente claras. Uma caminhonete com três homens deixa acidentalmente a estrada numa curva e se precipita no estreito. Os três homens morrem afogados. A água gelada não lhes deixa a menor chance.

Nina se aproximou dos corpos. Só então examinou com atenção as duas outras vítimas. Depois de alguma hesitação ela correu para Ellen Hotti.

– As duas outras vítimas eu já vi. Com Klemet. Nós os paramos no dia em que Erik Steggo se afogou exatamente aqui. São os dois trabalhadores do canteiro. Os tais que deviam ir entregar seus documentos na delegacia e nunca apareceram. São eles, tenho certeza!

30

Hammerfest. 14h.

Markko Tikkanen não gostava daquilo. E quando Tikkanen não gostava de alguma coisa, isso ficava muito evidente. Era o que se comentava, pelo menos. Tikkanen, você transpira como um porco gordo, diziam os seus amigos. Seus "amigos". A palavra talvez fosse um pouco forçada. Os seus conhecidos. Ou as suas relações. Tikkanen achava que "relações" soava melhor. Ele tinha relações, ele as cultivava, e cercava todas elas de um desprezo discreto, mas compacto. Sua mãe lhe havia dito que, de qualquer modo, os Tikkanen nunca tinham amigos. Ela exagerava sempre em tudo, mas um julgamento emitido por ela, por menor que fosse, caía como um machado. A velha Tikkanen; não se discutia com ela. Era assim quando ele era jovem, os Tikkanen não recebiam ninguém em casa. De qualquer forma, quem iria lá? Seu pai encontrava os amigos no bar. Ele, aparentemente, tinha amigos. Sua mãe os chamava de beberrões. Amigos que se manifestavam sobretudo no fim do mês, quando o salário era pago. Depois ele não voltava a vê-los durante algumas semanas.

A velha Tikkanen não gostava de conversar. O velho tampouco. Na verdade, nunca se tinha falado muito na casa deles. Tikkanen achava que era assim porque eles tinham ascendência finlandesa e – um fato notório – os finlandeses não eram falantes. Eram sujeitos corretos e ajustados, mas não eram conversadores. Ao contrário dos homens do Texas. Puxa vida, como esse Steel era falante. Explosivo, esse Steel. Mas, convenhamos, o resultado não foi bonito. Tikkanen nunca teria imaginado aquilo.

Ele se levantou de novo. Pela terceira vez em alguns minutos. Tanto exercício o deixava inundado de suor. Ele não queria admitir, mas estava um pouco nervoso. Que Steel consiga fazer a câmara explodir, vá lá. Felizmente as putas estavam sãs e salvas. Tikkanen conhecia muito bem a reputação do seu fornecedor em Murmansk, e sem dúvida aquele idiota ficaria na sua cola. As mulheres tinham ficado sob a custódia da polícia. E ele, ele estava na miséria. Não por causa da morte de Steel e Birge. Enfim, um pouco, porque os tiras o bombardeavam com perguntas. Ele não era tolo o suficiente para imaginar que os policiais não fariam uma aproximação. Mas eles haviam visto muito bem que ele, Tikkanen, tinha tudo a perder naquela confusão. Eles não sabiam dos terrenos. Mas quanto ao resto, era verdade, ele tinha tudo a perder: as mulheres, a câmara-bordel, certamente até a sua reputação. E da sua reputação ele fazia questão. Talvez ele fosse o único a pensar assim, mas a reputação é importante. Aqueles palhaços da Polícia das Renas eram os únicos que poderiam se meter nos seus negócios escusos. Tikkanen ouvira falar que eles estavam esgaravatando. Um dos seus amigos, ou melhor, uma das suas relações na prefeitura tinha ligado para lhe dizer que Nango, o homem da Polícia das Renas, tinha pesquisado no cadastro e feito perguntas.

Bom, Tikkanen era Tikkanen, e ele ia encontrar uma solução. Eu sempre encontro soluções. É exatamente por isso que me procuram. Adoro ajudar. Sou uma pessoa que gosta de prestar serviços. Uma pessoa gentil. Sou uma pessoa gentil. A polícia vai entender. Claro. Não há razão para transpirar, meu garoto Tikkanen. Ele dava voltas no seu escritório. Essas histórias absolutamente não o acalmavam. Absolutamente. Ele olhou pela janela. O *Hurtigruten* já tinha ido embora havia um bom tempo com os seus turistas. Ele suspirou, resmungou e acabou indo até o cofre. Algo não muito original, mas ele o colocara atrás de um quadro. Tikkanen achava que isso ao mesmo tempo conferia certo estilo. Nos seus filmes preferidos, as pessoas ricas sempre escondiam o cofre atrás de um quadro. Ele afastou a pintura. Uma paisagem de fiorde com uma luz de inverno. Vou precisar pôr outros quadros nas paredes, pensou ele então, do contrário fica muito fácil descobrir o meu cofre. Mais tarde veremos isso. Anotou num papel a providência a ser tomada. Quadros. E por fim pegou o seu fichário. Imediatamente se sentiu melhor. A obra da sua vida estava ali. Tikkanen colecionava vidas, e todas as humilhações sofridas encontravam seu antídoto naquela caixa de sapatos. Uma caixa de madeira seria mais condigna. Por que eu não pensei nisso antes? E anotou no papel. Em seguida trancou a porta do escritório e foi se sentar, tirando as primeiras fichas. O peso no peito ficava mais leve. Ele pegou as anotações sobre Bill Steel e Henning Birge. Tikkanen não jogava nada fora. Como um tabelião de aldeia, conservava as lembranças das pessoas, dos lugares, das traições, das infidelidades, sempre com o sorriso bondoso que convém às pessoas como ele, inconvenientes e indispensáveis. Ele tinha herdado isso da mãe. Ela era proprietária de uma mercearia, e anotava tudo: o que as pessoas compravam, por quanto, os fiados, evidentemente – e quem faz fiado tem o direito de saber se há chance de ser reembolsado, não é mesmo? Isso justificava saber um pouco mais sobre os clientes; nada mais normal. Assim, até certo ponto a sua mãe o remetia às informações. Fora com ela que Tikkanen pegara o vírus. Pesquisas de vizinhança. Tikkanen apenas havia levado um pouco mais longe o perfeccionismo.

Ele não tinha confiança na informática desde que o seu primeiro fichário desaparecera num computador por causa de uma confusão da qual ele não entendeu nada. Essa lembrança o traumatizara e até então o incomodava. Fichas nas mãos; era melhor assim.

Alguns peixes grandes, raros, exigiam muitas fichas. O prefeito Fjordsen, por exemplo. Tikkanen contou: quatro fichas; um recorde. E ele tomava o cuidado, com a sua escrita cerrada, de não deixar nenhum espaço nos preciosos cartões. Alguns grandes criadores de renas tinham direito a essa consideração. Mas quatro fichas...

Steel e Birge. Ele tirou uma caneta hidrográfica grossa e traçou em diagonal um espesso traço negro no canto superior direito das duas fichas. Satisfeito, balançou-se para trás na poltrona e observou o trabalho feito enquanto punha no lugar a sua mecha emplastrada de fixador. Uma diagonal negra marcava um momento importante na vida de uma ficha. E agora? Steel. Ele chegara ali três anos antes. Seria substituído imediatamente. Por sorte, Tikkanen sabia como aquilo funcionava. Ele estava em contato com o seu substituto, um sujeito legal. Não demoraria a vir de Houston. Um sujeito ainda mais diligente que Steel, um jovem de dentes longos que não receava levar a sua empresa a correr riscos desde que isso lhe desse algum retorno. Ele o vira uma vez em Hammerfest, e eles tinham se entendido muito bem. Já fizera uma ficha desse jovem, e até mesmo tinha em mente um soberbo apartamento para ele. Um jovem como aquele, solteiro, não iria querer perder tempo com uma casa. Virou a ficha de Steel. Ali estava anotado o que o Texano lhe custara. Tikkanen corria o risco de pagar do seu bolso a história das prostitutas. Sem falar da câmara. Isso não estava previsto. A polícia a havia retirado, e o Departamento de Vigilância Sanitária e Civil, mantido pelo Sindicato de Hotelaria, começara uma investigação para saber se tinha base legal a presença daquela câmara no hotel flutuante e se ela respeitava as normas de segurança. Base legal... Os policiais não tinham nada contra ele com relação à morte dos petroleiros, mas essa história provavelmente lhe custaria uma multa. Bom, Steel lhe rendera dinheiro também, isso ele precisava admitir. Mais que Birge. Agora era preciso sobretudo acalmar Juva Sikku. E Nils Sormi. O único meio de acalmar aqueles dois eram essas histórias de terreno. Ávidos por dinheiro, aqueles dois não eram nada artistas. Para Juva Sikku era preciso dourar a pílula ao lhe apresentar um terreno perto da fronteira finlandesa, onde ele poderia criar renas tranquilamente numa grande fazenda, sem se cansar com as transumâncias e todos os conflitos com os agricultores e as companhias mineiras ou petroleiras, e todo o resto. Uma vida tranquila, confortável, em que ele seria criador e agricultor se isso lhe conviesse, e poderia receber os turistas. Se todos os criadores fossem tão compreensivos quanto Sikku, os conflitos desapareceriam, tanto na tundra como na ilha da Baleia. E as companhias petrolíferas poderiam desenvolver as suas atividades em terra sem preocupações.

Mas por que então ninguém entendia que Tikkanen, ele, Tikkanen, oferecia os seus serviços para aplainar as pequenas preocupações de todo mundo? Se me ouvissem, todos viveriam em harmonia.

O terreno de Nils Sormi era mais complicado de encontrar. O mergulhador *sami*, que não gostava que mencionassem as suas origens – Tikkanen ficava contrariado quando o tratavam de finlandês! –, tinha uma fixação por aquele terreno que dominava a baía de Hammerfest. Ele se via lá. O problema é que Tikkanen absolutamente não o via lá e muito menos ainda a prefeitura o via lá. No entanto, francamente, as renas não tinham o que fazer ali, uma vez que havia bastante alimento na área de montanha pelada. Mas a morte de Steggo levara todos eles a avançar, isso era preciso admitir. Apesar de tudo, ele podia se orgulhar bastante pelo modo como as coisas estavam entrando nos eixos. Pena pelo menino Steggo – ele verificou se a ficha dele estava atualizada, com o traço negro; estava –, mas aquele rapaz era muito cabeça-dura.

É verdade que agora havia ainda a sua mulher. Vejamos, Anneli Steggo. Uma ficha sem muitas anotações. Não havia grande coisa sobre ela. Sobre o garoto Steggo tampouco, aliás. Jovens que não tinham muitas necessidades, isso era aborrecido. Difícil argumentar com eles. Juva Sikku, por exemplo, devia ter a mesma idade, mas entendeu rapidamente quando Tikkanen lhe explicou onde estava o seu interesse. Endividado até o pescoço, Sikku. Bom, Anneli Steggo. Talvez seja bom eu ir vê-la. Poderia lhe dizer que estava em entendimentos com o seu marido. Ele não lhe contava tudo; os homens decidem esse tipo de questões sem contar tudo em casa. É isso, ele tentaria encontrar a garota Steggo para convencê-la a procurar uma pastagem de verão em algum lugar fora da ilha da Baleia. Porque, se Sikku e a Steggo desaparecessem da ilha, os outros criadores acabariam por segui-los, indo procurar pastagens em outro lugar, e todo mundo ficaria contente. Bom, então, a garota Steggo, onde é que eu vou poder acomodá-la durante o verão? Será preciso ver o Departamento de Administração das Renas, a municipalidade, o cadastro, as Águas e Florestas, os distritos de criadores, e enquanto isso Tikkanen ia tirando ficha após ficha. Então, minhas fichas, o que vocês me dizem, minhas fichinhas adoradas? Espalhou-as no chão do escritório, instalando-se no meio delas com dificuldade por causa da grande barriga, e começou as suas combinações. Cercado desse modo, sentia-se agora perfeitamente bem.

31

Estreito do Lobo. 14h45.

Nina tinha obtido da delegada Ellen Hotti o direito de continuar na pista dos dois trabalhadores. Ela agora tinha tempo de observar a caminhonete e os objetos pessoais dos três homens. Começou pela cabine. Reconheceu a flâmula do clube de futebol de Alta presa no retrovisor. A caminhonete fora alugada para uma sociedade da pequena área industrial de Alta, não longe do aeroporto, numa empresa que alugava veículos velhos a preço baixo. Nina iria lá depois. Knut Hansen, o nome que figurava no contrato, não lhe dizia nada.

Nina continuou o exame. Sacos de dormir, material de acampamento. Nada de estranho à primeira vista. Alguns papéis úmidos, cadernos, restos de comida, galões de gasolina, roupas. Mochileiros que acampavam? Nada de estranho, mas Nina não conseguia entender o que Anta Laula podia estar fazendo com eles. Os dois desconhecidos eram também *sami*, como ele. Artistas? Eles tinham se apresentado como trabalhadores que estavam no lugar onde futuramente se faria o refino do petróleo de Suolo. Seria verdade? Não devia ser complicado de verificar. Nina notou a roupa azul e laranja usada pelos trabalhadores do canteiro. Talvez um deles trabalhasse lá. Ela procurou objetos pessoais, mas se admirou de não encontrá-los, fora os que levavam, uma corrente de ouro um deles e um bracelete o outro. Olhou os *post-its* amarelos espalhados por toda parte na caminhonete. Essa imagem, fixada quando do controle realizado na beira da estrada, estava na sua memória. Os *post-its* invadiam a cabine. Nina tentou decifrar alguns deles. Muitos eram ilegíveis. Lembretes para compras. Comida. Nomes técnicos às vezes. Nomes próprios. Horários. Palavras que para ela não tinham significado, seguidas de pontos de interrogação. Às vezes de exclamação. Nina deixou de lado os *post-its* e se debruçou sobre os papéis. Havia ali jornais velhos que não passavam de uma massa informe, folhas misturadas, rasgadas.

– A propósito – disse um policial, que se aproximara dela com ar zombeteiro –, talvez lhe interesse dar uma olhada nisto – observou ele, estendendo-lhe passaportes encharcados.

– Muito engraçado – respondeu Nina, pegando secamente os documentos. – Onde é que eles estavam?

– Cada um estava com o seu no bolso do blusão.

Nina se sentou. Um dos homens, o que dirigia no momento do acidente, se chamava Zbigniew Kowalski. Era polonês, nascido em Lodz. Tinha 63 anos. O outro se chamava Knut Hansen. Norueguês. Nascido em Bergen. Estava com 59 anos de idade. E Anta Laula.

O que esses três faziam juntos no momento da morte? Por que esse acidente aqui, no estreito do Lobo? Anta Laula estava com eles desde quando? Teriam ido buscá-lo no acampamento? Ou o pegaram na estrada, perambulando? Talvez não o conhecessem. Era perfeitamente possível que eles tivessem pegado Laula na beira da estrada. Talvez fossem levá-lo ao acampamento. É possível. Nina se perguntou de repente onde aqueles homens moravam na região, porque no primeiro dia o passaporte não estava com eles. Sem dúvida em Hammerfest, porque trabalhavam no canteiro. Talvez não tivessem residência. Será que estavam com o passaporte consigo no momento do controle, mas não quiseram mostrá-lo? É possível. Mas por quê? O que eles temiam? Ela se virou para o policial que lhe entregara os passaportes.

– Você não encontrou por acaso um cartão de entrada no canteiro de Suolo e no hotel flutuante?

– Até agora não.

Laula teria embarcado a contragosto? Teria ficado agitado, o que explicaria o veículo ter saído da estrada? Mas na verdade era possível imaginar qualquer coisa. Não imagine demais, minha filha, Klemet vai lhe cair em cima. Nina voltou para a caminhonete e levantou todos os objetos que ainda estavam lá. Nada. Uma pista falsa. E aqueles papéis? Era difícil ter uma ideia precisa. Brochuras de ministérios, documentos sobre procedimentos de restituição, receitas de remédios. Uma confusão disforme e desesperadora. Aqueles dois tinham se apresentado como trabalhadores do canteiro. Por quê?

Nina refletia. Digitou o número de Klemet. Ele ainda estava em Kautokeino. Ela lhe pediu para ir visitar Nils-Ante.

– Você disse que o seu tio poderia nos dar informações sobre Laula. Acho que vamos precisar muito delas.

* * *

Klemet encontrou o tio limpando a entrada da sua grande casa. De manhã cedinho tinha caído neve e o jardim ficara branco. Havia neve suficiente para molhar os pés. Nils-Ante pôs a pá nas mãos de Klemet.

– Tome, eu vou fazer um café. A minha pequena Chang foi ao correio. Ela leva muito a sério a sua ideia de coleta de frutinhas vermelhas, sabe? E vai conseguir, tenho certeza disso, não será como todos esses comerciantes inescrupulosos que trazem tailandeses e búlgaros e os exploram. Ela até conseguiu me fazer voltar a gostar da brincadeira, por aí você vê...

– Mudando de assunto, você tinha me falado de uma pessoa que poderia me informar sobre o Sormi.

– Ah, sim, uma jovem encantadora, mais ou menos da sua idade. Você veio aqui por isso?

– Anta Laula foi encontrado morto esta manhã. Afogado no estreito do Lobo. Numa caminhonete com outros dois sujeitos. O veículo saiu da estrada, aparentemente. Os três morreram afogados.

Nils-Ante ficou na entrada da casa, estático.

– Coitado – disse ele finalmente.

O tio de Klemet mergulhou em pensamentos.

– Se eu ousasse, lhe cantaria um *joïk*. Mas não. Coitado. E que destino estranho. Ele, que atravessou as suas renas não sei quantas vezes naquele lugar, quando era jovem.

– Isso faz muito tempo.

O tio repassava suas lembranças.

– Então a sua prática de mergulho não o salvou.

Klemet largou a pá.

– Mergulho?

– Isso, mergulho, sabe o que é? Nadar sob a água, fazendo bolhas. Ah, na verdade não era mergulho para valer. Eu não conheço essa história. Mas depois de ter sido obrigado a largar a criação de renas ele participou de experiências de mergulho, acho, ligadas às jazidas. Uma espécie de bico, enquanto esperava se refazer. Amigos dele, que não conheço, arranjaram isso para ele.

Graças a esses mergulhos ele pôde depois aprender o ofício de artista. Não sei mais nada sobre essas histórias de mergulho. Aquilo não durou muito tempo. E tudo parecia muito sigiloso. Mas parece que ele não aprendeu o suficiente para se salvar dessa vez.

Nina voltou à delegacia de Hammerfest e deu uma olhada no trabalho dos técnicos da polícia. Várias análises tinham sido iniciadas. Ela esperou a revelação de fotos apresentáveis das vítimas do afogamento e ligou para Klemet. Seu parceiro falou primeiro. Parecia agitado.

— Volte a conversar com o cara da Norgoil, o seu pastor de barba arredondada. Peça a ele que lhe diga o que aconteceu no final dos anos 1970 e nos anos 1980.

Nina encontrou o representante da Norgoil diante do Hotel Thon. Eles foram andando pelos cais.

— Primeiro, a exploração ao norte do paralelo 62 foi proibida até o final dos anos 1970. Quando deram o sinal verde, nós começamos a procurar no mar de Barents. A jazida de gás de Snø-Hvit foi descoberta no início dos anos 1980. E todo mundo achou que a produção ia começar rapidamente, e nós também. A construção da base polar, por exemplo, na aldeia vizinha, data dessa época. Mas na verdade nada aconteceu durante quase vinte anos.

— Por quê? Por causa dos problemas com os *sami*?

Gunnar Dahl sorriu.

— Não seja ingênua. Não. Uma confusão de política, por causa da enormidade do projeto, da baixa no preço dos hidrocarbonetos e porque as pessoas se perguntavam por onde começar. Vinte anos é pouco para uma companhia como a nossa, que toma decisões de investimentos que podem alcançar dezenas de bilhões de coroas, mas é muita coisa para as pessoas. A construção de Snø-Hvit finalmente começou em 2002. O que aconteceu depois você sabe — disse Gunnar Dahl, mostrando ao longe as tochas de Melkøya. — E você verá, dentro de trinta anos o mar de Barents será tão importante quanto o mar do Norte e o mar da Noruega juntos! Mal escavamos uns cem postos exploratórios no mar de Barents, numa zona que cobre 70 por cento da base norueguesa... Uma centena de poços, ou seja, quinze vezes menos que nas águas norueguesas. Pense, então, no mar do Norte e no mar da Noruega, com 1.500 poços já escavados. Seria preciso anos para avaliar tudo isso.

Nina ouvia Dahl lhe relatar as explorações dos petroleiros. A paixão que ele e outros tantos demonstravam lhe evocava lembranças. Seu pai tinha sido atacado pelo mesmo vírus. Desaparecera quando ela era ainda muito jovem. Ele também, como mergulhador veterano, constituía um capítulo dessa epopeia. Na sua escala. Uma escala da qual ele degringolou lentamente, segundo a sua mãe. Na casa de Nina, o que significava na casa da sua mãe, essa história se transformou ao longo do tempo num tema silenciado. Nina cresceu com a lembrança do pai e a onisciência da sua mãe, uma afastando a outra para cada vez mais longe. Como um cavaleiro que combate um dragão. E, em certo sentido, sua mãe havia conduzido uma cruzada contra um fantasma. Com sucesso. O dragão se volatizara.

– Ouvimos falar de testes de mergulho relacionados às jazidas...

– Claro – prosseguiu Gunnar Dahl. – Uma jazida é um poço no fundo do mar, ligado por um tubo a uma plataforma para extrair o gás ou o petróleo que, conforme o caso, é transferido em navios para gasodutos ou oleodutos. E quando surge um pepino há que se resolvê-lo. Como as jazidas *offshore* estavam a profundidades variáveis, era preciso ter certeza de que se poderia fazer o reparo na profundidade do poço ou do oleoduto. Hoje quase tudo é resolvido com pequenos submarinos dotados de braços, mas na época se enviavam pessoas. Mergulhadores. Época extraordinária... E camaradas extraordinários. Se houvesse a previsão de que um oleoduto seria colocado a 200 metros, era preciso provar ao futuro cliente que o domínio da obra estava garantido qualquer que fosse a profundidade.

– Por que ao cliente?

– Era ele que se preparava para assinar contratos de vinte ou trinta anos. Eu lhe garanto que isso representa muito, muito dinheiro. Você sabe de quanto se fala, em investimento, apenas para Snø-Hvit? Mais de 6 bilhões de euros. Cerca de 50 bilhões de coroas. Então o cliente queria ter certeza. E por isso se faziam testes de mergulho, que deviam provar a viabilidade técnica e humana de mergulhar àquelas profundidades. Mas isso acontecia frequentemente em terra, nas câmaras hiperbáricas, onde se simulavam essas profundidades.

Gunnar Dahl ficou de repente com uma expressão sombria e sorriu tristemente.

— Se eu não fosse tão religioso, sem dúvida teria estado com eles e virado um mingau.

Eles caminharam em silêncio por algum tempo.

— Vocês esclareceram as circunstâncias da morte de Birge e Steel?

— A investigação... Infelizmente, não posso lhe dizer nada.

— Claro. Eu só gostaria de entender.

— E os testes de mergulho? Eles sempre decorriam bem?

— Claro que era preciso ajustar alguma coisa. Tudo isso, o mergulho em profundidade, era experimental e novo. Mas conseguimos validar todos os nossos testes. Tínhamos pessoas formidáveis, sabe? E equipes de médicos e engenheiros competentíssimos.

— Os testes eram feitos aqui?

— Em Bergen, num instituto especializado.

— Uma pessoa que nos interessa está envolvida numa investigação. Ela teria participado desses testes, é um *sami*.

— Um lapão? Eu não tinha conhecimento de que o jovem Sormi tivesse participado de testes. E que eu saiba não há testes há muitos anos. Sormi é bastante jovem.

— Não estou falando de Sormi, e sim de um certo Anta Laula.

Gunnar Dahl parou de repente.

— Laula? Eu não sei. Não. Ele trabalha para alguma companhia?

— Não, aparentemente. Foi justamente nos anos 1980.

— Ah, entendo.

Ele franziu as sobrancelhas enquanto cofiava a barba.

— Não, sinto muito. Francamente, um lapão fazendo testes de mergulho nessa época... Original... Mas eu viajava muito nos anos 1980 e posso não ter sabido disso.

Nina passou o resto do dia com as fotos dos dois desconhecidos mortos com Anta Laula. A direção do canteiro não os conhecia. Quando ela entrou no Redrum, onde havia desaparecido o cartão de acesso ao canteiro, a sala estava lotada e os clientes, mergulhados num jogo de perguntas e respostas. As telas mostravam as perguntas, e o DJ as lia, enquanto em cada grupo de pessoas numa mesa as equipes cochichavam antes de preencherem sua folha. Nina inquiriu os garçons. Todos davam a mesma resposta. Com as centenas de trabalhadores que desembarcavam de todas as partes para o canteiro e moravam no acampamento de cabanas de lá ou no hotel flutuante, eles não conseguiam mais se lembrar de nenhum rosto.

Voltando à delegacia, Nina encontrou Ellen Hotti. Finalmente havia uma notícia. Duas das prostitutas russas tinham identificado formalmente um dos mortos como um dos homens que, justamente no momento em que elas passaram a caminho da sauna, haviam entrado no perímetro da câmara onde Steel e Birge estavam. O acidente ocorrera apenas meia hora depois. O homem era aparentemente o norueguês, a maior das vítimas, que pesava mais de 100 quilos. Difícil esquecer.

Nina não conseguia entender. O que fazia alguém como Laula com aqueles dois homens? Será que esse Knut Hansen, identificado pelas russas, conhecia os ocupantes da câmara? Fora ele que fizera a ligação telefônica para o empregado do hotel flutuante, sabendo o que se arriscava a provocar? Fazer essa pergunta equivalia a pensar numa tentativa de homicídio. Nina afastou a ideia.

– Há alguma chance de os telefones deles revelarem alguma coisa? – indagou Nina à delegada.

– Não há indício de nenhum telefone.

– Estranho, não? E a caminhonete: os freios foram verificados?

Enquanto fazia essas perguntas, Nina começava a arquitetar uma hipótese. Teriam sido os ocupantes da caminhonete vítimas de homicídio? Do tipo que prestam serviços e são eliminadas. Talvez eles trabalhassem para um dos dois petroleiros. Homens que prestavam serviços e não estavam registrados aqui, mas tinham cartão de acesso aos canteiros e realizavam por sua conta e risco missões particulares. Que tipo de missões? E o que Laula fazia com eles? Ele teria uma vida dupla? Essas eram perguntas para a divisão criminal, pensou Nina, e não para a Polícia das Renas. Eles não me darão a menor importância se eu lhes revelar minhas elucubrações. Mas ela não podia evitar continuar refletindo.

Seria possível que quem provocou a morte de Steel e Birge estivesse também por trás da morte dos três homens na caminhonete e da agressão ao prefeito de Hammerfest?

Nina sentia que sua imaginação a estava levando longe demais. Ela estava delirando. Num caso assim, Klemet não teria deixado de trazê-la de volta à terra. Ela quase o ouvia dizer: que relações, que provas, como você liga isso àquilo, tecnicamente? Ela o ouvia também lhe repetir: esqueça a motivação, concentre-se nos elementos concretos de prova de que você dispõe e reconstitua o fio. Sim, ela precisava se ater ao que havia de concreto, de tangível. Nada de suposições. Siga o fio.

Mas mesmo assim... Estariam os três afogados ligados a Gunnar Dahl? Apesar do seu ar, Dahl era objetivamente um dos que se beneficiariam com o desaparecimento de Birge e Steel. Ele também conhecia Tikkanen e Sormi. Seriam os três homens coniventes, com Juva Sikku nos bastidores, no desaparecimento dos dois responsáveis pelas companhias petrolíferas? Nina não podia confiar na cara de bonzinho de Dahl, no seu ar de pastor melancólico. Ele passava uma vontade exagerada de inspirar confiança. Nina sabia o quanto essas pessoas que alardeiam a sua boa consciência religiosa podiam se revelar falsas e manipuladoras. Dahl participava das reuniõezinhas de Tikkanen, estava a par de todas as tramoias, e no entanto se colocava acima da confusão. Hipócrita. Seria preciso verificar a sua história. O álibi da sua família certamente devia se sustentar. Mas um homem na sua posição decerto poderia mexer seus pauzinhos enquanto permanecia em abrigo seguro.

Dahl não teria alguma ligação com o acidente do prefeito Lars Fjordsen? Tikkanen, ela pensou. Tikkanen estava no centro de tudo. Tikkanen, o facilitador. E, na esteira de Tikkanen, Juva Sikku.

– Seria preciso interrogar Tikkanen – disse Nina à delegada. – E, além disso, eu gostaria de ter permissão para consultar certa pessoa sobre essas histórias de mergulhos nos anos 1980.

– Mas por que isso?

– Laula estava envolvido nos testes de mergulho realizados muito tempo atrás. Parece estranho ter havido aqui pessoas como essas. Eu não sei. É uma intuição.

A delegada avaliava a questão.

196

– Eu posso ver isso com o seu chefe em Kiruna. Mas imagino que, com Klemet suspenso, você fica um pouco limitada pelas suas missões na Polícia das Renas.

– Isso não é grave, eu me desembaraço delas muito bem – disse ela num tom animado. – Neste momento, a situação é normal. Alguns rebanhos estão adiantados, outros atrasados, os criadores estão ocupados sobretudo em reagrupar os seus animais para restabelecer um pouco a ordem, pois os ciclos de transumância estão perturbados. Eles não gostam muito disso.

Hotti ouvia, com o olhar mergulhado nos seus papéis.

– Você aprende rápido. Isso lhe agrada?

– O que é que vai acontecer com Klemet?

– Nada de especial, afinal de contas. Ele vai ter de pedir desculpas a Sormi, mas o procurador vai pedir uma condenação de princípio, com *sursis*. Klemet tem uma excelente folha de serviço. O que não diminui a culpa dele. Ele vai voltar logo.

– E Sormi?

– Sormi e os outros foram interrogados e voltaram às suas atividades.

– Tikkanen também?

– Como os outros. E as histórias com a prefeitura, as renas na cidade?

– Acho que tenho de voltar lá. A situação melhorou depois da colocação da tela de arame em torno da cidade, embora algumas renas consigam entrar ainda assim. Mas ainda estamos em maio e o calor não é um problema. Será pior no verão, quando as renas vão procurar se proteger do calor e entrarão na cidade para ficar na sombra dos prédios ou no túnel.

– Eu sei de tudo isso. Nina, eu gostaria muito que nas cerimônias fúnebres de Lars Fjordsen nós não tivéssemos problemas com as renas na cidade. Sobretudo durante o enterro. Você pode imaginar o efeito calamitoso que isso teria. Seria tomado como uma provocação pelas pessoas daqui.

– Você quer dizer pelas pessoas da cidade – precisou Nina.

– Você sabe perfeitamente o que quero dizer.

– Mas os *sami* estão no lugar deles aqui, não, ou eu não entendi nada?

– Não estou falando dos *sami*, falo das renas, que comem diante do presbitério ou diante do futuro túmulo de Fjordsen. Isso simplesmente não pode acontecer! Então, investigue com seu Sikku, que se faz de espantalho, esse afogamento do Steggo, olhe essas histórias com Tikkanen, mas, pelo amor de Deus, não vá arruinar os funerais com um casal de renas que aparece enquanto o corpo baixa à terra, por favor!

Nina não pôde evitar um sorriso diante do ar suplicante de Ellen Hotti, porém se recompôs ao ver que isso absolutamente não a fizera rir.

– Mas eu certamente precisaria da ajuda de Klemet e do reforço de algumas patrulhas da Polícia das Renas para garantir a manutenção da ordem no...

Nina deu involuntariamente uma boa risada, mas logo voltou a ficar séria, desculpando-se com Ellen Hotti, que meneava triste a cabeça.

32

Hammerfest, Cais dos Párias. 23h45.

Anneli Steggo tinha resolvido ir ao cais de Hammerfest para conversar com Nils Sormi. Isso lhe custava muito. Depois do enterro de Erik, ela não tinha voltado imediatamente para o acampamento. A descoberta do corpo de Anta Laula naquela manhã a fizera mergulhar em outro pesadelo.

A morte de Erik havia obscurecido a sua alma a tal ponto... A corrida de renas não logrou fazê-la perder o filho que esperava. A quem ela poderia confessar que naquele dia havia desejado acabar com aquela vida? Na véspera, o médico lhe garantira: o filho de Erik resistia. A morte de Anta Laula não era uma surpresa. Mas tudo, as circunstâncias, a brutalidade, tudo a levava a pensamentos sombrios.

Devo ser muito orgulhosa para imaginar que rapidamente ficaria bem. Tentou se concentrar em coisas concretas. Seria bom reencontrar os filhotes do seu rebanho? O vento soprava nos galhos das bétulas-anãs finalmente livres da neve pesada que por meses as condenara ao silêncio. Com o desaparecimento da neve, a tundra recomeçava a falar. Levaria ainda um mês para que o verde a colorisse. Um mês durante o qual a natureza reclamaria o que lhe era devido, se exporia ao sol, mas ainda não encontraria força para se enfeitar. Aquelas semanas eram as mais longas e estavam também entre as mais misteriosas. A natureza preparava o seu retorno à sombra dos homens, e subitamente se revelaria imutável e irresistível. Anta Laula não a veria mais.

Nos últimos tempos, Anneli tinha convivido muito com o velho doente. Havia quem dissesse que ele talvez não estivesse em seu pleno juízo. Ele mergulhava em longas vadiações cheias de melancolia, e nesses momentos Anneli achava seu rosto magnífico. Ela o escutava falar. Nos últimos tempos, Anta Laula lhe falava das rochas sagradas da sua infância. Dos lugares mágicos e eternos que guardavam a sabedoria dos *sami* e a esperança dos homens. Anneli fechou os olhos.

Uma oferenda ao meu deus sagrado, que, quer você a coma ou não, será sempre o meu deus.

Anneli abriu novamente os olhos. A luz era suave. Depois do enterro, ela voltara para a casa onde vivera com Erik por alguns meses. Ao saber da morte do velho artista, abrira os álbuns de fotos. Imagens que se pareciam com as da sua própria infância. As cores, o aconchego, os encontros em torno das renas, para os quais convergiam famílias das mais distantes regiões do *vidda*, a fim de renovar seus laços de afeto. Erik na escola, um homenzinho sério, os cabelos armados caindo nos olhos, empertigado diante da professora. Erik de esquis, com o gorro enterrado até as sobrancelhas. A anotação sob a foto indicava que o garoto ao lado dele era Nils Sormi. Eles se pareciam. Talvez por causa do gorro. Ou pela atitude de intrépidas crianças dispostas a partir para a batalha, com um brilhozinho no olho. Fotos no cercado das renas. Erik ainda muito jovem, mas o rapazinho ao lado dele era Juva, com seu ar recolhido. Juva tinha sido sempre assim, um pouco na sombra de Nils ou de Erik. Nils e Erik. Nils ou Erik. O que ela poderia fazer agora? Pôs uma das mãos sobre o ventre. Depois as duas. Respirou. Uma oferenda ao meu deus sagrado.

Anta... Qual rocha sagrada você escolheu para ir morrer? Por que você foi morrer perto de Erik? O que você leva para ele? Você lhe dará a tranquilidade, não é mesmo? Querido Anta...

Quem manteria a marca viva agora?

Era tarde. Anneli não estava cansada. Ela folheava o álbum. Lamentava alguns pensamentos. Queria chorar por Anta, mas sorria. Uma foto de Erik, colocada na rocha sagrada do estreito do Lobo. Ela pegou o álbum e rumou para o estreito. Já na estrada resolveu seguir até Hammerfest. Dirigir lhe fazia bem. No caminho, o vento varria a neve das encostas, animando um voo ondulante diante dela.

Ao chegar a Hammerfest, ela foi para o cais. No mar havia barquinhos com pescadores, o *Arctic Diving* não estava por ali. Mas os dois bares estavam abertos, apesar do avançado da hora. Ninguém ocupava a antessala do bar dos *sami*. Do lado do Riviera Next, as mesmas lâmpadas ofuscantes e os lugares vazios. Anneli ficou longos segundos indecisa. Empurrou a porta do

Bures e viu a sala de madeira clara, das paredes até as mesas, dos bancos até o balcão. O garçom a cumprimentou. Num canto do fundo, com uma cerveja na mesa, um velho resmungava sozinho. Com exceção de seus lábios em movimento, ele próprio parecia de madeira. Anneli fechou a porta e empurrou a do Riviera Next. Percebeu que nunca tinha entrado ali. Alguns homens e uma jovem ocupavam poucas mesas. O azul-pastel das paredes suavizava a frieza do ferro polido das cadeiras e das mesas, mas não o suficiente para atenuar a agressividade do ambiente. Anneli a sentiu. Diante dela, um cliente fez um sinal para um homem de quem ela só via as costas. O homem se voltou. Como ela já suspeitara, era Nils Sormi. Uma jovem sentada perto dele parecia mal-humorada e não mudou de expressão ao vê-la.

Anneli alisou o vestido azul-escuro de mangas longas que caía até os tornozelos e avançou.

– Erik nunca o julgou. Achei que você devia saber.

Nils olhou para ela sem dizer nada. Ele tinha bebido muito. A jovem também. Ela olhou para o homem que estava diante de Sormi. Ele parecia vigiá-lo. Lentamente, Anneli pôs o álbum na mesa. Ela o deixou fechado, observando a reação de Sormi. Deixando os pensamentos lhe ocorrerem. No meio da sua bruma. Sormi devia adivinhar que aquele álbum encerrava uma história para ele. E não reagia. Anneli abriu numa das primeiras páginas. *O que é que eu procuro?* Havia muito tempo nada ligava os dois rapazes.

– Eu sei que você quer um terreno na parte alta de Hammerfest – começou ela. – Esse terreno era utilizado pelas renas de Erik. E antes pelo pai dele. E antes, ainda, pelo avô dele.

– E o que é que isso tem a ver? – irrompeu a jovem, com um sotaque sueco.

– Elenor, cale a boca – disparou Nils.

– Eu achei que você devia saber.

– Tudo bem, agora eu sei. E você acha que isso vai mudar alguma coisa? Você não tem mais nada a fazer nesta ilha. Erik teria entendido isso.

– Eu me perguntei o que eu devia fazer com as fotos.

– O que é que você quer que eu faça com isso? Você quer que eu me sinta culpado?

– Despache essa mulher – ordenou a sueca.

– Não se meta nisso.

Anneli continuou folheando as páginas, meio casualmente, sem saber ainda o que queria. O que é que ela esperava de Sormi?

– Vocês saíram juntos em muitas fotos quando eram crianças. Eu achei que vocês eram próximos. Mas talvez isso não fosse importante.

– Não, isso não era importante, como você mesma diz.

– Apesar disso, quero deixar esta foto com você. É a primeira feita por Erik, como ele escreveu. Você é uma criança, Nils, mas tem um ar tão orgulhoso com essa enorme máscara de mergulho, grande demais para você. Fique com ela.

Com um gesto brusco, Nils Sormi pegou a pequena foto desajeitada que Anneli lhe estendia. A sueca riu escandalosamente ao vê-la.

– Você parece mesmo um idiota aqui, coitado – disse ela rindo. – Mas é uma gracinha.

O amigo que estava diante de Sormi também viu a foto e meneou a cabeça, mas o seu olhar era bem diferente do da sueca. Ele dirigiu a Anneli um breve sorriso em sinal de assentimento. Sormi não disse nada. Apenas se levantou, pesado. E se apoiou um pouco na mesa. Anneli talvez não devesse ter lhe mostrado aquelas fotos.

– Erik e eu escolhemos caminhos diferentes. Isso não faz de mim alguém que valha menos. Mas vocês são tão orgulhosos, vocês, criadores de renas. Vocês se sentem muito superiores, não? E eu sou um mergulhador ridículo?! Tanto hoje como naquela época?

Anneli balançou a cabeça. Ela se sentia desolada. Nils Sormi estava enganado. Mas ele podia depreender outra coisa? Ela fechou o álbum e deu um passo para trás.

– Não sei por que eu quis mostrar essas fotos, e para você, Nils. Eu não queria magoá-lo. Só sei que preciso entender o mundo de Erik e que, quer queira ou não, você faz parte dele.

Ela pôs a mão esquerda no ventre enquanto a outra mão segurava o álbum.

– Estou grávida. Erik não chegou a saber que ia ser pai. E agora eu me culpo muito por não lhe ter dito.

33

Quarta-feira 5 de maio.
Nascer do sol: 2h08. Pôr do sol: 22h35.
20 horas e 27 minutos de luz solar.

Rota da transumância. 7h30.

Reconstituída a patrulha P9, Klemet e Nina foram logo chamados em plena tundra. As verificações sobre os dois homens que se afogaram com Anta Laula teriam de esperar. Susann precisava de ajuda. Na ausência de Anneli e de muitos pastores que já haviam partido para a ilha da Baleia, faltavam braços para vigiar as renas que tinham ficado em terra firme. Do contrário, com as longas jornadas ensolaradas, os grupos em motoneve não deixariam de transgredir as proibições e de se aproximar perigosamente das fêmeas, como havia acontecido no fim de semana da Páscoa. Desde a manhã, Susann havia ouvido ruído de motoneves que vinham do vale vizinho.

– Perdemos um pastor, não podemos perder os seus filhotes – disse Susann em tom de censura.

Nina e Klemet deram voltas ainda mais longas dessa vez, para evitar trechos onde já não havia mais neve. Chegaram no final da manhã. Susann havia deixado três mensagens no celular de Klemet, mas ao ver o número ele não tinha se dado ao trabalho de responder.

– A Polícia das Renas chega quando chega, nem antes nem depois – disse ele.

Eles se aproximaram prudentemente, vigiando com o binóculo as suaves ondulações da tundra. A paisagem era uma sucessão de manchas brancas e castanhas. Klemet mostrava para Nina, na mesmo direção em que eles seguiam, um pico aplainado coberto de placas de neve. A olho nu, o que Nina via eram apenas pontos que pareciam regularmente dispersos, como grãos plantados por um camponês consciencioso. Por um efeito de luz, os pontos da neve eram escuros, ao passo que os da tundra eram muito claros. Nina ajustou o binóculo e viu então um rebanho de muitas centenas de renas, trezentas talvez. Elas descansavam, tranquilas, longe de todos os ruídos do mundo. Klemet fez com a mão um gesto amplo, mostrando que eles iam precisar dar outra volta para não perturbar o rebanho.

Para desembocar num lago, eles precisaram de 15 minutos, quase sempre em flanco de colina e tendo o rosto fustigado por galhos de bétula. Com outro gesto de dedo, Klemet mostrou pontos no gelo. Dessa vez não se tratava de renas, mas de muitos pescadores, dispersos no lago. Nina sabia que frequentemente a Polícia das Renas era acusada de passar o tempo apenas importunando todos os que não eram criadores de renas, particularmente aqueles que vinham com a família e sua barraca, aproveitando um bom fim de semana para pescar. Muitos habitantes da região, os do litoral, não aceitavam plenamente que em alguns períodos do ano criadores de renas utilizassem a maioria dos territórios.

Nina resolveu assumir o controle da situação quando, a uns 50 metros de distância, reconheceu o pescador. Então acelerou e ultrapassou Klemet para frear a uns 5 metros. Ela retirou o capacete. Dois homens a olhavam. Eles não tinham feito menção de se afastar.

Nils Sormi e Tom Paulsen estavam de macacão e gorro; usavam óculos de neve por causa do forte reflexo do sol. Com a verruma pousada numa das motoneves, eles tinham cavado no gelo um buraco de uns bons 20 centímetros. Tom Paulsen, deitado numa pele de rena, levantou sua vara de pescar de 30 centímetros, enquanto Nils Sormi media com o olhar os dois policiais. O mergulhador *sami* ia falar quando Nina se adiantou.

– Vocês não têm permissão para pescar aqui agora. Esta é uma área onde as renas vêm parir.

Os dois homens avançaram. Nils Sormi ia responder, com o olhar fixo em Klemet, mas Tom Paulsen, levantando os óculos, foi mais rápido.

– Nós não sabíamos disso. Fomos mal informados.

Nils Sormi fechou a boca e ficou em silêncio. Sormi e Klemet se mediam. O policial fez um sinal a Nils. Os dois homens se afastaram na direção das motoneves e começaram a conversar.

– Aqueles dois precisam resolver umas coisinhas – começou Paulsen.

Nina sorriu para o parceiro de Sormi.

– Os egos um pouco inflamados, às vezes – respondeu ela.

– Não o culpe. No meio dos mergulhadores há muitos tipos assim. O nosso ofício é perigoso, nós não gostamos que nos deem lições, é só isso.

– Eu conheço o meio de vocês – disse Nina, que gostava da ponderação de Paulsen.

– Ah, é?

Paulsen olhava interessado para ela.

– Meu pai foi mergulhador da indústria petroleira. Muito tempo atrás.

Tom Paulsen balançou longamente a cabeça sem dizer nada inicialmente. Perto das motoneves, Sormi e Klemet conversavam e acertavam suas contas. A delegada havia exigido que Klemet apresentasse desculpas a Sormi, e, conhecendo o colega, as palavras necessárias não deviam sair muito facilmente da sua boca.

– Ele mora aqui?

– Não.

Nina examinou Tom Paulsen, seus olhos castanhos intensos, a boca forte. Ele parecia sinceramente interessado. Os pescadores, ao longe, estavam em silêncio, o vento soprava de leve, erguendo volutas de poeira, e as colinas cintilavam ao sol. Pareciam zebradas pelas bétulas-anãs que há poucas semanas ainda estavam ocultas pela neve. O silêncio só foi perturbado por uma motoneve que começou a descer uma colina a leste.

– Na verdade, não sei onde ele mora. Já não o vejo há anos.

– Ah, e se não estou sendo indiscreto: por quê?

Nina olhou para ele e, para sua própria surpresa, não achou estranho lhe fazer confidências.

– Nos últimos tempos, ele ia de mal a pior, e eu acho que a minha mãe fez o que pôde para me afastar dele. Eu era jovem, não entendi verdadeiramente isso tudo antes que fosse tarde demais, e então um dia ele já não estava em casa.

– Entendo. Sinto muito.

– Na verdade, vivi apenas o melhor lado dos mergulhadores.

– Você não tentou revê-lo?

Nina sentia que não devia ir mais longe. Seu coração soara o alarme.

– Era... É complicado. Eu não sei. Pensei muito nele, nestes últimos tempos. E... Não sei. Vou ver.

Lágrimas lhe assomavam aos olhos, e ela se voltou na direção de Klemet e Sormi. Eles estavam terminando a sua conversa. Os dois homens pareciam igualmente inarredáveis. Ela havia afastado as lágrimas, e olhou sorrindo para Tom Paulsen. Ele sorriu de volta.

– Gostei de conversar com você.

Ela apertou a mão que ele lhe estendia.

A motoneve acabara de parar perto deles. Juva Sikku se aproximou, parecendo encolerizado. Acalmou-se ao reconhecer Sormi. Cumprimentou todo mundo. A maior parte do seu rebanho não estava longe. Ele mostrou os pescadores que estavam por ali, com um sinal que dizia que eles não tinham nada a fazer naquele lugar, mas Nina sentia que na presença de Sormi ele se continha.

– Susann já nos chamou. Nós vamos pedir às pessoas que saiam daqui – disse Nina. – Quando você chegou, eu estava explicando ao... Tom... aonde eles devem ir. Nesta direção, então – disse ela, olhando bem nos olhos de Paulsen.

Nina abriu o mapa a fim de mostrar por onde eles haviam vindo, seguindo curvas que desenhavam um desvio.

– Eu posso pôr vocês no caminho certo – disse Sikku. – Nils, isso não é problema para mim, e lhe mostro um lugar onde você poderá vir pescar logo, depois da transumância, é só me falar. Se tivesse me pedido, eu lhe teria dito aonde você poderia ir. Você sabe que isso me daria muito prazer.

Nina – assim como Klemet, sem dúvida – se lembrava do desprezo que Nils Sormi tinha exibido ao encontrar Sikku, que por sua vez não percebia nada. Enquanto Sormi e Paulsen guardavam seu material, Klemet chamou de lado Juva Sikku. Nina se aproximou deles.

– Então – indagou Klemet ao criador –, como é que estão as coisas?

Sikku olhou para ele com uma cara desconfiada.

– Tudo indo. Não mais fácil que de costume.

– Você tem problemas de pastagem, me parece.

– O quê? Problemas? Eu não tenho problemas. Quem tem problemas são os outros, e são os outros que me criam problemas. E os meus problemas não é a Polícia das Renas que vai resolver.

206

– Bom, então você não tem problemas, ótimo. Mas, apesar disso, gostaria muito de tomar posse de pastagens lá em cima.

– Mas lá em cima acabou. Hammerfest papou tudo. A gente tem de se conformar. Eu queria que as minhas renas passassem lá por cima, mas Erik e alguns outros não queriam. E, além disso, perdi a minha rena líder. Está pior que na Páscoa, não dá mais para passar. Muita gente querendo estar lá ao mesmo tempo. As renas nas fazendas, é assim que vai acabar.

– Talvez isso fosse uma ideia – disse Klemet. – Você gostaria disso?

– Eu? E por que não?

– Mas, com Tikkanen, o que é que vocês conversavam? E não me conte histórias, você sabe que o juiz tem você na mira, com as prostitutas russas.

– Eu não tenho nada a ver com isso. Tikkanen não me disse que as putas eram putas.

– E você não desconfiou de nada?

– E por que eu deveria desconfiar de alguma coisa? Tikkanen tem direito de ter amigas. Eu sou amigo dele. E sou amigo do Nils também – disse ele, mostrando com o queixo o mergulhador, que estava terminando de carregar a sua motoneve. – Todo mundo pode ter os amigos que quiser. Mesmo que sejam putas, ora bolas.

– Então vocês conversavam sobre terrenos, talvez? – disse Nina.

– Um dos terrenos que Erik e a família dele utilizaram desde os tempos antigos como pastagem lá em cima era cobiçado – completou Klemet. – Alguém queria construir.

– Terrenos, terrenos, na boca de vocês só existe essa palavra. Nós conversamos sobre outras coisas. Tikkanen vale mais que todo o Departamento de Administração das Renas. Pode ser que ele tenha amigas que pareçam putas, mas ele sabe sobretudo a quem pertencem as terras. Ele sabe tudo o que se vai fazer aqui. Seria melhor deixar que ele faça o seu trabalho, assim tudo andaria melhor. Ele me mostrou fazendas na Finlândia, e elas funcionam, as fazendas de renas, estou lhe dizendo. Fazendas de renas, perfeito. Chega de correria. E de qualquer forma, com essa porcaria de aquecimento global, vai ter de mudar mesmo.

34

Sudoeste da Noruega. 18h30.

Nina tinha aterrissado no final da tarde e alugado um veículo pequeno para chegar até a aldeia da sua mãe, na região de Stavanger. A parte da viagem feita em terra levou tempo, como é a regra nessas regiões de fiordes onde as estradas sinuosas obrigam a longos desvios para seguir o corte das montanhas pontiagudas que avançam até o mar. Nina tinha embarcado numa balsa, atravessado uma dezena de túneis e finalmente estava perto. Entre o avião e o carro, ela havia se preparado para o encontro durante toda a tarde.

A aldeia se encastelava na extremidade de um fiorde, isolada. Nina parou na saída do último túnel que desembocava num vale profundo cercado de gargantas. Ali, toda a neve já tinha desaparecido, com exceção do cume das montanhas. No lado sul do vale havia um agrupamento de umas vinte casas. Um caminho um tanto abrupto corria até o mar. De onde parara, Nina via alguns barquinhos de pesca atracados. Outros deviam estar no mar. Durante muito tempo o mar tinha sido o único acesso para a aldeia. O túnel já existia quando Nina era criança, mas não devia ser muito antigo. A mãe de Nina ainda era jovem quando ele foi construído. Na primavera, os pescadores se transformavam em camponeses. A estação da pesca de bacalhau estava terminando. Os peixes, abertos, estavam dependurados em andaimes de madeira, secando ao vento. Estava mais escuro que na Lapônia, 2 mil quilômetros mais ao norte.

Esse encontro com a sua mãe lhe pesava. Mas ela não dispunha de muito tempo. Precisava ir lá, se quisesse encontrar seu pai. Ele talvez pudesse lhe dar explicações sobre essas histórias de mergulhadores. Quando ela falou dele para Klemet, seu parceiro não precisou de muito tempo para compreender que aquilo era um pretexto. Ele lhe tinha dito isso gentilmente. Nina não o contestou. Mas ela estava com um estoque de horas de folga trabalhadas e podia tirá-las agora.

Na sua aldeia, o sol havia desaparecido. Mas ainda estava claro. Nina viu um barco de pesca entrando no pequeno porto. Consultou o relógio, que indicava mais de 21 horas. O barco parecia meio velho. Não devia ser muito diferente daquele que, uns quarenta anos antes, havia atracado ali. Um barquinho de pesca que viera se abrigar num dia de tempestade. Ou teria vindo se abastecer? Sua mãe lhe havia dito que aqueles barcos não traziam nada de bom, porque os marinheiros vinham para terra beber antes de voltar ao mar. Nina se lembrava de que sua mãe a resguardava quando um barco pesqueiro atracava, sobretudo quando ela já era adolescente. Seu pai vinha de uma aldeia das ilhas Lofoten, em Skova. Uma ilhota de caçadores de baleias. Eles eram conhecidos como lobos brancos, seus barcos tinham uma tira preta no alto da chaminé, a marca dos baleeiros. Quando não caçavam baleias, eles pescavam bacalhau ou o que o mar lhes oferecesse.

O barco tinha atracado. No deque havia homens atarefados. Nina se decidiu e seguiu até a casa de sua mãe. A casa de madeira não parecia ter sofrido muito com os anos. A pintura amarela tinha o aspecto de bem recente. Na aldeia, todo mundo ajudava quando era preciso repintar uma casa, o que era frequente, pois tudo estragava rapidamente por causa da intempérie e do vento marítimo. Nina não avisara a mãe, mas se certificou com a vizinha, Margareta, de que ela estava em casa e em boa saúde.

– Saúde, a sua Marit Eliansen tem – tinha-lhe dito Margareta ao telefone. – Continua fazendo o terror reinar na aldeia e trata de garantir que todo mundo vá à igreja no domingo e ao bordado na quarta-feira.

A casa era quadrada, muito simples, com alguns degraus na entrada, iluminados por uma lâmpada nua. Cortininhas bordadas decoravam todas as janelas. Nina viu sua mãe sentada na cozinha; estava de óculos e tinha o rosto magro realçado por um coque.

Ela bateu na porta e a empurrou.

– Sou eu.

Sua mãe ergueu o rosto, abandonando por um instante o bordado, e a olhou por sobre os óculos.

– Eu já ia dormir.

Nina se aproximou dela e a beijou.

– Vou arrumar a minha cama. Também estou cansada. Viajei quase o dia inteiro.

– De onde é que você veio?

– Peguei um avião em Alta e aluguei um carro em Tromsø.

– Nossa, quanto dinheiro gasto.

Nina tirou da sacola o presente trazido da Lapônia, um recorte redondo de pele de rena para a mãe poder se sentar sem se molhar nem sentir frio, quando fosse passear. Sua mãe pegou a pele com as pontas dos dedos.

– Você é como o seu pai, gasta dinheiro com bobagens.

– É bom para o inverno.

Sua mãe sacudiu a cabeça parecendo duvidar, e pôs a pele na mesa.

– Você está com fome?

– Não.

Nina estava morrendo de fome. Mais tarde iria mendigar na casa de Margareta.

– O que é que você quer?

– Falar com você.

– Amanhã a gente conversa. Agora vá fazer a sua cama.

Nina mordeu o lábio. Ela se sentia novamente uma menininha, com aquela mãe fria que a mantinha a distância enquanto a trazia no cabresto.

– E, se quiser rezar, a sua Bíblia continua no criado-mudo.

35

Depois de ter deixado Nina no Aeroporto de Alta, no início da tarde, Klemet voltara para o posto de Skaidi. Ele adorava aquele trecho plano da estrada, onde a tundra se estendia a perder de vista, e sempre dirigia sem pressa quando passava por ali. As notícias resumidas das 17 horas não lhe informaram nada de especial, fora o veredito de um caso sobre o qual ele tinha trabalhado no ano anterior, depois de um verão particularmente quente. Renas machos – as fêmeas eram mais temerosas – entravam em Hammerfest para ficar na sombra da prefeitura e do pequeno centro comercial. Havia dias – tinha sido antes da instalação do cercado – em que elas chegavam a uma centena. As renas defecavam e urinavam por toda parte. Com o calor, o cheiro se tornava insuportável. Em vão os empregados passavam horas limpando; o cheiro empesteava até mesmo o interior dos prédios. Klemet tinha sido chamado ao local com o parceiro de então para constatar os estragos. Os pastores tentavam insistentemente afugentá-las, mas elas voltavam. A história havia durado dois meses. O prefeito Lars Fjordsen ficava fora de si, mobilizando os jornais, fazendo ameaças no Facebook e invocando como testemunho a opinião pública.

Mas o caso era complexo. Pois, de um lado, segundo o parágrafo 11 da Lei da Criação de Renas, os terrenos em torno da prefeitura e do centro comercial eram considerados terras alqueivadas, e assim as renas podiam defecar ali. Mas, por outro lado, havia a Direito de Acesso à Natureza para Todos, o que implicava os seres humanos. O presidente do tribunal tinha se aborrecido, comentou o jornalista da NRK. Embora visse perfeitamente que as renas preenchiam uma necessidade legítima ao buscar a sombra, ele havia sido categórico. Os criadores não cumpriram seu dever de impedir as renas de se aproximarem, intervindo apenas "esporadicamente". O veredito havia saído no início da tarde: 3 mil coroas para cada um dos cinco criadores. "Uma situação extraordinária", tinha decidido o tribunal. Klemet girou o botão. Erik Steggo, um dos criadores, não precisaria pagar.

* * *

Ele ainda rodou por uma hora até o posto de Skaidi. Durante a tarde, haviam chegado moradores de Hammerfest para passar o fim de semana no acampamento, abaixo do posto da P9. Suas motoneves se acumulavam em reboques. Klemet subiu até o posto de madeira. Ouviu as informações das 18 horas. O veredito do caso de Hammerfest foi novamente abordado. O programa de encontros do fim de semana prosseguia, com futebol e uma competição de motoneves. Um homem tinha sido detido por dirigir alcoolizado em Rypefjord. Surgia novamente a polêmica sobre a construção da estrada de ferro na região, e mais uma vez se evocava a possibilidade de usar o capital do petróleo: "5.279 bilhões de coroas até agora", precisava o apresentador. Um chalé de verão próximo ao fiorde que ia de Skaidi até Kvalsund estava pegando fogo, segundo a informação de um ouvinte. Klemet desligou o rádio. Essa história de renas que defecavam atrás da prefeitura e do centro comercial o havia irritado no ano anterior. Nina ainda não tinha chegado à Polícia das Renas, e ele pensou que, como uma iniciação, esse caso teria sido perfeito.

Klemet pegou seu computador. Havia muitos pequenos trabalhos atrasados. Os pedaços reunidos dos B.O.s, na mesa perto dele. As primeiras verificações sobre os dois turistas alemães não levaram a nada. Klemet tinha seguido a pista até a volta deles para a Alemanha. A multa já fora paga. Os dois outros, o norueguês e o polonês, davam mais trabalho. Klemet não conseguira obter o endereço de Knut Hansen. Certo Knut Hansen morava no endereço indicado, mas Klemet tinha certeza de que ele não tinha nada a ver com aquele caso. Idem com relação ao polonês.

Klemet olhava para a tela, mas seus pensamentos o levavam a outro lugar. Depois do acidente da câmara, todo mundo estava esgotado. Era evidente que Juva Sikku não tinha ligação direta com o meio dos petroleiros, a não ser pelos negócios com Tikkanen e suas relações pessoais com Nils Sormi. E nesse último caso, inclusive, os vínculos eram mais que frouxos.

O caso de Sikku-Steggo, claramente da competência da Polícia das Renas, transbordava para campos que alteravam a sua dimensão habitual.

A morte de Fjordsen, acidental, devia ser abordada como um caso criminal, ele reconhecia. Mas quanto ao abominável fim de Steel e Birge e ao afogamento de Laula e dos dois trabalhadores desconhecidos, Klemet hesitava.

Na cidade, as pessoas só falavam disso. A inquietação se disseminava. Alguns empregados estrangeiros tinham recebido insultos. Reclamava-se a volta à tranquilidade, como antes, subentendo-se esse "antes" como a época em que os trabalhadores mercenários ainda não tinham chegado. Não se podia deixar a situação se deteriorar assim.

Klemet rabiscava. Quanto mais refletia, menos ligava o afogamento de Laula e dos dois outros homens aos primeiros mortos. Tikkanen, em contrapartida, conhecia muito o prefeito e os dois petroleiros. Assim como Gunnar Dahl. E Nils Sormi. Klemet ouvia a voz de Nina lhe dizendo que Sormi obviamente não conhecia tão bem os dois petroleiros quanto Tikkanen e Dahl, mas ele varria essa objeção virtual. Sormi também estava no lote. As suas disputas, seus interesses, tudo o tornava interessante aos olhos de Klemet.

O policial anotava, traçava flechas ligando Markko Tikkanen, Gunnar Dahl, Nils Sormi. Os interesses comuns dos três. E as pessoas que se encontravam no caminho deles. E tinham sido eliminadas.

Mas por que era imprescindível estabelecer uma relação entre esses mortos? E Sikku? O homem-silhueta que assusta as renas. Mais que qualquer outro, ele devia saber que as renas fariam meia-volta. Nina não gostava do criador. Seria porque ela parecia ter estabelecido um tipo de amizade com Anneli? Não era só isso. Nina tinha um bom instinto policial. Talvez houvesse de fato alguma coisa.

Embora o caso não fosse da sua alçada, a presença desse homem identificado pelas duas russas pouco antes do acidente o intrigava. Tudo indicava que quem tinha fechado a câmara e a pusera sob pressão havia sido ele. Portanto, ele sabia como usar aquelas câmaras. Um mergulhador? Um supervisor? Que outra pessoa teria essa competência? Klemet teria sido incapaz disso, como a maioria das pessoas, certamente. Tikkanen também conheceria esse desconhecido misterioso? Seria ele um dos homens que lhe prestava serviços, assim como Sikku? Tikkanen estava no centro de uma porção de coisas. Klemet percebia que sabia muito pouca coisa sobre esse homem. Olhou o relógio. Ainda havia tempo para dar um pulo em Hammerfest.

Ele rodou ao longo do fiorde. Viu à direita o chalé noticiado no rádio, ainda com fumaça. Policiais de Hammerfest investigavam o local. Klemet parou e os cumprimentou. Os chalés não pertenciam a criadores de renas. Houve uma época em que Klemet conhecia todos os proprietários de todos os chalés das vizinhanças. Criadores de renas às vezes, frequentemente pessoas de Hammerfest. Ele desgostava cada vez mais daqueles chalés, pois se multiplicaram como cogumelos à beira de qualquer estradinha. Os criadores se queixavam continuamente, porque o aumento da circulação perturbava um número sempre maior de renas. Klemet não sabia de quem era aquele. Não havia restado nada. Um policial admirou-se com a sua presença ali.

– Eu quis me certificar de que não se tratava de uma história de ajuste de contas com um criador de renas – disse Klemet. – Você sabe, está começando a temporada das renas na cidade...

– Verdade, a corrida vai recomeçar.

Os dois policiais ficaram em silêncio por um momento, observando o trabalho dos bombeiros.

– Nós ainda não pudemos entrar. Fumaça demais. Esse não era um chalé de gente pobre, posso lhe garantir.

– E o carro? – indagou Klemet, mostrando a Kombi vermelha.

– Alugado. Um nome estrangeiro. Vamos verificar.

– Um nome alemão?

– Francês.

– Agora temos franceses comprando por aqui? Você acha que o cara está lá dentro?

O policial de Hammerfest fez uma careta.

Klemet voltou para a estrada.

Na praça de Hammerfest, onde atracavam as balsas do *Hurtigruten*, ele viu Tikkanen no seu escritório, atrás dos anúncios imobiliários que recobriam a vitrine. O finlandês não pareceu admirado de vê-lo. Fechou uma pasta, alisou a roupa, varreu os ombros e, afastando os braços, deu um sorriso comercial para Klemet.

– Inspetor, o senhor está cansado de seu posto em Skaidi? Eu poderia encontrar para o senhor alguma coisa à altura da sua missão.

Klemet não se deu ao trabalho de responder e se sentou na pequena sala de canto, com poltronas confortáveis cercando uma mesa baixa entulhada de revistas.

– Quer uma xícara de café, inspetor? Ou talvez outra coisa, algo mais... masculino?

– Venha se sentar, Tikkanen, e economize as suas afetações. Você não vai me vender nada. Os meus colegas foram generosos com você. Eu me admiro de ver que você está tranquilamente instalado aqui.

Markko Tikkanen foi se sentar diante de Klemet. Afastou novamente os braços com um largo sorriso e recolocou no lugar a sua mecha.

– Às suas ordens, inspetor.

– Desde quando você é proxeneta, Tikkanen?

– Não fale assim, inspetor. São amigas russas que convidei para uma festa com um hóspede americano, só isso. Nós, os finlandeses, sempre favorecemos o diálogo entre o Leste e o Oeste. Para isso que o senhor sugere é preciso uma transação de dinheiro. O senhor encontrou vestígio disso?

Klemet precisou admitir. Quanto àquilo não havia nenhuma prova. Sem dúvida, Tikkanen pagava diretamente, na Rússia, ao cafetão das mulheres. Ele conhecia o ofício. Sem vestígio de pagamento, sem preocupações.

– Você sabe que está em maus lençóis com a sua câmara que explodiu.

– Eu não estava lá, seus colegas verificaram tudo – disse Tikkanen agitando-se na poltrona.

– Quem era o homem que foi visto perto da câmara?

– Ah, sim, um dos que trabalham no hotel flutuante, ele recebe os meus clientes da câmara.

– Eu não estou falando desse, e sim do outro que as suas putas russas reconheceram, o grandalhão.

– Mas, inspetor, eu não o conheço, juro pela minha mãe. Estou abismado com essa história.

– Por que foi que você mandou Juva Sikku visitar fazendas do lado finlandês? Essas fazendas ficam fora da área dele e da sua.

O finlandês voltou a pôr no lugar sua mecha e se sentou perto de Klemet.

– O futuro, inspetor, o futuro. Eu apenas antecipo o futuro. A criação de renas tradicional estará condenada em poucas décadas. Vamos ficar sem fazer nada? Eu proponho soluções aos criadores. Claro, não será exatamente a mesma coisa, com todo o lado folclórico da transumância, mas nas fazendas eles vão poder viver bem. E poderão até mesmo receber turistas. Tenho certeza de que eles vão ganhar a vida melhor.

– A transumância é folclórica, hein? É assim que você vê a coisa? Mas eu não estou preocupado com isso. Desde quando você está em conversação com Juva Sikku sobre a fazenda dele?

– Há muitos meses. Seis, talvez. Se isso for importante, posso encontrar a data exata.

– Foi ele que contatou você ou você fez uma proposta para ele?

– Imagine, fui eu quem fez a proposta. Eu vejo como esses pobres coitados se matam no trabalho.

– Você está em entendimento com outros criadores sobre isso?

– Ah, não, não, nada sério. Mas, no meu ramo, ficamos à espreita quase o tempo todo.

– Você conhece muita gente, Tikkanen...

– Para melhor servi-lo, inspetor.

– Você tinha feito um proposta a Erik Steggo?

– Coitado, não tive tempo, mas se tivesse aparecido uma oportunidade eu teria feito a proposta com a maior diligência. E, veja o senhor, inspetor, eu até ouso afirmar que neste momento ele estaria vivo, sim, estaria vivo. Porque numa fazenda a gente não se afoga.

36

Quinta-feira 6 de maio.

Hammerfest.
Nascer do sol: 1h59. Pôr do sol: 22h43.
20 horas e 44 minutos de luz solar.

Região de Stavanger.
Nascer do sol: 5h27. Pôr do sol: 21h41.
16 horas e 14 minutos de luz solar.

Sudoeste da Noruega. 8h30.

Nina foi acordada pela mãe, que tamborilou na sua porta. A policial consultou seu relógio. 8h30. Há semanas não dormia tanto tempo nem tão bem. A luz. Ela abriu os olhos com dificuldade. Reconstituiu mentalmente a decoração do seu quarto de quando morava ali. Quase não sobrara nada.

Sua mãe não era absolutamente sentimental. Diferentemente das amigas, Nina nunca ousara afixar pôsteres de Carola, Gaute Ormåsen ou Lars Fredriksen nas paredes do quarto. Será que as fotos que ela recortava nas revistas ainda estariam escondidas na sua escrivaninha? Para que procurar? O quarto estava austero e escuro. No criado-mudo de carvalho, ela de fato havia encontrado a sua Bíblia na noite anterior. Não a abrira. Esgotada, não tinha tido coragem de ir à casa de Margareta para mendigar um pão com manteiga e geleia. A vizinha teria tido prazer em lhe oferecer qualquer coisa para comer, pois assim teria uma oportunidade de conversar. Na aldeia não havia muitas distrações. Esfomeada e com os olhos ainda inchados, ela foi para o chuveiro. Por instinto, tomou uma ducha fria a fim de se preparar para o confronto. Por que precisava ser assim? Nina tinha muito pouco contato com seus irmãos mais velhos. Cada um vivia a sua vida. Um deles ainda morava na aldeia; era pescador e muito religioso. No momento, estava no mar, numa expedição ao largo da costa da Groenlândia. Outro, devia estar na região de Stavanger. Trabalhava num pequeno canteiro naval que reparava plataformas. O último tinha se saído mal na vida e sempre fora um assunto tabu na casa. As últimas notícias o davam como vagabundo morando numa cidadezinha do norte. A mãe sempre insinuara que com outro pai ele teria se encaminhado melhor.

– Eu preparei o seu café da manhã.

Não valia a pena se atrapalhar com frases feitas. Sua mãe as reservava para a missa. Apesar da idade, continuava com o olhar atento, inquisidor, pronto para moralizar à menor discrepância. Nina não tinha ido lá para isso. Sentou-se diante da tigela de mingau de aveia e do copo de leite. Sua mãe se sentou diante dela; tinha na mão um copo lascado, com água abaixo da metade. Pôs na mesa os óculos com uma das hastes presa por fita adesiva e esperou, com os braços firmemente cruzados sobre o paletó abotoado até o pescoço, os lábios contraídos, um coque severo, as faces encovadas. Se Nina não a conhecesse bem, talvez tivesse pensado que aquela mulher austera se preparava para morder e dar vazão à sua raiva represada. Mas, exatamente ao contrário, a mãe de Nina respirava tranquilamente. Todo o seu aspecto exprimia a tensão do predador prestes a se arremessar sobre a presa, mas a sua respiração falava ao mesmo tempo de consciência limpa, de paz interior, de segurança de estar do lado certo, de ausência de dúvida. Essa mistura de força e paz tinha pairado como uma sombra sobre a juventude de Nina.

Nina não havia ido lá para fazer as pazes com a mãe. Ao observá-la, compreendeu que essa questão ficaria fechada para sempre. Tudo o que ela queria era encontrar seu pai. E para isso precisava da mãe. Da sua mãe que se interpusera. Nina pousou na mesa o copo de leite. Ainda não tinha tocado no mingau, o mesmo que a mãe lhe havia servido no café da manhã durante anos e anos. A cozinha estava exatamente como ficara guardada em sua memória. Linóleo amarelo no chão e paredes brancas; nenhum enfeite, fora a cruz singela na porta. Não havia jornal, naquela casa nunca houvera. Apenas o boletim paroquial e o da missão protestante. Sua mãe a mantivera sempre distante dos ruídos do mundo. A televisão trazida um dia pelo pai tinha desaparecido da mesma forma que ele. Já fazia uns doze anos, talvez treze, que ela não o via. Que ignorava tudo sobre ele. Que ignorava tudo sobre o modo de se comportar com a sua mãe. Será que ela deveria estender a mão através da mesa num gesto de apaziguamento? Os braços firmemente cruzados a dissuadiram disso.

– Preciso entrar em contato com o papai. Por razões profissionais.

Sua mãe não disse nada inicialmente. O olhar dela se tornou apenas um pouco mais inquisidor. Nina a conhecia bem demais para não entender que aquele silêncio pretendia se passar por juiz. E também que, na opinião dela, depois de a filha ter dito o que disse, ela agora devia se mortificar sozinha e sentir por conta própria que parcela de responsabilidade teria no longo silêncio do pai. A calma satisfeita e a boa consciência comunicadas pela estátua materna diziam o que Nina não tinha necessidade de perguntar. A falta não vinha dali. Não era dela, Marit Eliansen. O silêncio esmagador da pequena cozinha escura sufocava Nina. Sua mãe continuava em silêncio. Nina se levantou lentamente, apoiando-se na mesa. Tentava afastar o súbito acesso de cólera contra aquela mulher cinzenta que sempre tinha se interposto entre ela e o pai. Lembranças demais, frustrações demais, perdas demais. Ela pegou o copo de leite. Choros demais, sozinha, um suspiro como único vínculo, um carinho como única promessa. Ela gritou de repente, atirando o copo na pia. Ele se quebrou, projetando em volta pedaços de vidro e gotas de leite. A mãe de Nina, surpresa, levantou-se imediatamente. Num ato reflexo, agarrou o seu próprio copo de água e o apertou contra o peito com um gesto protetor, mas logo voltou à atitude e ao ar investigativo de antes.

– Os mesmos humores dele.

– Foi você que o fez ir embora, você e só você!

O peito da mãe de Nina se levantou ligeiramente mais rápido. Ela mantinha um controle absoluto da situação.

– Minha pobre filha, então você não entende que eu simplesmente a protegi dele.

– Protegeu?!

Nina enxugava as lágrimas que lhe escorriam pelo rosto. Balançava a cabeça.

– Minha pobre mamãe, você me proteger? Meu Deus, você está cega a esse ponto?

Por um instante, a mãe de Nina pareceu perturbada com a observação. Mas se refez imediatamente.

– Você achava talvez que conhecia o seu pai?

Então foi a vez de Nina fazer uma pausa. Sua mãe percebeu isso, claro.

– Se acha isso, então você se conhece muito pouco. Porque vocês dois são parecidos, você e ele. O sangue dele está em você, essa necessidade de ir embora, esse temperamento explosivo, esse gosto pelas coisas vis e fáceis.

Nina percebia o fel se destilar. Minha mãe, essa aí?! Ela, que vê em mim uma pessoa que gosta de coisas vis? Simplesmente porque escolhi uma vida longe daqui? Ou porque isso a faz se lembrar do meu pai? A cólera confundia os sentidos de Nina. Ela via aquela mulher amarga, tão segura de si, que devia se consumir por dentro, arruinada pelas suas verdades imutáveis. Sua mãe pousou o copo de água e deu um passo na direção dela, com os braços ao longo do corpo, muito tensa, fuzilando-a com o olhar.

– O seu pai, se não tivesse ido embora, sabe Deus o que teria acontecido com você. Foi o dinheiro que o cegou, que o matou lentamente.

– Só me diga onde é que eu posso encontrá-lo – sibilou Nina, tentando reencontrar a calma.

A mãe de Nina se aproximou mais da filha, com os olhos cravados nos dela, ignorando o seu pedido.

– Quando eu conheci o seu pai, ele era pescador. O barco dele tinha feito uma escala aqui. Ele era simples e trabalhador, um homem leviano com a fé, leviano com a vida, mas duro com o trabalho e respeitador de Deus. Ele era um cordeiro que ouvia as palavras do bom senso. Mas o dique dele cedeu, ele foi pego pelo demônio do "longe daqui", cedeu à aventura e ao dinheiro fácil, e se tornou mergulhador. Nossa vida desabou. Ele não parou mais de mudar. Desde esse dia, não parei de proteger você dele, de extirpar de você esses genes que o estavam destruindo e que a ameaçavam.

– Mas você não percebe o horror que é isso que você está dizendo? Você fala como uma exorcista! Está falando do meu pai!

À sua frente, Nina via apenas o olhar flamejante da mãe. E saiu batendo a porta. Lá fora, respirou profundamente o vapor salgado da arrebentação que a extasiava. Aos poucos, foi reencontrando a calma. Olhou em torno de si, aquele mar enigmático que tinha levado e retido seu pai, a montanha que não queria enviar o eco esperado por Nina, as casas que guardavam os seus segredos e petrificavam as vidas. Na casinha ao lado, seu olhar triste se deteve na janela iluminada. De pé, a velha Margareta a observava com um ar inquieto, como se tivesse ficado esperando que ela saísse da casa da mãe. Margareta parecia igualmente entristecida, pensou Nina. Ela lhe fez um sinal.

Nina entrou. Margareta era uma mulher mais velha que sua mãe, mais forte. Mais viva, pensou Nina. Usava na cabeça um lenço, do qual saía uma mecha rebelde de cabelos grisalhos e finos. Sua testa era grande e larga; os olhos, azul-acinzentados, ainda eram belos. Um era grande e profundo, o outro, o esquerdo, parecia mais apagado, como se cansado de tanto resistir a uma pálpebra que descia. O nó do lenço sustentava o queixo duplo da velha, que vestia duas jaquetas. Ela notou o aspecto desfeito de Nina e a fez se sentar.

– Você está com fome, minha filha?

Sem esperar a resposta, ela pôs diante de Nina fatias de pão de batata com salsicha. Preparou para ela uma travessa de salada de repolho e lhe serviu uma xícara de café, e a observou comer preocupada, acariciando-lhe os cabelos loiros. Nina dirigiu a Margareta um olhar agradecido. Sentia-se emocionada demais para falar e apreciava com vagar a sua refeição.

– Então a sua mãe não mudou nada...

Nina riu e balançou a cabeça, depois tomou a mão de Margareta.

– Você, Margareta, você que a conhecia melhor que qualquer outra pessoa nesta terra, você imagina de fato que a minha mãe poderia mudar?

Então foi a vez de Margareta rir, um riso gostoso que aqueceu Nina. Ela sentiu a cólera se atenuar.

– Ah, se ouvissem a nossa conversa – riu Margareta.

Nina se levantou e apertou longamente contra si a velha vizinha. Ela a vira crescer ali, ela a havia recolhido muitas vezes para uma refeição que Nina sempre esperava ser melhor que a da sua casa. A não ser quando o seu pai estava lá. Quando seu pai estava lá – o que acontecia raramente – a festa penetrava na vida de Nina.

– Margareta, preciso encontrar o meu pai. E a minha mãe está convicta de que deve me proteger dele.

A velha vizinha sorriu e continuou acariciando os cabelos de Nina.

– Sente-se, eu tenho de lhe contar – disse Margareta, sentando-se ao lado dela.

Durante as horas que se seguiram, Margareta lhe contou. A chegada do pai de Nina, Todd, jovem pescador cheio de vida e energia; a escala com os outros no pequeno porto da aldeia. Sua mãe, jovem, muito jovem, devia ter 17 anos; ele, Todd, estava com uns 25, era um homem, e já percorria o mar havia quase dez anos. Ele a tinha ajudado a levar para casa uma cesta cheia de peixes, em vez de ficar bebendo com os outros no píer, e Marit gostara disso. Ele tinha um riso franco e ria com bom humor sobre tudo. Ao chegar à casa de sua mãe, Todd viu um canto de telhado destruído por uma tempestade de outono. Sem lhe pedir licença, ele voltou à tarde para serrar e pregar novas tábuas. Marit retribuiu-lhe o favor com um pequeno bordado, do tipo que ela fazia até agora, e insistiu em levá-lo até a capela para lhe mostrar o lugar onde ela falava com Deus. Ela o achava um homem diferente. Margareta estava convicta de que tinha sido ali, atrás do murinho branco, ao abrigo das ondas, que seu pai havia beijado a sua mãe pela primeira vez.

Em seguida o barco de Todd partira, pois estava começando outra temporada de caça à baleia. Mas ele voltou. Eles se casaram. Ele poderia ter ficado em Skrova, nas ilhas Lofoten, mas Margareta achava que seu pai havia se aborrecido com as campanhas dos militantes contra a caça às baleias. Ele se satisfez com a pesca de bacalhau. Tinha conseguido comprar um barquinho e trabalhava tendo por base o seu fiorde, como muitos outros. E depois aconteceu o mar do Norte, a descoberta do petróleo. E Todd sentia falta da aventura. Quando ouviu falar de tudo o que estava acontecendo, ele não resistiu. Muito mais tarde, Margareta ficou sabendo que certo dia seu pai, ouvindo rádio, soube de um curso de escafandrista. E o seu destino sofreu uma reviravolta. Ele nunca havia mergulhado, Margareta garantia isso, Todd mal sabia como era o aspecto de um mergulhador. Mas foi até o fim. E a partir de então começou a mudar, porque em seguida passou a ganhar muito dinheiro como mergulhador. E para isso Marit não estava preparada. Ela havia se casado com um pescador. Não reconhecia mais o mergulhador. Os problemas de saúde de seu pai tinham surgido anos mais tarde, Nina ainda não havia nascido.

– Eu vou me lembrar – disse Margareta, parecendo concentrada. – 1989!

Nina sorriu. Sim, ela nascera em 1989. Seu pai estava então com uns 40 anos.

– Os problemas dele... – prosseguiu Margareta.

Todd sofrera acidentes de mergulho. E depois disso nada mais foi como antes. Quando Nina nasceu, seu pai ficou louco por ela. Os meninos já estavam grandes, mais afastados dele, sob total domínio de Marit. Entre o pai e sua filha se construiu uma relação muito forte.

Nina ficou pensativa. Ela se lembrava muito bem desses anos de infância que haviam precedido o desaparecimento do seu pai. Não sabia que ele estava doente então. Sua mãe só lhe repetia, num tom seco, que o pai precisava repousar. Frequentemente acrescentava que ele só servia para isso, ou então que ele não iria durar muito tempo. Às vezes, Nina acordava no meio da noite e surpreendia o pai saindo para ir até o fiorde, longe dali. Ele só voltava bem mais tarde, e então desmoronava na cama, bêbado de cansaço. Quando Nina queria se aproximar, a sombra de sua mãe se interpunha para fechar a porta do quarto. À revelia de Nina, garotinha crédula, o vínculo foi afrouxando. Uma imagem cada vez mais fugaz, sempre uma falta mais pungente. Nina se lembrava de um olhar muito bom, que às vezes se tornava triste, mas que sempre se animava quando ela se aproximava. Nas raras vezes em que sua mãe não podia impedir isso. Até ele desaparecer.

– Você era a única alegria do seu pai, Nina. A única. E era também a sua boia salva-vidas. Você não percebia isso, mas ele se agarrava a você porque entre a sua mãe e ele não havia mais nada. O seu pai mergulhador só flutuava graças a você. Não havia nada além de você. E, mesmo quando foi embora, ele nunca deixou de lhe escrever.

Nesse ponto, Nina ficou em silêncio.

Havia cartas, ela nunca soubera disso. Teve a impressão de que seu rosto subitamente se transformava em máscara. Como o das mulheres que vestem pelo resto da vida a roupa preta das viúvas. Uma máscara de sofrimento.

– Você precisa saber, Nina – disse Margareta, levantando-se e tomando a moça em seus braços –, que Todd fez várias tentativas de suicídio nessa época. Ele estava sofrendo.

Nina afastou suavemente Margareta, levantou-se e saiu. Sua garganta estava seca. Ela foi tomada por uma vertigem. Ao passar em frente à janela, viu a mãe sentada diante de um bordado e uma cesta de costura, mas parecendo pensativa. Quando Nina entrou na casa, ela retomou seu trabalho.

– Eu quero ver as cartas.

De um lado o silêncio, o olhar penetrante. Do outro a vertigem, a garganta seca.

– As cartas do papai. As cartas que ele nunca deixou de me escrever e que você sempre escondeu de mim.

E pela primeira vez desde a infância de Nina, Marit Eliansen, mulher do dever e da fé, começou a rir. Mas era um riso que feria, desvirtuado pelos meandros amargos dessa mulher consumida.

– Que louca e orgulhosa fui eu, pensando que podia mudar isso tudo, mudar você.

Ela ria, e com esse riso se condoía do seu próprio orgulho. Refugiava-se no seu mundo protegendo-se do pecado e da contrição. Para Nina, ficaram claras duas coisas: era a última vez que ela veria a sua mãe; e a sua mãe acabaria por ceder. Se havia cartas, ela as entregaria. Mas a velha ficou impassível. Marit Eliansen se encerraria numa via sem volta que o marido e a filha não mais teriam direito de seguir, pois isso poderia destruir seu equilíbrio vital. Ao pedir as cartas, Nina escolhia o seu campo.

Quando o riso terminou, a face se deformou numa careta abominável. Ela acabou se acalmando, readquiriu o controle da respiração, recompôs o rosto. Estava voltando de uma viagem muito longa.

– Então você quer ir encontrá-lo no inferno...

Ela se levantou e saiu. Nina esperou. Olhou o bordado, do tipo que ela sempre vira sua mãe fazer, toalhas com trabalhos delicados para as obras das missões protestantes, que a tinham tornado afamada no condado inteiro. "Os dedos do Senhor", dizia-se. Nina recebia uma em cada aniversário, desde quando se entendia por gente. O fato de uma mulher tão cruel ser capaz de exprimir tanta delicadeza e sensibilidade com a ajuda das mãos secas e nervosas sempre tinha fascinado Nina. Sua mãe voltou depois de dois minutos. Colocou diante de Nina algumas cartas.

– Para seu governo... Eu devolvi a maioria delas.

Nina hesitou um instante. Deveria ler as cartas ali mesmo? Não queria correr o risco de expor a sua emoção para aquela mulher cinzenta. Então se limitou a virar os envelopes. Uma caixa postal. Um nome de lugar desconhecido.

– Onde é que ele está?

Todas as marcas do episódio anterior tinham desaparecido do rosto emaciado de Marit.

– Não sei. E não estou interessada nisso.

– Eu já não sou mais uma menininha. E preciso encontrá-lo para uma investigação. Se pelo menos uma vez na vida você for capaz de esquecer o seu rancor, faça isso agora.

– E por que eu deveria saber onde ele está?

– Por quê? Simplesmente porque você quer controlar tudo.

Marit Eliansen não pareceu magoada com o comentário da filha. As duas mulheres se enfrentavam num combate de máscaras.

Tão poucas cartas para todos aqueles anos.

– Quantas cartas você devolveu?

Marit balançou a cabeça, parecendo tomada por um tremor, mas este só exprimia negação e aversão. A carapaça se reconstituía. Marit Eliansen já não via diante de si a sua filha, Nina subitamente se deu conta disso. A inquisidora só enxergava ali uma moça perdida. Nina viu no tremor da cabeça um repentino compadecimento. Ela me percebe como uma moça caída em perdição, uma desconhecida que precisa de ajuda. Somente isso podia explicar o brusco lampejo de humanidade naquele olhar. Uma causa a salvar. O Bem, o Mal, tudo o que Nina resumia desde a juventude, quando morava ali. Ela pegou as cartas com um gesto rápido e se virou na direção da porta.

Ao chegar ao limiar, parou. Olhou para os envelopes. Voltando-se, mostrou as cartas.

– Por que você guardou estas?

Marit Eliansen olhou longamente para a filha. Também ela percebia enfim que o ponto sem retorno acabava de ser transposto.

– Vocês dois sempre se pareceram. Eu só espero que você não termine como ele. Mas vou rezar por você.

37

Hammerfest. 8h35.

Nils Sormi tinha sido acordado cedo por uma ligação telefônica que o deixara perplexo. Para evitar ficar com Elenor, ele havia passado a noite no *Bella Ludwiga*, o hotel flutuante ancorado perto da unidade de tratamento de gás de Melkøya. Naquela manhã de quarta-feira, ele era quase o único no navio. O trabalho nunca cessava naquele tipo de canteiro, e muitos homens que tinham trabalhado continuamente por duas semanas se preparavam para voltar para casa a fim de aproveitar uma longa semana de repouso. No último dia antes desse repouso, eles pegavam jornadas duplas para sair bem cedo no dia seguinte. Nils estava tomando o café da manhã na lúgubre cantina do hotel flutuante. Depois da morte dos dois petroleiros, aquela era a primeira vez que ele passava a noite ali. O ambiente parecia até mais sinistro que de costume. Paulsen ainda não viera tomar o café. Nils comia sozinho à mesa de madeira clara, sob uma luz fraca.

A ligação telefônica vinha de um escritório de advogados de Stavanger. Tão rápido, admirara-se Nils Sormi, desconfiado. Seu interlocutor estava contente por lhe dizer que o escritório dele trabalhava depressa, com eficácia e, sobretudo, com discrição. Antes mesmo de saber mais sobre o escritório, o mergulhador havia feito uma série de perguntas para verificar a identidade do jurista. Mas o sujeito havia conservado a calma e indagado se Sormi queria enfim ouvir. A firma de advocacia representava todos os tipos de clientes e procedia a uma enorme quantidade de ações em nome deles. Às vezes se exigia anonimato, nem sempre, claro, mas Nils não precisava se preocupar com esse tipo de questão. Ele saberia o que deveria saber. O interminável prelúdio do advogado estava começando a irritar Sormi.

— Tudo o que precisa saber, sr. Sormi, é que o senhor é beneficiário de um seguro de vida e que o meu cliente exigiu a preservação do seu anonimato. E assim será feito. Eu só queria avisá-lo o mais rápido possível. O senhor receberá durante a semana os documentos oficiais e também o seu depósito, assim que as verificações costumeiras tiverem sido feitas.

Nils Sormi afastou a bandeja e por um momento ficou olhando para a xícara de café. Ao seu redor, tudo continuava como sempre. Os raros trabalhadores com roupa alaranjada e azul saíam da sala uns atrás dos outros, esvaziando a bandeja perto da saída. Sormi ia ganhar um montão de grana. Estava eufórico, mas não deixava isso transparecer. Cerca de 2,5 milhões de euros. Quase 20 milhões de coroas norueguesas. Até para ele, que era bem remunerado, isso representava uma soma enorme. Uns dez anos de salário. Ele foi assaltado pela dúvida e procurou na internet informações sobre aquele escritório de advocacia. Era um dos mais sérios de Stavanger. Uma pesquisa sobre aquele advogado, precisamente, o tranquilizou. Ele digitou o número, sob o pretexto de pedir uma confirmação, apenas para se certificar de que o número não era falso. O jurista fora absolutamente respeitoso.

– Eu havia me esquecido de lhe informar que uma carta lacrada lhe será igualmente enviada com os documentos oficiais. Ela procede do meu cliente.

– Mas quem é ele, droga, esse cliente que me dá 20 milhões?!

Sormi se arrependeu imediatamente da sua explosão. Os últimos trabalhadores que estavam por ali pararam admirados e se entreolharam.

– Vinte milhões de dinares iraquianos – resmungou Sormi, de modo a se fazer ouvir –, isso não é nada! E eles ficam me aborrecendo com isso.

Sem esperar, ele se precipitou para a cabine do parceiro.

Sudoeste da Noruega. 8h40.

Nina foi despertada pelo perfume do café que Margareta acabara de coar. Estava com fome. A jovem policial contara com a hospitalidade da vizinha naquela noite. Na véspera, havia recuperado os poucos pertences a que ainda se apegava. Depois passeara bastante pelo fiorde. Estava virando uma página da sua vida, percebia isso muito bem, e queria dar solenidade a esse momento. Respirava profundamente, impregnando-se de novo daquela paisagem idílica onde sua infância fora lavrada. As altas montanhas abruptas, os tapetes verdejantes em suave declive onde ela corria atrás dos carneiros, as armações de madeira onde o bacalhau secava exposto aos ventos do Atlântico. Ela se lembrava dos trocados que ganhava, como as outras crianças da aldeia, cortando a língua dos bacalhaus e vendendo-a como iguaria. Nina avançou até a borda do fiorde, olhou as rochas lá embaixo, onde havia vivido o seu primeiro grande drama, a descoberta de um cordeiro esmagado sobre as rochas. Um cordeiro que junto com seu pai ela ajudara a vir ao mundo. Durante cerca de uma semana ela ficara inconsolável. Desde então, seu pai havia se habituado a acariciar o cabelo dela para ajudá-la a dormir à noite. Nina fechou os olhos e pôde sentir novamente a carícia, enquanto o vento ao longe murmurava as palavras tantas vezes ouvidas. Ela estava começando a entrar na adolescência quando ele desapareceu.

Ao voltar para a casa de Margareta, no final da tarde, Nina batera na porta. Sua vizinha lhe tinha servido uma tigela de sopa, e ela, incapaz de lutar contra o cansaço e as emoções, foi desmoronar no quartinho previamente preparado pela amiga. Precisara abreviar uma ligação de Klemet, que a inteirava da sua intenção de mais adiante investigar Gunnar Dahl e Markko Tikkanen. Além disso, ele queria se debruçar mais sobre Nils Sormi, e Nina teve forças apenas para lhe desaconselhar isso, por causa da bofetada.

Ao acordar, com as ideias novamente claras, ela pôs os envelopes ao lado da sua xícara de café. Já estavam velhos, rasgados nos cantos. Sua mãe não quis lhe dizer por que conservara aquelas cartas nem quantas havia jogado fora. As cartas eram dirigidas expressamente a Nina. Que idade ela teria então? Uns 15, 17 anos? Abriu a mais antiga, datada dos seus 15 anos. Um cartão-postal da região de Stavanger. Seu pai começava justamente cumprimentando-a pelo aniversário. E ela se imaginava totalmente ignorada por ele. Seu pai sempre tivera talento para lhe inventar apelidos, e dessa vez a chamava de "minha Nininha". Era uma carta simples. "Feliz aniversário, minha linda Nininha, 15 anos, você já é uma moça. Eu gostaria de apertá-la forte em meus braços, mas preciso ainda ficar aqui onde estou, por causa do trabalho. Espero que mais tarde compreenda isso. Mas você precisa saber que não se passa um dia sem que eu não pense em você. Cuide-se bem e continue sendo a mocinha forte e decidida que você sempre foi."

Nina se perguntou por que aquela carta havia sido poupada. Por que aquela entre outras, já que aparentemente ele havia escrito muitas. Ela olhou novamente para a carta, depois para o carimbo no envelope. O endereço postal correspondia. Mas era uma carta muito velha.

A carta seguinte era do mesmo tipo. Palavras ternas, a lembrança de um passeio que eles tinham feito durante dois dias pelo planalto além do fiorde, quando acamparam sob a tenda pela primeira vez. Nina não se lembrava muito dessa escapada. Estava com uns 10 anos, tinha ficado muito orgulhosa por caminhar durante horas com a sacola nas costas. Rememorava também o que não estava na carta de seu pai. Aquela noite passada com ele na tenda, quando ele dormira agitado por pesadelos. Nina tinha ficado aterrorizada. Na manhã seguinte, ela lhe dissera num tom de censura que ele não a deixara dormir, e então ela viu o olhar do pai, um olhar que ela jamais esqueceu. Ele não lhe respondera, apenas se desculpara assombrado e foi rindo até o rio para se lavar, sendo logo seguido por ela, que havia urrado entre risadas no frio da água gelada. Outra caixa postal, desta vez um endereço na Finlândia. O que ele teria ido fazer lá? Ele não esclarecia nada.

Ele não falava nada sobre si, em nenhuma das cartas. "Por aqui vai tudo bem". A mesma fórmula. Na carta seguinte, mais uma vez: "Feliz aniversário, minha grande Nanou, 16 anos, você agora já é uma moça", "... pronta para enfrentar o mundo", "Por aqui vai tudo bem". A carta fora novamente postada na Finlândia, em Utsjoki. Nina olhou no celular. Utsjoki era uma aldeiazinha da Lapônia finlandesa, na fronteira com a Noruega. As outras cartas – não eram muitas – também tinham sido postadas dessa aldeiazinha. Até a última: "Minha queridíssima Nina, 20 anos já, que jovem magnífica você deve ser". Tendo como endereço, em Utsjoki, o que devia ser uma espécie de caixa postal. Isso seria na Lapônia? Mas o que o seu pai fazia lá, se é que ele ainda estava lá? Talvez ele ainda estivesse, muito próximo dela finalmente.

Hammerfest. 9h.

Tom Paulsen estava terminando de se barbear. Nils tentou fazer uma boa cara. Ele estava muito agitado. Mas conservou sua prudência. Falou sobre o telefonema, sem precisar a soma.

– Muita grana, de qualquer forma, mas o importante não é isso.

– E você tem alguma ideia sobre esse cara?

Sormi meneou a cabeça.

– Estou esperando uma carta do advogado nesta semana. O imbecil não quis dizer mais. Francamente, não estou entendendo nada. Mas, de qualquer forma, isso pode acelerar o meu projetinho no penhasco.

– A não ser que haja uma contrapartida, já pensou nisso?

– E por que haveria? O advogado não mencionou nada disso. Um seguro de vida, meu Deus, um cara que simpatiza com você lhe deixa muita grana ao morrer. Ponto-final. Sem contrapartida estipulada. Histórias assim acontecem o tempo todo.

Seu parceiro parecia cético. Do que ele poderia desconfiar?

– E você tem alguma ideia remota de alguém que poderia lhe dar esse presente depois de morto?

– Na minha família, não sei de ninguém que tenha falecido recentemente.

Tom voltou a olhar para ele com uma expressão que o deixou inseguro.

– Me diga o que é que você está intuindo – pediu Nils.

– Eu não sei, fico pensando no acidente da câmara, nas mensagens que você recebeu, e...

– E que eu recebi novamente dois dias depois, as mesmas palavras exatamente, com uma hora de intervalo, como da primeira vez, e idem dois dias depois.

– Pois é, as mensagens, e agora o monte de dinheiro. Tome cuidado. É só o que eu quero lhe dizer.

– O que você quer dizer com isso? Pode ser mais preciso?

– Eu só lhe digo para ficar bem atento. Todo mundo aqui sabe que o Texano realmente gostava de você.

38

Skaidi. 10h30.

O enterro de Lars Fjordsen estava marcado para quarta-feira, 12 de maio.

A delegada Ellen Hotti havia insistido do modo mais explícito possível sobre a importância de determinar as circunstâncias da morte do prefeito antes da cerimônia. O enterro seria assistido por um grande número de políticos e de personalidades de todo tipo. Ellen Hotti não poderia evitar uma avalanche de perguntas e pretendia responder a elas satisfatoriamente. Klemet havia tentado protestar. Aquilo não era da alçada da Polícia das Renas. Mas a delegada afastara a sua objeção. Todas as forças deviam ser mobilizadas. Klemet não deveria aborrecê-la com detalhes. Ele ligou para o tio. Nils-Ante havia encontrado o contato de que lhe falara. A tia de Nils Sormi vivia em Alta, a uma boa hora do posto de polícia. Klemet teria tempo de interrogá-la antes da volta de Nina. Ela aterrissaria às 17h18 no Aeroporto de Alta, e ele aproveitaria para buscá-la. Isso lhe daria prazer. Talvez.

Ele havia sido vago ao telefone, mas a tia de Nils Sormi concordara em recebê-lo. Voz agradável, rouca. Fumante. Como Eva. Inquiri-la sobre Nils o levava a correr riscos. Ele poderia ser acusado de perseguição, de querer um ajuste de contas pessoal, sobretudo depois da bofetada. De encurralar Sormi para justificar, posteriormente, uma investigação aprofundada sobre ele. "A senhora vê, eu tinha razão de desconfiar dele." Klemet tinha dificuldade em admitir isso, mas um detalhe o perturbava: a mancha de vômito na manga da roupa de Sormi. Ele não lhe falara sobre isso. Nem mesmo no lago, quando eles tinham se explicado. Um detalhe que não combinava com a imagem que geralmente se ligava ao queridinho das companhias petrolíferas. Aquele mocinho arrogante que negociava sabe-se lá o que com Tikkanen. Por que Klemet não conseguia se livrar dessa impressão? Ele, um policial racional por excelência, paralisado por aquela mancha comum de vômito.

Depois de uma hora de estrada, ele bateu na porta de uma casinha encantadora, de madeira amarela recém-pintada. Nas janelas com molduras brancas, cortinas vedavam o interior. Pelo menos ela não é laestadiana. Os adeptos desse movimento luterano eram numerosos em Alta. Uma mulher de uns 50 anos abriu a porta. Olhou sorridente para Klemet. Ele ficou um momento sem reagir, tentando imaginar qual seria o seu aspecto com o uniforme cinza-escuro e sapatos de caminhada. Então tirou a *chapka* da cabeça, limpou os pés e tirou também os sapatos. O tio Nils-Ante não mentira. Uma bela mulher de cabelos pretos, visivelmente tingidos. Segura de si. Como Nils Sormi, mas sem a arrogância do jovem mergulhador. Segundo o seu querido tio, Sonia Sormi nunca se casara, o que não a impedira de ter uma vida sentimental movimentada, que ela conduzira geralmente na maior discrição. Klemet não procurara saber se seu tio figurara no mapa amoroso daquela bela quinquagenária. Sonia Sormi lecionava gastronomia numa escola profissional de Alta especializada em mecânica. Os alunos achavam uma chatice o seu curso optativo, mas isso não a incomodava. Ela o convidou para ir até a cozinha. Saía fumaça de uma cafeteira. Depois de encher duas xícaras, ela se sentou e sorriu para Klemet, à espera de que ele começasse a falar.

— Eu gostaria muito que esta conversa ficasse entre nós.

Sonia Sormi lhe ofereceu apenas um ar interrogativo e sempre divertido. Klemet lamentava não estar preparado. O que ele sabia sobre Sormi?

O mergulhador havia resgatado o corpo de Erik Steggo.

Ele tinha contatos estreitos com Tikkanen.

Estava no navio-hotel no momento da explosão da câmara que havia resultado na morte de dois homens com quem ele tivera diferenças pouco tempo antes. Dispunha, mais que qualquer outra pessoa, do conhecimento necessário para manipular uma câmara como aquela e provocar um acidente. Estaria ele mancomunado com o homem reconhecido pelas prostitutas russas e encontrado afogado no estreito do Lobo? Por que eu não pensei antes nessa hipótese? Diante dele, Sonia Sormi respeitava o seu silêncio, tomando golinhos de café.

Nils, Erik e Juva, três amigos de infância.

— Eu quero conhecer um pouco melhor a personalidade de Nils.

— Por quê? Você desconfia de alguma coisa?

— Não, não, essa é exatamente a razão pela qual eu espero que isso fique entre nós. Não vale a pena fazer estardalhaço. Se isso a aborrece, paramos por aqui e eu não vou importuná-la mais.

– Não, fique.

Ela pousou a mão na xícara de Klemet.

Ele foi sensível ao gesto, como se ela o tivesse tocado. Klemet quase sentiu o calor da mão dela.

– Ele é do tipo rancoroso?

– Que pergunta engraçada! Rancoroso? – Ela balançou a cabeça. – Não sei, como todos nós, imagino. Nils passou muito tempo na minha casa quando os seus pais se distanciaram do meio *sami*.

– Distanciaram?

– Isso, distanciaram. Não posso falar de outro modo. Meu irmão e a mulher dele viviam em Kautokeino, e Nils cresceu ali, mas eles resolveram muito depressa enviá-lo para o litoral, para a minha casa, na verdade. Foi uma decisão da minha cunhada, sobretudo. Isso não me trouxe problema. Eu não tinha nem marido nem filhos. Ele morava na minha casa quando viu um escafandrista pela primeira vez. Ficou muito animado.

– Eu não sabia que também aqui em Alta havia mergulhadores.

– Na época, eu ainda morava em Hammerfest. Trabalhava numa beneficiadora de peixes. Antes de tudo ser levado pelo gás. Foi uma espécie de dádiva dos céus para Nils. Os pais dele o empurraram para esse meio. Eles estavam muito felizes por...

– Por afastá-lo?

– Isso.

– Não estou entendendo.

– Você é *sami*?

– Não está na cara?

– Não, na verdade não.

– Imagino que eu deva responder "sim" à sua pergunta.

Ela riu.

– Você não parece muito seguro de si...

– Você entendeu tudo.

Ela ficou olhando Klemet por um momento, com um ar grave e benevolente.

– A história não é muito engraçada, mas você conhece o começo e o fim dela, como todo mundo, já que é um *sami* das cidades. Meu irmão é um bom rapaz, mas muito frágil. Nossos pais cresceram com um mal-entendido. Na nossa família, fomos por muito tempo orgulhosos de um de nossos ancestrais.

Ela refletiu por um instante, como se estivesse contando.

– Bisavô, acho, bis qualquer coisa, mais velho ainda, sem dúvida. Ele havia conhecido toda a Europa. Na época, isso não era frequente, eu lhe garanto. Na casa dos meus avós havia fotos disso, com lembranças dessas viagens. E depois, nos anos 1970 ou talvez 1980, um dia o feitiço virou contra o feiticeiro. Eu era muito criança, meu irmão é um pouco mais velho que eu.

– O feitiço virou contra o feiticeiro?

– Eu acho que um dia, um dia de manifestação contra o projeto da barragem de Alta, meu irmão foi chamado à parte por alguns militantes. Na época, você sabe, os *sami* eram politizados como nunca antes.

Klemet escutava sem nada dizer. Ele sabia muito bem.

– Eles denunciavam a política colonialista do passado, com todas as suas peculiaridades. E um desses jovens lembrou que o famoso avô ou bis-qualquer coisa tinha sido...

– Sim?

– Tinha sido exibido nas feiras. Como um bom selvagem. Você sabe, aquela época...

Klemet balançou a cabeça.

– Era outra época. E na nossa família sempre tínhamos ouvido essa história como motivo de orgulho. O bisavô que tinha sido escolhido para ir conhecer a Europa. Com as fotos em que ele aparecia posando orgulhosamente, mais algumas renas e uma família inteira. E então os manifestantes desmistificaram tudo. O antepassado tinha sido uma vítima vergonhosa, e aceitando a política racial da época ele não podia, não devia de modo algum, ser motivo de orgulho. E na época houve palavras duras. Meu irmão não estava preparado para isso. Ele se fechou em si mesmo e não ousou mais sair. Eu temia por ele.

Sonia Sormi se levantou para voltar a encher as xícaras de café. Klemet notou que ela estava emocionada.

– O avô se tornou um tabu na família. Meu irmão culpava nossos pais por terem nos criado com essa ideia falsa.

234

— Mas sem razão. A época era assim.

— Vá explicar isso para um adolescente. Ele a viveu de modo muito mais duro que eu. Não sei o que esses caras disseram a ele na época, mas isso estragou a vida do meu irmão. Ele rejeitou completamente tudo isso e todo o folclore que envolvia os *sami* criadores de renas.

— E a sua relação com Nils hoje?

— Não sei. Mas Nils ignora essa história. Eu sei muito bem por que os pais dele o empurraram para fora de casa, para longe desse meio de criadores: para que ele não fosse afetado por tudo isso. Pela nossa história.

Klemet teve dificuldade em se afastar de Sonia Sormi. Disse a si mesmo que talvez voltasse a vê-la. Ela havia lhe mostrado algumas fotos. Ele se sentira pouco à vontade. Hesitara em lhe contar a sua própria história, a história do seu avô afastado do meio dos criadores. Seu avô se afastara por outra razão. Porque havia perdido as suas renas. Mas era uma razão que também o deixava mal. E a história do seu próprio pai, que tinha vivido com o que considerava uma espécie de vergonha. Klemet via toda a ironia dessa história. Esse tolo desse Sormi e ele próprio eram afinal de contas mais próximos do que ele jamais teria admitido.

Ao sair da casa de Sonia, ele se dirigiu à locadora de veículos da E6, a estrada do aeroporto, na pequena zona industrial da borda do fiorde. O derretimento da neve era menos visível ali que no interior das terras. Ele parou diante da placa suspensa sobre a entrada de um hangar. Em frente a uma portinha, uma mesa e duas cadeiras de *camping* compunham uma espécie de sala de espera improvisada, ao lado da grande entrada do hangar. Um homem fumava observando-o descer da picape. Tinha um gorro que quase lhe cobria os olhos. Klemet o cumprimentou e lhe explicou o que o trazia ali. O homem se levantou lentamente e voltou com uma pasta AZ que colocou numa mesa instável. Convidou Klemet a se sentar e lhe serviu uma xícara de café. Fez tudo isso sem pronunciar uma única palavra. Abriu a pasta na página desejada. O contrato de locação da caminhonete encontrada no fundo do estreito estava em nome de um norueguês. Klemet mostrou ao locador as fotos dos três homens. Na extremidade do cigarro, a cinza tremia; acabou caindo nas fotos. Ele não fez nada para retirá-la. Apontou com o dedo um rosto. Klemet olhou a cópia da carteira de motorista. A foto era a mesma do passaporte. Os dois documentos deviam ter sido feitos ao mesmo tempo. Era Knut Hansen, sem dúvida. Quem era esse sujeito? Será que o passaporte do outro também era falso? E Anta Laula, o que fazia lá? Ele, pelo menos, tinha sido identificado. A delegada Ellen Hotti lhe recomendara não se perder. A investigação da Polícia das Renas devia tratar do caso Sikku e do grupo de criadores, que podiam estar relacionados com a morte de Fjordsen. Descarte o resto, ela insistira. Você não é o único policial da região. Ele sabia que seus colegas tinham telefonado para o locador a fim de se certificar do nome do motorista. Ele sabia disso. Não havia necessidade de ir lá. O seu trabalho não era esse. Mas a locadora ficava bem do lado do aeroporto. Como ele estava por ali e teria que esperar a chegada de Nina...

Klemet folheou o restante do registro. Olhou para o locador, que tinha uma guimba no canto da boca. Esperava que outros nomes atraíssem a sua atenção. Voltou a pensar em Fjordsen. O prefeito de Hammerfest atraíra para ali velhos inimigos. Mas nenhum nome fazia pensar em algo. O que não queria dizer nada. Se o homem da caminhonete estava com documentos falsos, outros também poderiam estar. Ele anotou os nomes, pediu uma cópia da carteira de habilitação, verdadeira ou falsa, isso ele ainda não sabia. Nenhuma carteira de habilitação tinha sido encontrada na caminhonete. No entanto, devia estar em algum lugar, para o caso de controle viário, por exemplo. Era preciso que a carteira de habilitação coincidisse com o contrato de locação. Empacar numa reles carteira de habilitação!

– Você não notou nada quando esse cara veio alugar a sua caminhonete?

Klemet se perguntava se o locador seria capaz de abrir a boca para articular palavras audíveis. Esperou, curioso.

O homem meneou a cabeça. Não, ele não tinha notado nada.

– Como foi que ele lhe pagou?

– Ele não pagou.

Então ele não era mudo! O homem falava lentamente, com uma voz cavernosa. Ele não pagou.

– Ele pagaria ao devolver o veículo? Você pegou os dados do cartão de crédito dele?

– Ele não tinha cartão de crédito. Me mostrou um cartão de visita de uma empresa com o seu nome e deu as coordenadas de outro cara que devia ser o fiador. Seu chefe, pelo que entendi.

– Você não achou isso estranho?

– Por aqui se faz isso, com todas as empresas que empregam sub-empreiteiras.

– E você verificou?

– Neste lugar nós confiamos.

– E eu posso ver o cartão? – perguntou Klemet.

Estava grampeado atrás do contrato de locação. Klemet fez uma foto do cartão e o virou. Descobriu o nome do fiador. Seu olhar se fixou. Ele se deleitou. Como foi que os seus colegas tinham deixado passar aquilo?

– Você disse isso aos policiais que o interrogaram?

– Eles só me pediram para verificar o nome que estava no contrato.

– E não viram isto? – disse Klemet, erguendo o cartão.

– Por telefone é difícil.

– E você não falou nada.

– Eles não me perguntaram.

Klemet viu que não adiantava insistir. Ergueu o olhar acima do fiorde e consultou o relógio. Nina ia aterrissar.

Colina de Kvalsund. À tarde.

Desde a manhã, Anneli havia percorrido todo o vale ao longo de Ravdojavri, passando pela garganta entre Unna Jeahkiras e Skoletoppen. O cansaço advindo desse longo percurso em esquis a acalmava. Ela parou à beira do lago congelado de Handdljavri, observando a superfície. Com o sol brilhando, a neve que cobria uma parte do lago estava pesada de umidade. Em alguns lugares ela já derretera. A camada de gelo ainda era espessa o suficiente para suportar o seu peso. O mesmo não se dava com a *siebla*, a neve prestes a degelar, mas que havia sido gelo durante toda a manhã, voltaria a ser *tjarva* e depois derreteria novamente. Quando a neve voltava a ficar *tjarva* com o frio da noite, tornando-se novamente dura, as renas precisavam ser acompanhadas com atenção redobrada, porque podiam aproveitar a rigidez da neve e ir para longe. Acompanhada de outros, Anneli tinha passado uma parte da noite vigiando-as, para garantir que não se dispersassem antes do iminente fim da transumância, que devia levá-las até o estreito e, mais além, à ilha da Baleia. Ela havia esperado que a neve recomeçasse a amolecer de manhã para, só então, suspender a sua vigilância. A camada de neve no pequeno vale onde suas renas pastavam ainda estava muito consistente e lhes chegava pelo menos até a barriga, o que acabava por retê-las. Restavam apenas alguns dias. Ela deveria ter ido descansar de manhã, mas seu espírito estava agitado por uma multidão de ideias. Depois de tomar café da manhã com Susann no chalé da amiga, ela calçou os esquis. Voltaria à tarde, havia avisado.

Anneli deslizava na neve, e a dificuldade não reduzia a sua velocidade. Naquela quinta-feira ensolarada, ela cruzou com algumas famílias norueguesas que iam esquiar. Pelo menos eles não usavam motoneve naquela área tão sensível. Anneli lhes fez um sinal alertando-os sobre a presença de rebanhos mais além, e os noruegueses lhe agradeceram antes de seguir para outro vale. Se todo mundo contribuísse assim, pensou ela, a Lapônia seria grande o suficiente para todas as pessoas de boa vontade.

Anneli atravessou o lago. Em alguns locais, o que havia era gelo quase translúcido, e ela se maravilhava com os tons explosivos que via com os reflexos do sol. Deixando o lago por um momento, subiu pelo flanco da colina. Sua rocha sagrada estava à vista. Sua rocha. A rocha deles. Ela ficara impressionada quando Erik a levara ali pela primeira vez, dois anos antes. Na primavera também, mas uma primavera mais doce, maravilhosa, mais quente, a primavera de seu compromisso. Eles tinham ido ali de esqui, e Erik, sem preveni-la, lhe dissera para deixar os esquis ao lado dos deles na beira do lago e segui-lo. Tinham subido. Não por muito tempo, até o alto da pequena colina. Para sudeste se via o lago e vislumbrava-se o rio Kvalsund, ainda gelado. Olhando para noroeste, via-se claramente a ilha da Baleia, além do estreito.

Com um ar misterioso, Erik tirara da sua mochila uma pele de rena que estendeu na neve, contra uma rocha. O pico da colina estava a poucos metros deles, atrás de grandes rochas cinzentas manchadas de líquen marrom e amarelo. Erik apanhara uma garrafa térmica e copos de bétula. Tudo fora preparado com antecipação, e ela se sentiu inundada de felicidade. Ele havia posto a mochila nas costas e, sem nada dizer, pegara a sua mão. Contornando o pico, do lado sul, conduzira-a até uma pedra pontiaguda e vertical, que parecia se destacar do cume e se inclinar ligeiramente para o vazio. Era do tamanho de Erik. Estava cercada de neve. Erik se ajoelhara e tirara da mochila um chifre de rena. "Você se lembra dele?" Sim, ela se lembrava. Alguns dias antes eles estiveram passeando no mercado de Kautokeino, durante a festa da Páscoa. Um dos seus tios-avôs vendia chifres de rena com formas extraordinárias. Erik tomara Anneli pela mão, e os dois jovens tinham se divertido interpretando as formas. Erik lamentara não ser capaz de nenhuma poesia diante delas, e Anneli apenas sorrira para ele, tocada pela sua humildade. É poeta quem sente a beleza das coisas, ela lhe dissera suavemente. Para ver o belo não é preciso palavras. Ele então apertara sua mão, visivelmente emocionado. Ela havia lhe mostrado um chifre cujas galhadas pareciam querer se justapor umas às outras. Erik discutira com o tio-avô sobre o preço, acusando-o de querer lhe vender pelo preço de uma rena macho não castrada um chifre de uma rena castrada. A lenga-lenga durara algum tempo, e enquanto isso Anneli percebera um chifre cuja forma se assemelhava a uma árvore genealógica, de uma regularidade e uma suavidade únicas. Sem ser muito grande, era uma obra de arte em estado puro. O tio lhe dirigira um olhar malicioso, fixara atentamente seu sobrinho, piscara para ela e declarara que aquele chifre não estava à venda. Erik quase pulara no tio, que depois de dar uma gargalhada dissera num tom solene que aquele chifre era de um macho não castrado e que ele poderia dá-lo. Todo mundo rira estrondosamente, Erik perseguira o tio tentando lhe dar um tapinha. Momentos raros de alegria simples e genuína. O tio então assumira um ar sério, aproximara-se de Erik e Anneli e lhes dissera que tinha uma razão muito forte para não vender aquele chifre: ele lhe fora dado por um negociante finlandês havia muito tempo. O negociante tinha se arrependido profundamente, pois tinha tirado o chifre de uma rocha sagrada que lhe fora indicada por um velho criador que já não estava totalmente lúcido. E além disso o negociante embebedara o lapão. Olhando para o tio-avô com uma expressão grave, Erik lhe garantira que o chifre estaria em boas mãos. E eis que Erik o tirara da sua mochila. Esse chifre foi feito para nós, dissera ele então. Eu queria um chifre de macho não castrado, acrescentara com um ar de criança séria, porque esses chifres são mais duros e mais resistentes que os dos machos castrados. E eu queria um chifre tão resistente quanto o meu amor.

Naquele dia, Erik ousara pedi-la em casamento. Tinha colocado o chifre atrás da rocha sagrada, a rocha sagrada deles, que brilhava apontando para o norte.

Anneli não tinha voltado à rocha desde a morte de Erik. Ela estendeu a mão e tocou a galhada. Foi tomada por uma onda de calor. Fechou os olhos por um momento e rezou, como faziam os *sami* no recesso de sua alma quando voltavam à fé de outrora, longe dos olhos do mundo.

39

Aeroporto de Alta. 17h30.

Klemet viu imediatamente que a viagem de Nina não tinha sido boa. Fisionomia tensa. Seus olhos azuis se mostravam cinzentos, de tal forma ela estava sombria. Embora lhe sorrisse, não aplicou muito esforço nisso. Nina raramente escondia as suas emoções. Nada de fazer de conta, nada de teatro.

Ela parou na saída do aeroporto e respirou fundo. Voltou e foi se sentar a uma mesa de madeira. Colocou a maleta no banco.

– Se eu fumasse, agora seria o momento.

– Eu lhe trago um café.

Klemet retornou com duas xícaras fumegantes.

– Seus pais são vivos? – indagou ela.

Klemet tentou se lembrar se eles já haviam conversado sobre isso. Não, certamente não. Ela não esperou a resposta.

– Eu acabei de perder a minha mãe. Ela não está morta, mas eu a perdi.

Nina falava aceleradamente. Klemet ouvia sem interrompê-la.

– Como é que eu pude suportá-la todos esses anos? Klemet, seja franco, você às vezes me acha estranha?

– Estranha? O que é que você quer dizer?

– Eu não sei, com reações... estranhas.

Klemet observou sua colega. Estranha. Evidentemente ele a achava estranha. Pelo simples fato de desembarcar ali, uma moça do sul já era estranha. Além disso, sempre empunhando a sua câmera, e as observações que fazia sobre as mulheres, tudo isso era um pouco estranho, mas não muito.

– Não, eu não acho, não. Você é sobretudo... normal.

– Ah, normal...

Ela fechou os olhos e ficou assim por um tempo. Abriu-os e olhou para Klemet.

– Tenho uma pista para encontrar o meu pai. Acho que ele conheceu esse meio do mergulho melhor que qualquer outra pessoa. Talvez ele vá poder nos dizer o que Anta Laula fazia lá. E além disso há uns subterfúgios aí, eu sinto.

– Nina, você sabe que os seus instintos...

– Ah, por favor, não comece com isso.

– Você não se jogaria nessa pista só para retomar o contato com o seu pai, por acaso?

– De jeito nenhum. Estamos patinando nessa investigação, como sempre, e é preciso tentar avançar.

– Então é só o seu instinto?

– Ora, esqueça o meu instinto. Não deixo de dar atenção a quem quer que esteja relacionado ao caso, mesmo que remotamente.

Klemet não respondeu de imediato. Eles estavam bebendo o café. Ambos de mau humor. Nina tinha realmente uma expressão emburrada naquele momento. O que lhe caía bem. Ele quase lhe disse isso, mas ponderou que corria o risco de receber café quente na cara.

– Gunnar Dahl alugou a caminhonete.

– O quê?

– A caminhonete em que os três caras morreram afogados, Anta Laula e os dois outros, Gunnar Dahl foi o fiador da locação em Alta, verifiquei antes da sua aterrissagem.

– Dahl? Mas isso não tem sentido. O que foi que ele disse?

– Eu ainda não o interroguei.

Ela olhou o reológio.

– Ele me disse que não conhecia Laula. Mentiu para mim. Um canalha com aparência de pastor.

– Pode ser e pode não ser, ele conhece um dos dois outros ocupantes da caminhonete.

– Em todo caso, Dahl tinha interesse em eliminar Steel e Birge. E além disso ele faz o que pode para eliminar os caras que deram o golpe. A presença de Laula na caminhonete pode ser pura coincidência. Formalmente é plausível.

– Formalmente um norueguês não se opõe a concorrentes na Noruega para ter mais concessões quando elas são distribuídas para todos neste momento em que o governo está louco para desenvolver o gás e o petróleo no mar de Barents.

– Ótimo, agora você é especialista no assunto?

– Eva me inteirou.

– A querida Eva, claro. – Ela lhe lançou um olhar mal-humorado.

– Bom, vamos indo?

Nina levou sua malinha até a picape sem esperar Klemet e se instalou no lado do passageiro. Ele foi andando o mais lentamente possível.

– Onde é que eu deixo você?

Ainda era cedo. Ela pensou numa mensagem que teria recebido enquanto estava no sul.

– Você pode me levar para Hammerfest?

Eram apenas duas horas de estrada, e ela poderia se trocar rapidamente no posto de Skaidi. À noite, Nina precisaria espairecer as ideias.

Quando Anneli retomou a estrada ainda era cedo. Ela havia avançado até a ponte de Kvalsund, atravessado a pé e se dirigido à rocha vizinha ao estreito. Aquela aonde os criadores iam de tempos em tempos depositar uma oferenda antes da travessia das renas. Ela a rodeou, como no outro dia. Passou a mão na rocha, tentando entender o que podia ter acontecido. A neve havia escasseado ao pé da rocha. A face voltada para o sol transpirava gotinhas. A primavera imprimia sua marca. Anneli notou algumas peças nos vãos da rocha. Não conseguia atingir a altura necessária para saber o que podia haver na rocha de orações secretas. Curvou-se por um momento, tentando ficar bem pequena na brecha cavada entre o que parecia ser duas pernas da rocha. Por um instante ela se sentiu bem. Fechou os olhos, deixando seu espírito vagar. Endireitou-se, percorreu a rocha, ainda acariciando-a, sem se preocupar com os arranhões que riscavam a palma da sua mão, e viu um pequeno bracelete de couro. Não precisou de muito tempo para identificá-lo. Ela o tomou na mão, de onde brotavam gotas de sangue, fruiu por um momento a sua suavidade, e então pegou o celular.

40

Black Aurora, Hammerfest. 20h50.

Nils Sormi e Tom Paulsen bebiam uma cerveja no terraço externo. Com os cotovelos fincados no balcão que ele mandara instalar, Nils contemplava a baía de Hammerfest. Um superpetroleiro havia chegado à noite contornando a ilha Melkøya. Os 300 metros do *Arctic Princess*, um navio transportador de gás liquefeito construído especialmente para recuperar o gás da jazida de Snø-Hvit, cintilavam ao longe. Suas quatro enormes meias-esferas laranja, tão brilhantes quanto o casco, exprimiam toda a força daquele enorme projeto. Que ainda estava apenas no início. Logo, todo o mar de Barents pulularia de atividades, como havia acontecido com o mar do Norte a partir dos anos 1970. Os navios de estudo sísmico já se apressavam. Chegara a vez deles. A impaciência era tal que, depois de três décadas de negociações, quando em julho de 2011 russos e noruegueses enfim assinaram o tratado que delimitava sua fronteira marítima no mar de Barents, o *Harrier Explorer*, navio noruguês de estudo sísmico, tinha determinado a rota para a zona fronteiriça considerada rica em hidrocarbonetos minutos após a entrada em vigor do acordo. Sim, havia mesmo chegado a vez deles.

O hotel flutuante *Bella Ludwiga* parecia insignificante ao lado do *Arctic Princess*. Uma caixa de sapatos flutuante. Nils Sormi pensava no acidente que custara a vida de Steel e Henning Birge na parte posterior do navio-hotel. Bebeu um gole. Sem dúvida, os dois homens não tinham tido tempo de sofrer. Não era o que ele lhes desejava. Ele imaginava muito bem o filme dos acontecimentos no décimo de segundo que se seguiu à abertura da cabine de pressurização. Henning deve ter percebido o que ia acontecer. Talvez ele tivesse tido tempo de sentir medo. Steel? Ele não havia sido mergulhador. Henning sim, na juventude. Talvez tivesse tido tempo de entender que as suas células seriam pulverizadas sob o efeito da súbita descompressão. Nils tinha visto as fotos. A pele dilatada e descolada dos ossos do rosto, uma absurda máscara, horrível, que lembrava as carrancas esculpidas por alguns povos primitivos.

– Você está pensando no seguro? – indagou seu parceiro.

– Pois é, uma surpresa fantástica, realmente não estou entendendo nada. Mas vou ficar com o dinheiro, pode ter certeza.

– Você acha que ele pode ter vindo do americano?

Nils via como se estivesse diante dos restos do rosto de Steel. A parte superior do crânio e o cérebro do Texano não tinham sido encontrados. Seu braço esquerdo fora localizado a 10 metros da câmara, arrancado da articulação com o ombro.

– De Bill? É verdade que ele gostava muito de mim. Estranho.

– Ele fazia de você o mergulhador estrela da South Petroleum em Hammerfest. Apreciava de fato o que você fazia.

– Esse Texano porco que queria pegar a minha garota.

– Ele estava bêbado.

– Um porco que me humilhou.

– Nils, preste atenção no que você diz em público.

Seu amigo lhe falara com uma voz calma. Uma advertência sincera, ele sabia disso. Tom Paulsen se preocupava com ele. Nils continuava pensativo.

– A única coisa intacta que encontraram dele foi o boné do Chicago Bulls. Que grande piada.

– Aquela mensagem, você tem alguma ideia?

– *Das profundezas*? Você quer dizer que haveria uma relação com esse... esse acidente? Você quer dizer que ela pode me ligar à morte deles?

– Você deve considerar tudo, antes que outros façam isso por você. Com esse monte de dinheiro, as pessoas vão se fazer perguntas. Sobretudo a polícia. Talvez você devesse se antecipar e contar para eles.

Nils olhou para o amigo sem entender. Coisa rara. Paulsen era a única pessoa em quem ele depositava toda a confiança. A pessoa que o compreendia melhor que qualquer outra. Mas será que ele poderia compreender tudo, tudo mesmo?

– O que quero dizer – prosseguiu Paulsen – é que isso desfaria algumas suspeitas.

Nils ficou em silêncio por muito tempo. Os dois homens bebiam sua cerveja em goles pequenos, sem se preocuparem com os fregueses que lotavam o Black

Aurora, lançando olhares para o terraço e fazendo-lhes sinais. Nils não prestava atenção na música. Nem nos cumprimentos. Não precisava pensar em Elenor, que voltara para Estocolmo alguns dias antes. Ele não ligava para o que ela fazia lá. Em Estocolmo não o conheciam. Sua imagem não se arranharia com isso.

– Me aconteceu uma coisa alguns dias atrás – começou Nils. Ele tinha o olhar fixo no *Arctic Princess*. Seu amigo devia estar observando-o muito atentamente. – Eu...

Contar ou não contar? Nils pensava. Tom poderia ouvi-lo. Mas Nils voltava a hesitar. Seria capaz de relatar o que lhe acontecera, de explicar o que o levara a fazer o que fizera? Ele não queria decepcionar o amigo. Tom era o único que ele poderia olhar de frente, em qualquer circunstância. Um dia, debaixo d'água, sua vida teria esse preço.

Juva Sikku entrou no terraço nesse momento. O criador devia estar pondo os pés no Black Aurora pela primeira vez; seu ar afetado revelava isso. Nils o fez parar com um olhar. Seria preciso que além de tudo o vissem com aquele corredor de tundra? Sikku ficou a distância, esperando um sinal de Sormi.

– Me encontre daqui a uma hora no Riviera Next – foi só o que disse Nils ao seu parceiro.

Com um gesto de queixo, ele indicou a saída a Sikku.

Nina quase se chocou com Tom Paulsen no momento em que entrava no Black Aurora. Ela havia tido tempo de se trocar no posto de Skaidi, e Klemet a deixara no bar antes de ir estacionar a picape.

Ao ver o sorriso do mergulhador, ela reencontrou imediatamente a impressão do lago. Calor, confiança. Os olhos amendoados, a boca de contornos bem marcados.

Quando fora isso? Ontem. Ontem? Seria possível que ela tivesse conseguido ver sua mãe nesse lapso de tempo? Impensável. Um pesadelo. Mas ela revia o rosto encovado, os olhos inquisidores. Reais. Sua mãe sabia perfeitamente como fazer as pessoas se sentirem culpadas sem dizer uma única palavra. O rosto de Nina ficou sombrio. O sorriso de Tom desapareceu quando ele pareceu tomar consciência daquela mudança de atitude.

– Dá para ver que você está precisando de uma injeção de ânimo. Alguma novidade sobre o seu pai?

Sem pensar em nada, Nina seguiu Tom até o terraço. Ela não era suficientemente conhecida ali para suscitar comentários. E não estava ligando para nada naquela noite. Ele lhe trouxe um gim-tônica. Não era a sua bebida preferida, mas Nina a encarou. Pelo vidro, ela viu Klemet entrar e procurá-la com o olhar. Vendo-a acompanhada, ele se instalou no bar interno. Ela gostou disso. E sorriu para Tom.

– Eu não estava pensando em encontrar o meu pai, mas de repente ele pode estar tão perto que talvez eu consiga vê-lo um dia desses, e isso me dá uma vertigem.

– Você disse que ele foi mergulhador.

– Inicialmente pescador, depois mergulhador. Começou em meados da década de 1970.

Tom Paulsen assobiou. Com um trejeito de boca. Um trejeito bonito. Mas um trejeito que queria dizer muita coisa.

– Essa época eu só posso imaginar. Mas quando vejo como nos pressionam hoje, concluo que era preciso uma enorme coragem para ser mergulhador naqueles tempos.

– Ou inconsequência?

– Correm muitas histórias sobre essa época. Histórias incríveis. Com um pouco de fantasia, claro. Mas com incontáveis acidentes, também. E mortos. Dezenas de mortos no mar do Norte. E pessoas destruídas. Mas que não são vistas. O meio afasta essas pessoas.

-- Afasta?

– Não é bom para o moral das equipes.

– Você parece crítico...

– Eu escolhi esse ofício porque é bem remunerado. Não tenho vergonha de dizer isso. Depois descobri um espírito particular. Esse trabalho de equipe. A dupla que formo com Nils, por exemplo. Podem pensar o que quiserem dele, mas ele arriscaria a vida por mim, não tenho a menor dúvida disso. E muita gente que se arriscou pelo petróleo foi dispensada. Hoje em dia, há mais cobertura. Mas antes o meio não era honesto.

Nina ficou em silêncio, olhando para seu copo vazio.

– Eu me pergunto se o meu pai teve um parceiro assim.

– Ele teve, estou certo disso. E se o seu pai é o tipo de homem que imagino com base em você, deve ter arriscado a vida por ele.

Nina olhou para ele franzindo as sobrancelhas.

– Mas você não me conhece.

Tom Paulsen lhe respondeu com um sorriso e a arrastou suavemente para fora.

Klemet tinha se perguntado se devia ficar no bar ou voltar para Skaidi. Havia visto Nina sair com o parceiro de Nils Sormi e na verdade não gostara disso. Esses mergulhadores cheios de grana que só precisavam estalar os dedos para... Por um momento, isso o fez lembrar a juventude nada resplandecente quando na saída das festas ele esperava as meninas acabarem de ser beijadas por outros para então lhes servir de motorista. Klemet, o amigo simpático, firme e fiel, diziam elas, que como agradecimento se contentava com um beijinho no canto da boca, não como esses obcecados que não nos deixam tranquilas enquanto não nos passam a mão por toda parte.

Esta noite só café, mais nada, pensou Klemet. Ele se lembrava de certa bofetada estrondosa que Nina lhe dera na noite em que ele a beijara por... engano? Tudo bem, eu tinha bebido, e normalmente não bebo. Beijar Nina, um engano? Isso mesmo, meu velho, um erro. Pelo menos se embriagar foi um erro. Que idiota. Terreno perigoso. Uma colega. E apenas uma colega. Ponto-final. Não como Eva. Ele pensava em Eva, mas via Sonia. Sonia Sormi, a bela tia. Queria muito estar com ela naquela noite. Tinha certeza de que voltaria a vê-la. Mas, diabo, por que ela estava em Alta e ele esperando sabe-se lá o quê, esperando que Nina descesse das alturas com um sujeito de sorriso artificial? Café, somente café. Sonia Sormi. A história que ela lhe contara o havia perturbado. O antepassado exposto como num zoológico. O que isso revelava de Sormi? Nada, no final das contas, porque ele ignorava o episódio. Mas Klemet não tinha certeza disso. Os pais de Sormi haviam feito o possível para empurrá-lo para o meio petroleiro. Sormi, o garoto pretensioso, parecia ter na água o mesmo prazer que um peixe. O garoto Sormi, o orgulho das companhias petrolíferas. Klemet pensou no prazer que sentiria ao lhe revelar a verdade sobre suas origens, contando-lhe como exibiam o seu antepassado nos circos da Europa, e que o estavam usando do mesmo modo agora.

– Você está com um ar muito pensativo.

Nina acabava de se sentar ao lado dele. Tinha uma expressão maliciosa. Um tanto perplexo, Klemet olhou para ela.

– Nossa! Você nunca viu uma loira?

Ele inclinou a cabeça para um lado, como se reforçando sua surpresa, à espera que ela falasse. Ela não falou, limitando-se a sorrir. Ele não lhe arrancaria nada. Klemet viu que o rosto dela se tornava mais sombrio, preocupado. O modo como aquele rosto exprimia a mais insignificante emoção era algo que sempre o impressionara. E as expressões mudavam muito rapidamente.

– Klemet, o meu pai...

– O seu instinto, mais uma vez...

Ela fez como se não tivesse ouvido nada.

– Utsjoki, a 300 quilômetros, podemos chegar lá no fim da manhã, encontrá-lo, o que não é difícil, porque aquilo ali é um buraco; nós o encontramos, conversamos e estamos de volta amanhã à noite. Não é uma proposta irresistível para passar uma sexta-feira infernal? A menos que você tenha um plano em Kiruna. Mas a distância é o dobro, você sabe.

– Por que você tem tanta certeza de que, um: vamos encontrá-lo com tanta rapidez; dois: ele pode nos ajudar? Outros seriam capazes de fazer isso igualmente bem e até melhor. O pessoal do ramo. Seria preferível obtermos informações da Diretoria do Petróleo ou das companhias de mergulhadores. O seu pai já deixou esse meio há uma eternidade.

– Isso vai demorar muito, e não temos tempo. Claro, poderíamos fazer isso, mas francamente não é o nosso campo de *expertise*. E além disso ele viveu essa época, quando Anta Laula fazia sabe-se lá o que por lá. Para mim ele provavelmente dirá coisas. Eu não sei bem se as companhias falam muito dessas histórias. Já vi muito bem o modo como Gunnar Dahl apresentou as coisas.

– É preciso pelo menos pedir a Hotti que ela se ocupe disso, do seu lado. Ela pode pôr um cara lá, isso vai nos aliviar.

– Claro, claro. Vamos pedir isso para a nossa querida delegada. Então, Utsjoki?

Klemet deu um longo suspiro. Nina lhe dirigiu um grande sorriso, cuja falsidade foi incapaz de disfarçar.

– Mas então vamos sair bem cedo. Eu não quero voltar muito tarde.

Nina tomou sua cabeça entre as mãos e beijou-lhe a testa. Pegou as chaves do carro que Klemet tinha posto diante de si e as suspendeu diante do nariz dele.

– Então vamos nanar.

41

A quinta-feira não era um dia de grande afluência no Cais dos Párias. Os dois bares abriam como sempre, mas os frequentadores assíduos estavam em casa ou então, no que diz respeito aos mais ativos, no Redrum, talvez no Black Aurora. Nils Sormi esperava dentro do Riviera Next. Na breve conversa que tivera com Juva Sikku no estacionamento do Black Aurora, havia conseguido pressionar o criador. Tikkanen devia levar um puxão de orelha; Nils contava com Sikku para executar a tarefa. Nils tinha tentado ser o mais evasivo possível ao mesmo tempo que se certificava de que Sikku havia entendido a mensagem. Era preciso ser discreto, mas claro. "Você está entendendo, Juva?" O criador tinha assentido com a cabeça, parecia estar sendo supliciado. Coitado. Nils via até que ponto Sikku desejava agradar-lhe. Se Tikkanen tivesse estado lá, ele o teria desancado imediatamente. E em seguida olharia para Nils com aquele seu ar embasbacado. Tikkanen se metia em muitas histórias, putas, câmara hiperbárica, promessas no ar. Sobretudo falava demais, principalmente para a polícia. Excessivamente preocupado em proteger seus pequenos negócios com todo mundo. Nils Sormi levara Sikku a entender que era do interesse de ambos que Markko Tikkanen recebesse uma lição. "Uma lição, você entende, Sikku?" O outro havia olhado com um ar de quem não estava entendendo nada, mas Nils o fez lembrar que Tikkanen havia dito à polícia que ele, Juva Sikku, tinha sido o motorista das putas. "Você se lembra disso, Juva?" Claro, ele se lembrava. "E para você também ele fez promessas, aquele gordo, não é?" Juva estava contrariado. Percebera que circulavam informações demais, e sabe Deus como isso acabaria. Aqueles pensamentos angustiantes se refletiam no seu rosto. Nils havia invocado a velha amizade dos dois. Ele não esperava que Juva caísse nos seus braços, e o criador não era idiota a ponto de não perceber que ele o desprezava. Mas o mergulhador apostava na necessidade de reconhecimento de Juva. Sabia que o criador tinha um projeto de fazenda na fronteira finlandesa. Eu poderia investir, ele lhe insinuara, acredito no seu projeto. O outro se iluminara.

Sikku não era oito ou oitenta, ele sempre se dispunha a uma solução de concessão, em todos os campos, isso se via na sua cara, e desde a infância fora assim. E, afinal de contas, ela não estava tão distante. Por que ele mudaria? Ao se afastar, Nils deslizou impassivelmente para a sua mão um cartão de membro do Black Aurora. Seja grosso e faça com que ele entenda, hein? Estou contando com você. O outro tinha esboçado um sorriso. Como ficou orgulhoso, o panaca. Nils tinha pousado a mão no ombro dele, apertando-o para denotar confiança e cumplicidade – pelo menos o gesto poderia ser assim interpretado –, e o levara até o carro.

Após ter se despedido de Juva Sikku, ele precisou de apenas dez minutos para ir estacionar diante do Riviera Next. Sikku havia sido fácil. Ao ver Tom Paulsen esperando numa das mesas com banco acolchoado, as imagens lhe voltaram. Não eram agradáveis. A de Bill Steel ainda passava. Não as outras. Ele pegou a cerveja que o garçom lhe estendia e se sentou diante de Tom.

– O que é que você foi fazer? – perguntou Paulsen.

Nils fechou os olhos por um longo tempo. Seu parceiro não o julgava. Apenas se preocupava com o companheiro. Percebia que algo estava acontecendo.

– Um cara veio me ver não faz muito tempo. Eu o conheci quando era garoto.

As imagens. Essas não eram agradáveis. Sobretudo as sensações que as acompanhavam. Superexcitação, deslumbramento, arrepios, admiração, tudo o que podia perturbar um garoto apaixonado pela aventura e que gostava de ir sempre mais além. E a outra imagem, de agora. Ele se deu conta de que estava fixando o seu copo. As bolhas amarelas da cerveja o trouxeram de volta à realidade. Essas bolhas que o faziam lembrar outras, capazes de liquidar um mergulhador.

– Eu posso dizer que é o cara que me levou para o mundo do mergulho.

– Você já me falou dele.

– Já. Pois é, esse cara voltou. E... eu mal o reconheci, Tom. Um caco. Custei a acreditar no que via.

– Como, um caco?

– Não sei... O olhar dele... A gente reconhece quando vê, percebe quando um sujeito está fora de órbita. O jeito de se mexer, a gente sente que ele não está bem, a sua voz e sobretudo os seus olhos. Esse sujeito estava num outro planeta.

– O que é que ele queria?

– Não sei. Queria falar comigo uma coisa importante, mas...

– E aí?

– Ele insistiu. Disse que precisa de mim, que tinha se enganado, que...

– O quê?

Enfrentar o olhar de Tom agora, pensar em todos os valores que eles compartilhavam, na vida e na morte, jurar um para o outro que jamais abandonariam um companheiro na necessidade...

– Mas eu o dispensei. Disse para ele ir embora, que eu não queria saber dele.

Tom ouvia em silêncio.

– Ele queria ajuda, Tom, e eu o rejeitei. Droga, estou com isso na cabeça há dias.

– E você não sabe mesmo o que ele queria?

Nils limitou-se a fazer uma negativa com a cabeça.

– Você sabe como encontrá-lo?

A cabeça da direita para a esquerda, com o olhar nas bolhas.

– Você quer encontrá-lo?

Nils ergueu os olhos para pousá-los nos de Tom.

– Não sei.

Ele se endireitou, projetou-se sobre o seu copo e murmurou.

– Ele me deu medo, Tom. De repente, vi como vou ser daqui a vinte anos, dez anos. Não sei por que nem de onde me veio essa ideia, mas ela me deu muito medo, e eu não quis mais vê-lo. Meu Deus! Esse cara era o meu herói da juventude. E ali, uma ruína, um cara que vinha mendigar sei lá o quê. E eu não consegui, Tom, não consegui. Virei as costas para ele.

Paulsen balançava a cabeça, por sua vez, mergulhado na observação da sua cerveja.

– Sabe de uma coisa? Nós vamos encontrá-lo. E então tentaremos saber o que ele quer.

Nils ficou por um momento com os olhos erguidos. Agradeceu-lhe com um ricto. Eles beberam e ficaram silenciosos por algum tempo.

– As mensagens, aqueles SMSs, você acha que foram mandados por ele?

– *Das profundezas*? E a outra, impronunciável? Eu já pensei nisso. Pode ser. Mas o que é que ele queria dizer?

– Vamos descobrir. Não sei como, mas vamos descobrir.

42

Sexta-feira 7 de maio.
Nascer do sol: 1h51. Pôr do sol: 22h52.
21 horas e 1 minuto de luz solar.

Hammerfest. 6h30.

Tikkanen precisou de apenas dois dias para encontrar um simulacro de solução. Para o caso da garota Steggo. Assim que nasceu o sol, ele tinha entrado no carro para encontrá-la. Sabia que ela se levantava cedo, pois se informara com Sikku. Aquele lá estava ficando nervoso. Já era hora de resolver tudo. É preciso dizer que todo mundo estava nervoso. O enterro do prefeito Fjordsen mobilizava muita energia. E além disso havia aquela luz, aqueles dias sem fim. Verdadeiras pilhas elétricas, isso deixava todo mundo com os nervos à flor da pele. As pessoas não se davam conta, mas toda aquela luz acabava com os nervos. Felizmente, Tikkanen tinha um equilíbrio sólido. Não era do tipo que se desestruturava, não Tikkanen. Não era uma natureza frágil. Que sol bom, fantástico!

Segundo Sikku, a garota Steggo preparava o restante do seu rebanho para o embarque para a ilha. Ela devia utilizar o barco do Departamento de Administração das Renas. Haviam nascido filhotes antes da hora, e eles estavam fracos demais para atravessar o estreito a nado. Isso convinha muito a Tikkanen, porque o ajudaria. Com a proposta que ele pensava em fazer à moça, ela não precisaria mais se incomodar com a passagem das suas renas por uma ilha. Ótimo, todos ficariam contentes. Decididamente, sou mesmo um cara legal. Ah, isso, Fjordsen, isso não o teria desgostado. Uma coisa verdadeiramente idiota, ele ter deslizado daquele jeito. Contraproducente. Ora, o seu substituto dará conta do recado. Tikkanen entrou no túnel, aquele onde as renas iam buscar sombra quando o verão estava no auge, e logo atravessou a ponte lançada sobre o estreito. Pôs no lugar a mecha, achatando-a deselegantemente, como se estivesse preparando a massa de uma torta. Então sorriu. Fjordsen ficaria contente de ver que Tikkanen resolvera o problema da garota Steggo. Todos em Hammerfest tinham de concordar que um criador a menos na ilha da Baleia seria um belo presente *post mortem* para o prefeito. Inclusive isso talvez fosse suficiente para fazer calar os cabeçudos que o acusavam de usar suas fichas. E então, para que servem elas? Para fazer aviãozinho de papel? Balançou a cabeça, e sua mecha voltou a cair. Agora eu me enervo sozinho. Presto serviço, eu presto serviço. Avistou as tendas do acampamento. Via-se fumaça subindo, homens e mulheres circulando entre as tendas. Aparentemente as crianças estavam dormindo. Um criador em sua motoneve, de pé e com um joelho apoiado no assento, passou diante dele, obrigando-o a frear subitamente. O criador mal lhe lançou um olhar; tinha o peito atravessado por um laço laranja e um cigarro pendurado no canto da boca. Tikkanen olhou para a neve derretida em alguns pontos e para os seus mocassins pretos. Claro, os dois não combinavam muito um com o outro. É verdade que ele quase não saía do seu escritório. Resolveu-se ao ver Anneli Steggo sair de uma tenda com um galão.

O sol brilhava havia algumas horas, mas a neve ainda não tinha amolecido a ponto de deixar de sustentar o peso humano. Ele se enterrou desde os primeiros passos. Bom, alguns quilos a mais. A garota Steggo acabava de entrar numa tenda. Logo saiu de lá e viu Tikkanen tentar saltar de uma placa de urze para outra. Ele lhe fez um sinal, esgotado por tantos saltos. Enfim, pôde lhe explicar o que tinha em mente. Estava orgulhoso, isso devia lhe agradar. Tinha até mesmo levado um mapa que ajudaria a demonstrar seu plano. Queria apenas consultá-la, claro, a decisão não lhe pertencia, mas as terras de um camponês já velho poderiam resolver o caso, no litoral, perto de Naivuotna, e, quanto às questões de contrato, Tikkanen considerava um dever facilitar isso, um dever, ele insistiu na palavra, pela memória do pobre Hendrik, perdão, Erik, Erik, que infelicidade, tão jovem, tão talentoso. Enquanto ele falava, aquela mulher mal o olhava; seu olhar estava perdido nas montanhas, e quando se voltava para ele era um olhar que ninguém jamais lhe dirigira. Normalmente, havia sempre nos olhares uma ponta de desprezo, que o tranquilizava quanto ao papel que cada um tinha, mas nesse caso não. Ela estava em outro lugar, mas não desdenhosa, não desagradável na verdade, não superior, e isso, para Tikkanen, é preciso dizer que isso o desestabilizava um pouco, que não o olhassem de cima e com um sorriso oblíquo. Ele havia prometido a si mesmo que tentaria extrair um acordo de princípio, mas isso implicava outras coisas, e ele se viu de volta no seu carro sem entender de fato o que fazia ali. E ela quase não abrira a boca.

Anneli tinha deixado o agente imobiliário se afastar. Ela o escutara sem ter vontade de responder. Isso sem dúvida o tinha magoado. Ela via perfeitamente aonde ele queria chegar. Seu amigo Olaf Renson a prevenira contra pessoas como Markko Tikkanen. Elas estariam ali, na tocaia. Tinha sido difícil para ela. Aquele homem não entendia de renas. Do contrário, não teria ido vê-la. Ele parecia achar possível mudar os hábitos dos rebanhos com o simples poder da vontade. Sem saber que um rebanho sempre voltava para a mesma pastagem de primavera porque era ali, e em nenhum outro lugar, que as fêmeas pariam, como os salmões que voltavam ao seu rio natal para desovar. Somente ao cabo de anos, talvez quatro anos, um rebanho se habituava a novas terras.

Esse homem não a conhecia. Do contrário, não teria ido vê-la, talvez. Ele não podia compreender que para ela, para Erik, no fim das contas aquilo tudo não tinha nada a ver com as tradições. Apesar das aparências, Anneli não era uma jovem para quem as tradições tinham tanta importância. Ela via que muita gente se recusava a avançar em nome das tradições. Bem ao contrário do projeto que ela e Erik compartilhavam. Desde que Erik tinha se afogado no estreito do Lobo, ela achava que a alma dele, que lá ficara, lhe indicava o caminho a seguir. Se alguém tinha querido desencorajá-la, essa pessoa havia se enganado. A rocha sagrada do estreito era disputada, ela sabia disso. Olaf lhe contara com uma indignação tocante o projeto das autoridades para deslocá-la para a outra margem, o que permitiria o alargamento da estrada. Isso não tinha nenhum sentido, e Olaf se exaltara. Ela o acalmara.

Anneli pediu emprestada a motoneve de Susann para ir a Kvalsund e pegar lá o carro de Morten Isaac, que não havia reprimido um resmungo ao lhe dar as chaves. Uma hora depois, ela chegava a Skaidi, justamente quando Nina Nansen se preparava para deixar o posto da Polícia das Renas. Nina a havia esperado, como prometera.

Ela entrou e cumprimentou os dois policiais. Sem esperar por mais nada, estendeu para Nina o bracelete de couro.

A policial olhou para ela franzindo as sobrancelhas, sem pegar o bracelete.

– Foi feito por Anta Laula, tenho certeza. É o tema dele. Eu o encontrei na rocha sagrada.

Klemet Nango pegou um saco plástico e pediu a ela que pusesse dentro dele o bracelete.

– Sim, eu me lembro de ter visto outros idênticos na exposição de Kiruna – disse Nina. – Onde foi que você o encontrou, exatamente?

– Na rocha, numa pequena fenda.

Nina voltou a pegar o bracelete e o girou entre os dedos. Seu material era couro de rena preto, decorado com fios de metal feitos com uma liga de prata e estanho. Esses braceletes estavam se tornando muito populares. Aquele era diferente. O entrelaçamento dos fios de metal ondulava até se tornar um tema.

– Acho que é uma estilização da marca de rena que ele usava – disse Anneli.

– Eu tenho quase certeza de que ele não estava lá outro dia, quando...

Nina se calou. Anneli sorriu para ela.

– Quando Erik se afogou, não é?

Nina meneou a cabeça. Anneli se levantou.

– Vou precisar da ajuda de vocês no sábado. Vou fazer a travessia do restante do rebanho. Será necessário bloquear a estrada durante o tempo em que as renas estiverem entrando no barco.

Os policiais a acompanharam. Quando eles partiram, Anneli viu Nina examinar o bracelete e começar a falar animada. Teria Anta Laula conseguido transmitir uma última mensagem?

A picape da patrulha P9 já rodava havia mais de hora e estava contornando o fiorde em direção ao sul. Cerca de 300 quilômetros os separavam de Utsjoki, na fronteira finlandesa. No Grande Norte, as estradas eram raras e quase nunca diretas, e era preciso transpor longas distâncias para ligar dois pontos não muito distantes em linha reta. O que na verdade não era problema para Klemet, que sempre gostara de dirigir. Ele estava entre os que não

257

se aborreciam em ir fazer compras na Ikea quando estava em Kautokeino, o que o levava a rodar 400 quilômetros para chegar à loja mais próxima, em Haparanda, mais ao sul. E para comprar cigarros ele precisava percorrer 50 quilômetros. As distâncias eram uma noção muito relativa. Klemet observou que Nina conservava o bracelete entre as mãos; enquanto olhava pelo vidro, ela acariciava suavemente o fino couro de rena, e seu dedo seguia descuidado o fio de estanho.

Klemet estava acabando de percorrer um canal quando Nina se sobressaltou. Um bracelete, Anta Laula... ela reviu a imagem do corpo dele. A caminhonete dos afogados. Anta Laula usava um bracelete na hora do acidente. Seria o mesmo? Exatamente o mesmo, com o tema do artista? Se assim fosse, Anta Laula quis passar uma espécie de mensagem. E por outro lado isso confirmaria que ele tinha ido à rocha sagrada depois da morte de Erik Steggo.

– Faça meia-volta, precisamos ver o bracelete que Anta Laula usava no dia da sua morte – disparou ela.

– Mas, meu Deus! – explodiu Klemet. – A gente pode ver quando voltar, se você quiser. Olhe, dá para ir lá ainda esta noite. Agora já estamos na estrada, como você quis. E se acalme. Eu entendo que rever o seu pai a perturba, mas se acalme.

– Isso me perturba? De onde você tirou essa ideia? Estou perfeitamente calma. Estes braceletes é que não fazem sentido.

– Tudo bem, a gente vai lá à noite.

– Espere, espere...

Ela se concentrava, mas Klemet prosseguia como se não tivesse havido nada.

– O que sei é que o bracelete não estava lá quando Erik morreu. Eu me lembro de já ter olhado naquele momento, por curiosidade. Que dia era...

– 22 de abril.

– Isso. E eu vi essa coisa, eu vi... Quando foi? Nós tínhamos voltado... Isso, quando voltamos de Kautokeino com aquela história das fotos, estávamos lá num domingo, quase duas semanas atrás, e voltamos lá no dia seguinte para termos uma ideia dos locais com a foto, e tenho quase certeza de que foi então que vi este bracelete pela primeira vez. E também tenho quase certeza de que ele não estava lá antes.

Klemet via agora aonde ela queria chegar.

– Então o bracelete foi colocado entre o dia 22 e... que dia do mês foi segunda-feira?

– Dia 26.

– Entre os dias 22 e 26. E lembre-se: nós soubemos da morte do Fjordsen no domingo, 25; estávamos na estrada para Kautokeino.

Eles tinham parado em Lakselv para uma breve pausa e um café. Klemet havia acalmado a exaltação de Nina. O fato de Anta Laula ser o autor do bracelete não significava que ele o tinha colocado no sopé da rocha. Os braceletes estavam à venda, qualquer um podia comprá-los. E qualquer um podia colocá-lo ali. Sem que isso tivesse um significado decisivo.

– Me diga uma coisa – disse ela –, não chegaram os resultados da análise do DNA encontrado sob as unhas de Fjordsen?

– Não, e eu gostaria que você se lembrasse de que não nos compete investigar a morte de Fjordsen. A nós, o que interessa é a morte de Erik.

– Você fala de uma investigação! A morte de Erik. Me diga o que já foi descoberto.

– A questão não é essa no momento.

– Mas talvez você possa ligar para o seu amigo futebolista em Kiruna. Ele deve saber.

Klemet resolveu não discutir, e fez a ligação. O médico legista estava dormindo até mais tarde – era seu dia de descanso – e resmungou ao atender Klemet, mas logo se alegrou, encantado por lhe dizer que na véspera o Hammarby vencera o Djurgården num jogo do campeonato sueco. Foi um único gol, e de pênalti, mas ganhar esse jogo reverteu as humilhações da temporada. Quanto ao resto, o legista foi formal. O DNA encontrado debaixo das unhas de Fjordsen correspondia sem a menor dúvida a um dos afogados da caminhonete, mas não era Laula.

– Sabe-se quando Anta Laula encontrou os dois caras da caminhonete? – indagou Klemet pensando em voz alta, depois de ter passado a informação a Nina.

– Quando? Vamos ver. Quando estávamos em Kiruna, eu na exposição e você com Eva, era dia 29 de abril. Laula deveria ter ido ao *vernissage*, mas não foi. Dia 29, portanto quatro dias depois da morte do Fjordsen, que foi no dia 25. Quando comunicamos a morte de Erik a Anneli, no dia 22, eu vi Anta Laula no acampamento.

– Ok, então no dia 22 não há bracelete na rocha e Laula ainda está presente no acampamento de Susann e de Anneli, Fjordsen é encontrado morto no dia 25, e no dia seguinte, 26, você vê o bracelete na rocha. Quando foi que Susann viu Anta Laula pela última vez no acampamento?

– Anneli me disse no último domingo, dia 2 de maio, depois da missa, que Laula já havia desaparecido havia alguns dias. Mas quando exatamente? De qualquer maneira, antes do dia 29, e acho que me lembro, não sei se por alguma informação do jornal ou porque alguém me falou, talvez Susann, que já havia preocupação pelo sumiço dele. Quando Anneli me disse isso, Fjordsen já estava morto havia uma semana. Será que ele já podia estar desaparecido mais de uma semana antes? Afinal de contas, parece que ele costumava fazer isso. Desaparecer e depois voltar, passando na casa de um e de outro, sabendo que sempre seria acolhido no acampamento de Susann.

– Como é que ele se deslocava? De motoneve, de carro?

– Ele ia com os outros. Durante a transumância, há sempre muitos movimentos em todas as direções.

– Ele pode no mínimo ter estado presente no dia em que Fjordsen morreu. Evidentemente, depois de ter ficado um tempo debaixo da água, não é possível fazer um exame da terra sob os sapatos.

– As marcas dos sapatos?

– Faz apenas três dias que os corpos foram encontrados. E os resultados do DNA são de ontem. Ainda não se fez nada. Mas vou ligar para Ellen e falar com ela sobre isso, se é que já não providenciaram.

Nina assumira o volante. Klemet aproveitou para avisar à delegada Ellen Hotti.

– Francamente – disse Nina depois de um longo momento –, você acha mesmo que Laula foi capaz de estrangular Fjordsen?

– Escute, Nina, aprenda a se limitar aos elementos de prova. A motivação, eu já lhe disse isso, é a cereja do bolo, se é que conseguiremos saber qual foi. Mas não esqueça que o Laula criador foi expulso da ilha da Baleia tempos atrás. Foi depois disso que ele começou a mergulhar, literal e figuradamente. A fazer experiências, pelo menos.

– Mas Fjordsen não era prefeito de Hammerfest quando Laula precisou deixar a ilha. A culpa não foi dele.

Klemet ficou em silêncio. Uma sensação estranha. A palavra "culpa". De quem era a culpa? Sua pergunta nada tinha de policial. Seria uma fatalidade o fato de os *sami* serem afastados dos seus territórios e forçados a adotar o mesmo modo de vida que os seus vizinhos não *sami*? Será que no fim das contas eu sou um infeliz? Para o meu avô, forçado a deixar o meio da criação, isso deve ter sido duro. Para o meu pai, que viveu essa degradação ao ver seu próprio pai se arruinar, isso deve ter sido duro. Mas e eu? Para ser honesto, não cresci com renas no meu jardim. E foi assim para a maioria dos *sami*. Então, de quem é a culpa?

Klemet acabou adormecendo.

Acordou quando Nina o sacudiu. O veículo estava parado num estacionamento diante de um posto de gasolina que tinha uma loja de conveniência, um dos inúmeros existentes em todo o Grande Norte, já que o Estado se omitia. O posto de gasolina e de serviços era também correio, loja de *souvenirs*, jornaleiro e locadora de vídeos. Utsjoki era uma vila pequena, com pouco mais de mil habitantes, mas, como Kautokeino, estendia-se por uma superfície imensa. Klemet hesitou em transpor a fronteira finlandesa, marcada por um rio. A Polícia das Renas tinha um mandado para intervir, mas localmente alguns policiais podiam se mostrar arredios.

A aldeia ficava do outro lado do curso d'água. Mas ele pensou que sempre se podia encontrar uma desculpa. Afinal de contas, era preciso se abastecer de gasolina. Ele foi até a bomba, enquanto Nina, com um passo decidido, se dirigiu à loja depois de ter lhe entregado as chaves. Os dois estavam à paisana, o que lhes garantia pelo menos um pouco mais de discrição. Klemet se perguntava se Nina teria uma foto recente do pai. Ele não lhe tinha perguntado, e lamentava isso. Na verdade, ele lamentava não ter discutido toda a questão durante o trajeto. Mas isso só teria aumentado a tensão da colega. Entrou para pagar e viu Nina no meio de uma discussão. Ela estava nervosa, sorria, levantava os braços para o céu, suplicava; ele nunca a vira assim. Ela se acalmou ao cruzar o olhar com ele, então encerrou a discussão e saiu com uma tira de papel onde rabiscara alguma coisa, fechou a mão, passou diante de Klemet sem se deter, de cara fechada, e entrou no veículo. O homem voltou para trás do caixa. Estava de botas, com uma calça azul-marinho superposta a outra, uma jaqueta laranja e um boné azul e verde Neste Oil que não cobria totalmente seu cabelo liso; ele parecia não sorrir há mais de quinze anos. Klemet quase lhe fez uma pergunta, mas acabou desistindo. Pagou e foi se juntar a Nina. Ela não abriu a boca. Por precaução, ele partiu na direção da ponte suspensa que atravessava o rio Tana e passou para o outro lado da fronteira. As colinas nuas os cercavam, ainda cobertas de neve, mas também ali semeadas de manchas marrons nos cumes, onde as bétulas-anãs surgiam ladeando as rochas. Nas margens da estrada, as manchas eram amareladas onde a grama pisoteada havia meses era ainda incapaz de encarar um sobressalto qualquer. Tudo aconteceria suavemente, pois ali a natureza sabia retomar forças com calma. Tendo transposto a ponte, Klemet parou no acostamento.

– Meu pai passou por aqui, sim, mas ele só tem uma caixa postal, e o cara não quer saber de nada. Fora de cogitação dizer onde é que ele está. E o meu pai não vem buscar a correspondência. O sujeito não o vê há anos. Um homem garante o contato e abastece o meu pai de mercadorias. Ele vive isolado de tudo, do lado norueguês. Aqui é a aldeia mais próxima. Meu Deus, Klemet...

– Você sabe como encontrar esse homem de contato?

– Não, o homem da loja vai me contatar daqui a duas horas. Por que duas horas? Meu pai mora a duas horas daqui? E não tem telefone?

Ela olhou as horas. Klemet a estava achando nervosa, os traços tensos. Ela não suportava bem as noites cada vez mais claras.

– Considere-se feliz por ter levado tão pouco tempo para conseguir uma pista. Agora é esperar. Você só precisa fazer um café, para pensar em outra coisa.

Nina virou sorrindo para ele, fez-lhe um gesto obsceno e se enrodilhou para dormir.

43

Hammerfest. 11h30.

Sem querer, Juva Sikku fez uma careta ao ouvir o apito de bruma do *Hurtigruten*. A balsa não demoraria a despejar seu carregamento de turistas, que ficariam na cidade durante uma boa hora. Ele esperava, parado no lugar, com a mão no volante do seu Skoda, e tentava refletir. Não tinha dormido à noite. E, se tinha dormido, seu sono não lhe valera nenhum repouso. Isso não o aborrecia muito. Ele estava habituado às longas permanências na tundra, durante as quais era preciso vigiar as renas por dias e noites inteiros. Juva Sikku era resistente à dor, resistente a muitas coisas. Meteu um naco de tabaco sob o lábio e sentiu a nicotina invadi-lo. Anos atrás, ele conhecera um criador que vivia à moda antiga. Eles nunca haviam se falado. Mas ele o observara de longe. Um tipo que ainda usava esquis para tomar conta das suas renas. Um iluminado, enfim, um pouco como Erik Steggo, um sujeito que prazerosamente rejeitava o progresso e que sobretudo vivia numa bolha, recusando-se a ver o mundo em mudança. Tomar conta das renas de esquis ou a cavalo, de que valia isso, agora que o aquecimento global, as companhias mineiras e as multinacionais petroleiras estavam reduzindo tudo a nada? Markko Tikkanen tinha razão. Criar suas renas numa fazenda, num território seu, limitado, talvez, mas que ninguém poderia contestar, era aí que estava o futuro. Pelo menos era esse o meio de sobreviver por mais alguns anos. Todo o lado romântico, ligado à transumância, o deixava indiferente. O que imperava era uma terrível lei da selva. O cara de esqui, ele tinha ido observá-lo de longe. Era incrível o que ele fazia. Juva, que era duro na queda, admitiu que ele tinha uma evidente coragem física. O sujeito impressionava. Sabia que, assim como ele, outros criadores às vezes iam observá-lo escondidos. Ele se lembrava que até mesmo Erik Steggo o havia observado de longe. Esse cara, Aslak, tinha se tornado uma lenda no *vidda*. Aparentemente isso havia virado a cabeça de Erik, porque depois ele começara a falar de um jeito um pouco estranho, com essas ideias que incomodam, inspiradas pelos homens simples. Agora ele estava calmo. O outro havia desaparecido no *vidda*, à moda antiga.

Ele deu uma olhada no cardápio do Black Aurora.

O que pensar de Nils? Meu Deus, não muita coisa. Nils era Nils.

Agora ele culpava Tikkanen. O gordo lhe prometera a sua fazenda para os lados de Levajok. Mas Sikku pensava, antes de mais nada, que ele esperara desfrutar uma ou duas putas russas e depois ficou a ver navios por causa da história da câmara. Eu devia ter pegado um adiantamento. Agora as mulheres tinham desaparecido. Elas ainda estavam por lá, mas nas mãos das assistentes sociais, e seriam levadas de volta sem que ele pudesse ter a sua recompensa. É preciso dizer que tudo tinha dado errado. Ele passou a língua sobre a gengiva para recolocar no lugar o tabaco. E agora Nils lhe pedia aquela coisa. Em nome da amizade deles. A amizade deles. De qualquer forma, não se devia forçar. Juva gostaria muito de ter sido amigo de Nils quando eles eram garotos. E às vezes, é preciso dizer, eles formavam um belo grupinho, do qual faziam parte Steggo e outros. Alguns deles tinham sumido. Juva sempre encontrava Erik, claro, criadores do mesmo distrito se encontram, há muitas ocasiões para isso, a triagem no outono, até a transumância, às vezes, a vigilância durante o inverno, enfim não faltavam ocasiões. Mas não se pode dizer que era como os antigos contavam, a solidariedade e tudo o mais. Havia pressões em demasia. As pessoas já não tinham tempo de conversar como antigamente. Quanto mais pensava em tudo isso, mais Sikku achava que era ele que estava tomando a decisão certa, de deixar a criação extensiva e ir para uma fazenda. Sikku fazia aquilo havia cinco anos, em tempo integral, e já se sentia um criador velho, com reflexos de velho e pensamentos de velho. Endividado até o pescoço, com o seu Skoda alugado. Ele cofiou a barba. Amanhã me barbeio. Uma vez por semana, não mais.

Levajok, o lugar ficava perto, mas lá ele começaria tudo de novo.

Sikku estava atrapalhado. Como se desincumbir da promessa feita a Nils sem se indispor com Tikkanen? Nils queria dar uma lição no finlandês gordo: ele falava demais, levando-os a correr riscos demais. E Nils tinha razão. Tikkanen falava demais. Bastava sacudi-lo um pouco, pôr diante dele um policial, e ele começava a falar, receoso demais de ser malvisto e de pôr em perigo seu edifício construído com tanta paciência. Pronto a trair os outros a fim de não ameaçar os seus negócios. Foi ele que contou que eu tinha recebido as putas. Um problema, esse Tikkanen, ele fazia questão de saber tudo sobre todo mundo, tinha segredinhos sobre todos, e com as suas fichas, conforme dizia, sentia-se imediatamente seguro de si. E é preciso admitir que ele era esperto. Quando Juva conversou com ele pela primeira vez, Tikkanen parecia ter acabado de ter acesso à sua conta bancária: sabia quase tudo sobre a sua situação financeira. Juva Sikku não havia gostado disso, nem um pouco. Ficara com a impressão de ter um agente fiscal diante de si. E o finlandês fazia o mesmo com todo mundo. Parecia saber tudo antes dos outros.

Contudo, para dar uma lição em Tikkanen era preciso que ele fizesse isso sem se revelar. Do contrário, adeus fazenda em Levajok. Mas como ele poderia surpreendê-lo? O finlandês era desconfiado. Sabia que por estar sempre inteirado dos segredos de todo mundo também fazia inimigos. Esperar a noite? Mas naquela estação não havia noite. Nunca ficava escuro, mesmo depois que o sol se punha. Não valia a pena contar com o elemento surpresa. Pôr um capuz? Impossível: Tikkanen o reconheceria assim mesmo, Sikku tinha certeza disso. Como agir? Eu nunca fiz isso.

Ele lançou olhares inquietos para o escritório de Tikkanen, que dava para a praça, mais ou menos perto do Clube do Urso-Polar. O clube acabava de abrir para receber os turistas. Voltaria a fechar logo que o navio partisse. O escritório de Tikkanen ficava no térreo de um prédio na extremidade da Sjøgata, bem em frente ao ponto de táxi; de lá Tikkanen podia ver o desembarque dos passageiros do *Hurtigruten*. A luz do escritório estava acesa. Sikku havia estacionado entre o Clube do Urso-Polar e o escritório. Sem encontrar uma solução, ele já começava a ficar com dor de cabeça. Saiu do carro, enterrou o gorro até os olhos, subiu a gola da parca e pôs os óculos escuros. Com seu andar gingado, mãos nos bolsos, avançou até o final do ponto de táxi. O *Polarlys* tinha acabado de ancorar no cais. Seria preciso ainda um momento antes que ele despejasse os passageiros. Alguns estavam nas passarelas, observando Hammerfest, fazendo sinais com a mão, fotografando ou descobrindo detalhes com o binóculo. Fotos. Só falta esses idiotas me atrapalharem e eu não poder aplicar um corretivo em Tikkanen. Sikku ergueu ainda mais a gola. Tikkanen era gordo e forte, mas não era corajoso. No fim das contas, não seria talvez muito grave se ele o reconhecesse. Isso lhe mostraria com quem estava tratando. E que se ele não se comportasse direito as coisas piorariam ainda mais. Como Tikkanen não era corajoso, podia dar certo. Pronto, era isto: meter-lhe muito medo. Seria melhor dizer que era da parte de Nils ou da parte dele próprio? Ou dos dois? Se ele agisse em nome de Nils, o responsável seria de qualquer maneira o mergulhador. Mas se o ato fosse assumido pelos dois, Tikkanen veria que Sikku e Nils eram amigos, iguais, que eles tinham discutido o assunto, e isso provavelmente o imporia a Tikkanen. Ele se aproximou um pouco mais do prédio, parou na esquina e se preparava para entrar quando Tikkanen passou subitamente diante dele sem notá-lo. Dirigia-se ao Clube do Urso-Polar. Meu Deus, agora eu pareço um idiota. Não posso quebrar a cara dele no clube. Deu meia-volta e depois foi assaltado por uma dúvida. Voltou e olhou pela vidraça. O escritório de Tikkanen estava às escuras, portanto vazio. Sikku pegou no bolso a duplicata dada certo dia por Tikkanen para ele poder entrar, preencher um dossiê – uma enésima declaração para o Departamento de Administração das Renas – e usar o computador. Bela ironia. Ele me deu a chave como prova de confiança, para me tranquilizar com relação à fazenda, tenho certeza. Sinta-se em casa, ele lhe dissera. O papel está lá, este é o código para o computador, e eu deixo a impressora pronta para funcionar, mas feche bem à chave quando sair.

Sikku abriu a porta e entrou no escritório. Poderia esperar o gordo ali e quebrar devidamente a sua cara. Nils ficaria contente. Sikku percorreu os dois cômodos do escritório, procurando o melhor lugar para esperar. Quanto tempo Tikkanen ficaria fora? Viu o que pareciam turistas passando diante da janela. O *Polarlys* havia começado a despejar seus passageiros. Seria preciso esperar uma hora inteira se o gordo ficasse no clube todo esse tempo para vender as suas ninharias. Sikku olhou em torno de si. Poderia talvez se valer de algum objeto para golpeá-lo. Passou os olhos por tudo, avaliando o potencial de lesão de cada objeto. Às vezes meneava a cabeça sozinho. Não, isso não, isso poderia matar. E eu não teria a minha fazenda. Ele tocava, apalpava, revirava, remexia, e acabou encontrando o cofre. Engraçado, não conseguimos deixar de olhar atrás de um quadro, sobretudo quando não há ninguém conosco. Que idiota, esse Tikkanen. E agora, o que é que eu vou fazer? Sikku havia olhado nos armários, nas gavetas, e não encontrara nada. E ali?

266

Examinou o sistema de abertura. Sikku tinha uma mente pragmática, que não gostava de complicar a vida, e sempre achava que os outros fariam bem em ser assim. Usou no cofre o código do computador de Tikkanen. E o cofre abriu.

Sikku achou isso normal. Se um sujeito põe um cofre atrás do único quadro do seu escritório, então é lógico que o código do computador seja o mesmo do cofre. Todo mundo teria achado isso lógico, e Juva Sikku não se julgava particularmente esperto. Isso vale ainda mais para Tikkanen que para mim. Tikkanen era tão autoconfiante que tinha certeza de que ninguém iria pensar nisso. Sikku resistiu à tentação de pegar dinheiro. Levantou a tampa de uma caixa de sapatos.

Subitamente, um calafrio o percorreu. As benditas fichas com que Tikkanen não parava de martelar nos seus ouvidos! Ele voltou a tampar a caixa e a retirou do cofre. Percebeu que estava transpirando. Que horas seriam? Deu uma olhada pela janela. O que lhe foi possível ver da rua estava calmo, porém daquele ângulo ele não via até o clube. Mas talvez Tikkanen não fosse ficar no clube até a saída do navio. Talvez ele ficasse lá somente para atender à primeira turma de turistas. Sikku pôs a caixa embaixo do braço, saiu do escritório e arriscou uma olhada até a entrada do clube, à esquerda. Viu a massa redonda com o cabelo emplastrado de Tikkanen deslocando-se rapidamente na sua direção.

Nina se sobressaltou quando seu celular tocou. Ela havia acabado de adormecer. O toque a despertou de um sono profundo. Ela teve dificuldade em abrir totalmente os olhos, e então se lembrou da ligação que estava esperando. Esfregou os olhos, ficou cega com o sol. Klemet não estava ao seu lado. Onde estamos?

– Alô?

– Precisamos nos encontrar.

Nina esfregou o rosto. Não era o finlandês com o boné da Neste Oil. Tom. Ela se lembrou. A noite da véspera. O Black Aurora. O estacionamento.

– Agora eu não posso.

– Quando você puder.

Nina queria voltar a vê-lo. Olhou à sua volta. Klemet estava atrás da picape, com a tampa da traseira aberta. Ela não podia ver o que ele fazia, mas talvez ele a estivesse ouvindo.

– Eu ligo para você.

Sua porta se abriu. Klemet lhe estendeu uma xícara de café.

– Lá atrás tem sanduíches, se você quiser.

Ela olhou as horas. Neste Oil já devia ter ligado. Klemet lia os seus pensamentos.

– Podemos voltar para encontrá-lo, se você receia que ele tenha se esquecido.

– É que eu não queria voltar muito tarde. Temos três horas de estrada.

Nina não se importava absolutamente de viajar à noite quando era necessário. Queria descobrir, pois não aguentava mais esperar sabendo que seu pai podia estar muito perto. Deveria sentir a presença dele? Uma filha sente coisas assim? Vibrações, visões? Ela pensou em Anneli, na sua rocha sagrada que murmurava histórias de outros tempos. Perguntou-se se Anneli seria capaz de se comunicar com o seu pai por meio de uma rocha como aquela. Seria preciso perguntar-lhe isso. Consultou novamente o relógio. O finlandês já devia ter ligado. Ela se levantou, devorou um sanduíche de queijo, outro, tomou o resto do café e arrumou o porta-malas. Klemet não tinha esperado e já estava ao volante. Cinco minutos depois, Nina se apresentava no posto de gasolina. Para não provocar ninguém – era preciso passar diante do posto policial de Utsjoki –, Klemet ficou à espera no outro lado da fronteira. Nina se aproximou de Neste Oil. O rosto dele não estava mais expressivo. Nina se perguntou se ele seria *sami*. Klemet lhe havia explicado que Utsjoki era o lugar mais *sami* da Finlândia. Mas ela não saberia dizer se aquele sujeito que nunca se alegrava era ou não *sami*.

– Você me reconhece?

Um resmungo.

– Você ficou de me ligar.

Nenhum resmungo.

– Entrou em contato com ele?

Um meneio de cabeça. O pulso dela se acelerou. Era preciso arrancar as informações dele. Mas agora o seu pai sabia.

– Eu posso ir vê-lo?

Resmungo. O finlandês remexeu na jaqueta laranja e tirou de lá um papel. Nina o desdobrou febrilmente. Um encontro. Na noite do dia seguinte, no Café Reinlykke, na interseção das estradas de Kautokeino e Karasjok. Nina franziu as sobrancelhas. Por que amanhã à noite? E por que nem uma única palavra para ela? Apenas o encontro. Aquele bilhete seria dele mesmo? Ela ergueu os olhos para fixar o urso de boné. Estaria ele zombando dela? Mas ela não tinha escolha. Então chamou Klemet.

Tom Paulsen havia hesitado bastante até se resolver a ligar para Nina. Agora que falara com ela, perguntava-se se era preciso contrariar a proibição de Nils. Seu parceiro havia sido inflexível: fora de cogitação contatar a polícia para encontrar esse velho mergulhador francês. Tom conhecia muito bem Nils: mesma trajetória, as mesmas aspirações e, apesar da pouca idade, muitas lembranças em comum. Ele estava de volta à sua cabine do hotel flutuante *Bella Ludwiga*. Precisava ficar só. Olhou pela janela. O sol fazia brilharem as instalações da unidade de tratamento de gás de Melkøya e do canteiro do futuro terminal de petróleo da jazida de Suolo. Dentro de uma geração, aquela parte das águas norueguesas seria o novo eldorado do reino. O mar do Norte estava prestes a ser relegado nas páginas da história da epopeia industrial do país.

Hoje o passeio pela tundra seria sem ele. Por que Nils fazia aquela barreira? Como ele poderia ajudá-lo a encontrar o mergulhador francês sem trair o amigo? Se ele se dirigisse a Nina pedindo-lhe a mais absoluta discrição, não seria traição. Mas Nina seria confiável? Ela seria, antes de mais nada, uma policial ou seria capaz de guardar um segredo sem trair o seu próprio código? Ele a colocaria numa situação desagradável se lhe fizesse esse pedido? Nina parecia uma boa moça. Ele rememorava os momentos intensos no estacionamento. Sempre havia a possibilidade de se decidir quando a encontrasse novamente. Até lá ele precisava tentar ajudar Nils. Sendo domingo, não havia a menor chance de encontrar um órgão ou uma empresa capaz de responder a uma pergunta. Num domingo, a quem ele se dirigiria em Hammerfest? A Gunnar Dahl, talvez. O petroleiro da Norgoil tinha vivido essa época. Mas Tom não achava que poderia incomodar num domingo o representante que tinha cabeça de sacerdote. Poderia ter tentado abordá-lo na saída da missa, mas já não havia mais tempo. Moe. O supervisor deles no *Arctic Diving*, Leif Moe, era de uma geração intermediária, tinha bem mais de 40 anos. Devia conhecer esse mundo dos antigos, pelo menos melhor que Nils ou ele. Por orgulho, Nils não se dirigia a ele, mas Tom poderia se encarregar disso sem revelar a Moe o que havia por trás da sua pesquisa.

Tom Paulsen subiu na *van* e foi até o Cais dos Párias. O *Arctic Diving* estava ancorado; partiria em missão no dia seguinte. Moe era um cliente regular do Riviera Next. Paulsen o encontrou no bar, sozinho diante de uma cerveja, como era o seu hábito e também o de centenas de sujeitos caídos de paraquedas nos confins do Ártico na época do canteiro. Paulsen pediu uma cerveja e foi se sentar ao lado dele. Os dois brindaram sem trocar uma única palavra inicialmente; duas solidões que vinham matar uma sede de humanidade. Leif Moe tinha um passado mais que memorável como mergulhador. Como um velho combatente, colecionava expedições: mar do Norte, golfo do México, golfo da Guiné, missões de cooperação no Vietnã. Ao largo da costa brasileira ele realmente sentira medo, na que era a maior profundidade de mergulho em todo o mundo e em condições de segurança que às vezes lhe davam um frio na barriga. Esse passado Tom conhecia, e o respeitava. Assim como respeitava sua escolha de pendurar as chuteiras e passar a ser supervisor. A experiência dele havia salvado muitas vidas. Tom sabia também que Leif Moe considerava Nils um garoto mimado. Não era o único, pois Tom sabia das besteiras já feitas pelo seu parceiro, que se dizia o queridinho das companhias. Ainda mais por causa do sobrenome, politicamente correto, um *sami* para ser exibido. Que ironia, pensava Tom, sabendo o que Nils achava do seu lado *sami*. Seu amigo embarcava nessa, mas isso não era um problema dele. Em todo caso, era melhor Leif Moe não saber que ele estava ali por causa do amigo.

– Pronto para amanhã?

Tom ergueu o copo sem responder. Nils e ele estavam sempre prontos, e Leif Moe sabia disso. Era apenas um modo de iniciar a conversa. Era como falar do clima. Eles formavam sem dúvida a melhor equipe de mergulhadores em atividade no mar de Barents. Desses mergulhadores que as companhias disputavam porque lhes economizavam muito dinheiro ao evitar as besteiras cometidas por outros, menos aguerridos. E até lhes poupavam golpes, como acontecera no outro dia, quando Nils tinha transgredido as normas de segurança, calculando os riscos sem nenhuma folga e sendo indevidamente imprudente daquela vez. Mas Tom havia feito o seu trabalho. O que se esperava dele. O que Nils esperava dele.

– É engraçado tudo o que se passa no pedaço.

Tom não reagiu. Ele sabia que Moe gostava muito de falar e gostava muito de quem o escutava.

– É mesmo. Bom, enfim. Hoje existe menos delírio que nos anos 1970. E é preciso reconhecer que não se utilizam muitos mergulhadores no Grande Norte. Não como antes, no mar do Norte. Agora é submarino por toda parte. Veja bem, isso não me aborrece. Eles nos fazem perder tempo com as regras de segurança, mas, segundo o que dizem os caras que trabalharam nos anos 1970, naqueles tempos era uma bagunça geral, como na época dos caubóis, sem nenhuma regra, ou vai ou racha. Bom, você vai me dizer que até hoje tem isso, continua sendo um ofício de gente estranha, mas hoje existem regras, e francamente não me queixo delas.

Leif Moe começava a se repetir.

– Tenho a impressão de que já não há muitos franceses no setor. Eles foram os pioneiros na época, não é?

– Pode-se dizer que sim, embora isso tenha sido antes da minha época. Havia os caras de uma companhia de Marselha e também os da Marinha, os americanos, enfim os primeiros, a maioria deles antigos nadadores de combate. Caras para quem a segurança era uma segunda natureza, verdadeiros profissionais. E depois, quando houve o desenvolvimento no mar do Norte, foi uma grande explosão, com petróleo por toda parte, e então era preciso recrutar gente na maior rapidez, eles não conseguiam mais fornecer, começaram a pegar gente que nem mesmo sabia nadar, juro, eu vi isso. Meu começo foi pouco depois dessa época, ainda havia muitos caras fracassados. Mas muitos já tinham desistido. Ou estavam mortos.

Leif Moe levantou seu copo.

– Aos mortos, e aos vivos.

Tom Paulsen fez o mesmo. Embora Moe se repetisse, suas histórias o tocavam.

– E os franceses? Você voltou a vê-los, os antigos?

– Alguns. Na verdade, esse meio é muito estranho e cheio de gente individualista. Alguns tipos ganharam muito dinheiro e desapareceram. Outros se feriram e também desapareceram. Não gostamos de ter por perto um sujeito destruído, para sermos sempre lembrados de que isso também pode acontecer conosco. Os franceses, além disso, foram dispensados porque, com os mercados do passado se tornando cada vez mais internacionais, as regras passaram a ser redigidas em inglês, e eles, apesar de supercompetentes, eram uma nulidade na língua inglesa. E com isso foram passados para trás. Uma coisa idiota, mas foi assim. Existem franceses, mas são raros.

– E você viu algum recentemente?

Tom se perguntou se não estaria insistindo demais, porém Moe não parecia estranhar nada. Ele refletia.

– Franceses, não. A maioria dos antigos está no sul, sabe? O caras que têm um pouco de grana vão para lugares mais quentes. Os outros, bom, os outros estão onde estão, mas muitos vinham da região de Stavanger. Não faz muito tempo, voltei a ver um cara, justamente um desses velhos nadadores de combate. Norueguês. Muito acabado. Bebida, cigarro e também sequelas visíveis; dava para perceber que o cara tinha as articulações moídas, e as suas feições eram terrivelmente marcadas.

– O que é que ele queria?

– Ah, falar um pouco dos bons tempos, saber que projetos estavam em andamento aqui, se os rapazes tinham trabalho, encontrar alguns antigos no pedaço, coisas assim.

– Ele ainda está por aqui?

– Não, não há sinal dele. Acho que ele me deixou um número, para qualquer eventualidade. Espere, se isso lhe interessa, devo ter o número aqui.

Remexeu nos bolsos do casaco, tirou de lá uma fatura rabiscada nas costas. Rasgou a nota em duas, copiou o número e deu a outra parte para Tom.

– Velhos morando por aqui, tem isso?

– Me falaram de um cara que vive isolado numa cabana na tundra.

– Um francês?

– Decididamente, você não esquece os seus franceses. Não, um norueguês, acho. Mas um sujeito que não está bem, ao que parece. O problema com os mergulhadores velhos é o que não se vê, está tudo aqui dentro.

Moe tocou a cabeça. Pediu mais duas cervejas.

– Você é um cara bom, Tom. Só lhe dou um conselho, um único: não fique nesse trabalho por muito mais tempo. Não mergulhe demais. E você deve saber que, se fizer isso, mergulhar demais, não precisa contar com o Estado nem com as companhias.

As cervejas chegaram. Moe ergueu seu copo.

– Aos mortos, e aos vivos.

44

Skaidi. Fim de tarde.

Klemet havia deixado Nina no posto de Skaidi. A jovem não se aguentava em pé. Ele seguiu até a rocha sagrada para examinar o lugar onde o bracelete havia sido encontrado. Queria imaginar mais uma vez a cena, tentar descobrir um detalhe revelador sobre a queda mortal de Fjordsen. Passou diante dos escombros do chalé incendiado. Em meio a eles, haviam encontrado um corpo. As análises estavam sendo realizadas no laboratório de Hammerfest.

Não restava nada no chalé, mas a locação da Kombi estava no nome de um francês, isso tinha sido confirmado. Um médico aposentado que por alguma razão ignorada se refugiara naquele lugar. Um apaixonado pela pesca, certamente, pensou Klemet. Com muita pressa de chegar. A família fora avisada.

Segundo as primeiras conclusões que Klemet havia lido na intranet, um vazamento de gás estava na origem do sinistro. Os acidentes não eram raros depois dos invernos rudes que maltratavam as tubulações, as entradas de água e outras estruturas daqueles chalés, que na maior parte do tempo ficavam desabitados. Aparentemente, o botijão tinha explodido. A história é típica: insiste-se em acender o gás, o que por alguma razão não acontece, e a pessoa não se dá conta de que na verdade o gás está se acumulando na pecinha; então subitamente uma fagulha provoca a explosão.

Klemet via muito bem, pelo tom do comunicado, que o caso estava praticamente arquivado. Fitas da polícia cercavam a carcaça queimada. Não havia ninguém no local. Ele estacionou o veículo. Estava ainda bastante claro, o sol brilhava e não havia vento. Embora pensasse havia algum tempo em comprar para si um chalezinho de férias à beira de um rio, Klemet não se decidia. Tinha muito contato com os criadores, e estes reclamavam dos chalés, que brotavam como cogumelos. Isso o deixaria numa situação incômoda. Os peritos em segurança só passariam no dia seguinte. Prudentemente, Klemet entrou e observou a mixórdia de tábuas, vigas, ferragens, vidros quebrados, cinzas, objetos queimados. Uma parte dos escombros se acumulava dentro de um perímetro bastante grande. Tudo devia ter sido arremessado por uma explosão antes de queimar. Ele se perguntava se aquele poderia ser um lugar, caso ele, apesar de tudo, cedesse ao desejo de se aburguesar. A tenda *sami* no seu jardim já lhe permitia muitos prazeres, mas a proximidade de um rio não era nada desprezível. Ele olhou em torno, o rio ainda gelado que corria sob a camada de gelo, as bétulas que escureciam a paisagem agora que já não acumulavam neve. Por causa do sol tenaz, canais de neve derretida corriam ao longo das rochas. Objetos projetados pela explosão estavam semienterrados na neve. Klemet não tinha perguntado em que estado o inquilino fora encontrado. A mensagem da intranet não informava isso. Ele não tocou em nada. Um pedaço de plástico verde que devia ter um formato cúbico havia aterrissado ao pé de uma rocha.

Quando trabalhou para o Grupo Palme, encarregado de investigar a morte do antigo primeiro-ministro sueco, ele acabara se interessando por grupos terroristas de todas as espécies e pelos seus arsenais. Os conhecimentos então adquiridos já eram um tanto antigos, mas foi exatamente isso que o espantou. Parecia-lhe reconhecer essa peça como parte de um disparador. Ela permitia pôr fogo num detonador por meio de uma impulsão elétrica. Um sistema muito simples, bastava saber o que fazer. Um objeto como aquele não poderia estar ali por acaso.

Klemet voltou ao chalé. Procurava a cozinha. Onde ficava o botijão de gás? Como vê-lo no meio daquela bagunça? Ele não chegava a ligar todos os pontos, mas podia considerar um elemento.

Ligou para Ellen Hotti a fim de pô-la a par da sua descoberta.

Ela zombou sutilmente dele. Não sabia que a Polícia das Renas tinha *experts* em sabotagem.

— Por que você não dá a devida atenção aos meus relatórios? Se desse, saberia que de vez em quando cruzamos a linha na tundra.

— Com disparadores e detonadores?

Sempre que possível, ela desconcertava as pessoas.

— A propósito, posso saber o que você está fazendo aí?

— Quero apenas me certificar de que não haverá renas indisciplinadas capazes de perturbar o seu enterro de quarta-feira.

– Muito amável. Seria melhor você me dizer onde se situam os casos da sua alçada. A propósito, parece que você viu o garoto Sormi e que vocês se falaram.

– Foi o que você me pediu, não foi?

– E você se desculpou ou algo que o valha.

– Como você me recomendou.

– Você sabe que a queixa dele continua aqui.

– Não me espanto com nada que esse...

A delegada desligou, rindo.

Que cretino! Sormi lhe havia prometido retirar a queixa. Demorava a fazer isso apenas para aborrecê-lo, isso era certo. Com o intuito de se acalmar, ele repetiu para si mesmo a cena em que revelaria a Sormi a história pouco brilhante do seu antepassado animal de feira. Isso certamente valeria todas as bofetadas que gostaria de lhe dar. Consultou o relógio. Iria à rocha sagrada no dia seguinte. De qualquer modo, Nina e ele deviam passar por lá para ajudar Anneli a fazer a travessia das suas renas. Klemet deu uma última olhada nos restos carbonizados. No momento, ele só queria estar novamente na sua tenda em Kautokeino, e então lhe passou pela cabeça que passar lá uma noite com a tia daquele panaca do Sormi seria também uma revanche pessoal que lhe conviria perfeitamente. Pegou o celular e digitou o número de Sonia Sormi. E desligou o celular. Mais tarde, pensou já de saída para Skaidi.

Nina estava deitada havia algum tempo, atravessada na cama, quando um SMS a tirou da sua letargia. Um simples ponto de interrogação. De Tom. Ela o havia esquecido totalmente. E ficou contrariada consigo mesma. Mas na realidade estava morta de cansaço. Respondeu-lhe com uma curta mensagem. Ele ligou. Propôs ir ao posto de gasolina de Skaidi, assim ela não teria de se deslocar até Hammerfest. Começava a ficar tarde, mas ainda havia bastante luz. Ela não sabia se estava cansada física ou mentalmente, ou os dois, ou se não comera direito. Sentia-se pesada e desgostosa, com os neurônios sem rumo. Tomou um banho e foi a pé até o bar. O ar fresco lhe fez bem. Ela pediu um hambúrguer. Sorriu, lembrando-se da insistência de Tom. O mergulhador guerreiro que tinha um belo sorriso.

Ele chegou meia hora depois e se sentou diante dela. Inicialmente, só banalidades, agradáveis, para desviar a atenção dos outros clientes, aliás raros.

– Amanhã vou encontrar o meu pai – disse ela por fim.

Tom Paulsen balançou a cabeça. Ele faz isso muito bem, pensou ela. Com esse ar sério, quando sua testa franzia levemente e fazia estremecer o alto do seu nariz, revelando minúsculas rugas irresistíveis.

Eles abriram a boca ao mesmo tempo, riram e se libertaram da polidez.

– Você não vê seu pai há muito tempo, mas ele talvez tivesse colegas, amigos com quem você poderia ter mantido contato. Os vínculos eram fortes nesse meio.

– Eu era muito jovem e morava longe, acho que o meu pai não levava os seus amigos em casa. Minha mãe não teria gostado muito, simplesmente. E, além disso, na minha aldeia não havia nem bar, então...

Tom parecia refletir.

– E então você não sabe se o seu pai tinha um velho colega francês, por exemplo?

Nina se admirou com a pergunta.

– Tínhamos falado de parceiro. Você sabe quem era o parceiro dele?

A pergunta parecia importante para Tom. Ela fez um esforço de memória. Cenas do seu pai na época dele. Parecia muito distante. Que idade teria ela quando ele foi embora? Uns 12 anos, apenas. Quem ia à casa deles, além de Margareta e das mulheres que preparavam o culto em volta de um café? Os homens de que ela se lembrava eram todos muito velhos, pelo menos bem mais velhos que seu pai. Mas ele era bem jovem. Ela sabia que na verdade ele não era tão jovem assim, mas sempre se dispunha a brincar quando sua filha estava por perto. Até o dia em que... Não um dia, a primeira vez, à noite. Ela havia acordado porque a porta ficara aberta, deixando o frio entrar na casa. Nina correra do andar de cima até o térreo e depois novamente para cima. Sua mãe dormia, mas seu pai não estava em casa. O travesseiro dele ficara atravessado entre a soleira e a porta. Ela voltara para baixo. Estava escuro e não se via nada. Enrodilhada na poltrona da entrada, ela ficou esperando. Por muito tempo – pelo menos para uma menina não muito tranquila –, embora não soubesse precisar quanto porque não tinha relógio. Não ousara fechar a porta, temendo que seu pai imaginasse sabe-se lá o quê. Acendera a luz da entrada. E esperara. Ele acabou entrando. Antes que ele a percebesse no seu canto, Nina tinha tido tempo de notar seu olhar perdido, o rosto encovado, o andar pesado, a respiração entrecortada. Ela nunca o vira assim. Sem lhe fazer perguntas, precipitou-se para ele e enlaçou seu pescoço. Ela sentia medo, vira que ele estava frio. Tomou a mão do pai. Ele havia se deixado levar. Ela acariciou o seu cabelo. Isso acalmou a ambos.

Quem era o parceiro do seu pai? Ela se dava conta de que ignorava uma questão seguramente essencial para ele. Viu que não sabia o nome de um homem que talvez tivesse salvado muitas vezes a vida do seu pai. E que provavelmente saberia por que seu pai se tornara o que era. Nina balançou a cabeça. Tom pareceu decepcionado. Não tanto quanto eu, pensou ela.

– E você, sem dúvida conhece mergulhadores de outros tempos.

– Claro.

– E está por dentro daquelas experiências de mergulho?

– Estou, elas sempre são praticadas, embora bem menos agora. Houve muita gente lesada, acho. Sobretudo na época do mar do Norte. Hoje isso já não é politicamente defensável, segundo os patrões. Prefere-se empregar submarinos. Nós ficamos no apoio, caso seja necessário, mas na verdade a grande época dos mergulhadores já passou. Violenta demais.

– Como assim, violenta demais?

– Os perigos da pressão quando se mergulha a grande profundidade, e sobretudo os perigos da descompressão. Na época, as companhias competiam para ver qual delas fazia a descompressão no menor tempo; pelo salário com que remuneravam os mergulhadores se vê que elas não lhes davam nenhum valor. Elas sempre conseguiam um pouco mais, porém os mergulhadores pagavam um preço alto por isso, com as bolhas de ar que se instalavam no seu corpo e com problemas nas articulações, um sofrimento que quase sempre começava a torturá-los apenas alguns dias depois. Você viu a câmara hiperbárica do hotel flutuante, aquela onde morreram os dois caras?

– Só por foto.

– É dentro dela que acontece a descompressão, em princípio. Se o sujeito sobe depressa demais, precisa voltar a ser comprimido numa câmara. Se você quiser, posso lhe mostrar a nossa câmara no *Arctic Diving*. Proposta absolutamente honesta.

Nina não perdia a cabeça nem mesmo numa câmara de descompressão.

– Você quer dizer que alguns mergulhadores ficam com sequelas do mergulho depois de terem estado no mar?

– De acordo com alguns médicos, sim. E também de acordo com alguns mergulhadores. A dificuldade é que muitas vezes esses problemas são invisíveis. Acontecem nas articulações, nos pulmões ou aqui dentro – disse ele apontando para a sua cabeça. – Mudança de temperamento, perda de memória de curto prazo, problemas de concentração etc., sem falar nas tentativas...

Tom deixou a frase em suspenso, com um ar contrariado. Depois prosseguiu.

– Mas as pessoas não falam disso. Se você conhece um pouco esse ambiente pelo seu pai, deve saber que os caras meio abobalhados são um tabu entre os mergulhadores. É preciso se manter lá em cima durante todo o tempo.

Nina continuou pensativa. Suas lembranças eram escassas, o que a contrariava muito.

– Me desculpe, mas estou exausta.

Ela se levantou. Tom continuou sentado. Olhava ao redor, perfil direito, perfil esquerdo, ambos perfeitos. Pena eu estar tão cansada, pensou Nina. Tom parecia hesitante, o que não era típico dele.

– Uma última pergunta – ele acabou dizendo. – Por acaso você ouviu falar de um mergulhador francês dos tempos antigos que está por aqui?

– Um mergulhador francês? Não, o único mergulhador antigo de que ouvi falar recentemente é um velho criador que participou das experiências há muito tempo. Mas ele era norueguês.

– E se... se quiséssemos procurar pistas da passagem dessa pessoa por aqui, o que teríamos de fazer?

Nina começou a achar estranha aquela insistência.

– Vou pensar, mas agora estou mesmo exausta.

Lá fora, ele foi terno. Acariciou-lhe a face, sem insistir. Ela se despediu e voltou a pé para o posto, banhada pelas últimas luzes do sol. Eram onze horas da noite, o dia passara imperceptivelmente, e no dia seguinte aconteceria o encontro com o seu pai, sem que ela tivesse a menor ideia do que a esperava.

45

Sábado 8 de maio.
Nascer do sol: 1h41. Pôr do sol: 23h01.
21 horas e 20 minutos de luz solar.

Estreito do Lobo. 5h.

Klemet e Nina foram ainda cedo para a estrada que acompanhava o estreito. Encontraram Anneli, e ela lhes explicou onde seu rebanho iria atravessar a via. Lá embaixo se divisava uma área cercada providenciada especialmente para isso na praia de seixos, aonde as renas chegariam antes de embarcar na balsa do Departamento de Administração das Renas. O navio estava à vista, e Klemet entrou em contato com o navegador. Ele o conhecia havia muito tempo. Um *sami* do litoral, antigo pescador que tempos antes, quando as companhias petrolíferas começaram a prospectar no mar de Barents, tinha sido contratado por elas para dar apoio logístico. Ele conservava o seu barco de pesca; trabalhava para si mesmo, para os petroleiros e para os criadores de renas.

O rebanho errava ainda no planalto, cuidado por muitos criadores que havia horas tinham começado seu trabalho de abordagem para juntar as centenas de animais e levá-los a se dirigirem para a costa. Outros criadores preparavam a área cercada. A operação se desdobrava em vários momentos. As renas deviam seguir um percurso determinado até a estrada, guiadas por uma rena líder. A área cercada era grande o suficiente para abrigar todas elas.

Klemet e Nina se postaram cada um numa extremidade da estrada, prontos para bloquear a circulação. Esperavam um sinal de Anneli. Isso ainda podia demorar. Dez minutos ou duas horas. A costa estava adormecida. Klemet enviou uma mensagem para Nina. "Cansada demais? Hoje de manhã seus olhos estavam muito pequenos." A resposta não demorou. "Quero mergulhar a cabeça numa banheira de café, *please*."

Na véspera, Klemet não quisera importuná-la com perguntas já tarde da noite. Na verdade, a história com aquele mergulhador não lhe agradava. E tampouco ele tinha ousado comentar com a delegada Hotti que eles iam orientar a travessia das renas na ilha da Baleia a dois dias dos funerais de Fjordsen. Aquilo poderia ser considerado uma provocação, pois o risco de ter renas passeando em pleno serviço fúnebre seria maior ainda. A cidade certamente receberia mal essa informação, mas, do ponto de vista da Polícia das Renas, Klemet devia respeitar a vontade dos criadores. A decisão não era só de Anneli. Além das dela, outras renas estavam envolvidas. Era preciso reunir muitos pastores para aquela operação, e não se podia adiá-la indefinidamente só para esperar as exéquias de um prefeito que além de tudo havia tido o maior cuidado em cercar o perímetro urbano para impedir as intrusões das renas.

Anneli ligou. As renas estavam se aproximando.

Por telefone, Klemet avisou Nina, que estava a um quilômetro dali. Eles bloquearam a estrada. Àquela hora, aquilo não incomodaria muita gente.

Eles ainda esperaram uns vinte minutos até as primeiras renas aparecerem. Klemet estava longe demais para vê-las, mas ouvia os motores. Logo viu surgir por trás de um talude uma motoneve que vinha do planalto. O condutor, com uma *chapka* na cabeça, deslizou para cima os óculos escuros. Klemet reconheceu Jonas Simba e o cumprimentou. Simba desligou o motor e acendeu um cigarro. Saudou o policial. Klemet não o via desde a conversa sobre a morte de Erik, quase duas semanas antes. Eles voltaram a se encontrar no mesmo lugar, sempre por causa das renas, que insistiam em querer encontrar suas antigas pastagens. Simba parecia irritado.

– Então, é assim?

Klemet não entendeu. O criador olhava para ele com uma expressão dura.

– O senhor se faz de bonzinho aqui, mas longe da gente vai finalmente mudar a rocha de lugar. E vocês, policiais, vão fazer o mesmo trabalho bem em frente daqui, para que as máquinas do canteiro possam deslocar a rocha tranquilamente sem serem perturbadas. No fim das contas, Juva Sikku fez o jogo dele muito bem. Tinha razão em se antecipar. Sabia o que fazia.

– Não sei do que você está falando – defendeu-se Klemet, dizendo a verdade. Ele tinha ouvido rumores, mas não sabia que a decisão já havia sido tomada. Ia acrescentar que se uma decisão fora tomada era preciso respeitá-la, mas Simba já havia jogado no chão seu cigarro, posto os óculos e dado a partida na motoneve, saindo a toda a velocidade pela estrada.

Klemet balançou a cabeça e procurou o binóculo.

Depois de alguns minutos ele viu as primeiras renas atravessando a estrada. Elas tinham sido canalizadas para entrar na área cercada. Ainda assim a passagem durou alguns minutos, à espera que as retardatárias se juntassem ao grupo. Com o binóculo, Klemet podia seguir os filhotes que se apressavam perto da mãe. Pareciam bastante frágeis, e era provável que muitos deles se afogassem numa travessia a nado. Quando a área cercada foi fechada, Klemet avisou a Nina que podia liberar a estrada. Ele foi buscá-la e voltou para supervisionar, da estrada, a baldeação dos animais. Já não havia necessidade deles ali. Nina lhe pediu para fazer uma foto dela com o barco lá embaixo. Ele se perguntou se a contraluz não seria forte demais. Sabia perfeitamente que ela lhe pediria para bater mais uma foto sob outro ângulo. Colocou metade do barco atrás da cabeça dela, ligeiramente enviesado. Ela fez beicinho, mas pareceu ficar satisfeita. As renas, enfraquecidas há meses, agora descansavam, lambendo as rochas ou comendo o que havia de líquen nas bétulas. Mais abaixo, os pastores desdobravam lonas para formar um corredor entre a área cercada e a balsa que havia ancorado e baixado a rampa de acesso. Klemet viu Jon Mienna, o navegador da balsa de desembarque. Postado na ponte, com uma xícara de café na mão, ele supervisionava as operações. Compartimentos separados por grades estavam dispostos na balsa. Em pouco tempo tudo ficou pronto, e Jon Mienna deu o sinal. Os pastores abriram a área cercada. Alguns deles entraram e separaram o rebanho, que começou a correr em círculo quando os homens chegaram. Eles conseguiram isolar, com lonas estendidas, um grupo de umas quarenta renas e as empurraram para o corredor. As renas, com baba caindo da boca aberta, desembestaram pela rampa num súbito estrondo. Entraram precipitadamente na balsa. Os pastores, escondidos atrás da lona, fecharam as grades quando o rebanho se colocou na parte mais recuada da balsa. A operação foi repetida várias vezes até a área cercada ficar vazia. Os dois policiais desceram para a margem. Klemet fez um sinal de mão para Mienna, que levantou o polegar. A travessia não duraria muito tempo.

– Você sabia que a decisão de deslocar a rocha tinha sido tomada?

Nina não sabia.

– Não estou gostando disso – disse Klemet.

Observaram o navio se afastar na direção dos montes nevados e banhados de sol da ilha da Baleia, e Klemet disse a si mesmo que aquela talvez fosse uma das últimas vezes em que ele assistiria àquele espetáculo.

– Meu fichário, roubaram o meu fichário!

Markko Tikkanen gritava no seu escritório. Desesperado. Não entendia nada. Quem poderia lhe querer tão mal? Ele tinha se dado conta do desaparecimento ao chegar de manhã bem cedo, como sempre. Achou que morreria naquele momento. Se lhe tivessem exigido que amputasse seu próprio braço, isso lhe teria parecido preferível. As centenas de fichas que ele adorava mais que tudo na vida, definitivamente expostas. E sem nenhuma proteção. Tikkanen dava pulos de raiva e incredulidade, sem saber por qual desses sentimentos deixar-se submergir, espumando, esgotado por tanto ódio. Quem? Quem? Uma catástrofe. Nada menos que uma catástrofe. A menos que o ladrão não soubesse ler, pensou ele. Pondo no lugar a sua mecha, considerou que havia poucas chances de um ladrão analfabeto levar as suas fichas. E hoje todo mundo sabia ler, era uma calamidade, todas essas pessoas que liam. Como? Como foi que ele fez isso? Como foi que ele entrou? Teria se escondido e esperado que Tikkanen saísse? Sua secretária, sra. Isotalo... Com quem ela saía? Suas relações eram pouco recomendáveis. Quando foi que ele consultou o seu fichário pela última vez? Sexta-feira? Ele lhe dera as chaves. Mas ela não sabia o código. Ninguém sabia. Ele gritou. Olhou pela vidraça da sala que dava para a rua, retirou-se no seu escritório, bateu a porta e voltou a se sentar. Sangue-frio. Tikkanen era conhecido pelo seu sangue-frio. Nunca fraquejava, essa era uma característica notória nele. Não seria agora que ele se daria por vencido. Quem teria interesse em lhe tirar o fichário? Precisava admitir: todo mundo tinha interesse nisso. Mas quem sabia da sua existência? Muita gente, também precisava admitir. Tikkanen falava do fichário como de um filho querido, sempre orgulhoso de mostrar para um cliente que ele estava atualizado. Gemendo, pegou sua agenda e começou a recapitular todos os encontros que havia tido nas semanas anteriores, tentando se lembrar do tom desses encontros. Simpático, tenso, cordial. Ele se esforçava para avaliar honestamente a qualidade das conversas, e precisou reconhecer que não tinha uma relação simpática com ninguém. Mas logo se repreendeu por essa visão das coisas. Todo mundo me trata com simpatia. Na pior das hipóteses se impressionam com a minha força, pronto. Minha mãe sempre me disse que com a minha estatura as pessoas seriam dóceis comigo. É isso, eu as impressiono, mas no fundo as pessoas pensam bem de mim. Veem que estou aqui para lhes prestar serviços, nada mais. Depois de muitos esforços para fazer uma triagem, restou-lhe uma lista de quinze nomes. Saiu e começou sua caçada.

46

Tom Paulsen havia conseguido com Leif Moe o nome e o número do telefone do norueguês estropiado que fora visto recentemente. O nome, Knut Hansen, não lhe dizia nada. Ele esperou na sala de jantar do *Arctic Diving*. O navio não estava indo muito longe, apenas alguns quilômetros, ao lado do canteiro de obras do terminal de Suolo. Uma simples missão de inspeção e retirada de amostras, sem grande interesse nem o menor perigo. Ele aproveitou o fato de que ainda teria sinal de celular por mais algum tempo e ligou. Ouviu uma resposta gravada. Uma mensagem da operadora. Então deixou seu nome e telefone, e desligou. Levantou-se e se aproximou de Nils.

— Alguma notícia do tal advogado?

— Estou esperando a correspondência dele. Você acha que essa história de seguro poderia vir de Steel?

Nils parecia preocupado. Algo incomum nele.

— Eu já lhe disse, ele realmente gostava de você e não tem família no Texas. Acho que você o entendeu mal.

— Não entendo nada dessa história. Mas com a carta vou entender. O que eu gostaria de fazer agora é voltar a encontrar Jacques.

— O seu velho mergulhador francês?

— Ele deve ter encontrado outras pessoas para chegar até mim.

— Leif me disse que viu um velho mergulhador recentemente, mas o cara era norueguês, um sujeito muito acabado. Tentei ligar para ele, mas não atendem.

— E você não me disse nada?

— Não há nada para dizer. Um norueguês, estou dizendo.

— Então por que você me fala disso?

— Sei lá. Agora vamos nos preparar. A sua carta provavelmente estará aqui quando voltarmos. E o seu francês, vamos acabar encontrando esse cara.

* * *

Klemet e Nina atravessaram a ponte para assistir à chegada da balsa de desembarque. Estavam lá Anneli e os outros criadores. A manobra de desembarque foi bem mais ágil, e as renas desapareceram rapidamente no interior da ilha.

Quando cada um tomou seu caminho, Anneli foi falar com os policiais perto da rocha sagrada. Nina tinha pedido a ela que lhe mostrasse o local onde encontrara o bracelete.

– É exatamente aqui – disse Nina, voltando-se para Klemet. Ela deu uma olhada no pé da rocha para ver se outra coisa chamaria a sua atenção. Nada. Levantou-se, piscou os olhos sob os raios do sol e pensou que mais uma vez havia dormido muito pouco à noite.

– Não sei como vocês fazem para se acostumar com este sol dia e noite.
Anneli sorriu.

– Quando passamos o inverno inteiro esperando a volta da luz, ir dormir quando ela nos inunda é uma traição.

– Bom, quanto a mim, neste momento acho que tenho um espírito de traidora – disse Nina bocejando.

– O que é que você vai fazer agora? – indagou Klemet.
Anneli voltou o rosto para o interior da ilha.

– Alguém me sugeriu levar as minhas renas para o lado de Naivuotna, para as pastagens de verão.

– Quem é esse *alguém*?

– Isso não é muito importante. Não vejo o que fazer aqui. Seria preciso invadir as pastagens de outro criador, o que provavelmente geraria conflitos, e temo que seja esse exatamente o fim visado. Quanto mais nos dividirmos, mais dificuldade teremos para nos defender.

Klemet ficou em silêncio, mas Nina compreendia que isso não era da competência deles. Uma caminhonete se aproximou. Dois empregados do Departamento Nacional das Estradas desceram. Eles cumprimentaram todos, tiraram do veículo um taqueômetro e o instalaram. Sem se preocupar com os policiais e com Anneli, começaram a tomar as medidas. A criadora aproximou-se deles. Já não se via mais o seu ar suave.

– Pode-se saber o que é que vocês estão fazendo aqui?

– Bom, estamos medindo porque vão alargar a estrada aqui. Parece que vão tirar daqui esta pedra, isso vai ser feito nos próximos dias, dizem.

– E vocês acham mesmo que podem fazer isso? – perguntou Anneli num tom suave.

– Vocês, vocês, não somos nós, ora, nós só medimos e depois os outros é que fazem o resto do trabalho.

– Vocês sabem o que esta rocha representa?

– Bom, um problema para a prefeitura, ao que tudo indica.

Com um tapa, Anneli derrubou o taqueômetro.

Os dois empregados começaram a gritar.

– Preste atenção, dona, a senhora sabe quanto custam esses aparelhos?

– E esta rocha, os senhores sabem o que ela vale para o meu povo?

Klemet e Nina se aproximaram rapidamente. Nina segurou Anneli pelos ombros e a forçou a recuar.

– Anneli, você não pode fazer isso – disse Klemet. – Esses caras fazem o trabalho deles, só isso, se você quer dizer alguma coisa, vá procurar o patrão deles ou a prefeitura.

– Vocês sabem muito bem o que eles estão tramando e não fazem nada. Olaf Renson tem razão, no fim das contas.

– Nós vamos acompanhar você.

Eles a levaram até a casa de Morten Isaac, do outro lado da ponte. Ficaram em silêncio.

– Que temperamento! – exclamou Nina, quando eles ficaram sozinhos. – E agora?

– Temos tempo até o encontro com o seu pai. Vamos para Hammerfest, fazer uma porção de perguntas a Gunnar Dahl.

47

Hammerfest.

O petroleiro não podia recebê-los antes da hora do almoço. Klemet e Nina foram à delegacia. Ellen Hotti, com uma pasta de papel cheia de documentos, foi vê-los na lanchonete.

– Vocês podem encontrar a lista de todos os passageiros que chegaram aos aeroportos de Alta e de Hammerfest desde meados de abril, idem para os passageiros do *Hurtigruten*. As minhas equipes já as examinaram, cruzamos os nossos dados com os dos nossos amigos dos serviços de informação, e não encontramos ninguém que pudesse ser um velho inimigo de Fjordsen do tempo em que ele trabalhava para a Comissão do Nobel. Isso não quer dizer que o caso não esteja ligado a essa época, mas é preciso procurar em outro lugar.

Klemet pegou a pasta.

– Francamente, o fato de os caras poderem afastar tão rápido qualquer ligação com o passado dele na Comissão do Nobel me deixa cético. São tão poucos os estrangeiros que transitam por aqui?

– Eles fizeram as verificações, Klemet. Não podemos pôr na cadeia qualquer turista que venha do Oriente Médio ou sei lá de onde mais simplesmente porque Fjordsen contribuiu para a escolha de um Nobel que tem inimigos. Volte de preferência ao que temos de concreto.

– Ellen, você sabe perfeitamente que não podemos fazer grande coisa com isto – disse ele erguendo a pasta. – Somos dois, e trabalhamos em outro caso. Por outro lado, você nos ajudaria se nos dissesse algo sobre as marcas de sapatos existentes no local onde Fjordsen foi encontrado ou sobre as ligações feitas ou recebidas no celular dele.

– Tudo bem, tudo bem – disse a delegada para calá-lo. – No momento, tenho até algo melhor, embora isso não seja da sua alçada. Meus peritos me ligaram do chalé. Com o seu pedaço de disparador. Descobriram uma placa de pressão para pôr fogo no dispositivo. Bum! Assim, o chalé estava bem preparado. Coloquei a Criminal no caso. Mas não me esqueci de dizer quem tinha levantado a lebre.

– E o francês, sabem mais alguma coisa sobre ele? – indagou Nina. – Porque me fizeram perguntas muito insistentes sobre um velho mergulhador francês que andou por aqui nos últimos tempos.

– E quem é que está interessado nisso?

Nina pareceu absorta no que Ellen Hotti lhes dizia e não respondeu a Klemet.

– Até agora, temos um nome. Raymond Depierre, um médico do sul da França, de uma cidade perto de Marselha. Está sendo passado no crivo. A mulher dele foi avisada. Ele comprou o chalé há sete anos e vinha pescar aqui, às vezes encontrava amigos. Sua mulher está em estado de choque, mas procura para nós o nome dos amigos. Ele trabalhou em missões na Noruega. A polícia francesa nos ajuda por lá.

– Um médico francês vítima de atentado aqui?

– Está mesmo fora de dúvida que ele era médico? – insistiu Nina. – Esse médico e o famoso mergulhador francês poderiam ser a mesma pessoa?

– Se isso lhe interessa tanto, vou mantê-la a par. Deve ser possível verificar facilmente se esse médico era também mergulhador. Enquanto espera, em vez de reclamar, Klemet, você pode ver que no final do dossiê está a lista das chamadas do celular de Fjordsen. E lhe digo que temos ainda um roubo de rena ontem à tarde. Vocês estavam de folga, e eu não quis incomodá-los, mas fica ao sul de Skaidi. Mais tarde deem um pulo lá.

Klemet e Nina estavam saindo da lanchonete quando a delegada os lembrou.

– Klemet, você me pediu para ver o bracelete que estava com um dos corpos do estreito do Lobo. Tome, pegue – disse ela, atirando-lhe um saquinho plástico. – E não se esqueça dos meus funerais.

Gunnar Dahl esperava os dois policiais no *lounge bar* do Hotel Rica. O prédio ficava à beira-mar, voltado para a baía e tendo ao longe a ilha artificial e sua tocha, onde ficavam os escritórios da Norgoil. Dahl preferia tê-los recebido no

Hotel Thon para, segundo ele, poupá-los da lentidão dos procedimentos para chegar à ilha. Eles se sentaram em torno de uma mesa mais alta que as demais e um pouco isolada. Nina teria preferido chamá-lo na delegacia para dar um caráter mais formal ao interrogatório, mas Klemet achara melhor não precipitar as coisas. Assim, escolhera o Hotel Rica, querendo pelo menos ter uma voz na escolha do hotel.

Muitas questões preocupavam Nina.

Como Gunnar Dahl explicava a presença do seu nome como fiador no contrato de locação da caminhonete utilizada por esse Knut Hansen encontrado afogado no estreito do Lobo?

Talvez pelo seu antiquado aspecto de pastor, com a barba à Lincoln, Nina não podia deixar de ver nele uma reprodução da sua própria mãe. O mesmo tipo: benevolente só na superfície, mas impiedosa, cortadora de cabeças. O que ele produzia no seu meio petroleiro? Um mundo que não era feito para crianças de coro; ela ouvia essa mesma banalidade repetida para os criadores de renas. A tundra não é para crianças de coro. O fato de Dahl trabalhar para a companhia estatal norueguesa não fazia dele um querubim. Faria dele um corrupto? Nina havia herdado da mãe certo senso do bem e do mal. A fronteira entre os dois era uma linha que aparentemente sua mãe jamais tivera a menor dificuldade em traçar. Ela ignorava os pontilhados. Hoje Nina duvidava do discernimento da mãe quando via o comportamento dela com o pai. Mas esse Dahl...

Uma confusão vinda do *lounge* chamou a atenção deles. Um grupo de homens numa discussão exaltada se encaminhava para a saída. Nina reconheceu alguns deles, que encontrara naquela mesma manhã da baldeação das renas na balsa, e também o chefe do distrito, Morten Isaac, além do Espanhol, Olaf Renson. O que fazia em Hammerfest o deputado do Parlamento *sami* da Suécia? Renson os viu e se encaminhou para eles num passo rápido, seguido de Morten Isaac e alguns outros, enquanto a maioria transpunha a porta de saída.

– Gunnar Dahl, você terá de responder pelos seus atos. Estamos há semanas tentando encontrar os responsáveis pela Norgoil, sem a menor resposta. E de repente você está aqui, que grande oportunidade.

Olaf Renson falava com a voz encolerizada.

– Nós nos conhecemos? – indagou o petroleiro.

Nina reconheceu a dignidade de Renson, que levantou o queixo enquanto punha a mão na anca. Um matador diante do touro, consciente dos olhares do público. O Espanhol.

– Sou deputado no Parlamento *sami* da Suécia e integro o grupo de coordenação entre os Parlamentos *sami* sueco, finlandês e norueguês. Vamos voltar a nos encontrar porque o que vocês estão fazendo aqui é inaceitável. A rocha sagrada que vocês querem deslocar, imaginam que vamos permitir isso? Vocês já estão destruindo este país e este planeta. E acham mesmo que podem se permitir qualquer coisa?

– Destruindo este país? – Gunnar Dahl tinha se levantado tranquilamente. – Nós fornecemos energia e empregos, criamos a riqueza deste país.

– Com as jazidas que desenvolvem no mar de Barents? Vou lhe dizer uma coisa. Por causa de vocês a Noruega é um país poluidor, apesar de todas as belas palavras do seu governo. E outra coisa: se quisermos ficar no limite de 2 graus para o aquecimento global, além do qual vamos todos nos estrepar, será preciso abrir mão de dois terços das reservas comprovadas de petróleo, gás e carvão. *Dois terços*. Mas vocês, vocês continuam como se nada estivesse acontecendo. E a Norgoil vai inclusive triplicar os seus investimentos na pesquisa para a exploração ártica.

– A nossa produção é mais limpa que a dos outros, e produzimos para países que têm o direito de se desenvolver.

– Mais limpa? Que besteira é essa? – Renson invocava o testemunho de Morten Isaac e de outros. – Você não está entendendo o que eu digo? É preciso deixar no solo dois terços das reservas comprovadas, dois terços das que já são comprovadas. Mas vocês, vocês continuam procurando novas, está entendendo o que digo?

– Mas a nossa produção é mais limpa – insistiu Dahl –, antes nós que outros, você não acha?

Renson voltou-se novamente para os criadores, afastando os braços.

– Ele não entende mesmo. E você acha que o seu petróleo é consumido de modo limpo? Limpo ou não, tudo o que vocês extraem do subsolo acelera o aquecimento global.

291

Ele mediu o petroleiro de alto a baixo.

– E lá em cima uma pequena rocha sagrada na estrada que deve permitir desenvolver ainda mais Hammerfest, a gente se livra dela. Não se detém o progresso nem a prosperidade, imagino.

Dahl havia se levantado. Fez um gesto apaziguador. Mas Olaf Renson deu o sinal de partida, e o grupo se dirigiu para a saída. Dahl voltou a se sentar e tomou os policiais como testemunhas.

– E vocês? Acreditam mesmo que o nosso fundo do petróleo de 600 bilhões de euros é construído sobre palavras bonitas?

Nenhum dos dois reagiu. Klemet levantou o nariz da sua caderneta.

– Gunnar Dahl, você pode me explicar por que o seu nome aparece como fiador no contrato de locação de um veículo alugado em Alta por um certo Knut Hansen?

Dahl olhou para ele parecendo não entender.

– O senhor quer conversar ou fazer um interrogatório?

– Nós queremos respostas, Dahl. Tudo nos leva a crer que Knut Hansen encontrou Lars Fjordsen pouco antes da morte do prefeito.

Nina observou Dahl. Sua barba à Lincoln. O olhar que se tornava mais penetrante. Dahl sabia das coisas. Ellen Hotti havia encomendado pesquisas sobre ele. Fontes abertas, na maioria. Um longo passado de servidor, fiel, um bom soldadinho da indústria petroleira norueguesa. As pesquisas sobre Knut Hansen não deram em nada, só que havia algumas centenas de Knut Hansens no país.

– Knut Hansen? Devo saber quem é? Não conheço.

– Mas ele o conhece, aparentemente.

– Meu nome pode ser encontrado nos jornais.

– Por que ele teria dado o seu?

– E os senhores acham que eu tenho essa resposta?

Com um ar discretamente indignado, sem exagero. Autocontrole. Jogar a culpa em outra pessoa. Sua mãe. Sua mãe com uma barba à Lincoln. Nina olhou para o relógio. A que horas eles teriam de sair para não chegarem atrasados ao encontro? Ele a reconheceria?

– Vou lhe perguntar mais uma vez de modo informal, Dahl, porque depois será na delegacia, com a Criminal.

Klemet devia saber que agindo assim não estava seguindo o procedimento, mas tinha as suas razões, Nina sentia isso. Lábios contraídos, olhar brilhante. Dahl tremia, no máximo.

– Vou ser mais claro ainda, Dahl. O seu Knut Hansen lutou com Lars Fjordsen no estreito, e Fjordsen acabou morrendo durante esse entrevero, depois de bater a cabeça numa rocha.

Dahl não tremeu mais. Como bom profissional habituado a administrar riscos, tentava avaliar os prejuízos. Coluna dos ganhos, coluna das perdas, qual é o saldo?

– Volto a lhe afirmar: esse nome não me diz nada.

– Bom, como quiser – concluiu Klemet, levantando-se. Juntou as suas coisas, deu meia-volta e começou a sair. Nina o seguiu.

– O senhor tem uma foto?

Eles tinham percorrido uns 10 metros, e a mão de Klemet já empurrava a porta. Gunnar Dahl estava de pé, as mãos espalmadas no tampo da mesa, o que o fazia arquear um pouco o corpo. Acalmado? Vencido? Ou esperto, com um gesto calculado para exprimir a sua boa vontade?

– Se o senhor tiver uma foto, quem sabe?

Klemet deu uma rápida meia-volta e tirou da pasta uma foto de Knut Hansen. O representante da Norgoil não se apressou. Os ganhos, as perdas. E balançou a cabeça.

– Não posso ser categórico. Nem para um lado nem para o outro. Peço-lhe que acredite em mim. Estou mais ou menos certo de que não é alguém que eu tenha encontrado recentemente.

Klemet lhe mostrou as fotos do polonês e de Anta Laula.

– Este aqui trabalhava, parece, no canteiro do terminal de Suolo. Um polonês. Zbigniew Kowalski.

– Temos tanta gente trabalhando lá...

– Mas ele não era conhecido nem no hotel flutuante nem no canteiro do terminal.

– O que não quer dizer que ele não trabalhasse lá – completou Gunnar Dahl. – Centenas de pessoas trabalham para as nossas subempreiteiras e nem precisam ter autorização para entrar no canteiro do futuro terminal.

Elas podem muito bem estar empregadas numa oficina da cidade e ser abrigadas pelo seu patrão. Muita gente aluga um apartamento mobiliado para não estourar o orçamento.

Aluguel de apartamento, pensou Nina. Claro, e nós nem fizemos essa pergunta a Tikkanen.

– E esse aqui – completou ela – é o tal de que eu tinha lhe falado: Anta Laula, que teria participado de experiências de mergulho.

– O outro *sami* – murmurou Dahl mais para si mesmo. – O que é que vocês querem? Não o conheço, nem de nome nem de cara.

– Simples curiosidade – retomou Nina. – Vocês pensaram em alguma solução que não exigisse o deslocamento da rocha sagrada?

– Sagrada, sagrada... Me parece que ela era utilizada há muito tempo. Acho que o plano da prefeitura é instalá-la num local ainda mais grandioso, de fácil acesso, com um efeito melhor, tendo um espaço de circulação em torno dela, com bancos, assim as famílias poderão fazer piqueniques ali.

– O senhor tem certeza de que é isso que querem as pessoas daqui, as pessoas para quem essa rocha é importante?

– E então, o que é que devemos fazer? Vamos ter esse novo terminal, uma nova pista de aeroporto para receber aviões grandes e também uma espécie de ilha artificial que será construída, Hammerfest tem 10 mil habitantes, que vão chegar a milhares nos próximos dez anos. O Ártico está se aquecendo, todos virão procurar petróleo por aqui.

– Certamente, se os criadores de renas não vierem mais para a ilha, a rocha sagrada vai perder todo o interesse – disse Nina.

– Exatamente. Mas atenção, temos o maior respeito pela cultura *sami*, aliás financiamos projetos artísticos e culturais magníficos.

Nina quis responder, mas Klemet pegou o seu braço.

– Está na hora do nosso encontro – murmurou ele, aproximando-se dela.

O encontro. Como o seu ventre podia se contorcer tão imediatamente a essa simples evocação? O primeiro encontro deles depois de doze anos.

– Hora do quê? – arriscou Gunnar Dahl. – O que o senhor quer dizer?

– Não é com você, Dahl. Mas acho que muito logo você também terá um encontro. Na delegacia.

48

Mar de Barents.

Leif Moe deu um longo bocejo. Estava acomodado numa poltrona muito confortável. Teria sido melhor se tivesse se sentado num tamborete, pois assim não seria tomado pela preguiça. Na véspera ele ainda ficara muito tempo, tempo demais, no Riviera Next depois da saída de Tom Paulsen. Ele esfregou a testa, mas a dor de cabeça não passava. Por que seria? Sua cota de bebida não havia sido superior à habitual. E não havia sido bebida de modo diferente. O que foi que eu bebi? Ora, isso vai passar. Ele esfregou as bochechas. Hoje o procedimento o aborrecia.

– Tom, Nils, está tudo certo?

Paulsen e Sormi tinham descido havia cerca de uma hora. Hoje seria uma barbada. Um mergulho de apenas algumas dezenas de metros de profundidade, com ar. Sem mistura gasosa, sem descompressão complicada e trabalhosa. E cara. Leif Moe nunca havia confessado isso, mas não lamentava não ter Henning Birge controlando-o. Não que o representante da Future Oil perturbasse mais que qualquer outro, mas Moe preferia um Bill Steel, mais franco. Birge era uma espécie de víbora fria. E além disso um grande hipócrita. Ele aumentou o volume de um interruptor. Debaixo d'água Sormi e Paulsen avançavam.

Uma câmera submarina permitia a Leif Moe seguir os mergulhadores. Com a roupa de neoprene de 7 milímetros laminada de um náilon com dupla espessura, eles trabalhavam em águas frias sem nenhum desconforto.

Os trabalhos da nova ilha artificial seguiam num bom ritmo. O terminal petroleiro de Suolo estaria pronto dentro de cerca de vinte meses se tudo corresse bem, mas muita coisa ainda precisava ser feita. Uma grande confusão, esse canteiro, com gruas embarcadas, outras em terra, nas partes da ilhota já estabilizadas. As obras avançavam depressa, muito depressa, embora já durassem bastante tempo. Mas tudo bem, isso lhes garantia contratos de longo prazo. Moe via Sormi enchendo seus tubos de ensaio. Paulsen e ele deviam controlar a qualidade da água nas imediações do canteiro, por causa dos resíduos de produtos utilizados quase por toda parte. Esses resíduos não podiam ser lançados no mar. Ou, pelo menos, sua quantidade não poderia ultrapassar os limites toleráveis. As organizações de pescadores não afrouxavam o controle, alegando que aquelas águas do mar de Barents eram muito piscosas. Não seria Leif Moe que iria dizer o contrário. Peixes, os seus mergulhadores viam em grandes quantidades. Moe dava razão aos pescadores.

Uma missão de rotina, sim, mas, com toda aquela confusão, Leif Moe não estava muito tranquilo. Havia navios em demasia se cruzando, e as gruas o deixavam incomodado. Leif Moe não gostava de ter aqueles guindastes enormes em cima da sua cabeça. A única coisa que suportava sobre si era a água do mar. Mudou de tela para o ponto de vista da pequena câmera do capacete de Sormi. De quando em quando, Moe via Paulsen um pouco mais longe. Ele inspecionava o fundo do mar, fazendo seu caminho através dos blocos de concreto, das malhas metálicas, de tudo o que às vezes fazia um canteiro submarino se parecer muito com a confusão da superfície. Algumas das gruas estavam, aliás, transportando material para o fundo do mar a fim de possibilitar algumas operações que seriam realizadas pelos mergulhadores nos próximos dias. Ah, droga, eu me esqueci de avisá-los. Ele olhou um arquivo. Esses retardados também tinham se esquecido de apresentar o seu planejamento cotidiano detalhado. Isso acontecia o tempo todo. Droga de operadores de guindastes e droga de dor de cabeça. Tudo era mais demorado, gestos mais lentos, tempo contado, frio que acabava por atrapalhar. Leif Moe tinha trabalhado principalmente no mar do Norte, cujo fundo tinha a temperatura constante de 4 graus. Aqui, ao largo da costa, mesmo estando-se muito mais ao norte, a temperatura da água era de 3 graus, graças à deriva do Atlântico Norte, uma extensão da corrente do Golfo que acompanhava o litoral da região e garantia a ausência de massas de gelo flutuante até mesmo no inverno.

Leif Moe se levantou para se servir de café, sua quinta xícara desde o início do mergulho. Fez alguns exercícios de relaxamento, sempre vigiando as telas de controle. A missão daquele dia já estava próxima do fim.

– Diga, Tom, no fim das contas você encontrou o tal mergulhador francês?

– Nenhuma novidade, tentei telefonar para o outro, o norueguês, espero que ele me retorne a ligação.

– Dá para trabalhar em silêncio aqui?

– Calma, Sormi. Você terminou as suas amostras?

– Faltam duas.

– E você, Tom?

– A área que eu devia...

O uivo sobressaltou Leif Moe, que derramou todo o café na sua roupa.

– O que foi que aconteceu? Tom?! Nils?! Droga!

O uivo lhe rompia os tímpanos. Ele se precipitou sobre os botões de comando, passando de uma câmera para a outra. A primeira mostrava apenas uma massa compacta. Impossível ver o que quer que fosse com a câmera de Tom.

– Nils, Tom, respondam, droga!

– Já vou, já vou.

Era a voz esbaforida de Nils.

– Nils, o que é que está acontecendo? Responda, caramba!

– Eu já vou, já vou. Já estou quase chegando.

A respiração entrecortada de Sormi.

– Estou chegando lá, estou chegando lá.

Leif Moe via a angústia na voz de Sormi. Nunca o ouvira daquele jeito. Os uivos tinham cessado.

– Tom, Tom, você está me ouvindo? Responda, Tom.

– Ah, meu Deus. Tem sangue por todo lado.

Leif Moe via a cena através da precária câmera do capacete de Nils Sormi. Uma nuvem escura cercava um corpo no solo.

Ele via agora o corpo de Tom Paulsen. Melhor dizendo, ele o adivinhava, suspenso nos movimentos do capacete de Sormi. Solavancos demais. O que é essa coisa? Pouco a pouco, Sormi se estabilizou. Leif Moe viu a cena e imediatamente apertou o botão de alarme. Uma estaca prendia Tom Paulsen ao fundo do mar. O supervisor não acreditou no que via.

– Ele está vivo, Nils? Está vivo?

– Não sei.

Moe se precipitou para o vidro da sala de comando. Localizou o ponto onde estavam os mergulhadores. O braço de uma grua estava parado exatamente em cima. Na extremidade do cabo havia material suspenso. Ele viu, muito pequeno lá em cima, o condutor da grua, curvado na janela da sua cabine, tentando divisar abaixo de si o ponto de impacto.

– Pelo amor de Deus, idiota de merda!

Sem dúvida a estaca tombara da grua.

– Preciso retirar a estaca.

– Não, Nils, não faça isso, não faça isso, você vai matar o Tom.

– Preciso retirar a estaca.

Leif Moe não estava certo de ter compreendido exatamente o que via, a imagem era muito parcial, muito próxima agora.

– Espere, espere, estou chamando um médico, Nils. Conserve o seu sangue-frio e espere, meu Deus! Nós vamos salvá-lo, juro para você.

Leif Moe se lançou sobre o telefone para falar com o médico de plantão.

Ao mesmo tempo, lançou no computador um chamado à ponte.

– Mandem a equipe de *stand-by* imediatamente. Médico, caramba, responda, responda!

– Ele está vivo, está vivo!

O telefone soava no vazio. Homens da equipe se precipitaram na cabine de supervisão, oferecendo ajuda.

– Preciso retirar a estaca. Ele vai ficar preso aqui.

Sormi gritava, a nuvem escura se dissipava um pouco. Moe não via nada do rosto de Paulsen, os movimentos da câmera do capacete de Sormi eram muito irregulares. Como se o mergulhador olhasse desesperadamente em torno de si, procurando uma ajuda que não viria. Ou viria tarde demais.

– A equipe de *stand-by*?!

A voz de Moe falhava, forçada pelos seus gritos. Responderam-lhe de fora.

– Na água, acabaram de mergulhar.

Eles nunca chegavam a tempo.

Impotente, Leif Moe viu então Nils Sormi arrancar subitamente a estaca.

Seguiu-se um grande silêncio. Moe se sentia fraco. Nauseado. A equipe havia se agrupado em torno dele. Nem uma palavra. Olhares tensos. A esperança que chegava com um barulho. Com um suspiro.

Uma espécie de chiado o tirou daquela letargia. Um barulho anasalado. Vinha do telefone. A informação chegou lentamente ao cérebro confuso de Leif Moe. O médico.

Durante as três horas de viagem entre Hammerfest e o Café Reinlykke, no cruzamento das estradas que levam a Kautokeino e Karasjok, Nina quase não abriu a boca, deixando Klemet dirigir tendo por companhia apenas o rádio. Nina oscilava entre o desejo de rever as cenas vividas com seu pai e a necessidade de se concentrar na investigação. Klemet, sem dúvida, não tinha se iludido em momento algum. Que homem ela iria reencontrar? E se sua mãe tivesse razão? Se tivesse agido certo ao protegê-la? Ela se lembrava do que um dia Klemet lhe dissera brincando. Nina, somos racionais, visto que somos policiais. Policial porque racional.

Ela havia pousado sobre as coxas os dois saquinhos com os braceletes de couro. Eles eram idênticos, obra de Anta Laula. Teria ele ido depositar um dos braceletes na rocha como oferenda? Ela devia se concentrar na investigação. Gunnar Dahl, Markko Tikkanen, Juva Sikku. E Nils Sormi. E esse Knut Hansen. O que tinha ela na mão? Conflitos de terras na ilha de Hammerfest. Parece que cada um queria o seu pedaço. E quem perdia era invariavelmente o povo *sami*. Se é que não acabavam todos perdendo. Juva Sikku, por exemplo, aparentemente cairia fora antes que tudo desse errado. Por fatalismo talvez, porque ele havia admitido o fato de que fazer frente ao rolo compressor petroleiro seria inútil. E Gunnar Dahl? Ele precisava, como Steel e Birge, de terrenos para ampliar as suas atividades. Mas os policiais não tinham nada sobre ele além de especulações. A não ser um motivo. Nina imaginava a cara de Klemet. Um motivo, é só isso mesmo que você tem, moça? E você quer continuar nesse ofício? Nina fechou os olhos. Por que o seu pai não tinha querido vê-la no dia anterior, imediatamente? Ela voltou a abrir os olhos. Klemet continuava absorto na estrada. O tempo havia fechado. Nina tirou os óculos escuros.

– Nervosa?

– Eu estava pensando na nossa investigação. Na morte de Erik Steggo. Você acha realmente que vamos chegar a alguma coisa? Enfim, fora a agitação de braços do Juva Sikku, o que é que temos? E o que podemos provar com isso?

Klemet abaixou o volume do rádio.

– Você mesma me disse que ele mentiu sobre o sinal do celular no estreito. Já temos um começo de pista. Tikkanen foi interrogado pelos colegas sobre as suas relações com Sikku, com os petroleiros. Eles não provaram nada, e, como ele não é formalmente suspeito, não puderam dar busca. Ellen Hotti me disse que estavam pensando em outro meio com ele.

– Outro meio? O método Al Capone. Se você não consegue pegá-lo por assassinato, pegue por fraude fiscal. Você acredita nisso, francamente?

– Não sei o que ela está pretendendo, mas confie nela.

Eles tinham acabado de passar pela aldeia *sami* de Masi e logo estariam no Café Reinlykke. Nina olhou o relógio. Estavam adiantados. O restante do trajeto foi cumprido em silêncio.

Alguns minutos depois, Klemet empurrava a porta do café. A proprietária estava atrás do caixa, imóvel. Usava um avental vermelho bordado com galão azul, verde e amarelo, uma touca lapona azul com bordado na bainha. Nas mesas havia umas dez pessoas. Motoristas de caminhão, criadores, um casal jovem com duas crianças. E de costas, no canto, uma forma. Nina pensou uma forma, pois aquele homem não parecia conter nada. Outras pessoas estavam sós, mas Nina compreendeu que aquela forma era o seu pai. Ela havia imaginado antes, mas se surpreendeu. Olhou para Klemet. Agora ela estava ali. O que fazer? Pediu à caixa um café.

– Aquela pessoa está ali há muito tempo?

– Duas horas e quinze minutos. Não se mexeu. Pegou um sanduíche ao chegar, uma garrafa de água. E desde então ficou lá.

Nina voltou-se novamente para Klemet. Não soube ler o que diziam os seus olhos. Ele pegou a sua xícara de café e foi se sentar a uma mesa vazia. Fez para ela um sinal de cabeça. Vá lá.

Nina se aproximou. Estava atrás da cadeira vazia ao lado da forma. Observou seu perfil esquerdo. Seu pai. Conseguiu reprimir um súbito acesso de lágrimas. Aqueles olhos azuis perdidos. Tão azuis e tão perdidos. O rosto tinha rugas profundas, mas Nina não conseguia se afastar daquele olhar que desaparecia pela janela, longe na tundra. Onde ele se deteria? O que ele veria que Nina não conseguia ver?

O rosto se voltou para ela. Esse movimento lento foi uma tortura para Nina. O que ele iria ver nela? O que ele podia ver nela com aquele olhar? Subitamente ela não sabia mais se fazia dez ou quinze anos que o seu olhar não cruzava com o dele. Seu pai continuava de cabelo curto, até mais curto, à escovinha. Agora grisalho, mais fino, mais ralo, ao contrário da barba, branca e espessa. Um homem velho.

Nina sorriu para ele. Deu-se conta de que aquele sorriso devia parecer um ricto. Ele não sorriu. Pôs os óculos que estavam diante de si, ao lado da bandeja onde o sanduíche continuava intacto. Dirigiu-lhe um longo olhar.

– Faz muito tempo que você está aqui?

Por que fazer uma pergunta estúpida assim?, pensou Nina, lamentando-se.

– Não sei – respondeu ele.

Nina balançou a cabeça e puxou a cadeira para se sentar.

– Já não sei.

Aquela voz. Parecia com o quê? Isso também eu esqueci?

– Era urgente? Sua mãe morreu?

Minha mãe? Nina estava – e estaria sempre, no futuro – muito longe dela, de sua mãe. Sim, ela estava morta, mas não, o que ela devia lhe dizer? Aquele olhar tão distante, que supunha um espaço intransponível. Nina se voltou para Klemet. Ele a olhava, impassível. De repente ela teve vontade de estar ao lado do seu parceiro de trabalho ou de sentir a mão de Tom na sua face, qualquer coisa viva, enfim, e não aquele olhar, não aquele abismo.

Então Nina começou a falar. As cartas, como a existência delas chegara ao seu conhecimento, sua mãe que as havia escondido, alegando protegê-la, de que forma ela as tinha encontrado, seus esforços para se lembrar. Seu pai voltara à posição anterior, com o olhar perdido na tundra nevada e coberta pelo mau tempo que se adensava. Neve derretida começava a cair. Nina estremeceu. Seu pai ouvia o que ela lhe narrava? Um zumbi. Depois ela lhe falou do seu trabalho, das suas escolhas, do seu colega ali, atrás deles – ele nem sequer virou a cabeça –, e da sua investigação, daquele homem, Laula, que tinha participado de experiências. Ele nem pestanejou. Nina perdeu a noção do tempo passado ao lado dele. Durante quanto tempo ela havia falado? Ele não tinha dito nada, não olhara para ela uma única vez. Será que ele a culpava por ela ter ficado em silêncio durante todos aqueles anos? Mas ela acabara de lhe explicar, as cartas escondidas pela sua mãe. Sim, eu poderia tê-lo procurado antes, por que não fiz isso? Voltou para a sua investigação, para Laula, as experiências dele...

– Preciso da sua ajuda. Você viveu essa época. Conheceu os homens que participaram daquelas experiências.

Ela ficou esperando durante algum tempo. Nada.

O que aconteceu depois a pegou totalmente desprevenida: grossas lágrimas começaram a escorrer dos olhos de seu pai, perdendo-se na barba. Ele mordia os lábios. Então se levantou, virou-se e, sem nada dizer, andando com dificuldade, encaminhou-se para a saída.

Nina ficou desamparada. Levantou-se, pôs-se diante de Klemet, afastando os braços numa expressão de impotência, e foi para a porta. Então sentiu uma mão pousando no seu braço. Em vez de Klemet, ela viu um desconhecido. Que até então lhe passara despercebido.

– Deixe seu pai tranquilo. Ele não está em condições de falar com você. Acredite.

Nina não compreendeu. Quem era aquele homem? Klemet havia se aproximado, disposto a interferir. Aonde tinha ido o seu pai? Nina via apenas carros e caminhões no estacionamento. Ela abriu a porta, a mão do homem se fez mais pesada no seu braço. Ela quis se soltar, a mão a apertou.

– Desde a sua passagem ontem em Utsjoki, ele está muito perturbado.

A voz do homem era calma, nada ameaçadora. Ele prosseguiu, afrouxando os dedos no braço da sua presa.

– Ele não fez outra coisa senão se preparar para o encontro, desde então, para estar razoavelmente apresentável. Forçou-se a dormir, com comprimidos, para não pensar. Para não ter pesadelos. E também se forçou a comer, para se livrar das vertigens. Acredite, seu pai fez um esforço sobre-humano. Normalmente ele precisa de pelo menos três dias para se preparar para um encontro.

– Quem é o senhor?

– O contato dele com o mundo lá fora.

– O que é que isso quer dizer? O que o senhor é, um duende, um elfo, um *hobbit*?

Os olhos de Nina passaram do homem para o estacionamento vazio.

– Ele me ajudou tempos atrás.

Nina olhou para ele. Um homem não muito alto, vestido com um macacão de motociclista. Tinha costeletas, uma testa fugidia, e usava rabo de cavalo curto; um rosto de traços bem marcados. Parecia um feixe de nervos e músculos, mas seus olhos exprimiam uma grande paz. Benevolência.

– Preciso conversar com ele.

A mão sempre no braço dela.

– Dê tempo a ele. Você não imagina de onde ele chegou e nem onde ele está.

Nina viu seu pai, enfim. Parecia errar pelo estacionamento. Titubeava, desajeitado com os pés, que com dificuldade punha um adiante do outro; esfregava os olhos, a barba – ou seria a neve derretida?

– Tenho o seu número de telefone. Amanhã ligo para você. Deixe comigo, eu lhe peço.

O homem abriu a porta e a fechou suavemente atrás de si. Foi até o pai de Nina, segurou o seu cotovelo e o conduziu até um carro. Os faróis vermelhos logo se perderam no véu de neve derretida. Nina tinha ficado perto da porta. Klemet se juntara a ela e esperava em silêncio.

Ela olhava para a direção tomada pelo carro. A estrada de Karasjok, para o leste, para a Finlândia.

O sanduíche continuava na mesa. Pela primeira vez em muitos dias, o céu estava completamente escuro. De repente Nina se sentiu cansadíssima.

49

Domingo 9 de maio.
Nascer do sol: 1h31. Pôr do sol: 23h11.
21 horas e 40 minutos de luz solar.

Hammerfest. 6h30.

Nils Sormi não podia esquecer a imagem. Uma enorme cratera sanguinolenta e toda aberta, de ambos os lados. Duas crateras. A estaca havia penetrado na caixa torácica de Tom para sair nas suas costas. Seu amigo dormia perto dele. O pequeno hospital de Hammerfest tinha mobilizado todos os recursos disponíveis para tentar salvar o mergulhador. Um milagre. Pulmão perfurado, mas nenhum órgão vital lesado. Um milagre, repetiam os médicos. "E o senhor o salvou", dissera-lhe o cirurgião. Nils o olhara sem compreender. Sim, Nils sabia: ajudara-o a respirar quando ele hiperventilava e perdia a consciência de estar debaixo d'água. Nada de milagroso nisso. "Ao retirar a estaca", insistiu o médico. Se Paulsen tivesse sido transportado com a estaca, os movimentos certamente causariam muitos outros estragos. E, graças à sua roupa de mergulho ajustada ao corpo, a hemorragia fora muito bem estancada dos dois lados. "Francamente, um milagre", repetiu o médico, antes de deixá-los a sós no quarto branco.

Ele sentiu um movimento. Tom tocava o seu dedo. Dopado pelos calmantes, ele forçou um sorriso que expressava agradecimento e também dor. Estava acordando pela primeira vez desde a sua primeira operação na véspera, depois de dormir catorze horas seguidas. Nils pegou a sua mão e a apertou.

– Então aconteceu o milagre.

Nils mostrou os buquês de flores que tomavam o quarto.

– Você vai se recuperar rapidamente, os médicos garantiram.

Novo sorriso de Tom. Sua respiração era lenta e profunda. Irregular. Ele se esforçava.

– Não fale, não fale nada, descanse, rapaz.

Tom conseguiu articular, muito lentamente.

– Foi o quê?

Nils lhe contou: a grua, o acidente, a estaca, os gritos de Leif Moe, e ele, Nils, que lhe arrancara a estaca do peito.

– Eu achei que estava te matando, meu velho. Mas você estava espetado como uma borboleta. Era preciso levar você para cima. Depois chegaram os outros. Felizmente, não estávamos a grande profundidade. Você me fez passar muito medo.

Tom apertou a sua mão. Ele estava fraco, muito pálido. Ainda sob o efeito do choque.

– Se você visse a sua cara... Mas, não sei por quê, as enfermeiras estão sempre por aqui.

Tom conseguiu sorrir. Fez uma careta e tentou se endireitar um pouco, o que provocou uma nova careta. Então respirou fundo.

– Os policiais. Ligue.

Nils olhou-o, espantado.

– O que é que você está falando, meu velho, de repente começou a delirar? Está achando que alguém lançou a estaca em você? Vamos, descanse.

Tom apertou a sua mão e meneou a cabeça. E começou a falar, lentamente, reunindo forças.

– Não é a estaca. Nina e o colega dela. Encontre esse mergulhador. O francês. Não deixe o cara na miséria. Pode ter sofrido um acidente, ele também.

E fez um último esforço.

– Você me ajudou. Ajude ele.

Tom estava esgotado. Fechou novamente os olhos. Nils puxou o cobertor sobre o amigo. Depois, diante da janela, ficou um longo momento refletindo.

Klemet e Nina encontraram sem dificuldade, ao longo da estrada entre o posto deles em Skaidi e a cidade de Kvalsund, os restos da rena roubada. Morten Isaac estava à espera deles à beira da estrada que acompanhava o fiorde e os levou até uma dezena de metros abaixo. O chefe do Distrito 23 não disfarçava seu mau humor. Havia passado parte da noite com outros criadores procurando renas desgarradas para juntá-las ao resto do rebanho. Klemet

305

precisara insistir para que o chefe do distrito os levasse logo. Ele poderia ter encontrado sozinho o local do delito, mas queria conversar com Morten.

Nina levantou a pele.

– Temos a pele, em mau estado, e a cabeça com as orelhas – comentou ela.

– Ele levou a galhada e a carne – disse Morten Isaac. – Um grande patife.

– Bom, pelo menos, como temos as orelhas, vamos poder fazer um atestado, para o seguro.

Klemet pôs as luvas de plástico azul que Nina já calçara e examinou as orelhas, para tentar reconhecer as marcas que identificavam seu proprietário.

– Não se canse – disse o chefe do distrito. – Era uma rena do garoto Steggo. Muito triste, de qualquer forma.

– Ah, e quanto ao seguro, então, irá para Anneli, imagino.

– Espero.

– A rena pode estar aqui há quanto tempo?

Morten Isaac examinou a pele.

– Várias semanas.

Klemet se voltou para Nina.

– Poderia muito bem ter sido obra dos alemães ou dos dois outros, Hansen e o polonês. Eles estavam por aqui há um bom tempo, parece.

– Você sabe que os alemães foram embora.

– Ah, a propósito – disse Klemet a Morten Isaac –, os funerais do Fjordsen vão ser na quarta-feira em Hammerfest. Vai ter gente importante e... ficaria muito mal se aparecessem renas passeando por lá. Você entende o que estou querendo dizer.

– Claro, entendo.

– É preciso reforçar a vigilância. Vamos pôr algumas patrulhas da Polícia das Renas no pedaço, até para ajudar vocês.

– Isso mesmo, ajudem a gente a ocultar de todas essas boas pessoas que o nosso lugar é aqui, que a montanha é das renas, que esse litoral e os seus recursos são nossos.

– Morten, é um enterro, e as pessoas querem estar concentradas nele. E cuidaremos para que não haja renas lá, é só isso. Quanto ao resto, você se dirija à prefeitura.

– A prefeitura! O substituto do Fjordsen é ainda pior que ele. Agora os criadores vão sair perdendo com todas as medidas que ele adotar.

– Quantos vocês serão na quarta-feira? – cortou Klemet.

– Vamos estar lá, não se preocupe.

– Morten, não é hora de manifestação.

– Então você poderia dar um jeito de dizer para os caras do Departamento de Estradas que não é hora de mudar o lugar da rocha sagrada.

Morten Isaac girou os calcanhares e se foi em direção à estrada.

Os dois policiais ficaram perto da rena. Nina olhava nervosa para o telefone.

– Por que é que ele não liga? Você acha que ele vai esquecer?

– Você precisa dormir.

– Dormir?

Ela riu alto mostrando o sol, cuja luminosidade atravessava as nuvens.

O telefone tocou. Com um ar desanimado, Klemet pegou seu aparelho.

– Olá, Ellen, e então, você não descansa no domingo?

Klemet ficou em silêncio, apenas resmungando para a sua interlocutora, depois desligou.

– As análises. As marcas dos calçados no estreito, primeiro. São de Knut Hansen. Mas lá estão também as de Kowalski. Não as de Laula, aparentemente, que só apareceram perto da rocha. Depois as análises de sangue. Kowalski, por ser quem dirigia a caminhonete, não tinha álcool no sangue. Em compensação, encontraram um pesado coquetel de remédios nas suas veias. Ela me enviou a relação. Estava dirigindo meio dopado.

– Acha possível que isso tenha causado o acidente?

– O legista está verificando tudo isso, mas, se ele tomou apenas a sua dose normal, o cara tinha problemas fenomenais.

– E os dois outros, remédios ou outra coisa?

– Ellen não falou deles, mas as análises e as autópsias continuam.

– Se foi um acidente, Kowalski pode ter cochilado e perdido o controle do veículo...

– Pode ser. Ellen também disse que a caminhonete não estava em boas condições, mas nada permite afirmar que tenha sido sabotada.

307

– Falta a ligação com Dahl, embora Dahl negue que exista.

Nina voltou o rosto para o sol, como um desafio.

– Até atrás das nuvens ele me atormenta, esse aí.

O telefone dela soou.

Nina fez uma careta para Klemet.

E ficou tão silenciosa quanto Klemet havia ficado pouco antes.

– Tudo bem – disse ela antes de desligar. Meneou a cabeça. – O sujeito que estava com o meu pai parece saber tudo sobre os nossos hábitos. Ele sabe que estamos em Skaidi e marcou para esta noite um encontro no bar com o meu pai.

– Será que você não falou isso para ele? Você me disse que contou a toda sua vida para ele ontem.

Ela suspirou.

– Não sei mais, Klemet, não sei mais nada.

50

Há dois dias Juva Sikku vinha tendo a impressão de estar brincando de esconde-esconde. Aonde quer que ele fosse, via aparecer Markko Tikkanen. Os nervos do pastor estavam à flor da pele. O agente imobiliário finlandês corria por toda parte, inspecionando as ruas, interrogando as pessoas com quem cruzava, arremetendo subitamente o carro para ir sabe-se lá aonde. Ele procurava o fichário, era óbvio. Você jamais vai encontrá-lo, gordo. Gordo patife. O fichário agradaria mais a Nils que um corretivo, pensara Sikku. Vendo o finlandês esvoaçar como uma nuvem de mosquitos, ele considerou que havia feito a melhor escolha. O golpe dado em Tikkanen era ainda mais forte que uma bofetada. Sikku havia escondido o fichário num lugar seguro, e não se privara de examiná-lo, mesmo não sendo ávido de burocracias em geral. Mas, depois de ter lido algumas fichas, o desejo de amassar a cara do finlandês estava quase incontrolável. Que sujeito maldoso! Embora Sikku não tivesse entendido tudo no sistema de fichas de Tikkanen.

Ele esfregou a barba. Uma semana. Teria de fazer a barba no dia seguinte: segunda-feira, dia de fazer a barba. Pegou a caixa de tabaco de chupar e pôs uma porção sob o lábio superior. Ela se encaixou naturalmente no buraco da gengiva.

A leitura da sua ficha o havia abalado. Não só pelo fato de Tikkanen saber tudo a respeito da sua situação financeira: o empréstimo feito no banco, as duas motoneves compradas a crédito, a sua motoneta de quatro rodas. Ficara claro que Tikkanen devia ser unha e carne com os funcionários dos bancos. Porém, se isso fosse revelado, quem se daria mal seriam eles, e não eu. Que grande patife, esse Tikkanen. Mas Sikku se perturbara sobretudo com os detalhes sobre a história da sua família. Como os seus ascendentes, ao longo de décadas, haviam perdido tudo o que tinham na ilha da Baleia. O pior é que Juva Sikku nunca soubera dessa história. Mas ao vê-la escrita em branco e preto, a sua história, ele ficou chocado. Em compensação, Tikkanen tinha avançado bastante nos contatos visando o seu terreno. Desse ponto de vista, o agente imobiliário estava fazendo o seu trabalho, até onde Sikku podia julgar. Sikku não sabia o significado dos sinaizinhos na margem, mas identificou o nome de um sujeito, talvez o possível vendedor, e as coordenadas dele. Pensou inicialmente em surrupiar a ficha, mas não sabia como iria terminar aquilo, e se Tikkanen recuperasse o fichário e visse que faltava apenas a sua ficha ele identificaria imediatamente o autor do roubo. Então Sikku transcreveu o conteúdo da ficha e a recolocou no lugar.

Acabou decidindo ligar para Nils, apesar de ele ter lhe recomendado expressamente que não fizesse isso.

Sormi respondeu com frieza, mas quando Sikku, sem entrar em detalhes, lhe anunciou uma descoberta, o mergulhador o ouviu. O pastor recobrou um pouco sua confiança e aconselhou Nils a pôr uma roupa quente porque ele ia levá-lo pelo *vidda* em uma motoneve. Apesar da surpresa, Sormi concordou sem discussão, para encurtar a conversa.

Uma hora depois, após ter deixado o seu Skoda na frente de uma casinha onde guardava material, Juva Sikku ia pela estrada na sua motoneve, orgulhosíssimo por transportar um passageiro tão prestigioso. Por muito pouco ele não deu uma volta pela cidade no seu veículo. Sikku não tinha dúvida de que o mergulhador ficaria contente com ele.

Ao saber da notícia pelo rádio, Nina pediu a Klemet que passasse pelo hospital. Ele lhe dirigiu um olhar não muito agradável, mas ela não ligou. Klemet a deixou diante da porta de entrada e prosseguiu para a delegacia. Nina encontrou rapidamente o quarto de Tom Paulsen. O mergulhador estava na companhia de um médico, que os deixou a sós.

Tom sorriu, mas isso lhe custou. Ele estava muito pálido, parecia cansado e tinha olheiras fortes. A luz viva do quarto não ajudava nada.

– Já estou melhor, menos grogue. De manhã, eu mal podia falar.

– Você sente dores?

– Me entupiram de remédios, por enquanto eu quase não estou sentindo nenhuma dor, mas a ferida é muito nítida. O reflexo de Nils me salvou a vida. Ele entrou em contato com você?

– Era para ele ter feito isso?

Tom tentou pegar o celular, mas só conseguiu fazer uma careta. Nina lhe entregou o aparelho.

– Olhe este número. Foi passado pelo meu supervisor, Leif Moe; é o número de um velho mergulhador norueguês que está por aqui. Você estava interessada no assunto, então pensei que talvez pudesse encontrá-lo. Eu não consegui.

– Achei que você estivesse interessado em mergulhadores franceses.

– Essa é outra história. Nils Sormi lhe falará sobre ela, se entrar em contato com você, como espero. O francês é uma história dele, e não posso falar sobre ela.

51

Nina ligou para Klemet, e ele não pensou duas vezes antes de reclamar dizendo que não era motorista de táxi.

– Tenho um número de telefone que poderia nos interessar – interrompeu-o Nina.

Ela lhe passou o número.

– Acho que a gente deve ir até o *Arctic Diving* para mostrar as nossas fotos ao supervisor de Paulsen e Sormi. Ele pode saber de alguma coisa. Tom me disse que ele estaria lá.

– Nada disso. Ele está aqui na delegacia fazendo declarações sobre o acidente do seu Paulsen. Estou indo buscar você, a gente vê aqui.

Vinte minutos depois, eles estavam diante de Leif Moe. O velho mergulhador olhava as fotos que os policiais lhe mostravam.

– Este aqui. Ele veio me ver. Tem uma boca ainda mais suja na foto.

– Talvez porque esteja morto – esclareceu Nina.

Leif Moe pareceu não estar inteirado desse fato. Nina lhe explicou as circunstâncias da morte.

– Os remédios. É isso, parece que muitos velhos se entopem de remédios. É uma porcaria.

Os outros retratos não lhe disseram nada. Nem o do polonês nem o de Anta Laula. Quando Leif Moe foi embora, Klemet e Nina ligaram para algumas pessoas. A Brigada Criminal logo começou a fazer pesquisas sobre o número do celular de Knut Hansen.

Anneli tinha recebido uma ligação de Morten Isaac. Ainda havia algumas renas retardatárias que deviam ser recuperadas. O chefe de distrito tinha insistido com ela para que fosse o mais rápido possível pegá-las, com alguma ajuda necessária. Isaac tinha lhe oferecido uma das suas motoneves para acelerar o processo. Anneli não quisera contrariar Isaac e aceitara. As indicações eram muito precisas. Em algumas horas, Jonas Simba e outros criadores tinham encontrado a maioria das renas, assim como muitos filhotes. O futuro provavelmente seria mais duro para estes, porque eles tinham sido separados das mães. Jonas Simba tinha ligado pouco tempo antes para lhe dizer que vira com o binóculo um último filhote. Anneli entendeu a explicação que ele lhe dera sobre a parte do vale em que o animalzinho estava. Era uma área mais isolada, distante do trajeto da transumância. Certamente um pequeno grupo de renas tinha se assustado com as motoneves de gente que passeava por ali. As pessoas nunca aprendiam. Anneli e Erik muitas vezes tinham convidado amigos noruegueses estranhos ao mundo das renas para assistirem à reunião das renas que seriam marcadas ou triadas. Aquelas pessoas tiveram a partir de então uma compreensão melhor das dificuldades da criação de renas. Mas esse método não era popular entre todos os pastores. Muitos deles avaliavam que, quanto menos os escandinavos metessem o nariz nas suas questões, melhor eles se comportariam.

No entanto, Anneli tinha confiança. Os criadores contribuiriam para que a montanha continuasse viva. Eles garantiriam o diálogo com as almas do *vidda*. Quando ia se recolher, perto das pedras sagradas espalhadas pela Lapônia, Anneli nunca deixava de compartilhar suas esperanças com o espírito do lugar. Às vezes Erik sorria ao vê-la se entregar ao que dizia ser os seus segredinhos da tundra. Ele não acreditava muito naquilo tudo, mas garantia-lhe: "Eu acredito em você". Anneli sorriu, lembrando-se da cara de Erik naquele dia. Seu ar descrente. No entanto, o mesmo Erik nunca deixava de ir depositar uma pequena oferenda junto daquelas pedras. Em nome do respeito dos velhos, dizia ele. Dos vivos e dos mortos que passaram por lá. Ele lhe falava da sua honra de pastores que sabiam o que deviam à natureza. Cada um tinha os seus segredinhos na tundra, e Anneli o amara também por isso. No entanto, era essa natureza que estavam tirando deles, sua honra de criadores. Se tirassem deles esse direito de viver da sua terra, que honra restaria aos homens do *vidda*?

Ela verificou se havia uma corda na sua mochila e partiu em busca do último filhote.

* * *

Nils Sormi se admirou de reconhecer os contornos dos vales que Juva Sikku tinha seguido. Um dédalo inverossímil para um olhar forasteiro. Mas, apesar de lutar contra ela, Nils Sormi conhecia aquela terra. Ele vinha ali com seus amigos para as caçadas pós-mergulhos. Aquelas regiões afastadas também lhe tinham servido de terreno para brincadeiras muito tempo antes, quando ele era criança. Antes da descoberta do convívio com os mergulhadores, antes da descoberta do francês. Meu Deus, amaldiçoou Nils. Ele revira o herói da sua infância bem à sua frente dias antes. E o pânico o tomara, um sentimento até então ausente do seu registro de emoções.

Nils tinha prometido a Paulsen que passaria no hospital para vê-lo no final da tarde. Tom certamente iria querer saber em que ponto ele estava nas suas buscas, se ele ia cumprir a promessa de reencontrar o velho mergulhador. Sormi estava preocupado com o amigo. Os médicos o tinham tranquilizado. Mas a sua preocupação tinha outra razão. Tom poderia voltar a mergulhar? Sua vida não teria acabado? Nils afastou esse pensamento. Deixou-se novamente invadir pela visão das colinas nevadas que os cercavam. Juva Sikku evitava algumas travessias de rios aparentemente congelados que devia considerar frágeis demais. Os últimos dias tinham sido mais quentes. Pena ele estar ansioso. Eles entraram num vale que Nils não conhecia. Juva arremeteu sua potente motoneve por um aclive mais forte, desviou novamente, contornou um amontoado de rochas que pareciam ter sido plantadas em pé ali, voltou a subir, atravessou um campo de bétulas-anãs em leve declive, passou por um vale e desembocou num planalto. Eles pairavam sobre um fiorde. A motoneve pareceu subitamente se atirar no mar. Simples ilusão de ótica. Ele desceu apenas alguns metros em aclive suave num recanto abrigado do vento. Nils Sormi descobriu dois *gumpis*. Atrás de um deles, viu um reboque que permitia transportar muitas pessoas ou bagagens e mobília.

– Não é o meu *gumpi* habitual – disse-lhe Juva Sikku depois de ter desligado o motor. – Quando eu pego uma mulher, venho com ela para cá. Elas gostam, pode ter certeza. Com uma vista dessas...

– Ninguém sabe desse seu *gumpi*?

– Não. As meninas que vêm comigo não têm capacidade de localizar isto aqui. Dou muitas voltas, para elas se sentirem perdidas. Eu trouxe aqui as russas, não faz muito tempo. Os tiras me perguntaram onde é que eu tinha escondido as três, e eu disse que era no outro *gumpi*, o que uso para vigiar o meu rebanho. Elas não poderiam dizer que não era verdade.

Juva Sikku parecia contente consigo mesmo. Convidou Sormi para entrar num dos *gumpis*. Ele o havia decorado como um bordel *kitsch*, com um gosto horroroso. Totalmente despropositado, pensou Nils. Sentia-se que Sikku tinha se esforçado muito para tornar o lugar confortável. Em vez do beliche que se vê comumente, ele havia optado por uma cama simples, mas que tomava toda a largura do *gumpi*. Sobre ela, muitas almofadas roxas e douradas. O pastor tinha decorado também as paredes com papel pintado dourado. De vomitar, pensou Nils.

– Eu só queria lhe mostrar – disse Sikku, piscando o olho. – Quando for o caso, eu lhe empresto. – Ele o fez entrar no outro *gumpi*. Este servia de depósito. O beliche estava entulhado de sacos de dormir, macacões e roupas. Sikku levou Nils Sormi a se sentar no banco paralelo à mesa estreita e às camas. Apressou-se a acender o fogão, pôs para esquentar uma panela com neve. Depois afastou várias caixas de papelão e pôs na mesa uma grande caixa de sapatos.

Nils Sormi ficou olhando para ele. Não tinha a menor vontade de brincar de adivinhação com Sikku.

– Eu tinha pensado numa boa surra, como você queria. Mas depois pensei melhor. E concluí que pegar o fichário seria pior para o Tikkanen do que uma surra. Pode confiar em mim, Nils, pior que uma surra. Hoje eu vi o Tikkanen. Ele parece um louco, correndo para todo lado em Hammerfest à procura da droga da caixa com as fichas.

Nils abriu a caixa. Centenas de fichas estavam ali, classificadas por ordem alfabética.

– Você viu uma ficha com o meu nome? – perguntou Sormi.

– Eu não olhei, juro. Olhei a minha, claro, mas sobre você, nada. Vou deixar você e...

– Boa ideia. Mas antes não se esqueça do café.

Enquanto Sikku preparava o café, Nils começou a folhear o conteúdo da caixa. O que descobriu o deixou estupefato.

52

– Eu achava que um sujeito que teve o trabalho de fabricar papéis falsos nos daria mais dor de cabeça.

A delegada tinha chamado a patrulha P9 quando Klemet e Nina ainda estavam no prédio. Ellen Hotti não escondia a sua perplexidade.

– Há alguma coisa errada com ele. O seu nome verdadeiro seria Per Pedersen.

– Como foi que você descobriu?

– Nossas pequenas artimanhas. Na verdade foi bastante fácil. Examinamos as suas ligações. Primeira surpresa: ele não usava cartão pré-pago, mas tinha uma conta. Aderiu a um plano usando o seu nome falso, claro, mas para validar a sua adesão precisou dar um endereço eletrônico. Por esse endereço, cruzando com outros sites em que o endereço foi utilizado, chegamos a um endereço de IP do computador, e a partir dele pudemos obter facilmente uma boa quantidade de informações sobre ele, com registros de pagamento, um número de conta bancária e muitas outras coisas que deixo para vocês imaginarem. Vimos que depois de ter alugado a caminhonete em Alta eles foram até a Suécia, a Kiruna e a Jukkasjärvi, onde passaram dois dias, antes de voltarem para cá. Pegaram a estrada que atravessa a Finlândia, por Karesuando. Estranho, acho. A impressão das pessoas que trabalharam nesses lugares é de que o sujeito era, digamos, antiquado. O aspecto dele não era atual. Mais ou menos como se tivesse parado na época da Guerra Fria. Ou como se nós estivéssemos lidando com um espião ou um gângster à moda antiga que não se atualizou quanto à tecnologia e por isso não percebe o que ela implica em termos de vestígios, apesar de tudo o que os jornais relatam sobre invasões de privacidade, escutas. Ele é capaz de fornecer documentos falsos impecáveis, portanto tem contatos que lhe permitem isso, mas não é capaz de pensar que pode ter sido seguido como se carregasse uma melancia no pescoço no meio de uma multidão. Ele vem do sul da Noruega. E veja, trata-se de um cara que recebeu uma formação de nadador de combate nos anos 1970, o que bate com as primeiras suposições dos caras da Criminal. Bate também com o tipo de sabotagem do chalé onde Depierre morreu, por exemplo. Os métodos são antigos.

– Ele foi nadador de combate durante quanto tempo? E depois, o que ele fez?

– Ficou três anos na Marinha norueguesa. Depois passou para o mergulho comercial. Enviado diretamente para o mar do Norte. Estamos investigando tudo isso.

– Continuo não entendendo o que um cara como esse estava fazendo com Anta Laula. Você diz que Laula também foi mergulhador há muito tempo. Eles teriam se conhecido nesse meio, então?

– É uma hipótese.

– E esse polonês, Kowalski. Olhe a foto dele. Faz você pensar no quê?

Nina examinou a foto mais uma vez.

– Kowalski e Pedersen. Um é uma montanha, e o miúdo some ao lado dele. Uma dupla fantástica. Pedersen devia ter uns 120 quilos, mas ainda era bem musculoso. Um homem gasto. O que não é espantoso, se de fato ele sempre tomava aqueles remédios.

– A autópsia de Kowalski mostra um organismo igualmente gasto. E ele bebia e fumava, além de também ser adepto de um bom coquetel de remédios. Uma vara, sequíssimo. Vocês acham que ele era mergulhador?

– Se Kowalski é um ex-mergulhador, isso torna o outro ex-mergulhador, o francês, ainda mais interessante. Estamos lidando com uma equipe, não? Será que o mergulhador francês poderia estar implicado na morte desse médico, Depierre, uma vez que o Pedersen já estava morto quando Depierre morreu?

– Por causa de quem, da companhia, então?

– As nossas equipes grampearam há pouco o telefone de Dahl.

– Você poderia ter nos dito – explodiu Klemet.

– Calma, você esquece que é da Polícia das Renas.

– E daí? Somos da polícia, de qualquer forma. Você sabe perfeitamente que estamos envolvidos nesse caso, e desde o início, aliás, quero lembrá-la.

– Se você quer saber tudo, Klemet, tenho uma equipe especial que chegou de Oslo. A morte do prefeito, o acidente na câmara. As pessoas daqui estão abaladas. Precisamos ter respostas.

– E então, tínhamos um principal suspeito, esse Pedersen, e ele morreu.

– Mas ele não era o único. Além do mais, vocês têm esse misterioso mergulhador francês que passeava na natureza. Será que ele ainda está por aqui? Qual é o papel dele, se é que ele tem algum papel?

Klemet continuava olhando obstinado para a delegada. Nina puxou sua manga.

– Tenho uma ideia. Venha.

Com um ar tenebroso, Klemet acompanhou Nina. A voz de Ellen Hotti os perseguiu no corredor.

– É isso, e não se esqueçam: quarta-feira é o enterro e vocês precisam ajudar.

Nina conhecia Klemet o suficiente para ver que ele estava a ponto de explodir, e resolveu agir. Puxou-o pela manga para que ele parasse a discussão.

– Pedersen vagava como um desocupado na sua caminhonete. Não encontramos celular. O que não quer dizer que ele não tivesse um, mas de qualquer maneira nós não temos essa ajuda. Da mesma forma, não há vestígio de *notebook*. Pode ser que ele o tenha descartado, claro. Mas a gente sabe que ele tinha um endereço de *e-mail*, ou seja: ele precisava se conectar.

– Você está pensando num cibercafé?

– Estamos em Hammerfest, não em Estocolmo ou Oslo. Cibercafé aqui? Eu apostaria mais na biblioteca.

Quando mostraram a foto de Per Pedersen à bibliotecária, ela o reconheceu.

– Um gigante desses, imagine, e além de tudo bonito.

A mulher tinha uns 60 anos, e seu olhar brilhou.

– Ele veio várias vezes, se sentava ali sempre. Não conversava muito, infelizmente. Vinha consultar os jornais e passava também algum tempo na internet.

– A senhora se lembra dos dias em que ele veio?

– Ah, isso é fácil.

Ela digitou no computador e anotou as datas num *post-it*.

– Podemos usar o seu computador?

– O que foi que ele fez?

– É uma checagem de rotina para uma investigação, só isso.

Nina chegou facilmente ao histórico de consultas das páginas da internet nas datas indicadas. Encontrou centenas de páginas consultadas, mas não havia dúvida de que outras pessoas também tinham usado o computador.

– Ele vinha em que horário?

– Sempre quando abríamos, de manhã, e ficava uma hora inteira. Eu levava para ele um cafezinho – disse ela, sorrindo. – Mas preciso admitir que ele não gostava de conversar.

Nina imprimiu algumas páginas e olhou para a bibliotecária.

– Você poderia encontrar para nós os jornais que ele consultou?

A mulher suspirou longamente.

– Ah, vocês acreditam em Papai Noel. Isso não é nada complicado, ele queria o jornal local dos últimos meses.

– Entendi – disse-lhe Nina.

A resposta da bibliotecária deixou em Nina uma impressão.

– Você percebeu? – disse ela para Klemet, que, já saindo, olhou-a por sobre o ombro.

– Muitas coisas sobre os projetos em andamento.

Nils Sormi não saía da tenda havia horas. De vez em quando Juva Sikku esticava a cabeça para dentro do *gumpi* para lhe perguntar se ele precisava de alguma coisa e também, sem dúvida, para saber se ele estava encontrando algo que merecesse um cumprimento. A julgar pelos olhos inchados, o pastor passara o tempo dormindo no *gumpi* vizinho. O mergulhador o deixava na ignorância.

Nils precisava admitir que Tikkanen havia montado um sistema de grande eficácia. O agente imobiliário anotava escrupulosamente cada encontro, cada solicitação, a evolução das suas pesquisas. Atualizava suas fichas a intervalos regulares, enfeitava-as às vezes com recortes de jornal e pequenos anúncios. Percebia-se que Tikkanen havia tecido uma engenhosa rede de relações, e era tão preciso que geralmente anotava quem lhe dera essa ou aquela informação. Nils não tinha disposição nem necessidade de ler tudo, mas o exame das suas próprias fichas – pois havia muitas – e das dos seus conhecidos não deixou de impressioná-lo. Por trás do seu ar dissimulado e esquivo, Tikkanen tinha desenvolvido um talento impressionante. Em todo caso, ficara evidente agora que aquele grande patife jamais havia tido a intenção de providenciar o terreno no penhasco. E o pior: ele não tinha nem mesmo tentado. Cruzando as fichas, fossem as do prefeito, do vice-prefeito ou de outros políticos locais, ficou claro que Tikkanen o havia enganado. O gordo estava tão seguro de que o fichário ficaria ao abrigo de olhares indiscretos que não tomara nenhuma precaução nas suas anotações. Ao lado do pedido de terreno feito por Sormi, com a data indicada, Tikkanen escrevera a palavra "impossível". Inútil contatar a prefeitura, ele havia anotado; inviável construir naquele terreno. Sormi imaginava o plano de Tikkanen: o gordo devia pensar que aquilo poria em perigo seus contatos com a prefeitura, mas deixara a dúvida pairar porque assim poderia aproveitar os contatos de Sormi.

O mergulhador pensava. Tikkanen pagaria por aquilo. Nils ia descobrir. Ele voltou a examinar o fichário, e com um gesto de mão afastou Sikku, que novamente parecia querer notícias.

A tarde avançava, e Klemet percebia que Nina ficava mais e mais nervosa. A proximidade do encontro com o pai. Klemet não estava otimista. Aquele homem parecia uma ruína. Ele não via muito bem o que se poderia extrair dele. Fundamentalmente, Nina tinha razão, sem dúvida, em querer entrar em contato com ele. Agora que o perfil de Per Pedersen se delineava, Klemet estava ainda mais convencido disso. Mas Ellen Hotti continuava a pressioná-los para que o caso fosse esclarecido até a quarta-feira, o dia do enterro. Ela queria resultados para evitar o ridículo diante da plateia de notáveis da região e de Oslo que não deixariam de lhe perguntar quem havia posto de cabeça para baixo aquela pacífica cidadezinha ártica que até então não devia ter outro aborrecimento além da tocha que poluía o céu.

Klemet estava disposto a participar do jogo, por Nina. A perspectiva não lhe desagradava. Tom Paulsen estava no hospital, e o romancezinho dos dois sofrera um golpe, sobretudo porque parecia que a amiga sueca de Sormi passava muito tempo com o mergulhador ferido. Klemet não saberia dizer o que existia realmente entre ela e o mergulhador. No momento, ela continuava passando os olhos nas cópias dos artigos.

Klemet, por sua vez, examinava as listas de ligações feitas e recebidas no aparelho de Fjordsen. O prefeito de Hammerfest usava bastante o celular. As ligações do dia 25 de abril, o último dia registrado, eram poucas. Nada a estranhar, uma vez que Lars Fjordsen tinha morrido no começo da manhã daquele dia. E além do mais era domingo. Ele não demorou a saber que Pedersen, o ex-nadador de combate, havia ligado para o prefeito naquela manhã. Não viu nenhuma outra ligação nos dias anteriores. A comunicação tinha sido curta. O tempo de se apresentar e marcar um encontro? Pedersen já conhecia Fjordsen? Depois da história da câmara de descompressão onde os dois petroleiros tinham encontrado a morte e onde pouco tempo antes as prostitutas russas tinham deparado com o mesmo Pedersen, ele não podia ver nisso uma coincidência. Mas a observação de Ellen Hotti não deixava de martelar na sua cabeça. Como era possível que um sujeito formado para ser nadador de combate – uma unidade de elite – podia deixar tantos vestígios atrás de si? Claro, a sorte entrava no jogo. A má sorte. As pessoas tendiam muito a ver os canalhas como indivíduos geniais que preveem todos os golpes. Muito adeptas das séries de televisão. Klemet sabia por experiência que frequentemente os delinquentes não eram tão espertos e faziam grandes besteiras. Mas naquele caso era outra coisa. E Klemet não via o quê. Voltou a pensar no coquetel de remédios. Ligou para seu amigo legista de Kiruna, que desde sempre atendia à Polícia das Renas. O legista consultou a lista dos medicamentos. Ele resmungava e às vezes se tornava inteligível, como se para ressaltar um ponto.

– ... um psicoestimulante para apoiar a atividade cerebral, Fluoxetina para as falhas de memória ligadas à depressão... Risperidona, um antipsicótico que acalma as angústias e combate as lembranças, Stesolid contra a angústia e os estados de tensão nervosa. Veja, até Zolpidem contra a insônia. Muitos desses medicamentos são quase drogas e criam dependência. E efeitos secundários nada engraçados. Coisa pesada. Eu o poupo dos detalhes. De qualquer maneira, você não entenderia nada.

– É sempre um prazer falar com você.

– Mas o seu cara estava muito afetado. Depressão, perturbações de comportamento, problemas de memória, de concentração, imagino, isso parece uma síndrome de estresse pós-traumático, com coisas que se acrescentam a ela. Você tirou a sorte grande.

Klemet retomou a lista de números. Fjordsen tinha muitos contatos. Alguns eram na Rússia. Ele ligou para Ellen Hotti e lhe pediu uma pesquisa sobre esses números. E acrescentou outro também no exterior.

As pesquisas não demoraram muito. Do lado russo, eram instituições da cidade de Murmansk. Ellen Hotti lhe esclareceu que a cidade de Hammerfest tinha projetos em comum com a capital da península de Kola. O outro número recente era o telefone de Raymond Depierre, o médico francês. Portanto os dois homens se conheciam.

Nina lhe fez um sinal. Klemet desligou o celular.

– Não entendo – começou ela. – Pedersen se interessa pelos trabalhos em curso em Hammerfest, os trabalhos da extensão do terminal de Suolo. Mas durante muitos dias ele estava apaixonado pelos mitos *sami*, pela importância de determinadas pedras nas crenças *sami*.

– Laula?

– É possível, mas o quê? E por quê?

– Ele se interessa pela rocha da ilha da Baleia?

– Não particularmente, pelo menos segundo o que posso ver. Você acha que essas pedras têm uma importância hoje para os *sami*, francamente? Muitos dos que eu encontro parecem perfeitamente à vontade no nosso mundo moderno, embora trabalhem com renas.

– Sem dúvida. Mas você viu Anneli, e ela não é a única. Erik era parecido. Outros também. Muitos *sami* não dizem isso em público, mas continuam ligados a esse tipo de coisas. Todo esse lado sagrado é justamente o que os escandinavos tentaram tirar deles nos séculos passados. Essas histórias de xamãs, tambores, pedras sagradas, *joïks*, tudo isso os pastores luteranos aproximavam de expressões diabólicas, heréticas. Os tambores foram queimados, mas não se queima uma rocha sagrada.

– Talvez, a não ser que, para alguns, deslocar uma rocha sagrada equivalha a queimar um tambor.

53

Anneli estava na estaca zero. Apesar das indicações muito precisas, ela não tinha conseguido encontrar o filhote. Normalmente um filhote abandonado pela mãe não seria uma missão prioritária para um criador. O animalzinho tinha pouca chance de sobreviver aos predadores. Para Anneli aquele filhote havia adquirido uma importância desmesurada. Ela correria o risco. E, dado o seu estado, era uma imprudência.Mas a vida que ela própria levava no ventre a fazia redobrar seus esforços. Só parou depois de muitas horas. Esperavam-na no acampamento. Ela voltaria, prometeu para si mesma. No caminho de volta, passou pelo lago que levava à rocha. À rocha que era dela e de Erik. Começou a subir a colina e viu a pedra pontuda erguida para o céu. Aproximou-se e se agachou. Queria sentir a galhada de rena, alisou a rocha. O contato lhe fez bem. Ela se apaziguou, ouvindo as batidas do seu coração retomarem um ritmo razoável. Por que esse filhote a levava àquele estado? Nauseada, encostou-se na rocha para retomar fôlego.

Depois de algum tempo se levantou, observando as montanhas. Estava sozinha. O relativo calor dos últimos dias deixara sua marca visível na natureza. A fonte se acelerava. Anneli continuou seu caminho. Tinha ainda muita coisa a fazer. Mas voltaria.

O homem que se definira como o contato do pai de Nina com o mundo lá fora tinha marcado um encontro com ela no bar de Skaidi. Klemet havia insistido em acompanhá-la novamente. Disse-lhe que se manteria afastado. Eles tinham chegado ligeiramente adiantados, mas de novo Nina reconheceu a figura do pai. A mesma impressão. Uma figura frouxa, vencida, sem a energia necessária para aprumar um corpo cansado demais. Estaria ele tão entupido de remédios quanto Per Pedersen, cujo perfil começava a se delinear como o de um soldado perdido da indústria petroleira? Seu pai usava um *anorak* surrado mas limpo. Estava sentado de costas para ela, encurvado, as mãos nos bolsos, diante de uma xícara de café. O amigo dele se sentara a uma mesa próxima da entrada. Fez para ela um sinal de cabeça assim que ela o viu. Nina foi até ele.

– Você tem nome?

– Tenho um número, o que basta. Se quiser encontrar o meu nome, você vai conseguir, mas isso não lhe adiantará nada. Eu não faria nada que fosse contra a vontade de Todd.

– Não lhe peço isso.

Nina não conhecia aquele homem e hesitava.

– Eu não o vejo há uns doze anos. E o que encontrei foi um homem acabado, com quem não posso me comunicar. Ele está sofrendo? Toma remédios?

– Prefiro que ele próprio lhe fale sobre isso.

– Mas você viu o que aconteceu outro dia...

– Outro dia foi a primeira vez. Você caiu de paraquedas na vida dele. O que é que esperava?

Nina não tinha intenção de deixar um estranho lhe fazer sermão. Seu pai não mudara de posição, ignorando a discussão que acontecia atrás de si. Ela precisava lhe perguntar tantas coisas. E o tempo passava.

Nina puxou uma cadeira e se sentou diante do homem.

– Como foi que ele ficou depois do nosso encontro?

– Só lhe digo que ele não dormiu à noite, que só adormeceu de manhãzinha, dominado pelo cansaço, que foi acordado por um pesadelo, como acontece todas as noites, e que saiu para tomar ar no meio do pedregulho que cerca o lugar onde está, onde há muito tempo ele apenas sobrevive.

A imagem daquele pai perambulando abatido numa paisagem pétrea e hostil oprimiu a jovem. Ela tentou afastá-la.

– Você estava lá?

– Digamos que eu não estava longe. Mas eu sei. Conheço a vida.

– Por que é que ele está assim? Ele está doente?

– Então você não sabe nada sobre ele?

– Eu tinha pouco mais de 10 anos quando ele saiu de casa. O que é que eu entendia, nessa idade? Depois disso, a minha mãe não me disse nada. Para me proteger, segundo ela.

– Não a julgue com muita severidade. O mal dele é invisível. Ele mesmo só foi entender muito tarde. Tarde demais.

Como fazer frente àquilo? Era injusto. Será que algum dia ela poderia recuperar todo o tempo perdido? Nina rememorou o encontro da véspera com seu pai e disse a si mesma que parecia impossível. Ele estava demasiadamente destruído. O homem esperava.

– Você não me disse o que ele tem.

– Ele vai lhe dizer. Talvez.

– Como foi o dia dele até vocês chegarem aqui? O que foi que ele fez?

– Ficou mexendo nas coisas dele. Mas, sobretudo, se preparou durante todo o tempo para este novo encontro. Ele se forçou a dormir pelo menos um pouco, a comer, tudo em função da hora do encontro, para tentar estar na melhor forma possível no momento em que você se sentasse diante dele. Ontem ainda está recente, mas ele quis vir assim mesmo. Ele receou o tempo todo que você não quisesse voltar depois de vê-lo naquele estado ontem.

Nina sentiu novamente um bolo se formar na sua garganta.

– Ele luta contra si mesmo dia após dia, hora após hora, não existe inimigo pior.

– Mas normalmente o que é que ele faz?

– Ele passa o tempo todo tentando sobreviver. Refugando as suas esperanças uma após a outra, mas encontrando no meio dessa desolação uma razão para viver.

Nina via que o homem não queria dizer muita coisa.

– Por que foi que ele resolveu se instalar na Lapônia? Porque ele vive entre aqui e Utsjoki, não é?

– Não sei. A calma, a ausência de gente, o isolamento, o fim do mundo. Você deve ir lá agora. Ele tentou se programar para este encontro, mas você dispõe de pouco tempo. Não o culpe.

– Do quê?

– Não o culpe.

Nina deu de ombros e se levantou. Fez um sinal para Klemet e depois foi se postar ao lado do pai. Pôs a mão no ombro dele.

– Bom dia, papai.

Ele ergueu a cabeça, parecendo descobri-la naquele instante.

Ela se sentou diante dele.

Mal barbeado, olhos fundos.

– As fotos.

– Ah, sim, eu lhe pedi, caso você tivesse. Mas primeiro me diga: como é que você está? Conseguiu descansar? Eu não consegui.

Ela tentou sorrir.

– Eu queimei tudo.

– Do que é que você está falando?

– Das fotos da época do mergulho. Queimei tudo.

Nina tinha esperado provocar as lembranças do pai a partir de fotos. E poder assim identificar as pessoas. Essa ideia se revelou ilusória. Mas jamais teria imaginado aquela situação. Seu pai estava tenso. Prestes a estourar.

– Não tem importância.

– Não tem importância? Para quem?

– Você sabe, a mamãe nunca...

– Não me fale dela.

– Não, claro.

Ele conservava as mãos sobre alguns livrinhos cobertos de couro azul-escuro ou verde e também sobre uma bolsinha. Empurrou tudo para ela.

– Isto é tudo o que me restou daquela época.

Nina virou o primeiro livrinho. Na capa, gravado em letras douradas, se lia: "*Professional diver's log book*". Numa espécie de logotipo, havia a inscrição "Association of Offshore Diving Contractors".

– Então, não fique aí parada desse jeito, abra.

Nina não reagiu a esse tom que a magoava. Folheou o livrinho de mergulhador profissional de seu pai. Continha o que pareciam ser relatórios de mergulho, com séries de informações muito detalhadas sobre cada missão. Ela folheou rapidamente o conteúdo da bolsinha. Formulários amarelados, um resumo administrativo do seu trabalho de toda a vida sob a água. Nina poderia fazer perguntas ao pai ou seria preciso esperar mais? Recriar inicialmente um vínculo lhe parecia uma ideia melhor. Ela tentava se concentrar nos documentos, mas sem chegar a lê-los. Precisou admitir que na verdade tentava evitar olhar para o pai. Ela mal suportava vê-lo naquele estado de decadência. Deu uma olhada em Klemet, que lhe dirigiu um olhar interrogativo. A investigação. Eles não tinham tempo a perder.

– Estou contente de saber que você está próximo. Gostaria de visitá-lo, que tivéssemos tempo para nós.

– Ah, é?

O tom era animado. Nina tentou atentar para a vigilância do homem perto da porta.

– Quando você quiser, claro. Agora que ambos sabemos que somos vizinhos.

– Na verdade, não posso garantir que serei uma companhia muito agradável.

O nervosismo de seu pai subiu um ponto. A mão direita tamborilava na mesa, uma pálpebra tremia, o olhar mergulhava no exame da mesa. Nina já não tinha muito tempo.

– Você conhece um ex-mergulhador chamado Per Pedersen?

Ele ergueu bruscamente a cabeça para ela. Mau sinal. Seus olhos umedeceram.

– Não posso me lembrar dos mergulhadores. Não posso. Não quero.

– Mas por quê? E se eu lhe mostrasse fotos?

Ele se levantou subitamente, derrubando a cadeira. Todos olharam. De agressiva, sua voz passou a quase suplicante.

– Você não está entendendo. Quando me lembro dos mergulhadores, revejo mortos, colegas que não pude salvar.

Nina também se levantou. Quis se aproximar dele, pegá-lo pelo braço, mas ele se esquivou.

Ele lhe escapava novamente. O homem de contato se aproximara deles.

– Está tudo bem, Todd, agora nós vamos. Nina, entro em contato com você em breve.

54

Nils Sormi não tinha visto o tempo passar. Prometera a Tom que passaria no hospital à noite, mas agora já estava muito tarde. Ao sair do *gumpi*, recebeu de chofre o sol que brilhava com uma intensidade impressionante para aquela hora tão adiantada. Conseguira ter uma ideia da situação. Via o esquema de Tikkanen desenhado mais claramente. O agente imobiliário tinha demonstrado malícia e atrevimento. E total ausência de escrúpulos. Durante a última hora, o rosto de Erik Steggo havia pairado sobre as suas descobertas. Desde que resgatara o seu corpo, Nils se perguntava por que a náusea o dominara ao descobrir a identidade do afogado. Seu lado inocente. Nils Sormi achava que agora entendia. Sua juventude fora traçada longe do mundo *sami* e das suas tradições. Teriam roubado algo dele? Não pensava nisso. Gostara apaixonadamente do mundo de mergulhadores sem medo. Continuava gostando. Mas o acidente de Tom o abalara.

Ele havia descoberto com as fichas de Tikkanen o quanto o agente imobiliário tinha jogado uns contra os outros. Na verdade, o fato de o terreno ambicionado por Nils na colina de Hammerfest ser ocasionalmente utilizado pelas renas de Erik Steggo e de outros criadores do Distrito 23 não passava de um engodo. Tikkanen tinha feito parecer que o problema era esse, mas a verdade era bem outra. Aliás, toda aquela área já não era utilizada como pastagem havia muito tempo. A construção no penhasco era inviável no caso de projetos como o seu, e o finlandês sempre soubera disso. O objetivo de Tikkanen era outro, disso Nils estava agora convencido. Ele visava os terrenos situados entre Hammerfest e a ponte de Kvalsund, onde estavam previstos os desenvolvimentos industriais; pretendia esvaziar a ilha de todos os criadores para poder conduzir seus negócios imobiliários com a máxima tranquilidade, seja com os petroleiros ou com a prefeitura. Fazendo o trabalho sujo para eles, embora ninguém lhe tivesse pedido isso. Steggo havia sido vítima desse jogo sujo. Eu não sabia de nada, pensou Nils, não sabia que era assim. Ele se deixara manipular por Tikkanen, e isso o enervava mais que qualquer outra coisa.

Juva Sikku saiu do outro *gumpi* e pareceu surpreso por ver Sormi lá fora. Dirigiu-lhe um cumprimento com a cabeça, como se tivesse acabado de vê-lo. E Sikku? O que é que ele ganharia com essa história? Sormi tinha visto a ficha do criador. Sikku, embora não parecesse, era talvez quem sairia ganhando mais no jogo, graças à fazenda ao lado da fronteira finlandesa. Tikkanen tinha feito propostas semelhantes a outros criadores, mas a maioria havia recusado.

— Então, você vai começar a criar renas numa fazenda?

Sikku balançou a cabeça, como se tivesse sido pego em falta.

— É o futuro. Entre as indústrias que se desenvolvem e o aquecimento global, estamos imobilizados.

— Muitos criadores não têm essa opinião, aparentemente.

Sikku fez um gesto de mão.

— Os outros... E o que é que vai sobrar para eles? Eles dizem que criar renas não é um ofício, e sim um modo de vida. Fazem disso uma questão de honra. São muito orgulhosos. Honra não põe comida na mesa.

Com um ar sonhador, Sormi olhava as montanhas diante deles.

— Não, não põe comida na mesa...

— Ah, que bom que você também pensa assim.

— ... mas tem seu peso.

Klemet e Nina tinham chegado ao posto da Polícia das Renas. Apesar da hora adiantada, Nina não sabia se estava cansada ou muito agitada, com os nervos à flor da pele, a ponto de desmoronar ou de ser capaz de ficar acordada por mais vinte horas.

Pensava no encontro com o pai. A pergunta que ela acreditava inocente, a cadeira derrubada, os olhos úmidos. A noite não existia mais, o sol mal se punha. Como se estivesse velando o tempo todo. A natureza se agitava, sentia-se isso no ar. Klemet se comportava de maneira adorável, solícito, fizera café e preparara a refeição. Ela havia ligado para Tom. O mergulhador não se queixou. Estava sozinho naquela noite. Nils Sormi o havia avisado de que não poderia passar lá para vê-lo, mas pedira a Elenor, que voltara de Estocolmo,

329

que fosse lhe fazer companhia à noite. Nina não precisava se preocupar. Tom havia falado sem interrupção. Sua voz estava cansada. Ela lhe relatou o reencontro com o pai. Ele lhe desejou boa sorte.

Os policiais se voltaram para os documentos deixados por Todd Nansen.

Nina começou por um relatório de mergulho após um acidente. Em anexo, a folha que Klemet lhe estendia indicava, como certamente era exigido pelo procedimento, o nome da pessoa prevista para prestar os primeiros socorros, a designação e os meios a serem acionados para contatar o serviço médico de urgência, o nome e as coordenadas do médico e do inspetor do trabalho que atendiam a empresa. Algaravia administrativa normal. Mas o dedo de Klemet pesou sobre o nome do médico: Raymond Depierre.

Nina continuou examinando a pasta. Outro documento precisava as datas e durações das ausências por motivo de saúde, dos atestados apresentados para justificar essas ausências e o nome do médico que os emitira, os atestados dados pelo médico do trabalho. Mais procedimentos administrativos típicos, como os que há em qualquer profissão. O nome de Raymond Depierre voltou a aparecer.

Ao lado de Nina, Klemet se agitava no seu *notebook*. Pesquisava Depierre. Nina continuou percorrendo a pasta. Seu pai havia queimado todas as fotos, mas a pasta, que ele não devia consultar com frequência, continha recortes de artigos antigos do *Stavanger Aftenblad*, o jornal regional de Stavanger, a capital norueguesa do petróleo, e do *Finnmark Dagblad*, o jornal de Hammerfest. Os artigos falavam de mergulhos, de contratos, de registros. Viam-se homens sorrindo diante de uma câmara de descompressão ou de um mergulhador, capacete sob o braço, diante de uma cápsula de mergulho suspensa e prestes a imergir. Nina tentava reconhecer seu pai. Mas era preciso antes afastar a imagem que estava fixada na sua retina, daquele velho encurvado e abatido, que tinha muito pouco a ver com os sorrisos triunfais mostrados por aqueles jovens seguros de si e vendendo saúde. Estes estavam mais para Tom Paulsen que para Todd Nansen. Os traços do pai tal como Nina o vira pela última vez, doze anos antes, eram ainda precisos, mas ela começava a duvidar. Por fim, ela encontrou um artigo que o citava. O texto falava que uma companhia inglesa tinha tornado seguro um poço muito promissor. O pai de Nina – o nome dele estava escrito – posava ao lado de três outros mergulhadores e de funcionários de uma companhia petroleira. Todd Nansen tinha um bigode farto, o olhar alegre, cabelo arrepiado ao voltar de um mergulho, um homem bonito e senhor de si. Essa imagem a reconciliou imediatamente com seu pai. Como ele pôde se abater daquela maneira?

Um artigo do *Stavanger Aftenblad* era particularmente elogioso ao descrever uma experiência de mergulho. Datava de 1980. Nina não conhecia nada das condições daquele ofício, mas o relato reconstituía uma exploração. Os mergulhadores tinham realizado no centro de ensaio de Bergen, NUI, um teste de mergulho a 300 metros de profundidade batizado de Deepex 1. Os homens não tinham sido enviados fisicamente a essa profundidade, mas haviam sido postos sob a pressão reinante a essa profundidade enquanto permaneciam na câmara hiperbárica em terra. Ela se lembrava do que Gunnar Dahl lhe dissera: "Eram necessários ajustes", mas o representante da Norgoil lhe havia garantido que todos os testes deles tinham sido validados. Não havia razão para duvidar disso, uma vez que as jazidas eram bem exploradas. Aquele teste não era o primeiro, lembrava o artigo. No ano anterior, já haviam sido realizados dois testes a 150 metros de profundidade. Até onde ela sabia, seu pai não tinha participado dos mergulhos de experiência. Mas ele devia se interessar por essas questões. Durante esses testes, precisava o artigo, testava-se o material, procedimentos técnicos de solda submarina, por exemplo, novas tabelas de descompressão, e havia interesse também pelos conhecimentos básicos sobre as reações humanas fisiológicas e psicológicas à exposição hiperbárica. Citava-se um mergulhador que dizia ser mais difícil para o homem descer a 300 metros na água e retornar de lá do que ir à Lua e voltar. Em outro artigo que abordava o Deepex 1, dessa vez numa revista técnica, estavam presentes, com o sorriso de praxe, as equipes técnica e médica completas. Nina deu um cutucão em Klemet. Raymond Depierre, mais uma vez, era apresentado como um dos médicos da Norgoil, a companhia pública norueguesa que fora uma das financiadoras da experiência. O jornal o citava como um dos três médicos que tinham ajudado a validar o Deepex 1.

Então foi a vez de Klemet dar um cutucão em Nina. Numa entrevista para o jornal econômico *DN*, um representante da Diretoria do Petróleo declarava que o Deepex 1 permitiria avançar uma etapa na exploração das águas profundas na pesquisa do gás e do petróleo da plataforma continental norueguesa. O futuro da Noruega como petromonarquia parecia garantido. Todo mundo tinha as maiores razões para sorrir. O representante da Diretoria se chamava Lars Fjordsen. Sua ligação com a Diretoria havia começado muito antes dos anos 1990, quando ele a dirigiu.

Pela primeira vez desde a infância, Nils Sormi ia passar a noite em plena tundra. Juva Sikku lhe colocara a escolha: voltar para a cidade – ele podia levá-lo até lá – ou passar a noite ali. Elenor faria companhia ao seu parceiro. Nils resolveu ficar. A cara contrariada de Sikku se desfez, como se ele tivesse acabado de receber o melhor presente do mundo. Com uma expressão incrédula, passou a se agitar de um *gumpi* ao outro para preparar uma refeição e aprontar uma cama.

– Você vai ficar bem, Nils, vai ficar bem, você vai ver.

Ele serviu cerveja gelada para ambos e brindou com Nils, que não pôde deixar de corresponder. Agora ele vai achar mesmo que somos os melhores amigos do mundo. Como quando éramos garotos e Erik me pedia para ter paciência com ele. Nils brindou e se voltou para o horizonte, deixando Sikku dedicado às suas ocupações. Apesar da luz, a noite já avançava. Ele começou a sentir o choque do acidente de Tom e do que então se seguiu. Aspirava o ar, que se tornava mais fresco. Num canto pedregoso onde a neve havia derretido, Sikku juntava alguns galhos de bétula e de lenha para preparar uma fogueira. O pastor grelhou algumas salsichas e fatias de pão. Quando terminaram de comer, Nils se levantou subitamente.

– Quero ver o seu rebanho.

Sikku pareceu surpreso, mas não disse nada. Eles vestiram roupas mais quentes, e Sikku o levou de motoneve até o outro lado da montanha, num canto do vale onde a neve estava quase totalmente derretida.

Eles fizeram a pé o restante do caminho. Sikku falava baixo.

– A maior parte do rebanho já está na ilha. Mas você está vendo lá embaixo, perto do rio...

Nils Sormi estava vendo. Quando criança, ele precisara permanecer em áreas cercadas enquanto se fazia a triagem das renas. Mas seus pais nunca o incentivaram a fazer isso. Hoje ele não invejava a vida dos criadores. Nunca a invejara. Lembrando-se das fichas de Tikkanen, disse a si mesmo que nada de bom podia vir daquilo. Era preciso diminuir o número de renas, era bem isso. E os criadores que perdessem seu trabalho sempre poderiam trabalhar na indústria petroleira. Ela ia precisar de braços. Eles não sairiam perdendo. Sikku tirara do seu macacão um binóculo. Nils voltou a pensar nas fichas, no rosto de Erik, nas suas excursões de caça às perdizes, na estaca plantada no peito de Tom.

— Você conhecia bem Erik. Vocês trabalhavam juntos?

— Conhecia bem, o que é que você quer dizer?

Sikku tinha voltado à atitude defensiva que melhor o definia.

— Eu estava pensando no Tikkanen. Ele prometeu para você o terreno para uma fazenda, pelo que entendi.

— É, ele me prometeu. E tem interesse em manter essa promessa...

— Em troca do quê?

Sikku não esperava aquela pergunta. Nervoso, encarou Nils. Mas o criador estava dividido. Queria cair nas boas graças do mergulhador. Não perder a sua carteira de membro do Black Aurora.

— Em troca de nada. Ele só queria que eu desistisse de ir para a ilha com as minhas renas, e além disso...

Ele desviou o olhar. Mas Nils não despregava os olhos dele.

— E além disso ele queria que eu tentasse convencer aquele teimoso do Erik.

— Convencer Erik?

— Fazer com que ele entendesse.

— E então, você conseguiu?

— Com aquele cabeçudo? Até parece...

— Então o que foi que você fez para convencer Erik?

Nils havia elevado o tom, gritando com o nariz quase colado ao de Sikku. O pastor era forte. Não temia um confronto físico. Mas não tinha esse temperamento. Não contra Nils. Ele recuou e cambaleou na neve.

— Psiu, você vai assustar as renas, elas são animais medrosos, às vezes basta um gesto para...

Sikku se calou.

– Então foi isso que você fez?

– O quê?

– No estreito, foi isso que você fez? Então é verdade o que estão falando? Você gesticulou de propósito para assustar as renas e fazer com que elas dessem meia-volta? Foi isso? Para convencer Erik? E depois deu tudo errado?

Sikku se levantou, tirando a neve da roupa, evitando o olhar de Sormi.

– Eu não tenho a menor ideia do que você está falando. O que aconteceu foi um acidente. E além do mais eu perdi a minha rena líder naquela história. Acha que isso é pouco?

55

Segunda-feira 10 de maio.
Nascer do sol: 1h19. Pôr do sol: 23h23.
22 horas e 4 minutos de luz solar.

Skaidi. 8h.

Nina e Klemet transformaram o posto da Polícia das Renas em centro de operações. Sobretudo Nina, na verdade. Com aquele seu jeito próprio de mobilizar uma parede inteira para nela colar lembretes, fotos, *post-its*. Klemet já a vira fazer isso no trabalho.

– Você esquece que temos paredes menores que as das séries americanas – zombou Klemet.

– Tudo bem, vá escanear os artigos onde haja fotos dos caras.

Escanear, imprimir, Klemet fazia as vezes de secretário.

– Preciso lhe lembrar que, haja ou não investigação, temos a reunião com o Morten Isaac e os criadores para preparar o enterro do Fjordsen e a vigilância das renas.

– Ora, e ainda por cima isso. Escaneie em formato de foto, não em texto, senão fica ruim.

Klemet suspirou e, com um gesto seco, pegou o artigo.

– Gunnar Dahl vai ser convocado na delegacia hoje?

– Em princípio, o juiz está com o caso, e acredito que ele vá ouvi-lo formalmente.

Eles continuaram, Klemet no escâner, Nina imprimindo. O cheiro de café invadiu o posto.

– Um dia você me disse que eu não sabia nada sobre você, lembra-se?

– Não, mas é possível.

– É verdade, não sei nada sobre você.

Nina levantou os olhos para o céu.

– Acho que não há nada fascinante.

– Estou me referindo ao seu pai...

– Meu Deus!

– O que foi?

Nina havia acabado de registrar no seu computador as fotos escaneadas por Klemet. O *software* de reconhecimento revelava até mesmo alguns rostos minúsculos aos quais não se prestava atenção por causa do tamanho reduzido. Mas quando o programa mostrava aqueles rostos, eles vinham ampliados.

– Você reconhece?

– Claro, Anta Laula jovem. De onde você tirou essa foto?

Nina pressionou uma tecla, e apareceu a foto inteira, saída do artigo do *Stavanger Aftenblad*. A imagem da experiência bem-sucedida do Deepex 1 a 300 metros de profundidade, realizada e validada em 1980. Anta Laula, ao fundo, estava meio desaparecido entre os pioneiros que tinham permitido validar a exploração das jazidas de gás e petróleo em águas norueguesas.

Quando Nils Sormi considerou ter visto o bastante, Juva Sikku o levou de volta a Hammerfest. Por precaução, Sormi havia deixado o fichário no *gumpi* do pastor. Tendo em vista a matéria explosiva que ele continha, era melhor que Sikku ficasse com a responsabilidade, caso houvesse algum problema. Juva Sikku deixou Sormi perto do seu apartamento. O mergulhador entrou a bordo do *Arctic Diving*. O navio de mergulho se preparava para uma nova missão de manutenção na extremidade de um poço. Leif Moe o recebeu na sala de convivência. O supervisor estava com uma péssima cara. Certamente bebera muito na véspera. Leif Moe fez uma careta.

– Acho que acabou para Tom.

– Acabou? Como? Falei com ele por telefone ontem à noite.

– Ontem à noite conversei com um médico. Ele não vai mais poder mergulhar. A sua carreira de mergulhador profissional está encerrada. Ele está acabado.

– Acabado? Mas Tom tem 27 anos, não pode estar acabado. Você está dizendo besteira.

– Nils, ele não vai mais poder mergulhar. Para nós, ele está acabado.

Sormi se levantou e foi até a vidraça. Absorveu-se na observação do Cais dos Párias, onde dois barquinhos de pesca estavam atracados. Pescadores costuravam redes. Mais adiante ficava o suntuoso Centro Cultural Ártico, financiado pelas companhias petrolíferas. O tempo voltava a ficar encoberto, mas a forte luminosidade dava ao mar reflexos prateados.

– E você vai me fazer mergulhar com quem?

Leif Moe pareceu aliviado por voltar a uma discussão de trabalho.

– Tenho um disponível no momento, porque Einarsen acabou de partir para um canteiro no Brasil.

– Não vá me dizer que...

– Henrik Karlsen, um mergulhador muito bom.

– Aquele idiota que fede? Você quer que eu mate o sujeito no primeiro mergulho? Fora de cogitação, entende? Sem a menor chance.

– Nils, espere, volte aqui. Tire uns dias de férias e depois a gente volta a conversar.

Nils Sormi já havia batido a porta.

Novamente no carro, ele se dirigiu aos escritórios da Norgoil, na ilha artificial de Melkøya. Chegou lá em vinte minutos.

– Ah, Nils, meu garoto Nils, que acidente terrível. Estamos todos absolutamente desolados por causa de Tom, coitado. Felizmente ele está se recuperando. Que alívio.

Gunnar Dahl havia se levantado para receber Nils Sormi no seu amplo escritório, cujas vidraças davam de um dos lados para as instalações de Melkøya, ao passo que pelas vidraças colocadas do lado oposto ele podia vigiar de longe o canteiro do futuro terminal da jazida de Suolo, da qual a Norgoil era a principal acionária e a operadora executiva.

– O que é que vocês estão pensando em fazer por ele?

– A Norgoil, por Paulsen? Não estou entendendo...

– Aconteceu na droga do seu canteiro, e o canteiro era uma confusão danada. Se tinha uma grua em cima dele, a culpa é de vocês, ela não devia estar ali, já que havia mergulhadores embaixo. Mas vocês querem resolver tudo o mais rápido possível para ganhar mais dinheiro, deixando a segurança em último lugar. Então vou lhe perguntar novamente: o que é que vocês vão fazer por Tom? A carreira de mergulhador dele acabou, ele está com 27 anos, e isso representava toda a sua vida.

– Ora, ora, o rapaz vai se restabelecer. E tenho certeza de que o seguro de vocês vai pagar. Foi um acidente de trabalho, você sabe, e o procedimento precisa ser respeitado, é importante. Tenho certeza de que tudo vai se arranjar para ele, e a companhia de vocês vai fazer tudo certinho.

– Foi a Norgoil que fez a merda, e você sabe muito bem, Dahl. Como é que vocês vão indenizar Tom?

– Acho que você está sob o choque do acidente, e entendo isso perfeitamente. Mas tudo vai ficar bem, e a vida continua. Veja que futuro formidável está diante de você e de todos nós. Venha, aproxime-se, dê uma olhada, nós acabamos de fazer uma nova descoberta de petróleo e de gás, vamos anunciá-la hoje à tarde, na zona Johan Castberg, olhe, ali, o perímetro Skavl no PL 532, formidável, olhe só, o poço explorado pela plataforma West Hercules, entre 20 e 50 milhões de barris, e somos os proprietários de 50 por cento desse poço, e...

– Então vocês não vão fazer nada por Tom?

– Um rapaz inteligente como ele sem dúvida vai encontrar alguma coisa, não me preocupo com isso. Vamos, Nils, vá descansar e transmita os meus melhores votos a Tom, e não se esqueça de voltar em plena forma, você sabe que gostamos muito de você, um mergulhador valioso como você, e *sami*, ainda por cima, o que é importante para a imagem da companhia e para a sua própria, você me entende, não é?

As últimas palavras de Gunnar Dahl mal chegaram até Nils. Lá fora, ele respirou fundo. Reviu as imagens da estaca enterrada na caixa torácica de Tom, seu olhar de não entendimento, e também as fotos dos restos de Bill Steel e de Henning Birge. Tentou imaginar qual teria sido o aspecto de Gunnar Dahl se ele estivesse na câmara no momento da descompressão explosiva. Essa ideia o acalmou um pouco. Quando entrou no seu carro, já sabia o que devia fazer.

Kvalsund. 11h15.

A patrulha P9 havia marcado uma reunião com os criadores do Distrito 23 na casa de Morten Isaac. Klemet não queria dar um tom muito formal ao encontro para não intimidar os pastores *sami*. Eles estavam muito descontentes. A notícia do deslocamento da rocha sagrada havia se espalhado. Muitos não acreditavam nela. Mas quem tinha visto os empregados do Departamento de Estradas estava louco de raiva. Um desses criadores fizera uma foto no *smartphone* e a mostrava aos outros, mas alguns ainda achavam que a prefeitura não ousaria ir até o fim. Um meio de pressão para nos obrigar a ceder, são os métodos deles, dizia um velho. A reação de Anneli, que derrubou o taqueômetro, percorrera todo o distrito e fora fortemente apoiada. Havia quem falasse em se acorrentar à rocha, e quando os policiais entraram a sala estava alvoroçada com os ecos de todas as emoções. Klemet teve ideia do estado de espírito reinante. A tensão era palpável. Além de Morten Isaac, que terminava de preparar o café, Jonas Simba, Juva Sikku, Anneli Steggo e cinco outros criadores ocupavam a sala. Alguns foram apertar calorosamente a mão de Anneli. Klemet observou que Sikku se mantinha à parte, observado por Simba, com cara de mau. Morten Isaac parecia cansado, arrastando os pés mais que normalmente. Havia uns quarenta anos que ele brigava com todo mundo: autoridades, caçadores furtivos, industriais, turistas, até mesmo pastores *sami*. Ele pediu silêncio e expôs a situação, a disposição dos rebanhos na ilha e em terra firme, os que ainda estavam em transumância, a permeabilidade da área cercada em torno de Hammerfest, os locais onde era preciso aplicar esforços. Depois passou a palavra a Klemet. O policial foi o mais preciso e sucinto possível. Patrulhas da Polícia das Renas viriam em reforço a partir do dia seguinte, terça-feira, para se posicionar e se entender com os criadores. Klemet pegou um mapa da sede para marcar as zonas sensíveis. Tinha combinado com a prefeitura que era responsabilidade dela verificar o bom estado dos 20 quilômetros de áreas cercadas, e uma equipe fora montada para se ocupar disso. O caso não parecia complicado.

– Se todo mundo fizer o que é preciso, dará tudo certo e se evitará ter de lidar com um conflito idiota – concluiu Klemet.

O alvoroço recomeçou. Os pastores consideravam que os responsáveis pelo conflito eram a prefeitura e os petroleiros, não eles. Os comentários se cruzavam.

— Tínhamos as nossas renas aqui antes de inventarem o carro.

— E vamos estar aqui quando já não houver uma gota de petróleo em lugar algum.

— Bom, isso não é garantido, se as coisas continuarem assim.

Morten pediu silêncio.

— Temos outro problema para resolver. Anneli, aqui presente, é objeto de uma queixa da parte da administração por ter atingido material do Estado, e os empregados explicaram que se sentiram agredidos, que depois eles se sentiram mal, e passo a vocês os detalhes. A administração vai bater forte para dar um exemplo.

Com exceção de Sikku, que ficou silencioso no seu canto e parecia alheio, todos os criadores se indignaram.

Morten voltou a pedir silêncio.

— O caso de Anneli parece mal começado, não dá para negar. Vamos ajudá-la da melhor forma que pudermos. Pensei bastante. Há muito tempo que brigo, e estou sentindo que o meu tempo passou.

Todos ficaram em silêncio. Nos fundos, Klemet e Nina trocaram um olhar, na maior discrição possível.

— É por isso, e por causa da situação em que nos encontramos, o grupo como um todo e Anneli, é que pensei em indicá-la para o cargo de presidente do nosso distrito na próxima assembleia. Se forem atacá-la, vão precisar saber que atacam a todos nós.

Klemet olhava para os pastores. A surpresa foi total. O policial sabia que no interior de um distrito de criadores as tensões e os ciúmes podiam se revelar inúmeros. As famílias que tinham muitas renas impunham frequentemente a sua lei, as hierarquias e as regras não escritas eram comuns. Sikku saiu do seu torpor e apressou-se a tomar a palavra, mas mudou de ideia. Um primeiro pastor, um velho, o tio de Jonas Simba, se adiantou e foi abraçar Anneli. A jovem se viu em estado de choque. Seus olhos umedeceram. O abraço do velho foi como um sinal. Todos foram cumprimentar Anneli, prometer-lhe seu voto, e as felicitações valeram também para Morten. Celebrava-se a sua sabedoria.

– Bom – disse o tio de Jonas Simba –, no início vamos ter de nos acostumar com uma presidenta. Quanto ao resto, Morten, você tem razão. Mas, se eles querem Hammerfest, precisam saber que não vão ter a rocha.

56

Hammerfest. 11h30.

Nils Sormi andava em círculos, louco de raiva. Repugnado. Revoltado. Sentimentos que ele não reconhecia. Algo estava lhe escapando. Seu melhor amigo era desprezado como um pano de prato velho, abandonado ao bel-prazer dos burocratas, sua companhia o faria parceiro do pior mergulhador do mar de Barents. E ainda por cima o ex-mergulhador francês Jacques Divalgo o assombrava. Por que ele lhe virara as costas?

Nils tentou raciocinar, como era seu costume nas situações difíceis. Sangue-frio, distância, análise, solução, ação. Ausência de disposições de ânimo. Voltando a pensar no mergulhador que fedia, reviu as mensagens recebidas quando estava na câmara de descompressão. Sobretudo aquele famoso *De profundis*. Ele não tinha conseguido seguir a pista do remetente. Mas isso era importante? Talvez não fosse. E aqueles incríveis milhões caídos do céu. Com esse dinheiro ele poderia, deveria, ajudar Jacques. Jacques, que lhe tinha transmitido a sua paixão, que o acolhera no seu mundo quando ele não passava de um moleque. O grande Jacques, embora seu tamanho dissesse o contrário. Jack: era assim que ele gostava de escrever seu nome. Aquilo soava divertidamente bem, dizia ele com seu sotaque francês que tanto encantava as jovens norueguesas. Ele acrescentava, então: Jack Divalgo. Um autêntico nome de ator no papel de um mafioso. E no cntanto era o sujeito mais gentil do planeta. Um rosto de ator, esculpido. Como ele pudera mudar tanto? Onde estaria agora? Nils sabia que Tom havia tentado falar dele para Nina, em vão. Ele precisava encontrar novamente o grande Jack. Era preciso que ele viesse em sua ajuda. Porque de Jack até Tom, nada havia mudado. Os homens que tinham dado tudo eram abandonados como panos de prato velhos.

Nils tinha chegado ao apartamento que alugava à beira do penhasco. Do último andar, ele dominava parte da cidade e divisava ao longe o fiorde. Essa vista lhe tinha despertado a vontade de ficar mais alto ainda, no próprio penhasco. Mas agora ele via que aquele maldito Tikkanen havia zombado dele. Pegou a correspondência e se sentou à mesa de frente para o mar e as montanhas. Naquele dia a tocha não estava cuspindo nada. O aviso que ele esperava acabara de chegar. Voltou a descer até o correio para procurar a carta registrada do escritório de advogados. Não queria aparecer no Riviera Next, e foi se sentar na Galeria Verk, que expunha fotos em preto e branco de pescadores do norte feitas por Kivijärvi. Estava nervoso. O grande envelope de plástico-bolha continha uma carta do advogado confirmando que ele era beneficiário do seguro de vida de um doador anônimo, além de uma lista de procedimentos a que seria preciso atender o mais rápido possível para que ele pudesse desfrutar plenamente os seus direitos. Uma condição devia ser satisfeita de imediato. O envelope continha um segundo, também revestido de plástico-bolha. Na carta o advogado lhe explicava que aquele envelope marrom, cujo conteúdo ele ignorava, lhe tinha sido enviado com um aviso de instrução. Ele devia seguir as indicações contidas nele. Assim que ele enviasse ao advogado uma prova específica, a transferência da soma combinada poderia ser desbloqueada.

Esse tipo de confusão não divertia Nils. Ele abriu a dobra. O envelope continha um gravadorzinho com uma minicassete. Nils pressionou a tecla de leitura. O aparelho emitiu um trecho de música. E depois mais nada. Música clássica. Não era mesmo a especialidade de Nils. O que havia ali para ele entender? Ele ouviu a fita até o final, depois o outro lado. Nada além daquele trecho desconhecido. Os 20 milhões podiam não ser mais que uma ilusão.

Markko Tikkanen havia passado os últimos dias errando como uma alma penada por toda Hammerfest. Tinha importunado a maioria das pessoas que ele desconfiava serem capazes de lhe roubar seu tesouro. As pessoas acusadas não entendiam o que ele queria.

Tikkanen partia do princípio de que o próximo da relação era o culpado, e o abordava com esse espírito. Sua massa imponente, musculosa, imaginava ele, impressionava a maioria das pessoas. Sua reputação – pois ele tinha uma reputação – preocupava algumas delas. Infelizmente só começavam a levá-lo a sério quando ele ameaçava fazer revelações embaraçosas. O finlandês ainda dispunha de memória suficiente para se lembrar dos elementos mais constrangedores para os seus clientes.

Ele havia falado com dois políticos locais, um jornalista, um camponês e dois funcionários da Suolo. Faltavam ainda criadores de renas, dois mergulhadores, entre os quais Sormi, sem esquecer Gunnar Dahl. Tikkanen havia feito a sua lista prioritária. Era assim que o recompensavam pelos serviços prestados?

Sua mãe sempre lhe dissera que ele era bom demais e que sua ingenuidade o punha a perder. Mas Tikkanen tinha a impressão de que ainda bem jovem suas atividades de pesquisa de clientes na mercearia familiar lhe tinham aberto os olhos. Ele havia visto coisas inimagináveis enquanto ficava lá escondido nos cantos. Mas no dia em que sua mãe descobriu que ele não lhe informava tudo o que sabia sobre uma vizinha porque estava apaixonado pela filha dela, ele levou a maior surra da sua vida. "Você está querendo nos arruinar?", gritou ela. "É só alguém lhe dar um sorriso fingido e você já perde a razão?" Palavra de Tikkanen: ele nunca mais caiu na armadilha.

Desde aquele dia, ele começou a fazer fichas, porque nas fichas não há emoções. As perturbações que ele podia experimentar ao espionar as pessoas nas situações mais escabrosas precisavam ser traduzidas em palavras nas suas fichas, e isso o acalmava. Uma ficha não mentia, não tinha o rostinho rechonchudo e provocante da perdição, não punha de cabeça para baixo a sua carne. Uma ficha exigia também a dedicação a ela, a consulta regular a ela, sua atualização, fazê-la se sentir importante, do contrário ela murcharia. Tikkanen havia se convencido disso. E se tentavam amolecê-lo, ele imediatamente se entrincheirava atrás da integridade das suas fichas, que exigiam uma atualização.

Ele poderia ter assumido com brilho a mercearia de sua mãe ou ter se tornado um pequeno funcionário dedicado e disposto a seguir o regulamento com um zelo devastador. Mas as pessoas da aldeia já não aguentavam mais ser vigiadas, então ele resolveu deixar a Finlândia e emigrar para o litoral norueguês. Como antes dele já haviam feito gerações de finlandeses do Grande Norte, ele foi para o litoral de Barents quando no interior os negócios já não iam bem.

O ladrão do fichário não percebia as consequências do seu malfeito. O fichário murcharia se não fosse devidamente cuidado. Uma ficha que não se beneficiasse de uma atualização regular estava condenada a uma existência breve. Tikkanen havia enterrado algumas desse modo, e isso lhe cortara o coração.

Ele retomou a sua lista. Um traço negro cortava a maioria dos nomes. Restava-lhe Dahl, Sormi e Sikku. Pessoas a quem ele prestava serviço. Uma vozinha lhe sussurrava que não se devia desconfiar de pessoas a quem se prestava serviço, mas Tikkanen tinha aprendido a aceitar a vida com seus paradoxos. Com Dahl ele precisava prestar muita atenção. O petroleiro tinha um poder capaz de reduzi-lo a nada. Um religioso como aquele, era preciso desconfiar dele, e também sua mãe sempre lhe dissera que era preciso respeitar os homens da Igreja, embora Tikkanen soubesse perfeitamente que Dahl, com sua cabeça de pastor, não era pastor, mas aquilo era mesmo mais forte que ele. Dahl, ele reservaria para o final. E além do mais, pensando bem, ele não imaginava Gunnar Dahl, representante da Norgoil e, portanto, do reino da Noruega, correndo o risco de roubar o seu fichário. Sormi, o garoto Sormi, esse, sim, era capaz disso. Como os outros, ele olhava para Tikkanen de cima para baixo. Normal, uma vez que isso fazia parte dos serviços oferecidos por Tikkanen, que as pessoas se sentissem em situação de superioridade em relação a ele. Um dom natural, pensava Tikkanen. O garoto Sormi provavelmente se irritara por causa da história do seu terreno que não se desenrolava nunca. Mas Tikkanen não achava que Sormi fosse se dar ao trabalho de roubar o seu fichário por causa disso. Por que ele faria algo assim? Ora, não havia sentido nisso. Sormi teria podido se dirigir diretamente à prefeitura, usando um pretexto qualquer, para obter as informações.

Sobrava Sikku. Ah, esse era interessante. Tikkanen não queria admitir que o pastor *sami* era também o menos perigoso dos três, de qualquer forma o mais abordável. Além disso, ele tinha pressionado a sra. Isotalo, sua secretária. A coitada da mulher se desmanchara em lágrimas. Fora ela que, entre dois soluços, lhe lembrara que ele havia emprestado uma duplicata das suas chaves para Sikku.

O agente imobiliário não teve dificuldade em fazer uma relação das possíveis queixas. Entre o caso das prostitutas russas, a propósito do qual Tikkanen reconhecia ter sido um tanto rápido demais ao dar para a polícia o nome de Sikku, as histórias com outros criadores comentadas nas costas de Sikku sobre as quais ele podia ter falado e outras coisinhas desse tipo, havia matéria de sobra. E, além disso, Sikku estava sumido há dias e não respondia às suas ligações, o que em si era sinal de uma estranheza suspeita, pois por que razão não iriam querer lhe responder?

Com um gesto decidido, Tikkanen jogou para trás sua mecha mal emplastrada e endireitou o cinto sob a barriga flácida. Ele sabia por um criador – um dos que tinham sido riscados na sua lista e que ele acabara de ver – que o Distrito 23 estava encerrando uma reunião para preparar o enterro de Fjordsen. Sikku estava lá, e Tikkanen sabia até mesmo onde ele estaria dois dias depois, vigiando a área cercada. Ali ele não poderia se esconder.

57

Depois do encontro tempestuoso com os criadores do Distrito 23, Klemet e Nina foram inspecionar uma parte da área cercada de Hammerfest. Embora a prefeitura tivesse prometido o isolamento dessa área, os policiais não queriam correr riscos, pois tudo recairia sobre eles caso houvesse algum problema. Eles tinham constatado que equipes da prefeitura estavam a postos, mas 20 quilômetros de cerca era uma extensão grande demais para verificar, sem contar que os casos de sabotagem não eram raros. De fato, eles notaram duas anomalias e as assinalaram à prefeitura.

Três quartos de hora mais tarde eles tomaram o caminho que levava ao posto da polícia. Um possante 4×4 os aguardava. Nina surpreendeu-se ao ver Nils Sormi sair dele. Ela deu uma olhada para Klemet, que tinha uma expressão fria. A reconciliação ainda parecia um pouco superficial. Nina pôs a mão na porta do veículo, mas se voltou para Klemet.

– Talvez já seja tempo de você me contar o que aconteceu entre vocês dois.

Klemet não desviava os olhos do mergulhador. Sormi esperava diante da porta, olhando na direção deles. Klemet não desfez sua cara contrariada.

– Uma história antiga. Você vai achar tudo ridículo, imagino eu.

– Conte, assim mesmo.

– Alguns anos atrás prendi Nils em flagrante delito de caça proibida com amigos dele, mergulhadores e outros. Ele tinha atirado numa gansa selvagem da Sibéria. Algumas delas transitam e ficam por aqui durante algum tempo antes de prosseguir na sua migração até a África. E eles a haviam grelhado. É uma espécie protegida, como você sabe.

Nina escutava. A proteção das espécies ameaçadas fazia parte das prerrogativas da Polícia das Renas na região, mas até então Nina não tivera oportunidade de ver grande coisa nesse campo.

– Então você fez o que precisava ser feito. Não há por que guardar rancor de você.

– Até uma intervenção em esfera elevada. Era preciso encerrar o caso. Esses mergulhadores se revelaram uma espécie até mais protegida que as gansas. Eles eram necessários. Eu precisei me dobrar. Fechar o bico. E enfrentar a arrogância de Sormi. Esse babaquinha nunca poupou esforços para exibir para mim a sua impunidade.

Klemet entrou no posto. Nina viu que ele mal fez um sinal de cabeça ao passar por Sormi. Ela se aproximou do mergulhador.

– É com você que eu quero falar. Tom me disse que eu podia confiar em você.

– Para o que se refere ao meu trabalho de policial e ao respeito à justiça, você pode confiar em mim.

– Eu preciso da sua ajuda. E gostaria – ele fez um sinal de cabeça na direção do interior – que isso ficasse somente entre nós.

– Se é de ordem profissional, compartilho tudo com Klemet. Se para você isso é problema, pode se dirigir à delegacia de Hammerfest. Você sabe que eles são discretos quando necessário, não é mesmo?

– Então é isso, Klemet ainda não digeriu aquela história...

– É isso que você queria me dizer?

– Aconteceram coisas estranhas nesses últimos tempos.

– Eu sei.

Sormi não demonstrava nenhuma arrogância. Buscava as palavras, hesitava. Isso não era típico dele.

– Você quer entrar?

Ele pareceu se decidir de repente.

– Vamos. Melhor resolver isso de uma vez.

Klemet preparava um café. Sormi olhou à sua volta. Nina o convidou a se sentar na parte da sala de onde ele não podia ver o detalhe do seu quadro cheio de *post-its*. O mergulhador permaneceu em silêncio. Observava sua xícara de café. Depois começou a relatar. Nina estava sentada ao lado dele. Klemet ficou de pé, um pouco recuado e na sombra. Sormi falou sobre o terreno que havia cobiçado em vão. Sobre o mal-entendido e as tensões que aquilo havia gerado com Erik Steggo inicialmente e depois com Anneli. Evocou o papel de Markko Tikkanen, suas promessas não cumpridas, seu modo de mexer os pauzinhos. Então chegou ao mergulhador francês que havia reaparecido na

348

sua vida. À culpa sentida por tê-lo afastado. Essa história de mergulhador não interessava aos policiais, claro, mas Tom havia insistido, então ele a relatava. Talvez eles pudessem ajudá-lo na sua busca. Ele se chama Jacques Divalgo.

Silêncio. Sormi ainda não havia tocado no seu café. Nina esperava. Klemet continuava imóvel, braços cruzados, encostado na parede com os papéis de Nina.

Sormi acabou pegando um envelope no seu blusão. Tirou de dentro dele um gravadorzinho e o pôs em funcionamento. Um ar grave e duro invadiu o pequeno posto. A melodia tocada no órgão era melancólica, evocando uma grande tristeza. Sombria, lancinante, deixando entrever pouca esperança, mas de uma beleza impressionante. O coração de Nina se fechou. Sormi pressionou a tecla *stop*. O que se seguiu foi um silêncio pesado.

– Recebi essa gravação de um escritório de advogados. Acompanhada da promessa de uma enorme soma de dinheiro de um seguro de vida. O escritório de advogados precisa manter sigilo. O único detalhe que me passaram é que o contrato foi preparado há semanas, mas os últimos elementos, esse gravador com a fita, só lhes chegariam pelo correio no fim de abril. Tom achava que o seguro podia ser de Bill Steel. Mas depois que recebi esse gravador fiquei em dúvida. Em todo caso, com a morte de Steel essa história de seguro poderia provocar más associações de ideias na cabeça de algumas pessoas. Mas eu não tenho nada a ver com a morte dele, nem de perto nem de longe. Quero pôr as cartas na mesa.

– Estou satisfeito por você se abrir conosco assim, mas não entendo essa súbita franqueza – disse Klemet.

– O que quero dizer é que não era para Erik Steggo ter morrido. Mas tenho mesmo de explicar tudo para você, Klemet?

Sormi se levantou e avançou para o policial.

– Você não gosta de mim, e isso não é grave.

Pronto, pensou Nina: outra vez derrapando. Em contato com Klemet, Nils Sormi voltava a ter aquela atitude arrogante.

– O que eu espero de vocês – disse ele, sustentando o olhar de Klemet – é que me ajudem a desfazer os nós para que eu ponha a mão nesse dinheiro e possa amparar Tom, que foi abandonado pelas companhias, e esse mergulhador francês, se vocês puderem encontrá-lo.

Dois galos, uma bofetada. Nina se levantou, temendo outra derrapada, como no Cais dos Párias. Delicadamente, ela tocou o cotovelo de Sormi.

– Vamos fazer o possível.

Mas o mergulhador não a escutou.

– Divalgo? O que é que ele está fazendo aqui?

Sormi estava mostrando com o dedo a parede com as matérias afixadas por Nina. A jovem olhou para a sua instalação. Klemet fez o mesmo.

– Que Divalgo?

– Mas é o mergulhador francês, meu Deus! Este – disse Sormi, pondo o dedo sobre a foto. – É ele que estou procurando por toda parte.

Klemet pegou a foto.

– Ele, um mergulhador francês? Você tem certeza? Porque para nós esse sujeito se chama Zbigniew Kowalski.

Anneli Steggo tinha voltado para o acampamento na colina de Kvalsund. Encontrara Susann, que cuidava para que o clã não esquecesse nada quando as tendas fossem dobradas. Os pastores iam ocupar seus espaços de verão na ilha da Baleia, onde a maioria das renas tinha começado a subir para as zonas de partejamento das fêmeas, no nordeste. O período do nascimento podia durar semanas. Estamos cansados, mas é um cansaço bom, dizia Susann. As crianças ficavam fora por muito tempo, sós, livres, com dia claro em plena noite, pois nas tendas à noite o silêncio e a paz deviam reinar para haver um pouco de repouso.

Para Susann, Anneli e muitas outras, a retirada de um acampamento era um ritual que assumia um significado especial. Desde que os nômades *sami* tinham começado a criar renas, muito tempo antes – uns quinhentos anos ou mais –, eles consideravam que estavam somente de passagem nos territórios que atravessavam. Ficavam ali durante algumas semanas e depois prosseguiam para o norte, para o sul, ao sabor das estações, ao sabor do que a natureza pudesse oferecer às renas. E invariavelmente, das pastagens de verão às pastagens de inverno, as rotas da transumância eram um avanço longo e lento que exigia dos homens a consciência do seu lugar na natureza. Ano após ano, era preciso voltar pelo mesmo caminho e encontrar a terra do jeito que ela estivesse. Não se deixava atrás de si nenhum resto – isso era um ponto de honra –, e a harmonia reinava. Hoje as coisas estavam diferentes. O nomadismo tinha morrido com a chegada das motoneves de duas e de quatro rodas, e também dos helicópteros.

Anneli chamara Susann num canto. Sua irmã mais velha já estava sabendo que ela havia sido promovida no clã. A jovem não escondia sua preocupação. A morte de Erik, as ameaças à criação de renas e agora aquela responsabilidade. Ela estaria à altura? Susann a tranquilizara. Mas a gravidez de Anneli, em compensação, preocupava Susann. Quando a jovem pastora lhe disse que uma vez encontrado o último filhote ela descansaria imediatamente, Susann se enfureceu. Então Anneli havia perdido a razão?

– Não compete a você ir procurar esse filhote. Vou eu, se isso é tão importante.

– Não, Susann, é importante que seja eu. Não sei por que, mas acho que devo isso a Erik. Do contrário, eu ficaria com o sentimento de perdê-lo pela segunda vez.

Susann havia observado longamente a jovem. Seu rosto estava abatido, pálido. Ela dormia mal, comia mal, mas sua determinação não se abalava. Susann acabou tomando sua mão. Elas andaram por um momento na urze amarelada e aplainada, evitando as poças de lama. Anneli sentia sua força de mulher irrigar seu corpo enquanto o sol lhe aquecia a alma. Elas subiram até a metade uma colina onde as placas de neve gotejavam de vida. Num recesso durante a subida, uma rocha lisa e escura como uma placa de ardósia e do tamanho de uma pele de rena jovem oferecia uma plataforma que dominava o vale onde o clã havia acampado nas semanas anteriores. Seixos se amontoavam na direção do norte e das pastagens de verão. Galhadas de renas jovens estavam depositadas em torno das pedras. Muito pouca gente conhecia aquele lugar. Os *sami* temiam que suas pedras sagradas fossem conspurcadas. Muitas já haviam sido.

– Aqui nós estamos na casa de Gieddegeašgálgu – sussurrou Susann.

Anneli sentiu uma vertigem e se sentou numa pedra. Ela sabia quem era Gieddegeašgálgu. Assim, Susann a entendeu. Ela se sentiu aliviada com aquilo e apertou a mão de Anneli. Gieddegeašgálgu era uma criatura feminina *sami* que vivia na periferia dos acampamentos e que podia ser invocada em tempos difíceis. Uma das que sobreviviam nas crenças *sami* mesmo depois de séculos de evangelização.

– Você sabe que ela é uma velha tagarela que nem eu – sorriu Susann –, mas que também é capaz de reencaminhar um filhote perdido. Ela vai acompanhar você.

O telefone havia surpreendido Nils-Ante Nango no Museu de Alta, mas o pedido de Klemet o encantara. Ele adorava os enigmas e acima de tudo adorava que seu sobrinho indigno se lembrasse de que ele estava vivo.

Sabendo que o tio estava muito próximo, a apenas 45 minutos, Klemet lhe pedira que viesse encontrá-lo logo que possível no posto de Skaidi. A jovem Chang ficaria encantada com essa pequena aventura.

Klemet, Nina e Nils tinham passado parte do tempo tentando juntar as peças. Nina tratava de não deixar os dois homens sozinhos. Mas a tensão havia cedido lugar à estupefação e esta levara embora todo o resto.

Kowalski, o trabalhador polonês desconhecido, se tornara Divalgo, o ex-mergulhador francês. Klemet e Nina tinham passado um bom tempo digerindo essa informação. Isso explicava o porquê de ele ter falado tão pouco durante a patrulha. Dissera apenas algumas palavras polonesas que conhecia, para representar seu papel, e deixara a Pedersen a tarefa de se comunicar em norueguês. Nils Sormi contara também o que sabia sobre Anta Laula, personagem enigmático que em sua juventude havia participado do grupo dos mergulhadores. Ele jamais entendera como aquele *sami* sombrio e frágil adquirira um lugar nesse grupo, de tal forma ele contrastava com o vigor e a despreocupação dos escafandristas. Mas Sormi não conhecia aquele Pedersen, não o tinha visto na época. Os mergulhadores iam de missão em missão, até hoje, e não havia nisso nada de estranho.

Uma certeza surgia: Pedersen, Divalgo e Laula se ligavam pelo mergulho. Não era uma casualidade o fato de o ex-criador que se tornara artista estar na caminhonete. Anta Laula havia participado da experiência do Deepex 1 em 1980. O artigo do *Stavanger Aftenblad* encontrado na pasta do pai de Nina mostrava que Jacques Divalgo também fizera parte do grupo dos mergulhadores de experiências. Seu nome estava lá. Klemet e Nina não tinham sido capazes de ver, no cadáver do homem até então conhecido pelo nome de Kowalski, o jovem atleta de sorriso luminoso da foto amarelada.

Ainda nesse mesmo teste, Raymond Depierre figurava como um dos médicos. Se Laula estava relegado ao fundo daquela foto, entre os anônimos, os outros três mergulhadores de experiência ao lado de Jacques Divalgo eram nomeados. Uma pesquisa na internet lhes permitiu encontrar facilmente notícias de um dos mergulhadores, um americano, que tinha uma página no Facebook. Eles lhe enviaram uma mensagem.

Subitamente, esse episódio de 1980 adquiriu uma importância inédita. Lars Fjordsen, o prefeito de Hammerfest cujo enterro seria realizado com grande pompa dali a dois dias, tinha trabalhado na Diretoria do Petróleo nessa época, embora ainda não fosse o diretor. Que papel ele teria tido naquela experiência? Teria sido pela tarefa desempenhada nessa época que ele posteriormente fora recompensado assumindo o comando da Diretoria do Petróleo? Os documentos que eles tinham em mãos não permitiam dizer nada. Mas a Diretoria era a autoridade de validação.

Algumas perguntas não podiam ser feitas na presença de Nils Sormi. Uma delas preocupava Klemet. Teria Gunnar Dahl utilizado esses homens com risco de vida? Sua convocação iminente pelo juiz de instrução e pela comissão rogatória que dela resultaria dariam à brigada criminal outros meios de investigação. Isso já não era da competência da Polícia das Renas.

A chegada de Nils-Ante e da srta. Chang interrompeu os pensamentos de Klemet no momento em que ele ia pedir a Nils Sormi que lhes desse licença. A jovem chinesa percorreu o posto com um ar deliciado antes que Klemet tivesse tido tempo de esclarecer a ela que, apesar das aparências, aquilo era um escritório da polícia e que o que havia ali era confidencial.

Depois das apresentações, Nils-Ante ouviu atentamente o trecho de música. Ergueu a cabeça com um ar malicioso e pediu ao sobrinho que lhe passasse o gravador. Ele pegou o celular e digitou algo nele. Ouviu novamente e olhou para o telefone.

– O primeiro trecho é uma versão de um clássico religioso – começou Nils-Ante.

– O primeiro trecho?

– Então você não percebe que há dois trechos encadeados? Com uma espécie de final curto atípico no fim das duas partes. Pelo menos tenho quase certeza, porque conheço bem a segunda parte.

– Vamos admitir. Eu não sabia que você era fã desse tipo de música religiosa – admirou-se Klemet.

– Para a primeira parte, aplicativo de reconhecimento musical para *smartphone*, querido sobrinho. A polícia já devia ter equipado você com ele. E lhe ensinado um pouco sobre a vida...

Klemet resmungou. Seu tio prosseguiu.

– Não sei quem é que está interpretando. Ela é executada no órgão, mas o título não deixa dúvida, trata-se de *De profundis*.

– Recebi uma mensagem de texto com essas palavras – interveio Nils Sormi.

– E por que você não disse isso antes? – acrescentou Klemet num tom seco.

– Esqueci, simplesmente. Recebi isso quando estava na descompressão com Tom. Não havia número registrado. Recebi essas mensagens mais duas vezes, as mesmas, sem explicação. A primeira dizia *De profundis* e a segunda... *Ahkanjarstabba* – completou ele, depois de ter consultado seu celular. – Não sei como eu poderia fazer a relação.

– Ahkanjarstabba é o nome da rocha sagrada, no estreito do Lobo – exclamou Nils-Ante.

– Isso, acho que a Anneli já usou esse nome – lembrou-se Nina.

– Estão querendo nos mandar para a rocha sagrada – emendou Klemet.

– Estão querendo me enviar, a mim, à rocha sagrada – retificou o mergulhador.

Klemet o ignorou.

– E a segunda parte do trecho?

– O aplicativo não a reconheceu – recomeçou Nils-Ante. – Mas eu conheço bem esse trecho, embora tenha sido um pouco adaptado para a execução no órgão. Aliás, foi magnificamente interpretado por Mari Boine, uma garota que não é nada ruim. É um salmo laestadiano, querido sobrinho inculto. Na sua versão, a jovem Boine canta esse salmo com uma mistura de *joïk*, o que não deixa de ser interessante, pois sabemos que a nossa Igreja considerava os cantores de *joïk* intérpretes do diabo.

– E o final?

– Nesse ponto, confesso que não sei nada – disse Nils-Ante.

Ele colocou de novo o aparelho em funcionamento. A melancólica ária invadiu novamente o pequeno escritório. Uma atmosfera de grande tristeza matizada de beleza invadiu Klemet. Ele não teria sabido exprimi-la em palavras, mas se sentia apaziguado pela primeira vez há muito tempo. Cada um dos que ali estavam parecia mergulhado nos seus pensamentos. Klemet podia imaginar que Nina pensava no pai, Nils em Tom. Até mesmo Nils-Ante tinha uma expressão absorta e distante.

Somente a srta. Chang parecia alheia a essa atmosfera dolorosa. Sozinha, afastada dos demais, diante da grande janela que filtrava os raios do sol, ela ondulava, como se transportada pelas notas do órgão que se prolongavam, e tinha começado uma dança flexível e lenta, com a cabeça atirada para trás e em sintonia com uma pluma que ela fazia dançar no ar com sopros regulares. Ao ritmo dos acordes, ela se contorcia sob a pluma que volteava no raio de luz viva. Klemet a observava, fascinado, e todos no posto ficaram cativos da graça da jovem.

Ela percebeu que estava sendo observada e parou de dançar. Pegou a pluma antes que ela chegasse ao chão e a pôs no cabelo de Nils-Ante, atrás da sua orelha, dando-lhe um beijo na testa.

– Ela caiu do envelope quando você pegou o gravador – disse, com sua vozinha, a jovem chinesa.

– Meu âmbar gracioso, você nos transportou pelo tempo de um suspiro ao seu mundo maravilhoso.

Nils-Ante observou a pluma.

– Perdiz-das-neves – disse ele. – Era o animal fetiche de Anta. Ele próprio esculpiu várias, magníficas.

58

Estreito do Lobo.

Em apenas meia hora eles estavam na rocha sagrada. Klemet e Nina tinham pedido a Nils-Ante e à srta. Chang que os acompanhassem. Nils Sormi os seguiu no carro e continuou até Hammerfest, pois queria ter notícias de Tom Paulsen.

A tarde já se aproximava do fim. Klemet estacionou o carro perto da rocha. Os empregados a tinham envolvido com faixas largas para protegê-la durante o transporte. Haviam levado material para cavar sob a rocha e poder deslocá-la como uma peça inteiriça.

– Nem por isso a coisa deixa de ser lamentável – disse Nils-Ante.

Klemet pegou uma escada que tinha sido deixada pelos trabalhadores e a colocou contra a pedra. Nina contornou a rocha, procurando um objeto colocado na sua base. Os policiais procuraram meticulosamente. Anunciavam em voz alta o que iam descobrindo, pedaços de osso, ossos inteiros, às vezes pedaços de moeda ou de chifre de rena. Nada que pudesse explicar o que Anta Laula tinha querido dizer. Klemet encontrou plumas de perdiz. E daí? Ele as observou, perplexo. A que estava no envelope vinha dali? Isso não levava a parte alguma. Quem conhecia a palavra *"ahkanjarstabba"*? Uma pesquisa na internet havia sido desesperadoramente estéril. Apenas os *sami* deviam conhecer aquela palavra. E Klemet não tinha certeza nem mesmo de que os jovens a conhecessem. Ele, pelo menos, a desconhecia. Uma das mensagens de texto recebidas por Sormi devia levá-los àquela rocha, quanto a isso havia pouca dúvida. Seria para que descobrissem o bracelete de Anta Laula que Anneli encontrara? Isso parecia o mais lógico. Mas Klemet não estava satisfeito com esse raciocínio. Porque Nils Sormi teria sido totalmente incapaz de tirar a menor conclusão sobre a presença ali daquele bracelete, mesmo que o tivesse encontrado. Simplesmente porque o jovem mergulhador ignorava que Anta Laula usava um bracelete idêntico no momento da sua morte.

E a primeira mensagem de texto? Aquele *"De profundis"* estabelecia uma ligação entre as mensagens e a música. E, portanto, entre a rocha sagrada de Ahkanjarstabba e a música do *De profundis* e de um salmo laestadiano. Mas e então? Por que laestadiano? O que aquele ramo tradicionalista luterano – do qual sua própria família era originária – vinha fazer naquela história? Klemet desceu da escada para deslocá-la quando ouviu o tio gritar num tom de profeta arengando para a multidão.

– *De profundis! De profundis!*

Klemet balançou a cabeça. Seu tio fazia palhaçadas para a jovem chinesa.

– Profundezas, Klemet, profundezas. Você procura no alto em vez de olhar para os seus pés. Nas profundezas da rocha. O sujeito que lhe mandou essas mensagens é um brincalhão. Elas remetem talvez à música, mas não só à música.

Ele agitava uma espécie de bola. Klemet saltou os últimos degraus. Nina se aproximou. Nils-Ante limpava o objeto enlameado. Mostrava com o dedo o lugar onde o havia encontrado. Com seus dedos finos a srta. Chang tinha conseguido introduzir a mão numa falha da rocha.

– Não foi ali que a Anneli encontrou por acaso o bracelete? Foi? Não me admira.

O objeto era todo arredondado, em curvas finamente esculpidas, talhado em chifre de rena pacientemente polido, sem a menor aspereza. O bico do pequeno pássaro – pois se tratava de um pássaro – voltava-se para o céu. Entalhes cor de tijolo desenhavam os olhos, e três motivos *sami* lhe enfeitavam as costas. A escultura caberia na palma da mão se não tivesse uma base, talhada num chifre de rena mais grosseiro e espesso.

– Alguém o jogou nessa falha, mas foi preciso a fineza do meu doce mirtilo para colhê-lo.

Nina o pegou das mãos de Nils-Ante.

– Klemet, o bico – disse ela.

– Hein?

– Está quebrado. Eu já vi esse pássaro.

– Ele é vendido em Kiruna – disse Klemet. – É uma perdiz-das-neves, esculpida nesse chifre de rena muito claro. E eu até posso lhe dizer que elas são fabricadas por Anta Laula.

– Eu sei, vi essas esculturas na exposição dele em Kiruna. Mas esse pássaro, precisamente, estava na caminhonete de Pedersen e de Divalgo quando fizemos a verificação dela. Suspenso no retrovisor. O mesmo bico quebrado. Tenho certeza disso. E não lembro de terem encontrado um pássaro como esse entre os objetos que estavam no veículo.

Klemet pegou o pássaro.

– Em todo caso, a pluma no envelope nos leva a ele.

– E o bracelete mostra que foi Anta Laula que trouxe essa perdiz. O bracelete é a sua assinatura.

Klemet se dirigiu à traseira da picape. Em silêncio tirou o fogareiro e preparou um café. Um vento atravessava o estreito. A neve derretida deixava traços brancos nas encostas das montanhas, dando-lhes em alguns pontos um aspecto zebrado. À volta deles, entre o sopé da colina e a margem do estreito, as placas de neve não eram mais que uma exceção. A terra se impregnava de água. Poças amarronzadas se alternavam com a neve, e porções de grama amarelada e sempre esmagada vestiam a paisagem com um véu de camuflagem.

Nils-Ante mostrava com o dedo um ponto acima do estreito e murmurava dentro da orelha da sua pequena Chang palavras que a faziam gargalhar.

Nina observava a perdiz sob todos os ângulos e digitava no *notebook*.

Como teria sido possível a Anta Laula imaginar tudo aquilo, ele que parecia tão debilitado? Mas Susann lhes dissera que o velho *sami*, quando lúcido, era ótimo para organizar jogos de pistas para as crianças. Klemet serviu o café. A presença da perdiz na caminhonete quando do controle de rotina podia querer dizer duas coisas. Que Pedersen e Divalgo já viajavam na companhia de Laula, que por uma razão ignorada não estava na caminhonete no momento do controle. Ou então que, de um modo ou de outro, aquela perdiz era um objeto de Pedersen ou de Divalgo, e esse objeto os levou a Anta Laula. Um objeto precioso conservado como lembrança de alguém. Ou de alguma coisa. Em todo caso, ela devia levá-los a algum lugar.

* * *

Hammerfest.

Sem avisar, Nils Sormi chegou ao quarto do seu parceiro. Uma ligação de Nina acabara de informá-lo da descoberta da perdiz. Ele encontrou Elenor sentada na cama de Tom, uma atitude ambígua que era bem própria dela.

– Ah, finalmente. Achei que você tivesse desaparecido. Abandonar assim o seu amigo... Felizmente eu estava aqui. O coitado do Tom, um verdadeiro herói.

Ela o bajulava com o olhar, passando a mão no seu ferimento. Tom estava pálido, era visível que sofria. Sua recuperação ainda levaria semanas. Sormi pediu a Elenor que esperasse no corredor.

– Não demore a me chamar, não quero ficar muito tempo naquele lugar horrível.

Quando ela saiu, Nils se aproximou do amigo e, antes de começar sua explicação, comentou:

– Ela não gosta de ficar sozinha por muito tempo, fica nervosa.

Paulsen não disse nada. Nils percebeu seu constrangimento, mas tinha coisas mais importantes a tratar. Ele lhe contou os acontecimentos do dia, deixando de mencionar as conversas com Leif Moe e Gunnar Dahl. Suas descobertas no fichário de Tikkanen, sua decisão de contatar Nina Nansen, o anúncio da morte de Jacques Divalgo, os trechos de música identificados pelo tio de Nango, bem mais simpático que seu sobrinho.

– Nós quase saímos no braço outra vez. Sua amiga policial interveio. Ela protege o parceiro.

– Você acha que eles têm um caso?

Nils ignorou a pergunta.

– Me lembro desse Anta Laula de quando eu era garoto. Nunca entendi por que Jack e os outros o receberam como um deles. Eles o tratavam de um jeito... sei lá, estranho. Com respeito, quando esse cara estava um bagaço, um cara que vivia nas nuvens. Aparentemente, ele participou de uma experiência de mergulho em 1980. Não como mergulhador da experiência, mas de uma forma ou de outra participou. Eu me pergunto se foi isso que deixou o cara daquele jeito. Quando o Jack e os outros voltavam, a cada temporada, Anta

Laula estava junto. Não sei aonde eles iam buscá-lo, mas ele estava sempre na companhia deles. Caladão. Com o tempo, ele se tornou artista, parece.

– Lamento muito por Jacques. O que é que ele fazia com os outros dois?

– Acho que os policiais não me contaram tudo.

– E a gravação, a pluma, as mensagens, o seguro?

– As mensagens, assim como a gravação, fazem referência a *De profundis*, ou seja, as duas coisas vêm da mesma pessoa, que me manda para a rocha, já que o nome impronunciável dessa rocha quase não é conhecido. E nessa pedra acharam o diabo do bracelete daquele zumbi. O que é que esse sujeito queria de mim?

– Quem foi que disse que era ele que queria alguma coisa de você? Esse zumbi morreu com o seu Jacques e o tal Pedersen. Eles eram três. E esse Pedersen, você conhece esse sujeito?

– Já não sei mais. Os caras estavam ótimos naquela época. E para mim era o grande Jack que contava. Ele tinha me adotado, me transformado no mascote do grupo.

– Mas, e esse seguro, poderia vir dele?

– Dele? O cara quase parecia um mendigo quando eu o encontrei.

– Um mendigo ou um doente condenado?

Estreito do Lobo.

Klemet arrumava a traseira da picape, mas trabalhava devagar, com a mente preocupada. Num gesto suspenso, segurava no ar o pacote de café.

– Laula não queria apenas levar Sormi até a rocha para que ele encontrasse a perdiz. A coisa deve ir mais longe. Ignoro por que Anta se dedicou a esse jogo de pistas. Seguramente foi para proteger algo, mas essa perdiz não pode ser um fim em si mesma.

– A não ser que o seu fim seja revelar para Sormi que Anta Laula é o doador do seu seguro de vida.

– Laula? Isso não tem nenhum sentido. Eles não se conheciam. Você viu o modo como Sormi falava dele. Tudo tem um sentido, claro. As duas mensagens nos levam à rocha. A mensagem *De profundis* recomenda procurar nas profundezas da rocha para encontrar a perdiz e faz a ligação com a música. Até aí tudo se sustenta. Mas e a segunda parte da música, esse salmo laestadiano, qual é o sentido dele? E mais uma vez: essa perdiz serve para quê?

Nina pegou delicadamente das mãos de Klemet o pacote de café e o fechou.

– Senhorita Chang, na China também é assim? Os homens têm dificuldade em fazer duas coisas ao mesmo tempo? – indagou ela, terminando de arrumar o porta-malas.

– O órgão. Por que o órgão?

Klemet se voltou para o seu tio, evitando o riso da srta. Chang.

– Só conheço esse salmo laestadiano na versão cantada. Aqui ele está inteiramente executado no órgão, como o primeiro trecho.

– Qual é a ligação com os laestadianos? – disse Klemet irritado.

– Talvez o que interesse não sejam os laestadianos e sim uma das igrejas deles, ou o órgão da igreja deles.

– Na região existem muitos órgãos, mas ligado a Anta Laula eu só conheço um. É o de Jukkasjärvi, perto de Kiruna. Ele fez algumas teclas do órgão de lá, com o seu mestre Sunna.

59

Terça-feira 11 de maio.

Hammerfest.
Nascer do sol: 1h05. Pôr do sol: 23h38.
22 horas e 33 minutos de luz solar.

Jukkajsärvi. Lapônia sueca.
Nascer do sol: 2h50. Pôr do sol: 22h25.
19 horas e 35 minutos de luz solar.

Lapônia interior. 8h30.

Depois de duas horas de voo, o helicóptero se aproximava de Jukkasjärvi, 500 quilômetros ao sul de Hammerfest. Pedersen e Divalgo tinham passado ali durante seu périplo no norte com o veículo alugado, e com o cartão de banco que deixava vestígios deles por toda parte.

Klemet não tinha ido. Um pouco a contragosto. Não havia lugar. Nils-Ante precisava estar na viagem para ajudá-los, e Nils Sormi tinha exigido ir junto. Antes que Klemet pudesse reagir ao pedido do tio – não negociável, ele havia insistido –, Nina concordara.

Nils Sormi, depois de uma noite visivelmente atormentada, esperara estar no helicóptero para conversar com Nina. Revelou a ela onde estavam os *gumpis* de Juva Sikku e lhe participou suas conclusões sobre o papel do pastor e também sobre a existência do fichário. Nina logo comunicou tudo a Klemet.

Era preciso reunir as provas, mas parecia então evidente que, direta ou indiretamente, Tikkanen tinha pressionado Juva Sikku a assustar as renas, o que havia resultado na morte de Steggo. Provar a premeditação seria o desafio.

Durante todo o sobrevoo da Lapônia, Nils Sormi ficara absorto na paisagem. Como se a estivesse descobrindo naquela viagem.

– Gosta?

Ele se esquivara da resposta com uma brincadeira, dizendo que se sentia mais à vontade na água.

– Mas você é *sami*, de qualquer forma. Isto deve lhe dizer algo.

– Ah, é? Você é gentil em me dizer isso. Eu sou norueguês, nada mais.

Nina havia lhe pedido notícias de Tom. Também dessa vez ele evitara responder precisamente.

– Está sendo bem atendido – foi só o que ele lhe disse no microfone do capacete, sem desviar o olhar da paisagem.

Uns 200 quilômetros ao norte do círculo polar, a tundra ainda estava com sua roupagem de tristeza. Mas tons vivos não demorariam a transformar seu aspecto. O helicóptero pousou atrás da igreja, à beira do rio. A pequena construção em madeira pintada no tom vermelho típico de Falun datava do início do século XVII, quando se instituíra um mercado *sami*. A passos rápidos, Nils-Ante conduziu o trio. Empurrou a porta.

Nina viu o tríptico de Laestadius no fundo da igreja. As cores explodiam. Embora tivesse feito seu estágio na Polícia das Renas em Kiruna, a uns 20 quilômetros dali, ela nunca fora até aquela igrejinha onde a marca do fundador do movimento laestadiano transbordava beleza e vitalidade, com seus personagens rechonchudos talhados na madeira. Nina avançou sobre o tapete vermelho, tocando os bancos de madeira cinza com assentos azuis. Todo o templo era feito de madeira. Havia ali um calor contagioso. Ela se recostou num banco, muito calma. Nils e Nils-Ante pararam atrás dela.

– E agora? – perguntou Nils.

– Você acha que encontra uma resposta nesse tríptico? – indagou Nils-Ante.

O quadro central representava Jesus na cruz, com enormes gotas de sangue caindo-lhe na testa e se transformando em flores. À esquerda, diante de um pastor laestadiano com o dedo erguido ameaçadoramente, via-se um criador e sua rena, um lavrador quebrando uma pipa e um casal com ar de arrependimento. À direita se via o mesmo pastor ajoelhado diante de uma *sami* se levantando, a cabeça diante do sol desenhando-lhe uma auréola, enquanto outros personagens viviam a renovação espiritual que Laestadius difundira em toda a Lapônia, com sua doutrina estrita.

– A jovem que se levanta se chamava Maria.

A voz vinha de trás deles. Um homem se aproximava. Usava a roupa escura e o colarinho branco dos pastores. Era bem idoso, mas tinha um ar elegante.

– Vejam, recupera-se a rena roubada, renuncia-se ao álcool, ao pecado. "Vocês, bebedores e ladrões, vocês, que fornicam e se prostituem: convertam-se." A palavra de Laestadius salvou as pessoas daqui.

O pastor se aproximou. Plantou-se diante do jovem mergulhador, que pareceu desconcertado, mas foi quem rompeu o silêncio.

– Eu me chamo Nils.

O pastor ficou um momento observando-o.

– Você é Niila. Me disseram que se você chegasse até aqui era porque estava pronto. O que você procura está lá em cima.

– Quem foi que lhe disse isso? – perguntou Nina.

– Anta e outros dois homens que o acompanhavam.

– Quando foi que eles vieram aqui?

– Acho que há umas duas semanas, mais ou menos no fim de abril.

Isso se encaixava. Logo depois da morte de Fjordsen, no mesmo momento em que Laula desaparecera do acampamento, pouco antes do *vernissage* da sua exposição, ao qual ele não chegou a comparecer. Batia também com os saques e pagamentos realizados com cartão em Kiruna, bem perto dali.

– O que foi que eles vieram fazer aqui?

– Não sei. Eles subiram. Anta tocou órgão, e eles foram embora depois de uns quinze minutos, talvez.

O tio de Klemet já se dirigia à escadinha que levava ao andar superior. Parou diante do órgão.

– Niila? – perguntou Nina.

– É a forma *sami* de Nils – informou Nils-Ante. – Se aquilo é verdade, o trecho foi gravado neste órgão.

– Ele existia na época em que o Laestadius vinha pregar aqui?

– Não, Laestadius viveu em meados do século XIX, e esse órgão é novo, data do final dos anos 1990.

O instrumento não era grande, mas perfeitamente adaptado à igreja. As teclas brancas eram de chifre de rena e as pretas, de bétula. Eram enfeitadas com finos desenhos em tom brique. Dois teclados superpostos eram encimados por uma fileira de 24 botões finamente ornamentados com desenhos e destinados a vários efeitos.

– O que esse pastor quis dizer sobre eu estar pronto? Parece até que ele estava me esperando.

– Exatamente. Quem deve ir na frente é você – incentivou-o Nils-Ante.

– Mas eu não sei. É preciso tocar aquele trecho?

– Podemos tentar – disse Nils-Ante, instalando-se.

Ele ficou concentrado por um instante e depois começou. As notas do órgão invadiram o pequeno templo. Nils e Nina o cercavam. O que eles deviam esperar? Não acontecia nada. Aparentemente. Eles ficaram em silêncio. Nada. Nils-Ante voltou a ouvir a gravação, voltou a tocar. Nada. Lá embaixo, o pastor havia desaparecido.

Nina contornou o órgão. Por uma portinha se podia chegar ao interior.

– É preciso encontrar a chave, ela deve estar por aqui.

Eles logo a acharam, numa caixa presa por pregos no alto da escada. Nina penetrou nas entranhas do órgão. Era possível permanecer de pé lá dentro. Ela examinou os tubos, as peças de madeira. Uma lâmpada iluminava o espaço. O que eles procuravam? Segundo a carta do advogado, eram documentos. Mas em que forma? Papéis? *Pen-drive*? Havia mil esconderijos para um *pen-drive*. Mas se a questão era importante a ponto de se providenciar uma estratégia complexa, um *pen-drive*, que poderia apresentar algum problema, não seria talvez uma boa ideia. Devia ser outra coisa.

Ela abriu o que conseguiu abrir, em vão. De acordo com o pastor, os três homens tinham ficado ali apenas quinze minutos e não haviam deixado o piso superior.

– Vamos procurar em toda parte.

Nina e os dois homens esquadrinharam aquele espaço. Nada.

– Deve haver algo em algum lugar. Do contrário, não teria sentido nos fazer vir aqui.

Nils-Ante voltara a se sentar atrás do órgão. Ele puxava diferentes botões, e o órgão fazia soar suas combinações.

– De qualquer forma, esse Anta era um personagem e tanto – disse Nils-Ante quando Nina voltou para perto dele. – Ouça este efeito. É o tom do tambor, um tambor xamã. – Ele se voltou para Nils. – Talvez você não saiba, mas os tambores dos xamãs foram proibidos durante trezentos anos pela Igreja Luterana, e Anta conseguiu sorrateiramente pôr de volta o tambor no próprio centro da instituição, na igreja. Ouça...

Nils-Ante puxou o botão localizado na extremidade direita, e um murmúrio saiu da tubulação.

– Está ouvindo? É o som do tambor. Que achado! E que vingança!

Nina se debruçou. A tecla representava uma cruz com um ponto largo no centro, e em cada braço horizontal da cruz havia uma figura humana estilizada. Ela reconheceu o que servia de símbolo para o sol nos vários tambores xamãs, como no que Mattis roubara em Kautokeino no inverno anterior. Seu olhar deslizou pelas outras teclas, todas igualmente finas, e de repente ela tateou os bolsos do seu uniforme. Sentiu a bola da perdiz e a tirou do bolso. Nas costas do pássaro, os três motivos desenhados eram exatamente os mesmos das três teclas mais à direita.

Anneli saíra bem cedo naquela manhã para ter todas as chances de reencontrar seu filhote. Novamente pedira emprestada uma motoneve de Morten Isaac. Seguindo o curso congelado do rio, ela rememorava as boas palavras de Susann, seu sortilégio a Gieddegeašgálgu, sua irritação quando mais uma vez ela tentara convencê-la a deixá-la partir para ir procurar o filhote. Anneli ficou parada por um momento. Naquela parte mais elevada do platô, o degelo da neve era menos acelerado que no litoral. O descongelamento não estava em processo tanto quanto em outros locais, mas apesar de tudo era preciso redobrar o cuidado, fazer desvios. Felizmente os rios ainda estavam bastante tomados pelo frio. Anneli aprendera com Erik a transpor com a motoneve os cursos de água corrente, um dos passatempos prediletos dos jovens da região, que de vez em quando resultava em acidente.

O dia era agradável, mas Anneli teria preferido que o frio da noite se prolongasse. Ela saíra havia uma meia hora e se aproximava do lugar onde o filhote fora visto pela última vez. A neve ainda devia estar boa naquela parte da orla da pastagem tradicionalmente usada por Juva Sikku durante a meia estação de inverno-primavera. Era uma área ligeiramente deslocada cujas alturas dominavam magnificamente o estreito do Lobo na sua parte ocidental. Via-se bem em frente a grande ilha de Seiland, onde em outros tempos uma parte da sua família levava o rebanho para pastar no verão. Ela se sentiu confiante. Pegou o binóculo e observou as imediações. Viu um movimento no flanco da colina, no fundo do vale. O filhote. Enfim. Estava vivo. Anneli ajustou o foco. Sentiu um arrepio. Era um lince. Um dos piores predadores de renas. A temporada da caça ao lince terminara havia um mês e meio. Seu pai lhe contara que não se viam linces na Lapônia quando ele era jovem. Os primeiros tinham chegado por volta de 1980 ao condado de Finnmark. "Exatamente na mesma época em que havia manifestações contra a construção da barragem de Alta", dizia ele, acrescentando que os noruegueses certamente introduziram os linces na Lapônia para enfraquecer um pouco mais os criadores. "Uma guerra suja", dizia ele. Anneli nascera alguns anos depois, e conhecera a Lapônia já com linces. Eles eram pouco numerosos, mas temíveis. Estaria aquele no rastro do seu filhote? Já o teria visto? Ela observou a direção que ele seguia. Estava desarmada. Nervosa, percorreu com o binóculo a paisagem e estancou. Acalmou a respiração para voltar a focar. Mais abaixo, agora, o animal era sem dúvida o seu filhote, muito frágil, muito só. O lince rumava para ele a passo tranquilo, seguro de sua presa. Ela se decidiu subitamente e acelerou ao máximo.

A descrição de Nils Sormi fora muito precisa. Klemet tinha uma ideia razoável da região a percorrer. Era uma área vasta, mas os poucos pontos de acesso e o relevo acidentado limitavam a possibilidade de se chegar a um *gumpi*. Por desencargo de consciência, ele tinha visitado no começo da manhã o *gumpi* de Juva Sikku, aquele que no momento ele utilizava para vigiar o seu rebanho. O abrigo estava desabitado. Ele se dirigira em seguida para as alturas do fiorde, seguindo as indicações de Sormi, a uns 10 quilômetros em linha reta. Mas precisaria de uma meia hora de desvios prudentes para chegar à colina.

Perdido nos seus pensamentos, Klemet não notou que ao longe estava sendo observado por binóculo.

Reconheceu a descrição feita pelo mergulhador, primeiro o estreito e depois o platô. Via o fiorde acima do estreito do Lobo. Saiu suavemente com a motoneve em direção ao fiorde e depois de alguns metros viu os dois *gumpis* clandestinos de Sikku, ao abrigo de um contraforte. Observou prudentemente as adjacências. Ninguém. Localizou marcas frescas de esquis, cobertas por uma fina camada de gelo brilhante. A película que se tinha formado com o frio da noite depois do degelo da véspera. Ninguém havia ido até ali pelo menos desde o dia anterior. Isso coincidia com o que Sormi afirmara. Atrás dos dois *gumpis* se acumulavam as bugigangas habituais desses acampamentos temporários. Galões, reboques, sacos plásticos, lenha, cordas, restos da carcaça de uma rena que começava a despontar da neve ao ritmo do degelo. A forma de uma madeira atraiu a atenção de Klemet. Ele se aproximou e reconheceu os restos de uma embarcação. Uma parte do barco tinha sido serrada para fazer gravetos e alimentar o fogo. O fundo ainda estava intacto. Klemet se maravilhou com essa evidência. Era o barco utilizado por Erik Steggo. Sikku não o tinha queimado, certo de que ninguém o encontraria ali. Ele examinou o que restava do bote. O fundo estava arruinado, com tábuas soltas, até mesmo quebradas. Mas seria isso consequência do acidente ou obra do homem? Era necessário um exame mais rigoroso. Klemet se limitou a fazer fotos. Em seguida, visitou os *gumpis*. Encontrou sem dificuldade a caixa de papelão com o fichário de Tikkanen. Nem pensou em consultá-lo ali. Sikku podia chegar a qualquer momento, e talvez não estivesse só. E Deus sabe o que ele teria na cabeça. Klemet não pôde resistir à tentação de verificar se havia uma ficha com o seu nome. Havia. Ele não era um cliente potencial para Tikkanen, e isso se refletia na ficha. Mas ela indicava a patrulha a que ele pertencia, a área que ele supervisionava, seus abrigos ao longo das estações, suas coordenadas e até uma parte dos seus registros civis, com o nascimento em Kiruna, seus estudos parciais em Kautokeino. Inacreditável. Se as outras fichas mostravam o mesmo grau de precisão, o conteúdo daquela caixa era uma bomba. E uma bênção para eles. A polícia nunca teria condições de fazer um registro como aquele. Se fizesse, e isso chegasse aos ouvidos da imprensa, seria acusada de todos os males. Klemet pôs o fichário dentro da caixa, na traseira da motoneve. Resolveu levar também os restos do barco. Sikku, ao saber que ele havia estado ali, poderia dar um fim na embarcação. Ele aproximou a motoneve do reboque, prendeu-o a ela e colocou dentro o casco do barco, envolvendo-o com as cobertas que pegou num *gumpi* para protegê-lo. Calçou-o com as almofadas *kitsch* e se pôs a caminho, impaciente para ler as fichas. Quem sabe as respostas estariam ali, e Ellen Hotti lhes tinha dado um ultimato até a manhã do dia seguinte, antes do início dos funerais.

60

Jukkasjärvi. Lapônia sueca.

Um som de sino invadiu a igrejinha de madeira. Nina acabava de puxar o segundo botão. Este representava uma perdiz sobre uma estrela. Acima do terceiro botão havia duas estrelas desenhadas, uma acima da outra, com linhas pontilhadas no prolongamento da estrela superior. Quando Nina puxou, um sopro invadiu o edifício. O vento. Nils-Ante, sobrancelhas franzidas, pousou a mão sobre a de Nina para obrigá-la a parar. Ele refletia, com os olhos fechados e balançando a cabeça. O tio de Klemet, especialista em *joïk* e músico reconhecido, ouvia uma melodia silenciosa.

– Nina, a gravação.

Ela a reproduziu.

– Direto para o final.

Avanço acelerado. Eles esperaram alguns segundos pelo final do salmo, que levava ao breve final. Nils-Ante olhou para Nina com olhos faiscantes. Então puxou ao mesmo tempo os três botões da direita. Uma composição musical lhes chegou aos ouvidos, a mesma da gravação.

– Nunca ouvi algo assim – disse Nils-Ante. – Os três efeitos combinados formam uma melodia. Não deve haver nada igual na Suécia.

– Venham ver – gritou Nils para eles do outro lado.

Nina e Nils-Ante contornaram o órgão. O mergulhador tinha numa das mãos uma bolsinha com um grosso maço de documentos. Na outra, mostrava uma gaveta cujo mecanismo de abertura tinha sido acionado quando os três efeitos haviam sido tocados juntos.

O mergulhador mostrou a Nina a página de abertura. Uma carta escrita em inglês.

"Você talvez tenha achado estranho esse jogo de pistas. Não é uma brincadeira. Eu precisava dos serviços de um advogado para que as coisas fossem feitas do modo apropriado, mas, por experiência, não sabia se podia lhe en-

tregar este dossiê. O fato de você poder ler estas linhas mostra que tive razão em confiar em você. Quando as ler, eu já não estarei vivo."

Assinado, Jack.

Juva Sikku baixou o binóculo e praguejou. Por um instante temera que o gordo Tikkanen tivesse encontrado o seu rastro, embora fosse forçado a reconhecer que era muito difícil imaginar o finlandês numa motoneve, perdido na tundra. Agora ele estava mais ou menos seguro de que a motoneve que havia visto se afastar à distância era da polícia. Embora a polícia sempre patrulhasse em dupla. Reajustou o binóculo. Era a polícia, sim. Praguejou novamente. O piloto tinha acabado de deixar o seu *gumpi* de vigilância, e, a julgar pela direção tomada, esse maldito policial iria diretamente para os seus outros dois abrigos. Dentro de vinte minutos, no máximo, ele estaria lá. Sikku pensou tanto que a cabeça lhe doeu. O fichário não podia cair nas mãos da polícia. Isso seria uma catástrofe. Filho da puta! Só Nils Sormi podia ter dado a localização à polícia. Sikku não entendia. Seu mundo desmoronava. Ele, Sormi, lhe pregar uma peça dessas... E a sua fazenda na Finlândia? Não, era preciso devolver o fichário ao seu lugar antes que a polícia o pegasse. Acelerou e voou para o vale. Tinha ainda uma chance de chegar antes do policial, que não devia conhecer tão bem a localização exata. Mergulhou na direção do vale, protegido do olhar do policial à sua esquerda por uma crista. Sikku não podia se permitir tomar as precauções costumeiras, mas não era à toa que ele era motociclista campeão. O veículo a toda a velocidade saltava perigosamente, mas ele estava exaltado, todos os seus músculos tensos, maxilares contraídos a ponto de doer. Mais abaixo, 500 metros adiante e à direita, viu outra motoneve que também rumava para os *gumpis*. Inimaginável. Outro policial? Azar total. O motociclista da direita logo iria atravessar o rio no fundo do vale de Kvalsund. Juva estava enlouquecendo de raiva. Ele via o fichário, a fazenda, Tikkanen, Sormi, tudo se misturava. Então desligou o motor, com a respiração acelerada e o coração aflito. Bem à sua frente, viu o objeto da atenção do piloto da direita, um filhote que subia uma crista, e, mais abaixo, algumas centenas de metros atrás dele, um lince que o seguia a passos ágeis e rapidamente ganhava terreno. Sikku se sentiu aliviado por um décimo de segundo. Um pastor. Pegou o binóculo. Aquela silhueta... O longo cabelo loiro que aparecia abaixo do capacete. Reconheceu a roupa que Anneli usava na reunião. Daquele lado não havia nenhum perigo. Ele se pôs em movimento novamente, a toda a velocidade, indiferente aos galhos de bétula que lhe fustigavam o rosto, deu uma olhada para a esquerda, sempre protegido pela crista, depois à direita, exatamente a tempo de ver a motociclista começar a atravessar o rio congelado e desaparecer na água. Sikku parou. O gelo tinha se quebrado. Ele olhou para a esquerda, viu o motociclista da polícia aparecer por trás da crista e, ao longe, prosseguir em direção aos seus *gumpis* no flanco da colina. À sua frente, tinha perdido de vista o filhote, mas via o lince perseguir a passos decididos sua presa. Ele se sentia oprimido. À direita, a calma cobria novamente o rio. A motociclista não voltava à superfície. Sikku urrou de raiva. Vendo o rio correr lá embaixo sobre o gelo quebrado, reviu Erik Steggo desaparecer nas ondas, arrastado no turbilhão. Então Nils tinha razão? Quem tinha provocado a morte de Steggo era ele. Tikkanen o manipulara a tal ponto? Sikku jamais quisera admitir isso. Fora necessário que a acusação partisse do próprio Sormi, e isso, mais que qualquer outra coisa, o havia ferido como um soco na cabeça. Ele se sentia zonzo. Em estado alterado, tomou a direção do rio. Em algumas dezenas de segundos chegou à margem. Correu, tirou o casaco de pele de rena e, sem hesitar, se atirou na água gelada.

Nina não abrira a boca desde que o helicóptero decolara de Jukkasjärvi. Com o capacete nas orelhas, ela examinava o conteúdo da pasta. Relia pela terceira vez os dois textos que Divalgo escrevera para Sormi. Recomeçou em voz alta:

"Quando chegamos a Hammerfest, queríamos entender o que havia acontecido aqui trinta anos atrás, quando muitos de nós adquiriram lesões nos mergulhos de experiência. Ferimentos que não foram reconhecidos oficialmente. Ao procurarmos, descobrimos todos esses novos projetos. Descobrimos que as promessas de hoje eram as mesmas de ontem. Queríamos ter uma explicação de Fjordsen. O que aconteceu foi um acidente."

– Subentende-se que Steel, Birge e Depierre não foram acidentes – disse ela no microfone para Sormi, brandindo as folhas.

Mas Divalgo não dizia nada sobre isso. Ela prosseguiu.

"Anta Laula foi abandonado nessa época. Isso continua até hoje. Nada vai deter o petróleo. É sempre a mesma história. O que eles fizeram com os mergulhadores e o que fizeram com Anta Laula é uma vergonha. De uma forma ou de outra, continuam agindo assim agora, e os Anta Laula de hoje pagam um alto preço."

Nos fones de ouvido, a voz de Nils-Ante se sobrepôs.

– Estou ouvindo você falar dos mergulhadores, tudo isso é muito bonito. Mas e Anta Laula? Foi ele que fez o garoto Sormi vir até Jukkasjärvi. De acordo com o que você diz, Nina, os seus mergulhadores queriam quitar uma dívida contraída com os *sami*. E foi por isso que eles trouxeram você até aqui, garoto, aos confins da Lapônia. Do contrário, poderiam ter achado um esconderijo mais simples, um cofre de banco em Hammerfest, por exemplo. Por causa dos projetos da indústria do petróleo, Anta perdeu as suas pastagens e a possibilidade de viver dignamente como criador. E depois perdeu a saúde nesse maldito mergulho de experiência.

Nina continuou a leitura para si mesma. Pedersen e Divalgo tinham reunido relatórios técnicos, informações médicas, alguns artigos de imprensa. Um dossiê de acusação, implacável. Alguns trechos tinham sido sublinhados com mão trêmula e às vezes destacados com uma série de pontos de exclamação. Atrás de cada linha ela não via apenas Laula ou Divalgo, imaginava seu pai.

Os documentos se referiam às operações de mergulho para a indústria petrolífera durante o período pioneiro, de 1965 a 1990. A época do seu pai. Os exames reunidos pelos dois mergulhadores mostravam que a maioria dos seus colegas idosos do mar do Norte tinha uma doença pulmonar obstrutiva, encefalopatia, a audição deteriorada e estresse pós-traumático. Um terço tinha lesões cerebrais. Um especialista dizia que as autoridades públicas encarregadas de controlar e autorizar as operações de mergulho haviam concedido, frequentemente, revogações das regras de segurança. Nils, que lia ao mesmo tempo que ela, traduziu para Nina.

– Davam um jeito de os mergulhadores ficarem o maior tempo possível trabalhando nas profundezas onde o homem nunca havia estado. E depois os levavam para cima o mais rápido possível, a fim de encurtar o tempo passado na descompressão, tempo que as companhias consideram improdutivo, claro, mas pelo qual continuamos sendo muito bem pagos.

O testemunho prosseguia. *"As tabelas de descompressão utilizadas para a volta dos mergulhadores à superfície só foram padronizadas em 1990, e assim as companhias petrolíferas puderam até então reduzir a duração da descompressão a fim de baixar os custos de mão de obra e melhorar sua competitividade."*

Os documentos revelavam uma cumplicidade em todos os níveis para acelerar a exploração do petróleo. Um médico reportava que, nos anos 1970, os relatórios que advertiam para os perigos do mergulho profundo desapareciam no fundo das gavetas. Nils pegou das mãos de Nina algumas folhas grampeadas. Era uma relação de mais de sessenta mergulhadores mortos no mar do Norte. A lista trazia o nome, a idade, a nacionalidade e a causa da morte de cada um deles. Afogamento, descompressão explosiva, acidente de descompressão. A maioria havia morrido no setor britânico do mar do Norte. Os outros, do lado norueguês. Outra relação continha os nomes de uns vinte mergulhadores noruegueses que tinham se suicidado. Consequência do mergulho, segundo o dossiê. O nome do pai de Nina poderia estar lançado ali. Outro médico testemunhava que os ex-mergulhadores eram mais velhos que a média dos homens e tinham dificuldade em encontrar emprego. *"Muitos mostram sintomas de estresse pós-traumático por causa de tudo o que viveram durante os mergulhos. Esses mergulhos também tiveram efeitos no seu sistema nervoso e nos pulmões."*

Esse médico de um grande hospital do litoral ocidental havia escrito uma carta para a Diretoria do Petróleo e para as companhias petrolíferas pedindo o fim dos mergulhos profundos e sua substituição pela tecnologia sem homens, por considerar perigoso demais o mergulho profundo. *"Não se sabe como recuperar os mergulhadores, como realizar o mergulho evitando que eles sejam lesados. Mas a Diretoria do Petróleo não acreditou verdadeiramente no que nós constatamos."*

Desde o início, as autoridades norueguesas tinham sido informadas sobre os riscos do mergulho em profundidade, as inexatidões e as aproximações nas tabelas de descompressão que determinavam a que velocidade se podia subir das profundezas. Mas elas haviam optado pelo petróleo em detrimento da saúde dos mergulhadores. Na margem, os pontos de exclamação se alinhavam como soldados dispostos a partir para a luta. Retos como a justiça. Vibrantes de cólera.

O ex-responsável pela segurança de uma companhia de mergulhadores trazia um testemunho que gelava a espinha. *"Desde o início dos anos 1970, como a demanda do exterior se multiplicou subitamente em razão das muitas descobertas de petróleo e as companhias queriam desenvolver tudo depressa, houve uma procura muito grande, o que fez o pequeno grupo de mergulhadores competentes do início, egressos das marinhas americana e europeias, ser rapidamente absorvido, encontrando-se no meio de uma massa de mergulhadores que mal sabiam nadar. Fora da marinha não havia formação propriamente dita, não havia padrão do ponto de vista técnico, e os equipamentos eram fabricados à medida que se avançava. Não havia legislação, mais uma vez pelo fato de ser uma atividade nova, e o resultado não se fez esperar. No início dos anos 1970, ocorreram inúmeros acidentes. Em todo o mar do Norte houve, desde 1974, dez acidentes por ano, acidentes mortais. Não estou falando dos acidentes em que o mergulhador não morria."* Nils virou de volta as páginas e as entregou a Nina.

– Sem todos esses mortos do mar do Norte, a Noruega não teria sido capaz de se lançar no mar de Barents para explorar as reservas de gás e petróleo.

– A questão agora é saber o que Pedersen e Divalgo tinham em mente ao reunir todo esse material, e a resolução que tomaram com base nele – disse Nina.

– Pedersen, pelo menos ele, está ligado à morte do prefeito de Hammerfest, que esteve à frente da Diretoria do Petróleo, e às mortes de Steel e de Birge.

Nils pegou o dossiê das mãos dela.

– Não lhe parece claro? Denunciar uma injustiça praticada no nível mais alto do Estado. Fjordsen estava implicado até o pescoço nessa ausência de regras ou nessas revogações ao bel-prazer das companhias.

– Entendi – disse Nina –, mas e depois? E Steel e Birge?

– A policial é você. Mas eles deviam estar envolvidos nessas decisões, na época.

– E esse seguro, por que você?

Nils balançou a cabeça.

– Eles esperam alguma coisa de mim, acho eu. De qualquer forma, o meu projeto de casa no penhasco era só uma miragem.

61

Vale de Kvalsund.

Klemet viu imediatamente que alguma coisa estava errada. Ele havia cortado pelo vale de Kvalsund para voltar para a estrada subindo o rio quando percebeu o motociclista. Vendo o gelo rompido, ele entendeu. Ao se aproximar, distinguiu um corpo no chão. Reconheceu Juva Sikku, o rosto azulado, transido de frio, com sua roupa de motociclista, fechando sobre si o casaco de pele de rena sobre o qual estava deitado. Ele tiritava; queria falar, mas não conseguia. A motoneve era dele. Klemet correu ao reboque para pegar cobertores e cobriu o pastor. Ele fazia sinais mostrando a pele de rena. Klemet se inclinou e abriu o casaco grosso. Anneli, enroscada, lívida, molhada. Ele pegou os últimos cobertores no reboque. A jovem estava inanimada, mas viva. Não havia necessidade de explicação para entender o que havia acontecido. Klemet ia de um para o outro, esfregando-os, dando-lhes palmadas, pousando as mãos quentes no rosto deles, nas mãos deles. Anneli continuava inerte. Sikku estava a ponto de sofrer um colapso, exausto, sacudido por espasmos. Klemet ligou para o atendimento de urgência. Duas hipotermias graves, urrou ele, venham rápido. O helicóptero deles estava fazendo uma rotação sobre uma plataforma para apanhar um doente. Klemet lhes deu instruções para desviar outro helicóptero, o que voltava da Lapônia sueca, e depois correu novamente até o reboque. Encontrou o olhar assustado do filhote que momentos antes ele tinha recuperado na colina e trouxera consigo. Puxou os restos do barco e os jogou no chão. Pegou Anneli nos braços e a deitou no reboque sobre os cobertores e almofadas. Puxou Sikku. O pastor se deixava conduzir, abatido, duro. Klemet o deitou perto de Anneli e o envolveu, colocando em seguida o filhote entre os dois. O animal não ousava se mexer. O policial os amarrou com uma corda. Sikku olhava para ele. Seu rosto só mostrava sofrimento. Ele não conseguia descontrair o maxilar, incapaz de controlar o tremor. Klemet se pôs diante dele. Pegou o resto do barco e ficou por alguns segundos diante do pastor. Juva piscou os olhos, o rosto como uma máscara dolorosa, impotente, vencido. Sem dizer uma palavra, o policial levantou o barco e, com um movimento dos quadris, o fez desaparecer no gelo quebrado do rio.

O helicóptero de Jukkasjärvi aterrissou no momento em que Klemet chegava ao local do encontro. Ele tinha deixado o seu veículo no amplo lugar liberado pela rocha sagrada. Klemet queria tirar a roupa de Anneli e de Sikku, mas o piloto, também socorrista, não permitiu. As roupas, mesmo molhadas, limitavam a fuga do calor. O piloto os ajudou a beber um pouco de chá quente. Anneli abriu os olhos por um instante, sentindo o líquido quente, e voltou a desmaiar. O piloto logo decolou, levando os dois feridos e Nils Sormi, já de volta da Lapônia sueca, para o hospital de Hammerfest. Observando-os subir com a aeronave, Klemet viu os três jovens muito juntos no banco traseiro, Nils Sormi envolvendo com os braços Sikku e Anneli para aquecê-los contra si.

De volta ao posto da patrulha P9 e depois de seu tio e a companheira dele terem partido, Klemet chamou Ellen Hotti para resumir os últimos acontecimentos. Ela lhe informou que Gunnar Dahl estava com o juiz.

— Se quiser um conselho, mantenha discrição sobre isso.

— Evidentemente não vou gritar aos quatro ventos enquanto metade dos patrões dele está aqui para os funerais.

— Não pensei nisso. Mas, fora o fato de Dahl ter sido fiador do aluguel da caminhonete, o que está longe de ser ato criminoso, nós não temos nada de concreto contra ele.

— Mas temos perguntas a lhe fazer.

Klemet também queria fazer perguntas. Se Dahl se servira de Pedersen e Divalgo para eliminar dois concorrentes, como conseguira reduzi-los ao silêncio? Remédios em doses altas? O legista havia realmente indicado que o motorista, Divalgo, estava dopado. Os dois outros também, aliás. Mas isso explicava o acidente? Impossível provar. E Klemet não via o que Dahl pudesse ter contra Fjordsen ou mesmo contra Depierre, o médico francês.

– Felizmente você ainda tem a noite para decifrar toda essa papelada – disse a delegada com ironia antes de desligar.

Klemet começou a examinar as fichas. Sormi não tinha mentido. Tikkanen havia manipulado muitos cordéis, mas ele não via como fazer o agente imobiliário desmoronar.

Nina tinha espalhado os documentos, cobrindo com eles todo o chão. Os relatórios dos médicos e os pareceres técnicos reunidos pelos dois ex-mergulhadores eram devastadores.

Ao ler no helicóptero a carta que Jacques Divalgo lhe deixara, Nils Sormi percebeu que havia se enganado. O francês, ídolo da sua juventude que ele rejeitara, era quem havia lhe deixado aquele seguro de vida. Divalgo viu tarde demais quais tinham sido as consequências do que fizera. Como mergulhador de experiência, havia contribuído na época para validar testes que não deveriam ter sido validados. E se calara. Por lealdade, sedução do alto salário, até mesmo por razões sobre as quais não valia a pena insistir. Durante o teste Deepex 1, muitos mergulhadores tinham sido lesados. Entre eles, Anta Laula. O *sami* não era mergulhador; fora recrutado juntamente com outro civil na época da experiência, a fim de servir de parâmetro: organismos de gente da região que seriam comparados com organismos já testados pelas pressões das profundezas. Laula acabara de perder seu trabalho de criador de renas por causa da pressão imobiliária que já tomava Hammerfest, e então aceitou. O pagamento era vultoso. Mas ele não tinha ideia do que ia fazer. O teste acabara com ele. Laula não estava preparado. Nunca havia sido confrontado com os terríveis riscos da descompressão, com dores desumanas. O teste fora validado, pois os contratos que dele dependiam eram gigantescos.

"Tente não nos julgar, Nils. Entenda também que a nossa cólera vem de longe, das profundezas do mar e da nossa alma traída. Pedersen nos ensinou a não deixar ninguém para trás. Mas eles nos abandonaram." Divalgo prosseguia no mesmo tom. Citava aquele dossiê. Os mergulhadores tinham sido traídos, mas os *sami* também. *"Com Anta Laula eu entendi uma coisa, uma dívida de honra, sagrada como uma rocha de sacrifícios. Quando compreendemos o que os nossos mergulhos, os nossos testes, acarretaram ao longo do tempo, a expropriação dos criadores, isso nos fez explodir. Você, Nils, mais que qualquer outro,*

foi arrastado na nossa epopeia. Hoje eu me arrependo. Espero que você saiba se refazer. Para mim, para Pedersen, para Laula, já é tarde demais."

Ao ler isso, Nina se lembrou dos *post-its* quase ilegíveis encontrados na caminhonete dos mergulhadores. Ela os retirou da pasta onde eles tinham sido guardados. Com a ajuda de Klemet, de *post-it* a ficha, de relatório a dedução, eles agora entendiam que os *post-its* registravam os preparativos. Resumos da observação do hotel flutuante, horários, telefones, hábitos de Fjordsen, seus encontros, contatos para obter informações. Um quadro ofegante estabelecido em meio à dor por homens cuja memória fraquejava, que certamente não estavam no apogeu das suas capacidades. No entanto, eles nunca haviam se desviado do seu objetivo. *Post-it* após *post-it*.

Às três da madrugada, uma chamada por Skype ressoou no posto. Nina percebeu que Klemet e ela não se falavam havia uma hora, cada um absorto na sua tarefa.

O ex-mergulhador americano Gary Turner, contatado via Facebook, se desculpou por não haver ligado antes. Na Califórnia eram seis da tarde, e ele estivera ocupado durante todo o dia na sua garagem. Quando entendeu mais detalhadamente o que levava uma polícia europeia a se interessar por ele, seu rosto imediatamente ficou sombrio.

– Ninguém reagiu na época? – indagou Nina.

– Escute, nós éramos muito bem pagos e nos tinham feito entender claramente que se abríssemos o bico seríamos repatriados no primeiro avião. Era como nas plataformas, entende, se alguém abrisse o bico seria levado no primeiro helicóptero: *back home, bye bye* para todo mundo, adeus, boa vida, Rolex e carros esporte, garotas em profusão. Então ninguém falava nada, para não fazer parte da lista negra. Porque, se você fosse ao médico, equivaleria a trair a companhia, entende? O mergulho em profundidade era fundamental para o desenvolvimento da plataforma continental. Sem mergulhadores não havia petróleo, era simples assim. Se tivesse sido preciso esperar a validação de testes rigorosos, você ainda estaria pegando o seu salmão com vara de pescar enquanto esperava pela exploração do seu petróleo, essa é a verdade. Então o Estado, os médicos, as companhias, todo mundo fez de conta que não havia riscos e ergueu o polegar.

– Você conheceu um mergulhador chamado Todd Nansen?

– Você disse Nansen? Não sei.

– Ele tinha sido caçador de baleias antes.

– Ah, esse cara! Não conheci, mas Jack me falava dele. Acho que eles mergulharam juntos. Um bom sujeito, aparentemente, um pouco sonhador, mas todos nós éramos meio sonhadores.

– E essa experiência? Você estava nela com Jacques Divalgo e Anta Laula, um *sami*?

– Jack, sim, Jack. Aquela porcaria do Deepex 1... Vou lhe dizer uma coisa. Entrei para a Marinha em 1970. Fuzileiro naval, isso deve lhe dizer alguma coisa. Não muito longe de onde eu estou agora, em Coronado. Você sabe, *the only easy day was yesterday*, esse tipo de coisa. Fazíamos estágios em sabotagem e afins. Mas eu também era muitíssimo bem treinado quanto às questões de segurança. Como Jack, que era nadador de combate na França antes de ir para aquela merda. Ali, no entanto, era de qualquer jeito. Eles nos baixaram à pressão do fundo em 24 horas, e então tivemos sete dias de trabalhos e de experiências lá no fundo. Na época, não se conheciam de verdade os efeitos a longo prazo do mergulho em profundidade. Mas para nós, além do dinheiro, era muito *sexy* ser mergulhador. Espetacular mesmo, sabe? Todos os caras que mergulhavam tinham a impressão de estar na vanguarda. Não preciso lhe dizer que naquela época era na Noruega que se mergulhava em maior profundidade. Em todo o mundo, entende?

– Na sua opinião, em que aspecto essa experiência malogrou?

Na tela, o rosto de Gary Turner voltou a se tornar sombrio.

– Certo, preste atenção. Um dia, por exemplo, estávamos a 120 metros e, de repente, sem mais nem menos, eles nos levaram a 104 metros. Parece bobo, não é? Dezesseis metros, o que é isso? Normalmente eles deveriam nos fazer subir em doze horas. Entendeu? Doze horas. Esses cachorros de colarinho branco nos fizeram subir em um minuto. É isso mesmo que você ouviu. Qualquer um, médico ou técnico, sabia que isso provocaria dores de descompressão. A gente se contorcia de dor na câmara, parecendo animais, eu juro, um dos caras começou a urrar, a gente suplicava para que parassem. E, claro, eles não pararam.

Nina viu o mergulhador engolir em seco e desviar o olhar por um instante. Depois de alguns segundos ele retomou, calmo.

– Eles continuaram ainda por algum tempo antes de voltar a nos pôr sob uma pressão de 120 metros. Isso não parece coisa do Mengele? Você é norueguesa, então me faça um favor: nunca se esqueça das condições em que o seu país enriqueceu. Arriscando deliberadamente a vida dos mergulhadores no passado e pisando nos direitos dos seus *sami* no presente.

Com um clique seco, Gary Turner encerrou a conversa.

62

Quarta-feira 12 de maio.
Nascer do sol: 0h42. Não há pôr do sol.
23 horas e 18 minutos de luz solar.

Posto da patrulha P9, Skaidi. 5h.

Depois de uma noite sem dormir, Klemet se refrescava no riachinho, de tronco nu, esfregando o peito com a última neve para afastar o cansaço da noite que não fora noite. Ele olhava sua sombra com sentimentos mistos. O próximo pôr do sol estava previsto para o dia 29 de julho, logo depois da meia-noite. Nesse dia, a noite duraria uns vinte minutos. Até esse dia sua sombra iria segui-lo desde a manhã até a noite, do crepúsculo até a aurora, sem um segundo de trégua. Klemet não sabia o que preferia. A ausência de sombra durante a noite polar o perturbava. Ele não se sentia inteiro. Mas ia viver o dobro de dias vigiado pelo seu duplo rasteiro. Mesmo sabendo-se racional, uma vez que ele era policial, aquela sombra que o vigiava sem descanso acabava por irritá-lo. Ele atirou lama na sua sombra, e isso lhe fez bem, do mesmo modo que lhe fez bem a leve carícia do sol.

Ele esperou um pouco diante do posto onde Nina terminava de se preparar. Ela estava com uma cara de dar medo. Como esses garotos que resistem mecanicamente quando estão esgotados. Temos vontade de sacudi-los e lhes dizer: "Durma, pare de lutar, você está cansado de verdade!", e eles nos olham com olhos arregalados e alucinados, como se não entendessem o que estamos dizendo. E recomeçam ainda mais ativos, com um passo de robô.

O filhote lambia o conteúdo de uma tigela. Ele se afastou esticando a corda quando Klemet se aproximou. O animal era de uma delicadeza comovente. Será que iria sobreviver, tão frágil, agora que o vínculo com a mãe tinha se rompido? A sombra do bichinho se refletia na madeira do posto. Sem tremer.

Depois de receber uma orientação na sala de Ellen Hotti, as várias patrulhas da Polícia das Renas mobilizadas para os funerais tinham se posicionado com bastante antecipação, desde as 6h30, embora a missa e o enterro só fossem acontecer à tarde. A delegada não queria correr nenhum risco. À P9 tinha sido designado um perímetro na colina de Hammerfest. Nina parecia distante e não podia deixar de experimentar a sensação de que alguma coisa estava lhe escapando e a resposta talvez estivesse com seu pai.

– Seu instinto? – disse-lhe Klemet.

Ele se arrependeu imediatamente de ter dito aquilo.

Também ele estava cansado.

Então tratou de se concentrar na missão.

A maioria das fêmeas ia agora parir na parte oriental da ilha, numa área calma. Tradicionalmente eram sobretudo os machos que se dirigiam à cidade e ali procuravam sombra na época mais quente do verão.

Seguindo o conselho de Klemet, Ellen Hotti tinha conversado com o juiz. Oficialmente, Gunnar Dahl tinha sido ouvido na condição de testemunha. Não se havia encontrado nenhuma ligação entre ele e Pedersen para a locação do veículo. Pedersen se servira do nome de Dahl como fiador à revelia dele. E para confundir as pistas.

Klemet esquadrinhou com o binóculo toda a área visível. Algumas renas passeavam ao longe na área cercada que circundava a cidade. Quem era prisioneiro?

Uma missa breve aconteceria na igreja, um prédio cheio de ângulos na parte baixa da cidade. O cemitério ficava entre a igreja e o flanco da falésia em cujo ápice Klemet e Nina observavam as adjacências. Chegava gente de todos os cantos da região e também de Oslo e Stavanger, e até mesmo do estrangeiro, pois Fjordsen havia feito muitas relações na época em que estivera à frente da Comissão do Prêmio Nobel da Paz e da Diretoria do Petróleo. A patrulha P3 se identificou. Eles estavam ao norte do cerco, exatamente onde Klemet tinha tentado afugentar algumas renas poucas semanas antes. Três renas tinham transposto a área cercada. Uma barreira fora aberta. A coisa começava bem. Os policiais as tinham apanhado, mas as renas não pareciam querer obedecer. A voz do policial era tensa. As ordens superiores haviam sido claras. Criadores os ajudavam. Pelo rádio se discutia a tática de cerco, conversava-se com os criadores, decidia-se que rota era mais importante barrar. Todo mundo estava inquieto. Meu Deus, pensou Klemet, elas estão lá. Ele voltou a usar o binóculo. Ao longe, viu a silhueta de um colega que avançava movendo lentamente os braços para levar uma rena na direção da área cercada. Patético, pensou Klemet. E também ridículo. Novo sussurro. Do lado do bairro do Prado. Muitas renas acabavam de entrar. Ele pegou o mapa. A área de Jonas Simba. Um cabeça-dura. Eu não me admiraria se tivesse sido ele quem abriu dessa vez. Klemet sabia perfeitamente que os criadores estavam loucos de raiva com aquelas histórias. A continuar nesse ritmo, os funerais acabariam sendo um rodeio. Ele não se importava. Desde a manhã, nem mesmo tinha respondido aos muitos telefonemas de Eva, do seu amigo legista e de Nils-Ante.

Klemet deveria estar cansado, mas não estava. Deu uma olhada para a sua sombra. Parecia estar em plena forma. Consultou o relógio, chamou um policial da P5 e lhe pediu para vigiar a sua área.

Recuperou seu veículo no estacionamento do Black Aurora, e, com Nina perdida em pensamentos, os dois foram para o hospital. E à merda com o cerco.

Markko Tikkanen tinha passado a noite anterior pensando na melhor forma de fazer Juva Sikku ouvir a razão. Quanto mais examinava o seu raciocínio, mais ele dizia para si mesmo que Sikku devia saber. Ele chegara à conclusão de que esperar o criador perto da área cercada seria mais discreto. Todo mundo estaria com a atenção voltada para os funerais. Ele havia hesitado quanto à escolha do instrumento que devia levar. Não que Tikkanen precisasse de uma arma, não era isso, sua força física devia ser suficiente por si só para impressionar um Sikku. Mas, para qualquer eventualidade. Sikku poderia ter alguma ideia idiota, querer se defender ou sei lá o quê. Tikkanen não podia se permitir pôr tudo a perder agora. O desenvolvimento de Hammerfest ia entrar numa fase decisiva. O mar de Barents e o Ártico eram o novo eldorado dos hidrocarbonetos. Cada vez mais as companhias viriam para cá. As obras da ilha artificial da refinaria da jazida de Suolo estavam na última fase. Hammerfest era a base de desenvolvimento logístico de tudo isso, e Tikkanen tinha passado anos cercando os melhores terrenos. Foram anos de contatos, de intrigas, de sorrisos, de bons serviços. Tikkanen tinha agido como um bom profissional. Ele não entendia aqueles que o obrigavam a reverências ou o humilhavam. Eles não tinham tino para o comércio. Tikkanen era um comerciante. O sorriso era um instrumento de venda, ele o usava com a mesma indiferença sentida em relação aos papéis para imprimir os pequenos anúncios que colava na vitrine. Não se moralizava a propósito de uma folha de papel. A prova de que ele sabia avaliar tudo muito bem é que Tikkanen jamais sorria quando não estava trabalhando. O sorriso era um instrumento profissional. Não se devia gastá-lo. Outra coisa que ele tinha aprendido com a mãe. A velha tinha o sorriso vendedor e a cara cobradora de dívidas, que era mais natural, embora ela se impusesse o dever de mostrar um sorriso quase perfeito, como nas revistas de moda com as quais treinara o filho. Tikkanen sabia que, se ela sorria, algo não estava bem. Ele se perguntava se devia sorrir ao abordar Juva Sikku. Estava agora no lugar ideal junto da cerca, mas não via o criador, que devia estar vigiando na extremidade da cidade, acima do canteiro de Suolo. Ele havia estacionado a uns 100 metros, onde um veículo parava agora. Um policial veio na direção dele. O finlandês tinha certeza de que não fizera ficha sobre ele. Um desconhecido. Tikkanen compôs rapidamente um sorriso e jogou no chão seu pedaço de madeira. O policial o saudou. Um sueco, da Polícia das Renas. Perguntou-lhe se ele estava supervisionando ali, porque segundo o seu mapa aquele local era dele. O criador que devia estar ali tinha tido um impedimento. Estava no hospital. Tikkanen gaguejou, sorriu, desculpou-se, agradeceu, sorriu novamente e correu. Olhou para o relógio. Tinha pensado em aproveitar os funerais para os seus negócios. Ainda lhe restava algum tempo. Pensou no seu pedaço de madeira. O policial se admiraria vendo-o voltar por tão pouco. Tikkanen resolveu que não precisava daquilo.

Chegou sem dificuldade ao hospital, mudou de ideia, pegou uma chave inglesa no cofre do carro, como já havia visto em filmes, informou-se na recepção para saber onde estava seu bom amigo Juva Sikku. Era preciso ser rápido, porque o criador devia sair logo. Portanto não era muito grave, que sorte! Tikkanen considerou que o sorriso comercial não funcionava para esse tipo de circunstância, então não sorriu. Sentia o coração dando o sinal; transpirava sem perceber. Alterado. O desaparecimento do seu fichário começava a influenciá-lo psicologicamente. Muitos dias já. Mais do que ele podia suportar. Tikkanen tinha posto a mão na maçaneta quando sentiu uma pressão no ombro. Antes de se voltar, pensou em sorrir. Klemet Nango estava à sua frente. Ao lado dele, a policial, com ar cansado. O homem parecia que não ia sorrir.

— Seus pequenos negócios acabaram, Tikkanen.

Tikkanen continuava sorrindo, mas não estava entendendo. O policial começou a revistá-lo. Tikkanen sentiu que despejavam sobre ele um balde de suor. Outro policial apareceu atrás de Nango. Ele encontrou no seu bolso a chave inglesa.

— Que ferramenta interessante para um corretor de imóveis em visita a um hospital.

— Mas eu...

— Você vinha estreitar os laços de amizade com o seu cúmplice? Não se canse, quem está com o seu fichário sou eu.

Outro balde de suor.

— Um simples fichário de clientes, só isso, nada de mais...

— Infelizmente você tem razão, Tikkanen, nada de mais... Mesmo assim, o meu colega aqui vai levá-lo, porque com a sua câmara que explodiu você estava infringindo as regras da Comissão de Higiene, Segurança e Prevenção em Meio Hiperbárico constituída pelo Ministério da Saúde Pública. O juiz está pensando em culpar você por cumplicidade em homicídio involuntário. Isso não vai fazer justiça a Erik Steggo, mas no fim você também vai pagar por isso.

Anneli já havia saído do hospital. Klemet esperava encontrar a jovem no Cais dos Párias, para onde ela se dirigira. Ela já havia ido embora. Ele encontrou Nils Sormi. No terraço do Bures. O mergulhador estava só.

Ele convidou Klemet a se sentar. Nina tinha ficado no carro, com telefonemas a fazer.

— É a primeira vez que me sento desse lado. Os caras do Riviera Next vão comentar.

– O que é que você faz aqui?

Nils Sormi ignorou a pergunta.

– Eu vi Anneli. Ela acabou de ir descansar. Efeito tardio, sem dúvida. Ela sabe também o que a espera. É uma mulher corajosa.

Klemet apontou com o queixo para o *Arctic Diving*.

– Quando é que você volta?

– Não tão logo. Na verdade, nem sei se volto.

– Por causa do seu parceiro?

– Não só por causa dele. Aliás, a minha garota está apaixonada pelo seu novo herói. O Tom não está mesmo em condição de resistir a ela. Ela o lisonjeia. Na verdade ele não está interessado nela, mas nesse momento isso é bom para ele. Acho que ele tem outra pessoa em mente, mas as coisas são assim.

Klemet pensou em Nina. O que ela acharia disso? Sem dúvida, ela tinha outras preocupações mais importantes naquele momento.

– Veja, mesmo se abandonar os mergulhos, agora dinheiro não é problema para você.

– Claro, esse seguro, é como se Jacques soubesse que não teria esse dinheiro por muito tempo mais.

Klemet olhou para o mergulhador sem entender.

– O contrato foi feito só algumas semanas atrás. Jacques sentia que as coisas acabariam mal.

– Quando foi que esse contrato de seguro foi redigido?

– Está datado de fim de abril.

Klemet refletiu. Tudo se encaixava. Os mergulhadores reuniram os documentos e os esconderam na igreja de Jukkasjärvi com a ajuda de Anta Laula, que conhecia o esconderijo secreto porque ele próprio o fizera. As mensagens para pôr Sormi na pista. Os braceletes que ligavam Laula à rocha sagrada. A perdiz e os seus desenhos. Eles tinham tido tempo de gravar a fita e de enviá-la ao advogado, que a colocara no envelope. O contrato tinha sido negociado anteriormente.

E agora essa carta em que Divalgo anunciava que não estaria vivo quando Sormi a lesse. Nils não parecia notar a perturbação de Klemet.

– Anneli está esperando um filho.

Klemet saiu da sua reflexão. Ele não sabia da gravidez da criadora.

– O garoto vai precisar de ajuda. Ela vai precisar de ajuda.

– Não me diga que você vai se tornar criador de renas.

– Sem chance. Mas eu vi que tem gente jovem tentando introduzir o parapente motorizado para a vigilância das renas, no lugar dos helicópteros. Eu poderia tentar desenvolver isso, investir. Isso me agrada, esses caras parecem tão desolados quanto os mergulhadores.

– Com menos dinheiro.

– Possivelmente.

– Você mudou. Sabe, eu tinha pensado em lhe contar a história da sua família, uma história velha, e...

– O passado não me interessa – atalhou Sormi.

– Claro, você tem razão, de qualquer maneira, não era importante. Já não tem importância.

63

Hammerfest.

Na terceira ligação, Klemet se sentiu obrigado a atender Ellen Hotti. A delegada perdera as estribeiras.

– Os funerais de Fjordsen vão se transformar nos meus se continuar assim, e nos seus também, eu garanto.

Ela urrava no telefone. A contragosto, Klemet foi rapidamente para a igreja e estacionou ao lado do cemitério. Logo encontrou Hotti, que gesticulava no meio de um grupo e só interrompia as suas instruções telefônicas para repreender Morten Isaac, que também falava no celular. Quando viu Klemet, ela lhe dirigiu um punho vingador, sem parar de falar. O policial lhe fez um sinalzinho com a mão e se afastou para ter uma ideia do desastre. Quatro homens com roupa escura levavam a passos lentos o caixão de Fjordsen. Entraram no cemitério, seguidos de um longo cortejo silencioso que começava na igreja. Via-se pela roupa tradicional que algumas pessoas tinham vindo de longe. E no olhar delas se lia a surpresa ao verem renas correndo de cabeça erguida entre os túmulos, parando de quando em quando para saborear flores recém-postas ali e depois fugindo numa corrida ágil, perseguidas por policiais que agitavam os braços. As renas tinham invadido o perímetro a partir de vários locais. Klemet considerou que não era o único a ser questionado. Ele reconheceu vários criadores na periferia do cemitério. Dois deles observavam a cena enrolando um cigarro, comentando os acontecimentos na maior calma e rindo bastante. Jonas Simba se aproximou deles parecendo exaltado, a julgar pelos seus gestos, mas aparentemente aquela cólera era motivada pela procissão. Uma caminhonete parou perto da entrada. Um homem trajando um macacão branco e armado com um fuzil abriu caminho no meio da multidão e rumou para a esquerda, na direção dos policiais espantalhos. Klemet balançou a cabeça quando viu do outro lado três renas virem trotando para o desfile, seguidas por dois criadores que brandiam o laço. Pessoas que demonstravam jamais ter visto uma rena se afastaram apavoradas, ouviram-se gritos e o cortejo se desconjuntou. Um dos pastores quis lançar o seu laço antes que as renas atravessassem o cortejo, mas prendeu um homem de uniforme que, surpreso, se livrou dele enquanto as renas seguiam seu caminho acompanhadas pelo olhar espantado das pessoas. O homem de uniforme branco equipado com o fuzil de veterinário mirou uma das renas. Puxou o gatilho e o animal desmoronou, dormindo com a ajuda de um potente sedativo.

Ao ver isso, Jonas Simba se precipitou para a rena, seguido de outros dois criadores. Simba insultou o veterinário, que se defendeu; disse estar agindo por ordem da polícia. Simba tentou lhe tomar o fuzil. Em torno deles, algumas pessoas começaram a ficar temerosas e rumaram para o portão. A situação estava caminhando para o caos. Do outro lado do cemitério, duas renas voltavam para a entrada, sempre perseguidas pelos policiais. Em total pânico, elas mudaram de rumo outra vez. Os quatro homens que levavam o caixão se afastaram para evitar os animais assustados. Eles tomaram direções diferentes e quase deixaram o caixão cair. Klemet resolveu acalmar Jonas Simba para que o veterinário pudesse terminar seu trabalho. Todo mundo comentava, gritava, se indignava. No fim da alameda central, uma última rena pastava sobre um túmulo, de costas para as pessoas. Outra flechinha a fez dormir rapidamente, enquanto o pastor se agitava de um grupo para outro a fim de restabelecer a ordem e acalmar os espíritos.

Rodovia E6.

Nina acabara de chegar ao local do encontro, na rodovia E6, bem em frente de Karasjok e da fronteira finlandesa. Em Hammerfest a cerimônia devia estar começando, com a igreja cheia. O enterro só aconteceria à noite. Ela acabara convencendo Klemet a deixá-la fazer aquela pequena viagem. Não percebera a velocidade em que dirigia, lutando contra o cansaço, quase saindo da estrada nas curvas. Bruscos aumentos da adrenalina que lhe faziam bem por um breve momento. O contato de seu pai a esperava no estacionamento combinado.

– Como é que ele está?

– Tudo isso remexe muita coisa dentro dele. Ele não sabe muito bem... quanto a você. Seu pai viveu todos esses anos com a ideia de que você estava perdida para ele. Que você o tivesse repudiado.

– Mas eu já expliquei, foi a ma...

– Ele lhe prometeu um dia, depois de uma das suas crises noturnas, que nunca se suicidaria. E manteve a palavra. Não sei como ele fez para resistir. Às vezes ele escreve.

Nina franziu as sobrancelhas. Teria ele lhe prometido algo assim? Ela tentava lembrar, se maldizia. Palavras como aquelas uma pessoa não esquece! Certa vez, seu pai havia saído em plena noite e ela o tinha esperado. Teria sido nessa noite? Seria possível perder a lembrança de uma promessa como aquela?

Eles prosseguiram de motoneve. Nina quase adormeceu contra as costas do motociclista. Em meio à bruma, ela descobriu uma paisagem muito diferente da que via nos arredores de Kautokeino ou de Skaidi. O terreno era bem mais plano, mas se viam ao longe montanhas desconhecidas. Ela punha os pés pela primeira vez naquela parte desértica da Lapônia. Eles seguiam por um rio ainda congelado. Com o rosto açoitado pelo ar frio, seus sentidos despertaram para a desolação que a cercava. Nos locais onde a neve já havia derretido, só brotavam pedras. Nenhum vestígio de vegetação, fora o líquen. E seu pai recluso naquele fim de mundo, tendo como única ligação com o exterior esse homem pouco loquaz. Nina pensou no que ele lhe dissera no estacionamento. Suas crises, sua promessa. E agora o seu silêncio, sua rispidez, sua distância.

Eles seguiam ainda pelo rio congelado e passaram entre duas pequenas montanhas. Por sobre o ombro do seu piloto, Nina viu um chalé à beira do lago. Mais além se divisava a extensão plana de uma tundra interminável. Naquele lado, a neve estava mais rara. A aridez, mais impressionante. O fim do mundo era ali.

O chalé era de madeira pintada de cinza-claro, com as janelas emolduradas de branco. Um revestimento negro cobria o telhado, formado por uma meia-água com um declive muito suave. A entrada dava para o pequeno lago, a uns 20 metros da porta. Um pouco afastada, uma pequena construção triangular abrigava, sem dúvida, os sanitários. Um banquinho arriado e quebrado apoiava-se contra a parede. Seu pai esperava. Aguardou até o último momento antes de voltar o olhar para eles. Sua silhueta débil se endireitou, e ele se levantou. Calça de tecido grosso, paletó de pele com bolsos gastos. Dentro de um deles despontava um caderno. Nina se perguntou se ele teria se preparado como das vezes anteriores, adaptando o sono à hora do encontro para garantir que sua mente estivesse o mais clara possível. Minha cabeça deve estar tão ruim quanto a dele.

– Vou deixar vocês. Vou pescar aqui por perto. Se precisarem, tem um sino na entrada.

Nina agradeceu balançando a cabeça e observou o homem se afastar caminhando. Ela retardava o momento de enfrentar seu pai. Ele ainda não tinha dito nada.

– Obrigada pelos documentos que você me emprestou. Com eles a gente pôde avançar muito na nossa pesquisa. Algumas coisas ainda permanecem obscuras, imagino.

Ela precisava falar sobre os mergulhadores de outros tempos, mas temia uma reação como a do outro dia. Perguntou-lhe como ele vivia ali, desde quando. Ele permaneceu de pé, fixou o olhar num ponto e lhe disse o que ela queria ouvir. Frases curtas, entrecortadas, cansadas. Quando Nina se aventurou por um terreno mais pessoal, seu pai se agastou. Ela falou da sua partida, uns doze anos antes, e ele se enervou. A cada pergunta delicada, um desvio.

Nina quis conhecer a sua casa. O pai a levou para dentro. Ela ficou impressionada com a parede do fundo, coberta de *post-its* como a caminhonete de Divalgo e Pedersen. Ele acompanhou o olhar dela, bateu o indicador na cabeça. Aquele ar perdido.

– Tudo vai de mal a pior. Essas porcarias de mergulhos. Eles acabam com os homens. Mas é uma coisa pérfida, que está lá e a gente não vê.

Ele bateu de novo o dedo na cabeça. Estava à beira das lágrimas. Uma simples lembrança, e ele soçobrava. Nervos à flor da pele. Ele podia explodir a qualquer momento, como no outro dia. Estava lançando mão das suas reservas, mobilizando o pouco de energia disponível, que se esgotaria logo. Nina olhou à sua volta. Uma cama portátil, um saco de dormir. Uma mesa e uma cadeira. Dois tamboretes em torno de um fogão. Um baú, uma estante perto do fogão. Os *post-its*. Ela não conseguia desviar o olhar daquele mosaico de esquecimento. Perto da cama portátil, numa caixa de sapatos, viu embalagens de remédios. Seu pai estava sentado diante da mesa com o olhar perdido lá fora, além da janela. Ela virou as caixas. Reconheceu os nomes. Fluoxetina, Risperidona, Zolpidem. Os mesmos que Pedersen e Divalgo usavam. *Post-its*, remédios. Sinais externos de deriva. Sem dizer nada, seu pai apontou para o baú. Suas forças estavam se exaurindo. Ela abriu o baú. Sobre uma tampa, viu envelopes. Como se seu pai os tivesse preparado para ela. Um sinal com o queixo.

– O que você não tem coragem de perguntar está aí – disse ele, num tom cansado e distante.

Seu pai saiu do chalé. As cartas tinham datas das últimas semanas. Não havia sinal do remetente. Ele certamente sabia quem era. Elas tinham sido lidas e relidas. Nina abriu a carta mais antiga, do início de abril. Começou a lê-la. Depois passou para a seguinte. Todas eram endereçadas a um certo Midday. O autor das cartas descrevia a fuga dos soldados perdidos. Só depois de algum tempo, Nina percebeu que as cartas, uma dezena ao todo, eram dirigidas ao seu pai por parte de Jacques Divalgo. Um Divalgo em dificuldade com um Pedersen cada vez mais incontrolável. O terceiro homem descrito nas cartas era sem dúvida Anta Laula. Lenta degradação ao longo das palavras, descrevendo um homem cada vez mais enraivecido, Per Pedersen, aliás Knut Hansen, sobre o qual o autor das cartas, Divalgo, o francês, perdia cada vez mais o controle. Um Pedersen dominado pelos seus fantasmas. E Divalgo, oprimido, flutuando, dominado por aquela deriva a que ele procurava dar fim. A que ele deu fim. *"Quando as ler, eu já não estarei vivo."* Divalgo tinha planejado o acidente fatal deles para acabar com aquele tormento. Arrastando Anta Laula com eles. Estaria o ex-criador totalmente lúcido quando participou dos preparativos necessários, os braceletes, a perdiz, o esconderijo de Jukkasjärvi? Teria ele entendido de fato como tudo aquilo ia terminar? Teria Divalgo conseguido convencê-lo a cometer aquele... aquele ato? Nina se deu conta de que não ousava pronunciar a palavra. Suicídio. Essa palavra que seu pai tinha pronunciado um dia e ela esquecera.

Seu telefone vibrou. Ela o pegou, seu pai estava sentado no banquinho. Ele não virou a cabeça. Ombros caídos. O rosto de Klemet apareceu sob o número que chamava.

– Tudo bem?

– Não.

– Eu lhe disse que devia ir junto.

– Como é que estão as coisas aí?

– Um circo. Renas passeando, barreiras abertas, criadores vociferando, Ellen me dando bronca, o veterinário dopando as renas, o caixão do Fjordsen no meio de tudo isso. O que é que você acha?

Nina sorriu. Isso lhe fez bem. Ela percebeu o quanto estava tensa desde que chegara àquela paisagem lunar.

– Escute, o legista me ligou. Pedersen e Laula morreram com uma overdose de medicamentos antes de se afogarem.

– Isso confirma o que acabei de entender a partir das cartas que Divalgo escreveu para o meu pai nestas últimas semanas, pedindo ajuda. Divalgo os teria arrastado para a morte junto com ele.

– Alguma coisa assim.

Eles ficaram em silêncio por alguns segundos.

– Você quer que eu vá para aí?

– Obrigada, mas preciso ficar só.

Seu dedo deslizou lentamente pela tela para apagar a imagem de Klemet. Olhou para o pai, que observava a paisagem. Indiferente. Um leve tremor do maxilar denunciava sua tensão. Ela pôs as cartas nas mãos dele. Ele mordeu o lábio. Estava prestes a explodir. A desmoronar. O sol atingira seu ponto mais baixo. Ele também. Mas o astro não deslizaria mais no horizonte. E seu pai?

Nina se sentou ao lado do pai. Mostrou o caderno no bolso dele.

– Posso?

– É para você.

Ela abriu o caderno todo preenchido com a caligrafia do pai. Começou a ler. Caderno de fuga. Ele ficou imóvel, com o punho fechado sobre os envelopes de Divalgo.

Passado um longo tempo, ela fechou o caderno. Ele continuava imóvel.

Ela tomou a sua mão. Ele se retesou. Ela o olhou com um sorriso triste, deslizou os dedos pelo cabelo dele e se recostou no seu ombro. O olhar do pai a evitou, mas ele não retirou a mão dela. Eles ficaram assim. Ela quase se surpreendeu com a voz dele, depois de um longo momento.

– Midday. Midday e Midnight.

Ela esperou.

– Era assim que as pessoas nos chamavam. Diferentes, mas juntos éramos um só.

– Jacques Divalgo era o seu parceiro, não é mesmo?

Com uma expressão triste seu pai ergueu o punho mostrando as cartas dobradas, os pedidos de ajuda aos quais ele não tinha sabido responder. E durante toda aquela noite ele falou pela primeira vez sobre suas profundezas, suas traições, palavras sombrias que falavam de promessa e carinho, de dor e medo.

Este livro, composto com tipografia Garamond Premier Pro
e diagramado pela Alaúde Editorial Limitada, foi impresso
em papel Lux Cream sessenta gramas, pela Bartira Gráfica,
no décimo sétimo ano da publicação de *Rios vermelhos*,
de Jean-Christophe Grangé. São Paulo, setembro de 2015.